Colin Cotterill

# Dr. Siri und die Spiele der Rattenfänger



GOLDMANN
Lesen erleben

Colin Cotterill

# Dr. Siri und die Spiele der Rattenfänger

## Dr. Siri ermittelt – Band 12

Kriminalroman

Aus dem Englischen von
Thomas Mohr

GOLDMANN

Die englische Originalausgabe erschien 2017 unter dem Titel
»The Rat Catchers' Olympics« bei Soho Press Inc., New York.



MIX
Papier aus verantwortungsvollen Quellen
FSC® C014496

Penguin Random House Verlagsgruppe FSC® N001967

1. Auflage
Taschenbuchausgabe Dezember 2021

Umschlaggestaltung: UNO Werbeagentur GmbH
Umschlagmotiv: FinePic c/o Zero Werbeagentur GmbH (441994)
AG · Herstellung: ik
Satz: Uhl + Massopust, Aalen
Druck und Bindung: GGP Media GmbH, Pößneck
Printed in Germany
ISBN: 978-3-442-48870-4
www.goldmann-verlag.de

Besuchen Sie den Goldmann Verlag im Netz

Gewidmet dem Andenken an Grant Evans,
der für meine Bücher wenig übrighatte, ansonsten jedoch
einen untadeligen Geschmack, ein grenzenloses Wissen
und ein edles Gemüt sein Eigen nannte.

Mit wärmstem Dank an Micky M., Martin W.,
Martin S.F. Ulli, Magnus, Regina, Michael B.,
Daniel und Judy K., Sittixai, Simon C., K., Shelly, Randy,
Peter J. Masha, Dr. Leila, David, Lizzie, Rachel, Paul,
Dad, Bambina, Bob, Kate, Roman und Elmar.

## FORMULAR A223-79Q

AN: Richter Haeng Somboun
p. A. Justizministerium
Demokratische Volksrepublik Laos

VON: Dr. Siri Paiboun

BETR.: Amtlicher Leichenbeschauer

DATUM: 13.06.1976

LEBENSLAUF:

1904 Plus/minus ein Jahr – das nahm man seinerzeit nicht so genau. Geboren in der Provinz Khammouan, angeblich als Sohn Hmong-stämmiger Eltern. Ich selbst kann mich nicht daran erinnern.

1908 Ich werde zu einer bösen Tante abgeschoben, die mich…

1914 …der Obhut eines Tempels in Savannakhet und damit dem Wohlwollen des weisen Buddha überlässt.

1920 Abschluss der Tempelschule. Keine Glanzleistung.

1921 Die Buddha-Investition zahlt sich aus: Eine überaus großzügige französische Gönnerin schickt mich nach Paris, auf dass etwas aus mir werde. In Frankreich muss ich von neuem die Schulbank drücken, um zu beweisen, dass ich mir meine Zensuren nicht ergaunert habe.

1928 Besuch der Ancienne faculté de médecine

1931 In Paris eheliche ich Bouasawan und trete spaßeshalber in die Kommunistische Partei ein.

1934 Praktikum am Hôtel-Dieu-Krankenhaus. Ich beschließe, doch noch Arzt zu werden.

1939 Rückkehr nach Laos

1940 Spiel, Spaß und Spannung im Dschungel von Laos und Vietnam. Ich flicke kaputte Soldaten wieder zusammen und versuche, dem Bombenhagel zu entgehen.

1975 Ich komme in der Hoffnung auf einen friedlichen Lebensabend nach Vientiane.

1976 Ich werde von der Partei zwangsrekrutiert und zum amtlichen Leichenbeschauer ernannt. (Bei dem Gedanken an die mir zuteilgewordene große Ehre vergieße ich nicht selten heiße Tränen.)

Hochachtungsvoll
Dr. Siri Paiboun

# INHALT

*Dtui fühlte ihm den Puls.*
*»Er lebt«, sagte sie. »Er lebt.«*

# 1

## MÄRZ 1980 – HAARLOSE LANDUNG

Es herrschte eine jener seltenen Phasen der Entspannung, die man in Laos *sabai* nannte. Das Wetter war freundlich, auf den Märkten gab es frische Lebensmittel, und die Kinder spielten auf der Straße, ohne Gefahr zu laufen, überrollt zu werden. Nichts bewegte sich schnell genug, um Blessuren verursachen zu können. Alles schien so friedlich und idyllisch, dass man darüber glatt vergessen konnte, was unter der Oberfläche lauerte – das Inferno des Unmöglichen. Mit dem man jedoch erst Bekanntschaft machte, wenn man die trügerische Harmonie zu stören sich anschickte. Beantragte man einen *laissez passer*, um eine sieche Tante in der Nachbarprovinz zu besuchen, musste man so lange warten, dass Tantchen längst das Zeitliche gesegnet hatte, wenn man die Bewilligung erhielt. Selbst wenn es einem gelungen war, einen Platz auf einer Wohnraumwarteliste zu ergattern, blieb die Aussicht auf ein Dach über dem Kopf gering, denn wer über die entsprechenden Beziehungen verfügte, hatte Vorrang. Und ein Klinikaufenthalt endete in den meisten Fällen nicht etwa mit der Genesung, sondern dem Ableben des Patienten.

Aber das war noch nicht alles. Darunter lag ein weiterer Kreis der Hölle, so finster und so bodenlos, dass kein Licht ihn erhellen und kein Lot seine Tiefe ermessen konnte. Eine

Unterwelt, in der schon der Anschein antisozialistischer Aktivität genügte. Wo Nachbarn verschwanden, getreue Parteimitglieder wegen Hochverrats ihrer Ämter enthoben wurden und die blanke Paranoia regierte. Genosse Noo, der thailändische Waldmönch, hatte sich in dieses Zwischenreich locken lassen, aus dem es kaum je ein Zurück gab. Er war verschwunden und erst nach zwei Wochen wieder aufgetaucht. Und dabei handelte es sich mitnichten um ein übernatürliches Verschwinden, wie Dr. Siri Paiboun es in jüngster Zeit des Öfteren erlebte – eher um ein bürokratisches, wie ein Schriftstück oder eine Akte, die im System verschüttgegangen ist. Ein Verlorener im wahrsten Wortsinn, für den sich niemand verantwortlich fühlte.

Die meisten waren sich einig, dass der thailändische Genosse Noo in erster Linie Umweltschützer sei, ein Mann, der sich bis zum Hals in der Erde vergrub, um einen Nationalpark vor der Vernichtung durch Planierraupen und Schaufelbagger zu bewahren. Andere sahen in ihm vor allem den Journalisten, der die Misshandlung von Mönchen in einem sozialistischen Staat anprangerte. Und für die laotischen Behörden war er vermutlich nichts weiter als ein illegaler Einwanderer, ein Unruhestifter und religiöser Eiferer. Aber das würde auf ewig ihr Geheimnis bleiben, denn die Verwaltung tat, als kenne sie ihn nicht.

»Nein. Nie von ihm gehört.«

Was er tatsächlich getan hatte, spielte nicht die geringste Rolle, denn da er als Staatsfeind galt, war seine Vorgeschichte ohne jeden Belang. Die Partei hatte ihre Bluthunde, die nichts anderes taten, als Trophäen zu erbeuten, um ihre Existenz zu rechtfertigen. Noo war eines schönen

Tages auf sein Fahrrad gestiegen und von Schlägern der Armee gekidnappt worden. Es gab keine Anzeige, kein Gerichtsverfahren, keine Spuren. Sie hatten ihn einfach verschlungen, wie sie es mit allen taten, die sich gegen die Herrschenden zu stellen wagten. Doch aus irgendwelchen rätselhaften Gründen hatten sie ihn wieder ausgewürgt. Keiner seiner Freunde und Fürsprecher, die in dieser winzigen Betonzelle versammelt saßen, wusste, warum man ihn freigelassen hatte. So etwas war noch nie vorgekommen. Er war offensichtlich geschlagen worden und hatte sich beim Sturz von der Ladefläche des Lieferwagens schwer verletzt. Aber da er nach wie vor bewusstlos war, würden ihnen die Einzelheiten seiner Haft bis auf weiteres verschlossen bleiben. Seit drei Tagen bewegte er sich nun schon am Rand des Abgrunds, seine Wunden wollten sich nicht schließen, seine Knochenbrüche nicht verheilen, und er lag in einem tiefen Koma. Doch falls er starb, würde Genosse Noo nicht, wie so viele vor ihm, in Vergessenheit geraten. Er wurde geliebt und bewundert, und womöglich hatte er es allein dem festen Willen seiner Unterstützer zu verdanken, dass er noch am Leben war.

Schwester Dtui war da. Sie hatte seinen Puls gefunden, als er in jener Nacht vor Madame Daengs Nudelrestaurant vom Lastwagen geworfen worden war. Herr Geung war da. Seine geistige und körperliche Kraft überwand nicht selten alle Grenzen, die das Down-Syndrom ihm setzte. Er hatte den zerschmetterten Leib des Mönches die Treppe hinaufgetragen und auf die Matratze im ersten Stock gebettet. Tutka, seine Lebensgefährtin, war da, auch sie ein

Mitglied des Geheimbundes derer mit Down-Syndrom. Sie war mit dem restauranteigenen Rad zur Mahosot-Klinik gefahren und mit Verbänden, Salben und Morphium zurückgekehrt, auch wenn niemand wusste, wie sie dieses Kunststück vollbracht hatte, ganz ohne Geld. Sie wollte es ihnen nicht verraten.

Schwester Dtui hatte ihr Bestes gegeben, aber sie war keine Ärztin. In der Klinik gab es vierzig approbierte Mediziner, doch denen traute sie nicht über den Weg. Der Einzige, der ihr wirklich helfen konnte, war Dr. Siri, der erste und letzte Leichenbeschauer des Landes.

»Und wo steckt er?«, fragte Gongjai, die geläuterte Prostituierte.

»So viel wir wissen, immer noch in Thailand«, antwortete Inthanet, der alte Puppenspieler.

»Wenn er hier wäre, wüsste er, was zu tun ist«, meinte Gongjai.

Ein Schweigen trat ein, so tief wie der Fluss.

»Dtui w-w-weiß, was zu tun ist«, sagte Herr Geung schließlich.

»Ich weiß«, sagte Gongjai. »'tschuldigung, ich wollte niemandem …«

»Schon gut«, sagte Dtui. »Auch ich wünschte, er wäre hier.«

Sie saßen im Vorderzimmer des Hauses, das Siri von der Regierung zugewiesen worden war, nur einen Steinwurf vom That-Luang-Denkmal entfernt. Unterdessen beherbergte das Gebäude so viele Gestalten, das man sie sich unmöglich alle merken konnte. Selbst der Doktor hatte die Übersicht verloren und brachte ständig ihre Namen durcheinander. Die Bewohner hatte er in den herzlosen Straßen und ideologischen Gossen der Stadt aufgelesen. Ihre einzige Gemeinsamkeit: Sie passten nicht ins System. Da war der Verrückte Rajid, der obdachlose Inder, der in den letzten vier Jahren nur drei Mal gesprochen hatte. Da war Inthanets vollschlanke Verlobte Jit, die in die Stadt geflohen war, um der Landwirtschaftskooperative zu entkommen, in der ihre Familie Hunger litt. Hier lebten Jung und Alt, Genie und Wahnsinn in trauter Zwietracht unter einem Dach. Zu dem kleinen Kreis rings um die Bettstatt des Patienten gehörten auch zwei Mönche, die eines Tages wie aus dem Nichts aufgetaucht waren, ohne zu erklären, wie sie vom Martyrium des Genossen Noo erfahren hatten.

Schwester Dtuis Töchterchen Malee schlief in ihrer Wiege, die ihr Vater Phosy selbst gezimmert hatte. Zumeist nahm auch er an diesen Kerzenwachen teil, doch heute Abend musste er in einem Fall ermitteln. Ein leitender Polizeibeamter kannte keine geregelten Arbeitszeiten.

Ebenfalls abwesend war Siris bester Freund, Genosse Civilai, seines Zeichens Ex-Politbüromitglied. Immer wenn die Ankunft einer Maschine aus Bangkok bevorstand, fuhr er mit seinem alten Citroën hinaus zum Flughafen Wattay, in der vagen Hoffnung, dass Siri und seine Gattin Madame Daeng einer der wenigen Lao-Aviation-DC3s entsteigen würden. Als ranghoher Parteifunktionär im Ruhestand durfte Civilai auf dem Rollfeld Posten und Position beziehen, gleich neben dem Einwinker, dessen Signale die russischen Piloten im Allgemeinen mit Nichtachtung straften.

Die Märznächte waren herrlich lau. Zwar ächzten sie noch immer unter der Last der drückend heißen Tage, doch die Luft war frisch und angenehm. An diesem Abend quoll Civilai der Schweiß aus allen Poren, als die 15-Uhr-40-Maschine aus Don Muang endlich zur Landung ansetzte. Es war nach acht. Der Gepäckträger rollte die Gangway zum Ausstieg, kletterte die Stufen hinauf und schlug mit der Faust gegen die Luke. Dann lief er die Stufen wieder hinunter und zerrte die Gangway vom Rumpf des Flugzeugs fort, damit die Stewardess die Tür öffnen konnte. Der Schlendrian, der Civilai tagtäglich begegnete, stellte ihn vor immer neue Rätsel.

Eine Reihe älterer Männer in dunklen Anzügen gingen als Erste von Bord. Sie wurden von kleinen Delegationen in Empfang genommen, die sie im Eilschritt zu wartenden Zil-Limousinen eskortierten. Es folgte eine Gruppe von Ausländern, ihrer unmodernen Kleidung nach zu urteilen osteuropäische »Experten«. Strenggenommen war ein Experte jemand, der mehr wusste als die Laoten, also praktisch die gesamte zivilisierte Welt, wie Civilai sich zähneknirschend eingestehen musste. Er beobachtete die Sowjets, Ostdeutschen und Polen, eine Handvoll Kubaner sowie den einen oder anderen vietnamesischen Berater, die quer über das Rollfeld auf die baufällige Ankunftshalle zueilten. Sie waren zum Shopping nach Bangkok geflogen und trugen ihre Duty-free-Tüten prahlerisch zur Schau. Aber auch im laotischen Inland ließ es sich dieser Tage trefflich einkaufen, sofern man über das nötige Kleingeld verfügte, was leider kaum jemand von sich behaupten konnte. Die Grenzen nach Thailand waren offen, die Märkte voll, Konsumartikel überall zu haben. Und da die Einheimischen wussten, dass diese grenzübergreifende

Romanze nicht allzu lange währen würde, hamsterten sie um die Wette, bevor die Schleusen wieder geschlossen wurden und die Warenflut versiegte.

Civilai wollte eben in die Ankunftshalle zurückkehren, als die letzten Passagiere die Maschine verließen. Ein seltsames Pärchen gaben die beiden ab. Sie standen auf der obersten Treppenstufe, winkten königlich und warfen Kusshände in die nicht vorhandene Menge. In ihren grellen Hosen und noch schrilleren Polohemden sahen sie wie Golfspieler aus. Am merkwürdigsten aber dünkte Civilai, dass sie völlig haarlos waren, glatt und kahl wie hartgekochte Eier. Dr. Siris dichte weiße Mähne und seine buschigen Augenbrauen waren verschwunden. Und auch Madame Daeng war von den Schultern bis zum Scheitel splitternackt. Was die beiden jedoch nicht weiter zu kümmern schien. Als sie Civilai erblickten, strahlten sie über alle vier Backen.

Mit dem verhaltenen Schwung eines Fünfundsiebzigjährigen stürzte Civilai auf seine Freunde zu, die mit ähnlich gebremsten Enthusiasmus die Gangway hinunterstiegen. Es folgte ein wirres Durcheinander von Küssen und Umarmungen.

»*Bonsoir, mon copain*«, sagte Siri.

»Ich habe ihm prophezeit, dass Sie uns abholen würden«, sagte Daeng.

»Und ich habe keinen Augenblick daran gezweifelt«, sagte Siri.

»Ihr seht noch grotesker aus, als ich euch in Erinnerung hatte«, sagte Civilai und löste sich aus dem Knäuel von Extremitäten.

»Warum auch nicht?«, erwiderte Siri. »Schließlich wären

wir um ein Härchen vor dem Erschießungskommando gelandet. Aber jetzt sind wir zurück in unserem geliebten Laos.«

»Und wir kommen nicht mit leeren Händen«, setzte Daeng hinzu und überreichte ihm einen Riegel Schokolade.

»Wie geht es Noo?«, fragte Siri.

»Seit unserem letzten Telefongespräch ist sein Zustand unverändert«, sagte Civilai. »Aber er lebt. Ich habe mir schon Sorgen gemacht, als ihr euch nicht mehr gemeldet habt.«

»Wir waren leicht verhindert«, sagte Siri. »Die Thais haben klammheimlich ein Kopfgeld auf uns ausgesetzt. Sie haben unseren Steckbrief zwar nicht in allen Postämtern aufhängen oder gar in der Presse abdrucken lassen, dafür aber sämtliche Späher, Spitzel und Militärkontrollpunkte in Alarmbereitschaft versetzt. Weswegen auf dem Landweg natürlich kein Durchkommen mehr war.«

»Also sind wir geflogen«, ergänzte Daeng.

»Braucht man für internationale Flugreisen denn keinen Pass mehr?«, fragte Civilai.

»Das ist eine lange Geschichte, die sich am besten bei einem guten Schluck erzählen lässt«, sagte Daeng.

»Aber du hast ganz recht, es gebricht uns an gewissen Dokumenten, weshalb ich es unbedingt begrüßen würde, wenn wir um die Passkontrolle einen möglichst großen Bogen machen könnten.«

»Unsere Papiere sind, äh, nicht ganz echt«, ergänzte Daeng.

Sie ließen die Ankunftshalle links liegen und steuerten auf

den VIP-Ausgang zu. Ein Wachposten, dessen Uniform ihm ein paar Nummern zu klein war, rief: »He, Genosse. Hier geht's lang.« Er wies in Richtung Ankunftshalle. Civilai ignorierte ihn. Zwei Träger versuchten vergeblich, den vollbeladenen Gepäckwagen zu schieben, dessen Räder sich diametral gegenüberstanden. Es würde mehrere Tage dauern, bis die Passagiere ihre Koffer entgegennehmen konnten.

»Ihr habt hoffentlich kein Gepäck aufgegeben«, sagte Civilai.

Lächelnd tätschelten Siri und Daeng ihre Umhängetaschen. Sie würdigten den Wachmann am VIP-Ausgang keiner Silbe. Stattdessen funkelte Civilai ihn voller Verachtung an, worauf der Beamte die Tür eilfertig einen Spaltbreit öffnete. In Laos war Arroganz ein Ausweis der Macht.

Keine fünf Minuten später saßen sie im Wagen und nahmen Kurs auf That Luang. Civilai zog eine Flasche Chardonnay nebst Korkenzieher aus dem Handschuhfach.

»Sieht ganz so aus, als wären die Grenzen wieder offen«, sagte Daeng.

»Bei Importen haben wir alten Polithasen quasi das Vorkaufsrecht«, sagte Civilai. »Dieser gar köstliche Tropfen allerdings ist ein Präsent aus dem privaten Weinkeller der Familie des thailändischen Putschistenführers an das laotische Politbüro. Da meine unwerten Ex-Kollegen allesamt Weinverächter sind, haben sie mir eine ganze Kiste von dem Stöffchen überlassen. Bedauerlicherweise ungekühlt.«

Sie stießen auf ihre Rückkehr an.

»Ich glaube, ich habe eine Geschichte verdient«, sagte Civilai.

»In der Tat«, sagte Siri. »Und wie du wohl weißt, begann

alles damit, dass wir in einem Ruderboot aus PVC über den Fluss gepaddelt sind und folglich schon auf dem Hinweg sämtliche Passkontrollen erfolgreich umgangen haben. Dann hatten wir in Udon zu tun.«

»Und zwar reichlich«, sagte Daeng.

»Ich erzähle die Geschichte«, sagte Siri.

»Entschuldige, mein Schatz.«

»Daeng hatte sich immer schon einmal Bangkok ansehen wollen«, fuhr Siri fort.

»Davon habe ich geträumt, seit ich ein kleines Mädchen war«, sagte Daeng. »Leider waren wir etwas knapp bei Kasse.«

»Um nicht zu sagen blank wie ein Babyhintern.«

»Also hatte mein Mann die genialische Idee, sich als der Oberste Patriarch auszugeben und zu einem offiziellen Staatsbesuch nach Bangkok zu reisen.«

Civilai war so perplex, dass er den Wagen aus Versehen auf die Gegenspur lenkte. Was jedoch ohne Folgen blieb, denn um diese Zeit war weit und breit kein anderes Fahrzeug unterwegs.

»Nein!«, rief er.

»Doch«, sagte Daeng. »Sie hatten den echten Obersten Patriarchen erwartet, und wir haben ihn sozusagen unwürdig vertreten. Wir wussten ja, dass er nicht kommen würde. Ich spielte Siris persönliche Sekretärin-Schrägstrich-Nonne. Daher die fesche Frisur.«

»Und das haben sie euch abgenommen?«, fragte Civilai.

»Du glaubst gar nicht, was man sich alles erlauben kann, solange man die Erwartungen der Leute nur erfüllt«, sagte Siri.

»Und so kam ich doch noch in den Genuss meiner Stadtrundfahrt«, sagte Daeng. »Sowie einer Suite im Dusit Thani, mit sämtlichen Schikanen und allem Pipapo.«

»Und Schokolade«, ergänzte Siri.

Bei jedem anderen hätte Civilai derlei Räuberpistolen als lachhaft abgetan. Für Siri und Daeng hingegen hatten menschliche Regeln keine Gültigkeit.

»Moment mal«, sagte Civilai, »das hat nicht zufällig etwas mit Noos überraschender Freilassung zu tun?«

»Schwer zu sagen«, meinte Daeng.

»Das will ich doch stark hoffen«, sagte Siri. »Schließlich habe ich den Premierminister der Militärregierung persönlich um diesen winzigen Gefallen ersucht.«

»Ihr hattet eine Audienz beim Premierminister?«, fragte Civilai, und der Wagen geriet schon wieder ins Schlingern.

»Selbstverständlich«, sagte Siri. »Ich war der Oberste Patriarch. Er wollte, dass ich überlaufe und meine antisozialistische Haltung publik mache. Wie du weißt, ist der Kommunismus für das thailändische Militär ein, *pardon*, rotes Tuch.«

»Ihr seid wirklich und wahrhaftig nicht ganz bei Trost«, sagte Civilai, konnte sein Entzücken jedoch nur schwer verbergen.

*»Merci«*, sagte Siri.

»Und sie haben nicht einmal eure Papiere überprüft?«

»Wenn Margaret Thatcher einem Düsenjet entsteigt, kommt schließlich auch niemand angerannt, um ihren Pass zu kontrollieren«, sagte Siri.

»Aber es muss doch jemand bemerkt haben, dass zwischen dem Original und dir keinerlei Ähnlichkeit besteht.«

»Civilai, hättest du dich in safrangelbe Gewänder gehüllt und dir eine Nickelbrille aufgesetzt, hätte man dir denselben huldvollen Empfang bereitet. Die meisten Männer über siebzig sehen gleich aus.«

»Wenn sie euch auf die Schliche gekommen wären, hätte das euren sicheren Tod bedeutet.«

»Hach, wie romantisch. Bangkok sehen … und sterben«, seufzte Daeng.

»Wir haben Thailand keine Minute zu früh verlassen«, sagte Siri. »Unser Anruf bei dir war sozusagen unsere letzte Amtshandlung. Wir hatten eine Audienz beim Obersten Patriarchen Thailands, und der war dem unsrigen bereits ein paar Mal begegnet. Wir mussten also schnellstmöglich verschwinden. Wir borgten uns die Kleider des golfbesessenen japanischen Ehepaars, das die Suite unter uns bewohnte, überlisteten die Sicherheitsleute und tauchten im Trubel auf den Straßen Bangkoks unter.«

»Wir schlugen uns zur Khaosan Road durch«, sagte Daeng, »wo selbst der bunteste Rucksacktourist nicht weiter auffällt. Dort fanden wir einen freundlichen, aber überaus geschäftstüchtigen Chinesen, der versprach, uns binnen vierundzwanzig Stunden laotische Pässe zu besorgen. Wofür er ein Vermögen verlangte.«

»Das wir nicht hatten«, sagte Siri.

»Also sind wir noch in derselben Nacht in sein Büro eingestiegen und haben unsere Pässe und genug Geld für den Flug gestohlen«, sagte Daeng. »Dass er deswegen zur Polizei gehen würde, war eher unwahrscheinlich.«

»*Et voilà*, hier sind wir«, sagte Siri.

»Bravo«, sagte Civilai.

Obwohl Noo übel zugerichtet war, fiel Siris Prognose positiv aus.

»Wie es scheint, ist alles mehr oder weniger intakt und in betriebsfähigem Zustand«, sagte er. »Mehr als Dtui hätte ich auch nicht tun können.«

Die Hausbewohner klatschten Beifall.

»Und warum wacht er dann nicht auf?«, fragte die junge Mee.

Die Kleine hauste mit ihrer Mutter, ihrem jüngeren Bruder und diversen anderen Illegalen unter Siris Dach. Es war nicht leicht, den Überblick zu behalten. Siri und Daeng hatten ihre staatlicherseits zugewiesene Residenz in so etwas wie ein Heim für Hilf- und Obdachlose umgewandelt, eine funktionierende Kommune im Herzen eines funktionsuntüchtigen kommunistischen Staates. Siri und Daeng selbst wohnten über ihrer Nudelküche.

»Der Fachmann nennt das ein Trauma«, sagte Siri. »Manchmal passieren so schreckliche Dinge, dass die Seele es nicht mehr ertragen kann. Sie macht quasi den Laden dicht und hängt ein ›Geschlossen‹-Schild ins Fenster. Der Genosse Noo ist da drin, und langsam, aber sicher erholt sich zwar sein Körper, aber sein Geist ist noch nicht so weit. Ich kann und möchte mir nicht vorstellen, was sie ihm angetan haben, aber Zeit braucht er jetzt mindestens genauso dringend wie Arznei.«

Bei sage und schreibe elf Flaschen laotischen Reiswhiskys sowie Bergen von Schweine-*laap* und scharfem Salat lauschten die Bewohner Siris und Daengs fantastischen Thailand-Abenteuern. Das Einzige, was das Pärchen ausließ, waren Geschichten von Besessenheit, Séancen und heißen Schlachten mit bösen Geistern, obwohl sie allesamt der Wahrheit entsprachen. Ebenso wie es bürokratische Höllenkreise des Unmöglichen gab, gab es übernatürliche Dimensionen, von deren Existenz gebildete, aufgeklärte Menschen im Westen keinen Schimmer hatten.

Der gemeine Laote, der in einer dörflichen Gemeinschaft aufgewachsen war, zweifelte indes keinen Augenblick am Sein und Wirken der Geister. Bei ihnen suchte er Trost, Rat und Vergebung. Selbst die Geschäftsleute in der Hauptstadt stellten Geisterhäuser auf, um die Ätherwesen zu besänftigen. Viele behaupteten, die Phantome mit eigenen Augen gesehen zu haben, doch nur wenige standen mit ihnen auf so vertrautem Fuß wie Dr. Siri. Trotz seiner wissenschaftlichen Ausbildung musste Siri wohl oder übel zugeben, dass es Geister wirklich gab. Auch wenn es ihm anders lieber gewesen wäre, war er ohne Zweifel besessen, von einem tausendjährigen Schamanen namens Yeh Ming. Der alte Hmong war mit Siri zwar noch nie in direkten Kontakt getreten, fungierte jedoch als eine Art Magnet für eine ganze Menagerie von Geistern, die im Leben des Doktors gleichsam aus und ein gingen. Dieser Zwiespalt zwischen Wissenschaft und Übernatürlichem faszinierte und verblüffte ihn zu gleichen Maßen.

Die Grundlagen der Kommunikation mit den Toten hatte Siri vor kurzem erst erlernt. Wenn er die Zeichen richtig deutete, würde er seine angeborenen Fähigkeiten eines Tages in den Griff bekommen. Aber er war fünfundsiebzig – fast sechsundsiebzig, um genau zu sein – und lebte in einem Land, dessen Einwohner die fünfzig nur selten überschritten. Allmählich fragte er sich, was eigentlich gegen das Totsein sprach. Es würde auf jeden Fall so einiges erleichtern. Denn: Gab es eine bessere Methode, mit den Geistern zu kommunizieren, als einer von ihnen zu werden?

Bis dahin war sein einziger funktionierender Geisterführer ein hitzköpfiger Transvestit und Wahrsager namens Tante Bpoo. Die beiden waren einander nicht besonders grün. Sie war ungehobelt und sarkastisch, und obwohl sie die Zukunft sehen konnte, behielt sie selbige für sich. Außerdem kritisierte sie den Doktor ständig, weil er als Medium nur schleppend Fortschritte machte.

In letzter Zeit pflegte Siri ungewohnten Umgang. Er suchte immer häufiger die Nähe von Heilern und Schamanen. So hatte er sich beim Besuch einer Hexe im Norden auf einen dubiosen Handel eingelassen, der sowohl für ihn selbst als auch für Daeng nicht ohne Folgen geblieben war. Die Frau braute Zaubertränke, die ein Gebrechen durch ein anderes ersetzten. Und so hatte sie Madame Daengs chronische Arthritis – zu Daengs Freude und Entzücken – mit einem Schwanz vertauscht. Wogegen Siri gar nichts einzuwenden hatte. Er fand ihren neuen Steißbeinfortsatz, ganz im Gegenteil, sogar erotisch.

Die Behandlung von Siris Problem – seinem Unvermögen, mit den Geistern in Kontakt zu treten – hatte hingegen zu ernsthaften Komplikationen geführt. Seit er das Hexenelixier getrunken hatte, verschwand er dann und wann und fand sich unversehens an Orten wieder, die nur in seiner Einbildung existierten. Wenn Daeng sich dann im Bett umdrehte, war der Platz neben ihr zwar warm, aber leer. Dennoch hatte er in letzter Zeit, wenn er nicht in derselben

Dimension weilte wie seine Frau, Portale zur anderen Seite entdeckt. Er hatte festgestellt, dass ihre Bewohner glaubten, Siri komme seinerseits von »drüben«. Ziemlich verwirrend, das Ganze, nicht zuletzt für den Doktor, und alles andere als hilfreich, wenn es um sein Steckenpferd ging. Dr. Siri war nämlich ein äußerst gewiefter Hobbydetektiv, für den es, so sollte man jedenfalls meinen, von unschätzbarem Wert war, überall Geisterzeichen sehen zu können. Leider war es ihm bislang nur einmal gelungen, sie *vor* des Rätsels Lösung richtig zu deuten. Und so musste er auch weiterhin auf seine irdischen Fähigkeiten vertrauen und den oder die Täter nach der althergebrachten Methode seines Helden Inspektor Maigret dingfest machen.

# 2

## SZENEN ZWEIER EHEN

Der alte Mann musterte den jungen Burschen, der ihm gegenübersaß. Sie befanden sich in einem jener typisch chinesischen Zimmer, die mit luxuriösen Möbeln vollgestopft waren, um dem Besucher das Gefühl zu geben, klein und fehl am Platz zu sein. Die Sessel, in denen sie saßen, waren veritable Teakholzthrone mit Perlmuttintarsien, die sich immer, wenn er das Gewicht verlagerte, in den Hintern des jungen Mannes bohrten. Das einzige Geräusch war das Summen einer Hornisse, die durch das offene Fenster wieder hinaus zu finden versuchte.

»Ich will, dass er verschwindet«, sagte der Alte.

»Das lässt sich machen«, sagte der Jüngling.

»Und zwar auf Nimmerwiedersehen.«

»Kein Problem.«

»Ich habe mir sagen lassen, Sie seien auf solche Fälle spezialisiert«, sagte der alte Mann. Er beugte sich vor und schloss die Hand um ein Glas Cranberry-Tee. Der junge Mann nickte.

»Wenn Sie für die Reisekosten aufkommen«, sagte er, »erledige ich, was erledigt werden muss.«

»Selbstverständlich komme ich für Reisekosten auf. Ich möchte nur sichergehen, dass sich die Investition auch lohnt.«

»Ich habe noch nie versagt. Und wie Sie wissen, habe ich persönliche Gründe dafür, den Auftrag anzunehmen. Er wird nicht eben erfreut sein, mich wiederzusehen, gesetzt den Fall, er erinnert sich an mich. Und ein blutiges Ende ist das Mindeste, was ich Ihnen bieten kann.«

Lächelnd nippte der alte Mann an seinem Tee.

Siri und Civilai saßen auf ihrem Baumstamm am Ufer des Mekong und aßen Civilais selbstgebackene Baguettes. Nach seiner Pensionierung hatte er seine Frau und ihre Köchin aus der Küche verbannt und dort eine kulinarische Besatzung installiert. Dank der derzeitigen Détente mit Thailand hatte er seinen Vorrat an Zutaten erheblich aufstocken können. Die heutigen Baguettes enthielten Formschinken mit Senf, und zum Hinunterspülen stand eine weitere Flasche Chardonnay bereit.

Siris Hund Köter lag seinem Herrchen buchstäblich zu Füßen und knurrte im Schlaf.

»Sag mal«, begann Civilai, »wie, um alles in der Welt, ist dein Hund eigentlich von Bangkok nach Laos zurückgekommen? Dem Flugzeug wird er wohl kaum hinterdrein gehechelt sein.«

»Zuzutrauen wäre es ihm«, sagte Siri. »Aber nein. Ein Freund in Udon hat ihn gehütet. Als feststand, dass wir nicht in das Verlies unter dem Chitralada-Palast gesperrt und ausgepeitscht werden würden, haben wir ihn angerufen – den Freund, nicht den Hund. Er hat Köter zum Fluss hinuntergefahren und in die Heimat entlassen. Er erwartete uns vor der Nudelküche, als wir nach Hause kamen.«

»Die meisten Leute würden sich einfach einen neuen

Hund besorgen«, sagte Civilai. »Auf den Straßen Vientianes gibt es schließlich jede Menge hässlicher Tölen.«

»Aber keine wie Köter.«

Siri tätschelte dem Hund den Kopf, und Köters Stummelschwanz trommelte auf den harten Lehm. Die alten Freunde aßen und tranken und sahen nach Thailand hinüber. Der Fluss war so ausgetrocknet, dass Gräser das Flussbett zu erobern drohten. Nur in der Nähe des anderen Ufers war noch ein schmales Rinnsal zu erkennen, was den falschen Eindruck erweckte, dass man zu Fuß nach Thailand gehen konnte. Im Unterschied zu vielen anderen Flüssen hatte der mächtige Mekong auch bescheidene Momente.

»Und was steht als Nächstes an?«, erkundigte sich Civilai. »Immerhin hast du den thailändischen Junta-Führer erfolgreich über den Löffel balbiert, und das dürfte nur schwer zu übertreffen sein.«

»Im Gegenteil«, sagte Siri. »Daeng und ich tragen uns mit dem Gedanken, den nächsten Parteitag zu sprengen und uns gegenseitig für einen Sitz im Politbüro zu nominieren. In unserem Alter kann man sich alles erlauben. Wir sind ein unerschlossener Markt. Und was ist mit dir?«

»Was soll mit mir sein?«

»Zu welchen niederen Tätigkeiten hat dich das ZK diesmal verdonnert?«

Siri sah, wie Civilai peinlich berührt zur Seite blickte, bevor er eine Antwort gab. Normalerweise war das ein sicheres Zeichen dafür, dass er ihn belügen würde.

»Ach, nichts Besonderes«, sagte Civilai.

»Es muss ja nicht immer Kaviar sein.«

»Die Sache ist noch nicht ganz spruchreif. Aber es wäre durchaus möglich, dass ich übernächsten Monat nach Moskau reisen muss.«

»Schon wieder eine Handelsdelegation?«

»Nicht direkt.«

»Sondern?«

Schweigen.

»Civilai?«

»Es könnte sein, dass ich … du weißt schon. Die Olympischen Spiele.«

Siri sprang auf und legte ein Höchstmaß an Verachtung in seinen Blick.

»Die Olympischen Spiele?«, sagte er.

»Eventuell.«

»Du fährst zu den Olympischen Spielen nach Moskau und hältst es nicht für nötig, mir das mitzuteilen?«

»Wie bitte? Ich habe es dir doch gerade mitgeteilt. Wir waren so sehr damit beschäftigt, euren Thai-Geschichten zu lauschen, dass ich noch keine Gelegenheit hatte, es dir zu sagen.«

»Dass das für mich vielleicht von Interesse sein könnte, ist dir wohl nicht in den Sinn gekommen? Das kleine Laos wird zum ersten Mal in seiner langen und wenig ruhmreichen Geschichte zu den Olympischen Spielen eingeladen und erhält die einmalige Chance, sich mit den größten Sportlern des Planeten zu messen. Und du hältst die Tatsache, dass du fragliche Veranstaltung mit deiner Anwesenheit beglücken wirst, nicht einmal einer kleinen Randnotiz für würdig?«

»Ich wollte eigentlich nicht darüber reden.«

»Warum nicht?«

»Weil ich wusste, wie du reagieren würdest.«

»Und wie habe ich reagiert?« Siri stemmte die Hände in die Hüften und streckte die schmale Brust heraus.

»Du bist automatisch davon ausgegangen, dass du mitkommst.«

»Und was spricht dagegen, wenn ich fragen darf? Ich bin approbierter Arzt. Jede Sportmannschaft bedarf medizinischer Betreuung. Zu meiner Studienzeit war ich ein erstklassiger Ringer und Boxer. Das ist urkundlich belegt. Außerdem spreche ich fließend Französisch und Vietnamesisch.«

»Die Spiele sind in der Sowjetunion«, rief Civilai ihm ins Gedächtnis.

»Das weiß ich. Aber da wird es ja wohl Dolmetscher geben, oder? Nicht zu fassen, dass du mich nicht als Begleitung empfohlen hast.«

Civilai wandte errötend den Blick.

»Moment«, sagte Siri. »Du hast mich empfohlen, stimmt's?«

»Siri, ich ...«

»Was haben sie gesagt?«

»Ich kann ...«

»Was haben sie gesagt?«

»Sie haben gesagt, eher ließen sie Laos bei einer internationalen Großveranstaltung durch einen Affen vertreten. Sie halten dich, milde ausgedrückt, für einen äußerst unsicheren Kantonisten. Sie haben Angst, dass du die Partei blamierst.«

Siri schwankte leicht und ließ sich dann wieder auf dem

Baumstamm nieder. »Und wer fährt an meiner statt als Mannschaftsarzt mit?«

»Das ist noch nicht entschieden. Es gibt eine Liste. Sämtliche im Ausland ausgebildeten Mahosot-Mediziner mit Parteibuch. Acht an der Zahl.«

»Und wo stehe ich auf dieser ominösen Liste?«

»An achter Stelle.«

»Hinter Supasit, dem Augenarzt?«

»Es tut mir leid. Ich habe darum gebeten, Dtui mit ins Team zu nehmen. Sie ist examinierte Krankenschwester und spricht Russisch. Und ich habe darauf gepocht, dass der Delegation mindestens zwei Frauen angehören.«

»Gepocht? Was spielst du bei diesem Unternehmen eigentlich genau für eine Rolle?«

»Siri, ich …«

»Ich warte.«

»Chef de Mission.«

»Du schmeißt den ganzen Laden und bringst es nicht einmal fertig, auf meiner Teilnahme zu bestehen?«

»Das ist eine rein politische Entscheidung. Ich habe im Grunde nicht viel zu melden.«

»Trotzdem bestimmst du, wer mitkommt und wer nicht. Dabei hast du mit Sport nicht das Geringste am Hut.«

»Bei dieser Mission geht es weniger um die Wettkämpfe als vielmehr um Diplomatie, Siri. Wir haben nicht einen einzigen Athleten, der auf diesem Niveau auch nur ansatzweise mithalten könnte. Das Ganze ist eine reine PR-Maßnahme. Die Olympischen Spiele werden zum ersten Mal in einem kommunistisch regierten Land stattfinden. Die Sowjets haben all ihre sozialistischen Verbündeten eingeladen. Sie bezahlen die Reise, Ausrüstung, Trikots. Das Einzige, was uns fehlt, sind sportliche Fähigkeiten.«

»Wann geht's los?«

»Im Juni.«

»Und da stellt ihr den Kader jetzt erst zusammen?«

»An den Schulen und Universitäten finden seit Januar Ausscheidungswettkämpfe statt. Sowjetische Trainer haben sich als Berater zur Verfügung gestellt.«

»Na, dann kann ja nichts mehr schiefgehen. Wir werden die Medaillen dutzendweise abräumen.«

»Ich wusste, dass du wütend werden würdest.«

»Wütend? So richtig wütend werde ich erst, wenn die Aeroflot-Maschine am Flughafen Wattay ohne mich abhebt.«

»Siri, diese Partie kannst du nicht gewinnen. Es gibt nicht ein Mitglied des Politbüros, das du nicht schon einmal vor den Kopf gestoßen hättest. Nicht ein Einziger von denen kann dich leiden, und wenn sie erst dahinterkommen, was du in Thailand alles getrieben hast …«

»Ja? Was machen sie dann? Mich bei voller Fahrt von einem Lastwagen werfen?« Er stand auf und legte sein halbgegessenes Baguette auf den Baumstamm.

»Siri, mach keinen Quatsch.«

»Quatsch ist mein zweiter Vorname«, gab Siri zurück. »Und ich finde es – gelinde gesagt – enttäuschend, dass du dich nicht mit etwas mehr Nachdruck für mich starkgemacht hast, Genosse VIP-Chef de Mission.«

»Siri.«

Doch Siri war beleidigt. Er und Köter gingen über die Mahosot Avenue davon.

»Und in den Baguettes ist zu viel Hefe«, bellte er.

»Siri«, rief Civilai ihm hinterher.

»Lass mich in Ruhe.«

»Deine Sandalen.«

»Was ist damit?«

»Sie stehen noch hier.«

Ein Monat war vergangen, seit Siri erfahren hatte, dass die Moskauer Olympiade ohne ihn stattfinden würde. Genosse Noo war zwar noch am Leben, doch eine Infusion war leider kein vollwertiger Ersatz für feste Nahrung. Seine Wunden wollten nicht heilen, und sein Körper verlor jeden Tag weiter an Masse. Medizinische Gründe für den körperlichen Verfall des Mönches ließen sich nicht feststellen. Es war, als hätte Noo sämtliche Hoffnung fahren lassen. Siri kannte das von der Front. Von den jungen Knaben, die man ungefragt in einen Krieg gezwungen hatte, der in ihren Augen sinnlos war, und die nun voller Angst und Verzweiflung nach einem Ausweg suchten. Die Antwort auf ihre Gebete war eine Tretmine oder Handgranate. Sie wurden mit schweren Verletzungen ins Feldlazarett gebracht. Schwer, aber nicht tödlich. Die Feldärzte machten ihre Arbeit, in der Gewissheit, dass die Soldaten in spätestens vier Wochen wieder auf den Beinen sein würden.

Aber sie waren gestorben. Sie waren gestorben, weil sie hatten sterben wollen. Weil der Tod immer noch besser war, als sich von einer Gewehrkugel den Scheitel ziehen zu lassen. Besser als mit ansehen zu müssen, wie ihre Stubenkameraden zu Hackfleisch verarbeitet wurden. Der Wunsch zu sterben war bisweilen sehr viel stärker als der

Überlebenswille. Aus welchem Grund auch immer war Waldmönch Noo des Kämpfens müde.

»Was soll ich machen?«, fragte Siri.

Tante Bpoo in seinem Kopf war immer da, hielt sich zumeist jedoch bedeckt. Ihr letztes Gespräch lag schon eine Weile zurück. Eine Zeitlang hatte er fast täglich versucht, zu ihr durchzudringen und sie um ein Zeichen gebeten, wie ein Novize, der verzweifelt sich bemüht, seinen Glauben zu bewahren. Aber der Erfolg war ausgeblieben, und so führte er inzwischen nur noch Selbstgespräche.

»Da er nicht tot ist, fällt er vermutlich in den Zuständigkeitsbereich einer anderen Abteilung«, sagte er. »Lebende Menschen sind nicht Ihr Ressort. Ich muss mich an die Limbuszentrale wenden. Vielleicht gibt es dort jemanden, der mir verrät, was, zum Teufel, ich noch für ihn tun kann.«

Als er sich umdrehte, stand Mee in der Tür. Sie nickten sich zu.

»Stehst du schon lange da?«, fragte er.

»Ja«, sagte das Kind.

»Das wird dir nicht anders ergehen«, sagte er.

»Was?«

»Auch du wirst eines Tages in ein Alter kommen, in dem es dir sinnvoller erscheint, mit dir selbst zu sprechen als mit anderen.«

»Es ist ein Brief für Sie gekommen«, sagte sie und hielt einen Umschlag in die Höhe.

»Von wem?«

»Gesundheitsministerium.«

Im System zeigten sich erste Risse. Die Parteiorgane stellten korrupte Funktionäre an den Pranger, und die Ermittlungen wegen Machtmissbrauchs reichten bis auf Ministerebene. Statt in eines der überfüllten Umerziehungslager im Norden verschleppt zu werden, mussten mittlere Kader Seminare an der Schule für Politische Theorie in Vientiane besuchen, deren Lehrplan von den Vietnamesen diktiert wurde. Breit angelegte Säuberungen standen kurz bevor, was die Landbewohner jedoch nicht die Bohne interessierte. Sie erlebten all das nicht zum ersten Mal und hatten von den Jungs in Vientiane, offen gestanden, wenig anderes erwartet.

Wie die meisten laotischen Ministerien ähnelte das Gesundheitsministerium eigentlich eher einem Ferienhotel in der Karibik als einer Institution, in der wegweisende Entscheidungen getroffen wurden. Es war ein weiß getünchtes, durchgehendes Gebäude mit Außentreppen, die man hinaufgehen konnte, ohne zuvor die Erlaubnis eines Wachmanns oder missgelaunten Empfangsmitarbeiters einholen zu müssen. Siri hatte, ganz im Gegenteil, sogar Mühe, hier überhaupt jemanden zu finden. Er betrat ein Büro ohne Namensschild im zweiten Stock. Dort saß an einem hölzernen Schreibtisch eine Frau, deren Haar im Nacken zu einem so straffen Dutt geknotet war, dass ihre Augen da saßen, wo eigentlich ihre Ohren hätten sitzen müssen.

»Der stellvertretende Minister erwartet mich«, sagte er. »Können Sie mir sagen, wo sein Büro zu finden ist?«

»Leider nein«, sagte sie.

»Warum nicht?«

»Na, weil er momentan keins hat«, sagte sie. »Zwei vietnamesische Berater haben es bis Ende des Monats mit Beschlag belegt. Der stellvertretende Minister ist so lange – wie soll ich sagen? – ohne feste Wirkungsstätte. Oh, Moment mal. Da ist er ja.«

Siri sah gerade noch, wie ein Schatten an der Bürotür vorbeihuschte. Er stürzte hinaus und rief den Namen des Mannes. Der stellvertretende Minister war jung und ungepflegt und hatte die Statur eines Fußballspielers.

»Ah, Siri«, sagte er.

»Kennen wir uns?«, fragte Siri.

»Ich habe Ihren Kurs in Feldchirurgie besucht.«

»Stimmt«, sagte Siri. Es war der einzige Kurs, den er je unterrichtet hatte, und auch das nur auf massives Drängen der Partei. Es hatte ihm keinen Spaß gemacht.

»Ja.«

»Und jetzt sind Sie …«

»Stellvertretender Gesundheitsminister.«

»Ah, das Land der unbegrenzten Möglichkeiten«, sagte Siri. »Wer weiß, auf welcher Stufe der Karriereleiter Sie stehen werden, wenn Sie erst fünfundzwanzig sind.«

»Ich bin siebenundvierzig«, sagte der stellvertretende Minister, der Siris sarkastische Untertreibung offenbar für eine genuine Fehleinschätzung hielt. »Kommen Sie mit.«

Sie fanden ein unbesetztes Büro mit nur einem Stuhl. Ungeniert ließ sich der stellvertretende Minister darauf nieder. Unter seinem Arm klemmte ein Aktendeckel, den er feierlich vor sich auf den Schreibtisch legte. Er klappte ihn auf.

»Wissen Sie, was das ist?«, fragte er.

Siri spähte angestrengt auf das oberste Blatt. »Ich glaube, schon«, sagte er.

»Was wissen Sie darüber?«

»Ich habe es gelesen«, sagte Siri. »Nicht ohne. Es hing in der Mahosot-Klinik am Schwarzen Brett.«

»Und hier im Erdgeschoss des Ministeriums.«

»Nun, man kann dem Ministerium gar nicht genug dafür danken, dass es keine Gelegenheit auslässt, uns eindringlich vor den Gefahren einer Reise in die Sowjetunion zu warnen. Eine Lungenmilzbrand-Epidemie. Ich muss schon sagen. Beängstigend.«

»Genau da liegt der Hund begraben, Siri. Wir hatten damit nichts zu tun.«

»Aber das da unten ist doch ein Stempel der Regierung, gezeichnet vom Minister höchstpersönlich.«

»Auf den ersten Blick sieht es vielleicht so aus«, sagte der Mann. »Aber bei näherem Hinsehen werden Sie feststellen, dass der Stempel mit rotem Buntstift abgepaust wurde.«

»Was Sie nicht sagen.«

»Und die Unterschrift des Ministers ist gefälscht.«

»Woran erkennen Sie das?«

»Das Schreiben datiert angeblich vom 11. April, und der Minister ist bereits am 3., ähem, aus dem Amt geschieden.«

»Tatsächlich? Wohin ist er denn entschwunden?«

»Er ist … Das braucht Sie nicht zu interessieren. Sagen wir einfach, er beackert jetzt ein anderes Feld.«

Siri stellte sich vor, wie der Gesundheitsminister mit einem Strohhut auf dem Kopf in einer abgelegenen Provinz Kassaven erntete.

»Und warum sollte sich jemand die Mühe machen, eine Gesundheitswarnung zu fälschen?«, wollte Siri wissen.

»Das frage ich Sie.«

»Mich? Du liebe Güte. Ich habe nicht den leisesten Schimmer. Aber diese Bekanntmachung hat mir einen Höllenschrecken eingejagt, mein Junge. Das kann ich Ihnen sagen. Jetzt, wo ich das gelesen habe, kriegen mich keine zehn Pferde mehr nach Moskau. Kennen Sie die Symptome des Lungenmilzbrands? Es ist entsetzlich. Sie bekommen scheußliche Blasen und schwärende Wunden. Die Kehle schwillt Ihnen zu, bis Ihnen das Schlucken zur Qual wird. Ihr Kot ist blutgetränkt und Ihr Erbrochenes grün. Zu schlechter Letzt entwickeln Sie tiefe Hautabszesse, die sich langsam durch sämtliche Organe fressen. Die Überlebenschance beträgt gerade einmal zehn Prozent.«

»Das war dem Anschlag zu entnehmen«, sagte der stellvertretende Minister, »aber es entspricht nicht der Wahrheit.«

»Sie meinen die Symptome?«

»Nein, das Risiko. Zwar ist es vor einem Jahr in einer entlegenen Provinz nach der Explosion einer Fabrik für biologische Waffen zu einem kleinen Ausbruch gekommen, der für den Großraum Moskau jedoch zu keiner Zeit eine Bedrohung darstellte.«

»Von wem haben sie das?«

»Vom sowjetischen Botschafter.«

»Was sollte der Ihnen auch sonst erzählen? Es ist schließlich seine Aufgabe, glänzende Anzüge zu tragen und die Bevölkerung nicht über Gebühr zu verunsichern. Logisch, dass die Russen so eine Geschichte unter den Teppich kehren. Nein, junger Mann. Irgendjemand kennt die Wahrheit, und als Dienst an der Öffentlichkeit hat er … oder sie uns gewarnt. Da sage ich: Chapeau, Monsieur … oder Madame.«

»Dann würden Sie also nicht dorthin reisen?«

»Nach Moskau? Sind Sie des Wahnsinns?« Siri fuhr herum und marschierte zur Tür. Kaum war er über die Schwelle getreten, blieb er stehen. »Warum fragen Sie?«

»Weil alle anderen Kandidaten ihre Anmeldung zurückgezogen haben.«

»Selbst Supasit, der Augenarzt?«

»Selbst der.«

»Das kann ich ihnen nicht verübeln. Hätte man mir ein Anmeldeformular geschickt, was glücklicherweise nicht der Fall war, hätte ich es auf der Stelle zerrissen.«

Der stellvertretende Minister lachte. Er stand auf, ging an Siri vorbei und setzte sich auf die Betonbank vor der Tür.

»Siri«, sagte er. »Ich will offen mit Ihnen reden. Der Minister hegte keine allzu großen Sympathien für Sie, ist aber nicht mehr in der Lage, über die Moskaureise zu befinden. Also hat man mir die Sache aufgehalst. Einige Mitglieder des ZK sind davon überzeugt, dass die Gesundheitswarnung auf Ihrem Mist gewachsen ist, und ich neige dazu, ihre Auffassung zu teilen.«

Scheinbar gekränkt stakste Siri davon, wenn auch in gemessenem Tempo.

»Warten Sie!«, rief der stellvertretende Minister.

»Wozu? Damit Sie mich weiter beleidigen können?«

»Im Unterschied zu den Kollegen«, sagte der stellvertretende Minister, »kann ich Ihren kleinen Fehltritt allerdings nicht sonderlich dramatisch finden.«

Siri blieb stehen und drehte sich um. »Ach.«

»Siri, als Lehrer habe ich Sie sehr verehrt. Ich bewundere Ihr Nationalbewusstsein und die Selbstlosigkeit, mit der Sie sich unzählige Male für Ihr Vaterland in Gefahr begeben haben. Und Sie würden in meiner Achtung sogar noch steigen, sollte sich herausstellen, dass Sie den Anschlag in der Klinik nur aufgehängt haben, um die Konkurrenz aus dem Rennen zu schlagen. Denn das verrät mir, wie sehr Sie darauf brennen, Laos im Ausland zu vertreten. Für das ZK waren Sie die allerletzte Wahl; es hätte Sie nur nach Moskau entsandt, wenn sich kein anderer Kandidat gemeldet hätte. Tja, heute hat mir der Augenarzt Bescheid gegeben, dass er es vorziehen würde, auf die Reise zu verzichten. Die Sowjets akzeptieren als medizinischen Betreuer allerdings nur jemanden, der seine Ausbildung an einer anerkannten Universität im Ausland absolviert hat. Damit sind Sie der letzte noch verbliebene Anwärter auf den Posten. Ich weiß, dass das ZK mir deswegen die Hölle heißmachen wird, aber lieber nehme ich den besten Kandidaten, als auf Nummer sicher zu gehen. Also, was sagen Sie?«

Siri blickte vom Balkon auf die staubige Stadt hinunter, auf den silbergrauen Faden des Mekong und auf Thailand, das sich eitel und selbstgefällig am anderen Flussufer breitmachte. Er richtete sich zu voller Größe auf, trat vor den stellvertretenden Minister hin und schüttelte ihm die Hand.

»Aber meine Frau muss natürlich mitkommen«, sagte er.

»Sieht ganz so aus, als würden wir nach Moskau reisen, altes Mädchen«, sagte Siri wie nebenher. Daeng und er halfen Herrn Geung, die Trümmer des morgendlichen Nudelansturms zu beseitigen.

»Ach ja?«, sagte Daeng.

»Pass auf, dass du dich vor lauter Begeisterung nicht überschlägst.«

»Was?«

»Ich dachte, du würdest dich freuen. Ich habe weder Kosten noch Mühen gescheut, um das möglich zu machen.«

»Ich weiß. Aber wir sind doch gerade erst mit knapper Not aus Bangkok entkommen.«

»Aber das ist nicht der wahre Grund.«

Daeng sank auf einen Hocker und klatschte das Wischtuch auf den Tisch, als wollte sie auf einen Streich ein halbes Dutzend Fliegen erlegen. »Nein.«

»Sondern?«

»Sieh mich doch an«, sagte sie.

Er setzte sich ihr gegenüber.

»Du siehst fantastisch aus«, sagte er. »Wie immer.«

»Siri, die Spiele sind Anfang Juli. Sprich, die laotische Mannschaft und die Funktionäre werden spätestens Ende Juni anreisen. Das sind nicht einmal mehr zwei Monate. Bis dahin sprießen auf meinem Kopf bestenfalls ein paar Stoppeln. Je älter man wird, desto langsamer wachsen die Haare. Augenbrauen kann ich mir anmalen, volles Haar hingegen nicht. Den Schwanz nicht zu vergessen.«

»Wieso?«

»Weißt du eigentlich, wie schwer es ist, modische Kleider zu finden, die den Schwanz einer Frau kaschieren?«

»Daeng, du redest wie die Braut eines Politbürokraten.«

»Ich weiß. Es tut mir leid. Aber Moskau liegt in Europa, Siri. Glanz und Glamour. Die Oper. Teesalons und Diskussionen über die Gleichberechtigung der Frau. Ich möchte dich nicht enttäuschen.«

»Daeng, wenn du dich vor eine Antonow An-22 stellen und vom Propeller filetiert und in Scheiben geschnitten würdest, sodass von dir nur noch der große Zeh übrig wäre, würde ich mit diesem großen Zeh und stolzgeschwellter Brust durch Moskau paradieren und ihn ins Bolschoi-Theater ausführen. Ich würde mit deinem Zeh von einer Cocktailparty zur nächsten tingeln. Nichts an dir könnte mich je enttäuschen.«

Wieder schwang sie ihr Wischtuch.

»Wie tröstlich.«

»Eitelkeit hat Hohn und Spott redlich verdient.«

Sie funkelte ihn wütend an, solange es irgend ging, musste sich seinem jungenhaften Grinsen schließlich jedoch, wie schon so oft, geschlagen geben. Lachend warf sie das feuchte Tuch nach ihm. Er duckte sich. Auch wenn er nicht immer das nötige Taktgefühl besaß, seine Reflexe funktionierten prächtig.

»Ich bin nicht wütend«, sagte Inspektor Phosy wütend.

»So eine Chance bekomme ich kein zweites Mal«, sagte Schwester Dtui.

»Ich weiß«, sagte Phosy. »Und wenn du eine junge, unverheiratete Frau ohne Kind wärst, hättest du allen Grund, sie mit beiden Händen zu ergreifen. Aber du hast eine Familie.«

»Ich habe eine Tochter.«

»Wir.«

»Wir haben eine Tochter, und wir leben in einem sozialistischen System mit exzellenten Betreuungseinrichtungen für Kinder. Genau deshalb gibt es im Kommunismus Krippen: damit die Eltern, Vater *und* Mutter, einer Werktätigkeit nachgehen können.«

Sie saßen in dem beengten Wohnheimzimmer, das ihnen die Polizeibehörde zugewiesen hatte. Sie teilten sich mit acht anderen Familien ein Bad in einem dunklen, einstöckigen Gebäude. Schreiende Babys brachten sie Nacht für Nacht um den ersehnten Schlaf. Der laotischen Polizei mochte es an vielem mangeln; Paarungseifer gehörte nicht dazu. Die Wände waren so dünn, dass sie allenfalls laut flüstern konnten.

»Lass Malee aus dem Spiel«, sagte Dtui. »Sie ist zwei. Ich stille nicht mehr. Und wenn sie mal vier Wochen ohne ihre Mutter auskommen muss, kriegt sie davon nicht gleich den Schock fürs Leben. Wenn du sie nicht hierhaben willst …«

»Natürlich will ich sie hierhaben.«

»Ich habe jede Menge Freundinnen, die sie mit Freuden zu sich nehmen würden, solange ich weg bin.«

»Du glaubst doch nicht im Ernst, dass ich unser Kind bei Fremden in Pflege gebe.«

»Umso besser. Dann kannst du endlich am eigenen Leib erfahren, wie ich mich fühle, in all den Nächten, die ich allein mit Malee in diesem schäbigen Kabuff zubringen muss, während ihr Vater sich in irgendeiner abgelegenen Provinz herumtreibt. Ohne zu wissen, wann er wiederkommt oder ob er überhaupt noch lebt. Vielleicht verstehst du dann endlich, wie das ist.«

»Dann geht es hier um Rache?«

»Sei nicht albern. Es geht um meine berufliche Zukunft.«

»Der Mutterberuf ist dir wohl nicht zukunftsträchtig genug.«

Sie ballte die Fäuste. »Wenn du eine Berufsmutter suchst, hättest du ein Bauernmädchen heiraten müssen. Es gibt tausende hübscher, schlanker, ungebildeter Frauen, die sich nichts Schöneres vorstellen können, als für einen Mann in Uniform die Gebärmaschine zu spielen.«

Er wandte sich ab und kramte in den Papieren auf dem Tisch.

»Die wüsste vielleicht, was sie an mir hat«, sagte er.

»Warum hast du mich dann überhaupt geheiratet?«, sagte sie.

»Weil du von mir schwanger warst.«

Dtui lächelte, wie nur eine tief getroffene Laotin lächeln kann. Sie schnappte sich ihre Tochter von der Matratze, nahm sie auf den Arm und ging hinaus.

»Typisch«, sagte Phosy. »Dich verdrücken. Das ist das Einzige, was du kannst.«

Doch Dtui summte ihrer Tochter längst ein Kinderlied ins Ohr, denn sie hatte keine Lust, sich das Gerede ihres dusseligen Mannes weiter anzuhören.

# 3

## DIE RATTENFÄNGER-OLYMPIADE

Laos war auf dem besten Weg, zum gescheiterten Experiment zu werden. Das Land hatte soeben das Ende seines auf drei Jahre angelegten nationalen Entwicklungsplans erreicht, den die Pathet Lao bei ihrer Machtübernahme 1975 entworfen (und im Schneckentempo umgesetzt) hatten. Ohne nennenswertes Ergebnis. In seiner Rede zur Lage der Nation räumte der Premierminister ein, dass seine frühere Politik »unzureichend, dumm und selbstmörderisch« gewesen sei. Nach einer weiteren Entwertung des Kip waren die Preise in nie gekannte Höhen gestiegen. Vietnam pumpte Hilfsgelder ins Land, um wenigstens die Grundversorgung zu sichern. Im Ausgleich für die vierhundertprozentige Kostensteigerung gewährte die Regierung ihren Beamten eine siebzehnprozentige Gehaltserhöhung, was eine neuerliche Welle von Flüchtlingen zur Folge hatte, die über den Fluss nach Thailand flohen. Es musste sich dringend etwas ändern. Dieselben Familien, die einst von Parteikadern gescholten worden waren, weil sie sich strikt geweigert hatten, einer Landwirtschaftskooperative beizutreten, wurden nun für ihren Widerstand gelobt. Die Erträge der privaten Bauern übertrafen die der Kollektive bei weitem. In der Hoffnung auf Gemeinschaftsunternehmen und -projekte begann die Regierung, den winzigen Privatsektor zu umwerben und Privatkaufleute zu unterstützen. Um es mit Civilai zu sagen: »Zieht euch warm an. Der Kapitalismus ist im Anmarsch.«

Da die Partei bei den unzähligen Rissen, die sich durch die Gesellschaft zogen, mit dem Kitten kaum noch nachkam, suchte das Zentralkomitee händeringend nach einer Möglichkeit, der unzufriedenen Bevölkerung ein wenig Ablenkung zu bieten. Und da kamen ihm die Olympischen Spiele gerade recht.

Die laotische Olympiamannschaft zählte etwa zwanzig Mitglieder: Schützen, Boxer und Läufer. Das Boxerlager hatten Siri und Civilai bereits besucht, bei den Schützen hingegen – sämtlich Angehörige der Laotischen Volksarmee – waren sie eiskalt abgeblitzt. An diesem Tag absolvierten die Leichtathleten hinter dem Lycée bei Kilometer sechs ihr erstes gemeinsames Training. Das Team bestand aus vier Männern und vier Frauen, hauptsächlich Kurzstreckenläufer. Es war jedoch auch ein Geher unter ihnen, ein gewisser Khamon, der prahlte, zwanzig Kilometer seien für ihn ein Kinderspiel.

Das faszinierte Siri und Civilai, die das Konzept des Wettgehens bislang nicht recht ernst hatten nehmen können, über die Maßen. Die meisten olympischen Sportarten waren militärischen Ursprungs. Das Werfen schwerer oder spitzer Gegenstände, das Überspringen von Zäunen oder Wassergräben, der Faustkampf, das Schießen, das Rudern und insbesondere das schnelle Laufen, all das war auf dem Schlachtfeld nicht nur nützlich, sondern unerlässlich. Doch Gehen war in Siris Augen weder das eine noch das andere. Wollte man eine Stellung von Bogenschützen stürmen, musste man schnellstmöglich dorthin gelangen, um nicht zur Zielscheibe eines zweiten Pfeilhagels zu werden. Und war man sich der eigenen Unterlegenheit bewusst und wollte den geordneten Rückzug antreten, konnte es nicht schaden, wenn das Motto »Mach dich vom Acker, so schnell du kannst« im Überlebenshandbuch stand, das hoffentlich jeder Soldat im Tornister trug. Aber Gehen? Es sah furchtbar albern aus, und kein Porträt eines Geher-Champions hatte je die Wände eines Mädchenzimmers geschmückt. Weshalb Siri es umso bemerkenswerter fand, dass ein junger Laote wie Khamon die Mühe auf sich genommen und sich in dieser Kunst selbst unterrichtet hatte.

Gleich beim ersten Gruppentraining nahmen sie ihn beiseite und fragten ihn offen heraus.

»Warum?«

Wie alle laotischen Athleten war er höflich und sprudelte förmlich vor Begeisterung. Er hatte ein gleichsam internationales Gesicht, das ihn nicht auf Anhieb als Laoten kenntlich machte. Er war hochgewachsen, dürr wie ein Champakazweig und hatte ungewöhnlich große Füße. Vielleicht hatte er sich deshalb fürs Gehen entschieden.

»Ich wurde quasi in den Sport hineingeboren«, sagte Khamon. »Mein Vater war ein fanatischer Geher. Er ging jeden Morgen mehrere Kilometer. Wenn er in Frankreich geblieben wäre, hätte er bestimmt die eine oder andere Meisterschaft gewonnen.«

»Wie meinen Sie das, wenn er in Frankreich geblieben wäre?«, fragte Civilai.

»Mein Vater war Franzose.«

»Daher Ihr Äußeres«, sagte Siri.

»Jein. Für meine Mutter war ich eine Enttäuschung«, sagte Khamon. »Sie umgarnte und heiratete einen Ausländer, weil sie seinen europäischen Samen ernten wollte. Sie träumte davon, blonden, blauäugigen Nachwuchs zur Welt zu bringen, aber dank ihrer dominanten Gene habe ich dunkle Haare und eine Stupsnase.«

»Wie sind Sie in den Olympiakader gekommen?«, wollte Civilai wissen.

»Zeitwettbewerbe«, sagte er. »Die Talentsucher sind durch die Provinzen gereist und haben Läufer in die Schulen eingeladen, wo sie ihr Können unter Beweis stellen konnten. Sie haben sämtliche Zeiten gestoppt und sich die schnellsten notiert. An die olympischen Qualifikationszeiten ist natürlich niemand auch nur entfernt herangekommen, aber es hat großen Spaß gemacht. Ich habe ihnen gesagt, dass ich am Wettgehen teilnehmen wolle. Das stand noch nicht einmal auf ihrer Liste. Sie meinten, dann müsse ich mir jemanden suchen, gegen den ich antreten kann. Wie Sie sich sicher vorstellen können, hielt die Zahl der Bewerber sich in Grenzen. Und so ging ich am Ende allein, barfuß auf Lehmboden. Ich stellte mir vor, dass mein Vater neben mir herlief. Auch nachdem er uns verlassen hatte, blieb ich beim Gehen, in erster Linie aus gesundheitlichen Gründen. Beim Zeitlaufen drehte ich auf der Rennbahn eine Runde nach der anderen, während die Olympialeute Tee tranken und Dame spielten, und als ich fertig war, schauten sie auf die Uhr, sahen in ihrem schlauen Buch nach und stellten fest, dass ich einen neuen Indochina-Rekord aufgestellt hatte.

Erst glaubten sie an einen Irrtum und dachten, sie hätten sich in den Runden verzählt oder so. Also baten sie mich, das Ganze einen Tag später zu wiederholen. Gesagt, getan. Aber diesmal konzentrierten sie sich und ließen die Runden zur Sicherheit von jemand anderem zählen, und ich war eine Minute schneller als am Tag zuvor. Sie konnten es immer noch nicht fassen. Sie haben sogar die Rennbahn vermessen, mit dem Metermaß, weil sie dachten, sie ist vielleicht zu kurz.«

»Was aber nicht der Fall war«, sagte Siri.

»Sie war zehn Meter zu lang. Ich hatte meine Zeit vorher noch nie gestoppt, aber meiner Uhr zufolge hätte ich mit meiner Leistung bei den letzten Südostasienspielen die Silbermedaille geholt. *Et voilà*, hier bin ich.«

Wie Khamon hatten auch die anderen Kandidaten ihren Platz in der Mannschaft durch Ausscheidungswettkämpfe errungen, doch keiner von ihnen schien die Bedeutung der Spiele, an denen sie teilnehmen würden, richtig zu erfassen. Bei der Einführungsveranstaltung erkundigte sich einer der Läufer, ein muskelbepackter junger Mann mit einem tätowierten Tiger auf der Schulter, bei Civilai:

»Onkel, was ist eigentlich ein Olympionike?«

Viele der Athleten waren auf dem Land groß geworden, ohne Medien, ohne jeden äußeren Einfluss, und die Grenzen ihres Dorfes markierten die Grenzen ihrer Welt. Einige hatten sich in der Tempelschule hervorgetan und waren vom örtlichen Kader für den Besuch der Oberschule in der Stadt empfohlen worden. Doch auch dort lernten sie nur, den Planeten durch die rote Brille der Kommunisten zu betrachten. Die Regierung wollte ihre Neugier zügeln, aus Angst, sie könnten mit dem bisschen, was sie hatten, unzufrieden werden. Und nun bekamen sie plötzlich einen Reisepass in die Hand gedrückt und sollten in die weite Welt hinaus, noch dazu als Vertreter eines Landes, über das sie im Grunde nicht viel wussten. Das war natürlich überwältigend. Sie hatten jede Menge Fragen.

Das Sportministerium hatte darauf bestanden, dass die erste abendliche Zusammenkunft an einer mit einem gelben Tischtuch und einem aufwändigen Gesteck aus künstlichen Blumen geschmückten Tafel stattfand. Pro Person gab es eine warme Flasche Fanta und einen Plastikbecher. Der Tisch stand auf dem Basketballfeld in der Turnhalle. Die acht Sportler saßen mit Namensschildern vor sich auf der einen, die Offiziellen auf der anderen Seite. Anwesend waren von links nach rechts: Genosse Civilai (Leiter und Chef de Mission), Siri (Mannschaftsarzt), Daeng (Haustante), Schwester Dtui (Sanitäterin und Dolmetscherin), Herr Ivanow (sowjetischer Sporttrainer) und General Suvan, der ebenso alters- wie gedächtnisschwache Parteifunktionär, der fast allen diplomatischen Missionen zugeteilt wurde, weil er keinen Ärger machte und unzählige Orden sein Eigen nannte. Das Politbüro hatte darauf bestanden, dass mindestens ein aktives Parteimitglied an dem Einsatz teilnahm – auch wenn der General im Großen und Ganzen keinen sonderlich aktiven Eindruck machte. An der Wand hinter ihnen standen zwei Beobachter des Ministeriums. General Suvans Begrüßungsrede dauerte vierundzwanzig Minuten. Er schloss mit den Worten: »Da ich Ziel und Zweck Ihrer Moskaureise in aller Ausführlichkeit erörtert habe, bezweifle ich, dass Sie noch Fragen haben, andernfalls wäre jetzt der Zeitpunkt, sie zu stellen.«

Der neugierigste und lautstärkste Athlet war Chom, der Zweihundertmeterläufer. Er war Ende zwanzig, sah jedoch viel älter aus. Seine Haut war mit Pockennarben übersät, die Spuren irgendeiner Kinderkrankheit, und sein zerzaustes Haar erinnerte an ein verkohltes Lerchennest. Trotz seines ungepflegten Äußeren erfreute er sich größter Popularität, und seine einnehmendste Eigenschaft war seine unverblümte Offenheit.

»Wenn ich das richtig verstehe, Genossen«, sagte er, »werden wir in die UdSSR geschickt, das Land mit den besten Athleten der Welt, um dort mit Sportlern und Sportlerinnen aus aller Herren Ländern zusammenzutreffen – Leuten, die ihr Leben dem Training und der Leibesertüchtigung gewidmet haben. Und sie werden neben uns auf der Rennbahn stehen und auf die kleinen Läufer aus Laos in ihren schlechtsitzenden Baumwollhosen und billigen Turnschuhen herabsehen und schon an der Ziellinie sein, wenn wir noch gar nicht losgelaufen sind, und das Einzige, woran die Welt sich erinnern wird, ist die Tatsache, dass wir Laoten Luschen und Verlierer sind. Stimmt's, oder hab ich recht?«

Schlagartig wurde es still in ihrer kleinen Welt. Die Frage war zu früh gekommen. Siri und Civilai hatten die Wahrnehmung der internationalen Öffentlichkeit, wenn überhaupt, eigentlich erst gegen Ende der Veranstaltung zur Sprache bringen wollen. Doch Madame Daeng kam ihnen zuvor.

»Erstens«, sagte sie, »wären Baumwollhosen der Gesundheit durchaus förderlich, da sie es der Haut ermöglichen zu atmen, und ich glaube, die anderen Athleten würden uns darum beneiden. Leider werden Sie komplett in Nylon ausstaffiert, bedruckt mit den laotischen Nationalfarben, was zwar wunderbar aussieht, aber mit leichtem Juckreiz einhergehen dürfte. Morgen werden Sie zum ersten Mal in sowjetischen Spikeschuhen Ihre Runden drehen. Ich habe gestern Abend vor dem Zubettgehen bereits ein Paar anprobiert. Es war ein voller Erfolg. Dr. Siri konnte mit meinem Tempo jedenfalls nicht Schritt halten. Nicht wahr, mein Schatz?«

Siri zuckte errötend mit den Schultern. Die Runde quittierte die Bemerkung mit ebenso erstauntem wie herzlichem Gelächter, mit Ausnahme der Ministeriumsvertreter, die eine hochoffizielle Gewittermiene aufsetzten. Dennoch, das Eis war gebrochen.

»Aber die anderen Athleten werden Sie nicht nach Ihrem Aussehen beurteilen«, setzte sie hinzu.

»Nein«, sagte Civilai. »Die Welt interessiert sich nicht für Verlierer. Nicht eine einzige Kamera wird auf Sie gerichtet sein, wenn Sie aus den Startblöcken stolpern und die Bahn entlanghumpeln. Selbst der Zweit- und Drittplatzierte sind schon nach wenigen Sekunden vergessen.«

»Und warum fahren wir dann überhaupt?«, fragte Chom.

Lächelnd sah Civilai ihn an. »Genosse Chom«, sagte er, »was machen Sie beruflich?«

In Wahrheit hatte er die Anmeldeformulare längst durchgesehen und wusste genau, was Genosse Chom beruflich machte.

»Ich bin Kammerjäger«, sagte Chom nicht ohne einen Anflug von Stolz. »Ich arbeite für die Gemeindeverwaltung von Savannakhet.«

»Und beherrschen Sie Ihr Metier?«, fragte Civilai.

»Es gibt keinen besseren als mich«, sagte Chom. »Ich bin Rattenfänger in der vierten Generation. Natürlich beschränken wir uns nicht auf Nager. Wir haben ebenso viel Erfahrung in der Bekämpfung von Schlangen, Kakerlaken und Termiten.«

»Das glaube ich gern«, sagte Civilai. »Und wie bewerten Sie Ihren Erfolg im internationalen Vergleich?«

»Was?«

»Ich meine, wie oft schalten Sie das Radio ein, um zu überprüfen, wie Sie im Vergleich mit Rattenfängern, in … sagen wir … Kanada abschneiden?«

»Ich habe kein Radio«, sagte Chom.

Civilai verzog das Gesicht. »Aber wenn Sie eines hätten, würde es dann eine Rolle spielen, ob Sie im vergangenen Jahr zwei Ratten weniger gefangen haben als Ihr kanadischer Kollege?«

Chom dachte eine Weile nach. »Mit Kanada kenne ich mich nicht aus«, sagte er schließlich.

»Dann nehmen wir stattdessen an, es gäbe eine Rattenfänger-Olympiade«, sagte Civilai. »Und Sie würden mit Schädlingsbekämpfern aus hundert anderen Nationen konkurrieren. Sie müssten beispielsweise gegen den mexikanischen Rattenfänger antreten, der es jeden Tag mit Ratten groß wie Ferkel zu tun hat, die er mit dem Lasso fängt. Und mit dem isländischen Kammerjäger, dessen dickste Beute Spinnen sind. Er stellt ihnen Fallen in Form von langen, mit Leim bestrichenen Papierbahnen. Wer wollte beurteilen, welcher von beiden der bessere ist? Wie können Sie sich mit den beiden messen? Jeder hat seine ganz eigene

Herkunft und Identität. Wir könnten allenfalls Ihre individuellen Fähigkeiten beurteilen, Ihre Bescheidenheit, Ihren Humor, Ihre Professionalität. Niemand würde Sie geringachten, nur weil Sie anders sind. Man würde Sie als Menschen wahrnehmen, nicht als Champion. Es geht nicht um Gewinnen oder Verlieren, sondern um das Spiel an sich.« Er sah zu den Beobachtern des Ministeriums. »Das ist von Marx.«

Als die Fanta alle und der Empfang vorüber war, schüttelten die Leute aus dem Ministerium Civilai die Hand und gingen nach Hause, um über seine Rattenfängertheorie nachzudenken. Die Athleten und Mannschaftskapitäne waren in der amerikanischen Siedlung untergebracht, die inzwischen hauptsächlich Parteifunktionäre und ihre Berater beherbergte. Ein kleiner Block hinter den alten Stallungen war für die Olympia-Helden reserviert. Ivanow begleitete General Suvan zurück zu seinem Zimmer, während Siri, Dtui, Daeng und Civilai noch ein wenig in der Schulturnhalle verweilten, um verwaltungstechnische Belange zu besprechen, eine Tätigkeit, die man in Fachkreisen auch *konzentriertes Trinken* zu nennen pflegt. Madame Daeng hatte eine Freundin auf dem Morgenmarkt, die derzeit einen äußerst wohlschmeckenden Reiswhisky aus Thailand importierte.

»Das, Bruder, war die wohl erbärmlichste Mannschaftsansprache, die mir je zu Ohren gekommen ist«, sagte Siri.

»Ich fand sie eigentlich recht motivierend«, meinte Dtui.

»Ich garantiere dir, unsere Sportskanonen liegen jetzt allesamt in ihren Betten und formulieren eine neue Philosophie des Sieges«, sagte Civilai.

»Und ich garantiere dir, die liegen jetzt allesamt in ihren Betten und kämpfen mit dem Brechreiz, den die warme Fanta und die Schreckbilder von schweinsgroßen Ratten ihnen verursacht haben.«

»Schluss jetzt, Jungs«, fuhr Daeng dazwischen. »Lasset die Gläser uns erheben. Und umgekehrt. Auf eine gute Sache.«

»Auf das Unerforschliche«, sagte Siri.

»Auf die Olympischen Spiele«, sagte Dtui.

»Auf die Olympischen Spiele«, wiederholte der Rest der Gesellschaft.

Sie tranken und genossen und lehnten sich zurück.

»Hätte heute Abend nicht der ganze Kader zusammenkommen sollen?«, fragte Dtui.

»Das ist leichter gesagt als getan«, antwortete Civilai. »Die Boxer sind oben in Vang Vieng und rennen die Berge rauf und runter, und ob inzwischen feststeht, welche Schützen die Armee nach Moskau mitzunehmen gedenkt, entzieht sich meiner Kenntnis. Jedes Bataillon hat seinen Favoriten nominiert, von denen es wiederum sieben auszuwählen gilt, ohne deren Kommandanten vor den Kopf zu stoßen. Ich habe das dumpfe Gefühl, dass sie ihr Aufgebot nicht eher beisammenhaben werden, als bis wir im Flugzeug sitzen.«

»Das ist alles?«, fragte Daeng. »Nur Schützen, Boxer und Läufer?«

»Und ein Geher«, sagte Siri.

»Wie steht's mit Fußball?«, wollte Dtui wissen.

»Die Qualifikation war letztes Jahr«, sagte Civilai. »Man kann so kurz vor Ultimo kein Team mehr nominieren.«

»Schwimmen?«, fragte Dtui.

Siri lachte. »Jeder des Schwimmens mächtige Laote hat sich längst über den Fluss davongemacht«, sagte er. »Nein, mehr haben wir leider nicht zu bieten. Zwanzig Männer und Frauen ohne die geringsten Aussichten auf eine Medaille. Sie werden nach Moskau reisen, ihr Bestes geben und beseelt von der Kraft des weiten Herzens und mit einer positiveren Weltsicht ausgestattet in die Heimat zurückkehren.«

»Schade, dass wir das ZK nicht in Nylon-Laufanzüge stecken und mitnehmen können«, meinte Civilai.

»Dann würde ich hierbleiben«, sagte eine Stimme.

Sie drehten sich um und sahen Chom in der Tür stehen. Er hielt eine Flasche mit einer klaren Flüssigkeit in der Hand.

»Ich hoffe doch stark, dass das Kokoswasser ist«, sagte Civilai.

»Der beste Reiswhisky, den Savannakhet zu bieten hat«, sagte der Geher.

»Sie sind im Training«, sagte Siri und streckte die Hand nach der Flasche aus.

»Für die Niederlage«, sagte Chom. »Das hilft.«

Zwei halbwüchsige Sprinterinnen waren ihm in die Turnhalle gefolgt. Ihre Flasche war gefüllt mit einer klumpigen hellbraunen Brühe.

»Hirsebier«, sagte Nat, die ältere der beiden Schwestern.

»Macht Haare auf der Brust«, sagte ihre Schwester Nah. Die Mädchen waren in Wirklichkeit gar nicht verwandt, doch in Laos konnten zwei oder mehr »Schwestern« ohne weiteres verschiedene Eltern haben. Die beiden hatten den ganzen Tag Händchen gehalten und blieben auch jetzt unzertrennlich.

Es dauerte keine zehn Minuten, da war die ganze Leichtathletikmannschaft mit ihren Opfergaben in der Turnhalle erschienen. Sie verschmähten die Stühle und den Tisch, setzten sich auf den Boden und verkosteten den Selbstgebrannten ihrer Teamkollegen. Es ging zu wie bei einer französischen Weinprobe, nur war der Alkoholpegel hier höher als der Eiffelturm. Nach zwei Gläsern standen die Sportler und ihre Betreuer sich näher als die buckligste Verwandtschaft.

Irgendwann erhob Siri sein Glas und brachte einen Trinkspruch aus. »Verehrte Damen und Herren«, sagte er. »Eines sollen und dürfen Sie nie vergessen: Der Weg zum Erfolg ist mit Schlaglöchern, Büffelmist, zerbrochenen Bierflaschen und Blindgängern gepflastert. Manchmal ist es klüger, sich in den Schatten eines Baumes zu setzen und ein geistiges Getränk zu sich zu nehmen.«

Die Sportler jubelten, hätten in ihrem Zustand jedoch allem und jedem zugejubelt.

»Das ist von Marx«, setzte Siri hinzu.

»Unsinn«, sagte Civilai.

»Wieso? Sonst ist doch auch alles von Marx«, sagte Siri.

# 4

## MISSION MOSKAU

Am Flughafen Wattay spielte eine Blaskapelle, und die halbe Hauptstadt war gekommen, um den Olympioniken einen zünftigen Abschied zu bereiten. Ein eigens bestellter Fotograf knipste die Sportlerinnen und Sportler erst mit der Aeroflot-Maschine im Hintergrund, dann mit ihrem jeweiligen Team, auf wackligen Stühlen, zusammen mit den Offiziellen, die geschlossen vor ihnen Aufstellung genommen hatten.

Mit Ausnahme von Gongjais Schwester Tong, die zu Hause über den langsamen Verfall des Genossen Noo wachte, war Siris Hausgemeinschaft vollzählig erschienen, noch dazu im Sonntagsstaat, dabei war heute Donnerstag. Selbst der Verrückte Rajid war als Sozius auf dem hauseigenen Motorroller mitgefahren. Er trug Shorts und einen geplatzten Fahrradschlauch, den er sich wie eine Krawatte um den Hals geschlungen hatte. Ein Hemd hatte er offenbar nicht finden können, denn er war oben ohne. Der Blinde Pao und seine Enkelin Lia schwenkten ein Winkelement mit Hammer und Sichel. Inthanet und seine Verlobte trugen Rot, Weiß und Blau, die Nationalfarben. Inspektor Phosy, der für öffentliche Zuneigungsbekundungen wenig übrighatte, unternahm nicht einmal den Versuch, Dtuis Hand zu halten, während sie ihre gemeinsame Tochter hätschelte. Ihr Verhältnis war in den letzten Wochen etwas angespannt, denn Phosy hatte sich noch immer nicht dafür entschuldigt, dass er sich in den Schmollwinkel zurückgezogen hatte, weil seine Angetraute sich das Recht herausnahm, allein ins befreundete Ausland zu reisen. Frau Fah ließ ihre Kinder für die Kameras salutieren, und Gongjai überreichte Madame Daeng einen Blumenstrauß. Köter lag ihnen derweil deprimiert zu Füßen, als wüsste er, dass es keinen Sinn hatte, auf einen Platz an Bord eines sowjetischen Düsenjets zu hoffen.

Der Premierminister gab sich, wenn auch nur kurz, die zweifelhafte Ehre. Er schüttelte sämtlichen Sportlern und Betreuern die Hand und hielt eine kleine Rede, die von A bis Z im Dröhnen der Triebwerke unterging. Wäre er etwas länger geblieben, hätte er vielleicht bemerkt, dass das Repertoire der Kapelle nur drei patriotische Melodien umfasste, die sie in Dauerschleife spielte.

Während des Trainings hatte die laotische Mannschaft eine höchst erfreuliche Nachricht erreicht. Aus Protest gegen den sowjetischen Einmarsch in Afghanistan hatten die Amerikaner beschlossen, die Spiele zu boykottieren, und fünfundsechzig weiteren Ländern anempfohlen, ebenfalls daheimzubleiben. Andere, wie Großbritannien, stellten es ihren Athleten frei, sich für oder gegen die Teilnahme zu entscheiden. Die Meldung versetzte den sozialistischen Block in Wonne und Entzücken, insbesondere die Laoten, die sich nun damit würden brüsten können, in ihren jeweiligen Wettkämpfen den siebten und nicht den zwölften Platz belegt zu haben, da das Feld der Mitbewerber um fast die Hälfte geschrumpft war.

Auf dem letzten Foto saß der gesamte Kader auf einer fix zusammengezimmerten Tribüne. Civilai hockte zwischen General Suvan und dem Premierminister eingeklemmt ganz vorn in der ersten Reihe. Während der Fotograf die Schärfe einstellte, blickte Civilai in die teils bekannten, teils unbekannten Gesichter der Athleten. Seine aktive Dienstzeit hatte er vornehmlich damit verbracht, kreuz und quer durchs Land zu reisen, und er besaß ein hervorragendes Gedächtnis für Gesichter. In einem Land mit vier Millionen Einwohnern war die Wahrscheinlichkeit, einem Bekannten oder Verwandten über den Weg zu laufen, ziemlich hoch. Die Gruppe der Armeeschützen traf heute zum ersten Mal zusammen, und während sie einander vorgestellt wurden, erkannte Civilai in der dritten Reihe einen Offizier namens Lien, mit dem er schon einmal zu tun gehabt hatte. Damals war Lien noch ein einfacher Hauptmann gewesen, doch inzwischen hatte er es augenscheinlich zum Major gebracht. Civilai nickte ihm zu, und der Major nickte zurück. Der Soldat lächelte, als würde er eines ihrer gemeinsamen Abenteuer Revue passieren lassen. Wie es schien, gehörte Lien zum Schützenteam, was den alten Politbürokraten außerordentlich freute. Sie würden über einen Monat in der Sowjetunion verbringen und dabei ausreichend Zeit und Gelegenheit finden, in Erinnerungen an die gute, alte Zeit zu schwelgen. Civilai deutete auf die Maschine, und der Major reckte den Daumen.

Auf dem Rollfeld drängte sich eine Menschenmenge, und selbst nachdem Olympioniken und Administratoren längst an Bord gegangen waren, wollten und wollten die Massen nicht weichen. Sie winkten den inzwischen vertrauten Athleten zu, deren Porträts die Titelseite der *Pasason Lao* geziert hatten, und riefen stumm: »Viel Glück!« Da die Aeroflot ihre Flugzeuge nicht mit Hupen auszustatten pflegte, musste der russische Copilot das Fenster öffnen und die renitente Menge zur Seite winken, damit die Maschine in Startposition rollen konnte. Die Leute winkten auch noch, als das Flugzeug abhob und ihre Hoffnungen gen Himmel und in die ferne Union der sozialistischen Sowjetrepubliken trug.

Selbst an einem ruhigen, wolkenlosen Tag wie heute blieben die von Wattay gestarteten Maschinen von Turbulenzen nicht verschont. Die meisten Passagiere waren noch nie geflogen, und als das stählerne Ungetüm mit einem Mal und ohne die geringste Vorwarnung in ein vierzig Meter tiefes Luftloch sackte, waren ihre Schreie bis zum Flughafen zu hören. Weiße Wolken eisgekühlter Luft, die für Uneingeweihte stark nach Rauch aussahen, strömten zischend aus den Düsen über ihren Köpfen. Schwester Dtui kugelte Siri fast den Arm aus.

»Keine Panik«, sagte er.

»Keine Panik?«, gab sie zurück. »Genau aus diesem Grund meide ich Flugzeuge wie die Beulenpest. Das Schicksal unnötig strapazieren. Mich in einer fliegenden Konservenbüchse zum Firmament aufschwingen. Die Götter dazu auffordern, mich vom Himmel zu holen. Das ist wider die Natur.«

Civilai, der eine Reihe weiter hinten saß, beugte sich vor und sagte: »Eher fällt ein Büffel vom Baum und Ihnen schlankweg auf den Kopf, als dass Sie bei einem Flugzeugabsturz ums Leben kommen.«

»Da bin ich ja beruhigt«, sagte Dtui.

Wieder sackte die Maschine ab, und in den nächsten fünf Minuten purzelte sie munter hin und her wie ein Paar Sandalen in einem Wäschetrockner. Selbst als der Pilot die Turbulenz für überstanden erklärte und die Fasten-Seat-Belts-Leuchte löschte, wagte es niemand, seinen Gurt zu öffnen. Niemand außer Civilai. Er stand umständlich auf und schob sich durch den Mittelgang in Richtung Heck.

»Die Blase«, sagte Siri zu seiner Frau. »Gott sei Dank gibt es an Bord Toiletten.«

Doch Civilais Harndrang war offenbar nicht annähernd so stark wie vermutet. Langsam ging er den Gang entlang, sah freundlich nickend nach links und rechts und geizte nicht mit netten Worten. Bei der letzten Sitzreihe angekommen vergewisserte er sich, dass der Waschraum frei war, machte von den sanitären Anlagen jedoch keinerlei Gebrauch. Siri und Daeng rätselten, wonach er suchte. Staunend sahen sie zu, wie er kehrtmachte und an ihnen vorbei nach vorne schlurfte. Dort beugte er sich zum Leiter der Armeedelegation hinab und verwickelte ihn in ein kurzes Gespräch. Der Offizier stand auf, zählte seine Truppe durch, sah auf einer Liste nach und entbot Civilai einen militärischen Gruß, bevor er sich wieder setzte. Ratlos und verwirrt sank Civilai auf seinen Platz.

»Ist Ihnen ein Gespenst begegnet?«, fragte Daeng.

»Das verstehe, wer will«, sagte Civilai.

»Was ist denn los?«, fragte Siri.

Civilai kniete sich auf seinen Sitz und beugte sich über Siris Rückenlehne. »Vorhin am Flughafen, als das Gruppenfoto mit dem Premierminister aufgenommen wurde, habe ich einen alten Freund gesehen«, sagte er. »Seiner

Uniform nach zu urteilen, ist er inzwischen zum Major aufgestiegen; als wir uns kennenlernten, war er ein einfacher Hauptmann. Er saß hinter uns bei den Schützen. Er hat mich sofort wiedererkannt, und wir haben uns zugelächelt und uns per Zeichensprache darauf geeinigt, uns an Bord kurzzuschließen. Und jetzt ist er nicht mehr da.«

»Mit ihm gesprochen hast du aber nicht?«, fragte Siri.

»Dazu war es zu chaotisch«, sagte Civilai.

»Vielleicht war er nur als Trainer oder VIP bei dem Fototermin«, sagte Dtui.

»Nein beziehungsweise … ja«, sagte Civilai. »Möglich wär's, aber er war genauso gekleidet wie der Rest des Schützenteams, bis hin zu der roten Olympia-Armbinde. Und er war auf dem Mannschaftsfoto. Und er wollte sich an Bord unbedingt mit mir unterhalten.«

»Vielleicht hast du ihn aber auch nur falsch verstanden«, sagte Siri.

»Ich sehe es einem Menschen an, wenn er sich freut«, sagte Civilai. »Das erlebt man in unserem Land nur selten.«

»Vielleicht wollte er *vor* dem Besteigen der Maschine mit Ihnen sprechen«, gab Daeng zu bedenken.

»Auch das wäre durchaus möglich«, sagte Civilai. »Aber um die Wahrheit zu sagen, wunderte es mich überhaupt nicht, dass er in der Mannschaft war. Auf dem Schießstand machte ihm keiner etwas vor. Er hatte es schon mit Mitte zwanzig zum Ausbilder gebracht.«

»Da hast du's«, sagte Siri. »Wahrscheinlich ist er ein reisefauler Ausbilder und war nur gekommen, um sich von seinen Jungs zu verabschieden. Was hatte der Uniformierte da vorn dazu zu sagen?«

»Er hat mich nach dem Nachnamen des Majors gefragt, aber ich konnte mich nicht daran erinnern. Wir nannten ihn Lien, aber auf der Mannschaftsliste stand kein Lien. Noch irgendein anderer Name, der das Wort Lien enthielt. Kein Lienkum. Kein Bounlien.«

»Dann gibt es nur eine Möglichkeit«, sagte Daeng. »Senilität. Gedächtnisverlust und die Missdeutung alltäglicher Signale.«

»Ich hatte nicht den geringsten Zweifel, dass …«

»Er ist aber nicht an Bord, Onkel«, sagte Dtui.

»Nein«, bestätigte Civilai. »Er ist nicht an Bord.«

Die sogenannten Erstteilnehmerländer, welche die Olympiade bislang allenfalls vom Hörensagen kannten – Angola, Botswana, Jordanien, Laos, Mosambik und die Seychellen – waren eingeladen worden, zwei Wochen vor Beginn der eigentlichen Spiele in die Sowjetunion zu kommen, um dort ein »Intensivtraining« zu absolvieren, wie die Veranstalter es nannten. Wobei es sich eher um eine Art Benimmprogramm handelte, bei dem sie lernten, wie man eine Toilettenspülung bediente und mit Messer und Gabel aß. Kein Sporttraining dieser Welt hätte die kleinen Mannschaften auf internationales Niveau heben können.

Die laotischen Athleten landeten auf dem nagelneuen Scheremetjewo-Flughafen, einem blendend weißen Bau, der nur für sie errichtet schien. Nach einem kleinen Zwischenfall beim Zoll, der einem der Sportler wegen einer mitgebrachten Plastikdose hausgemachten Fisch-*laap*s die Einreise verwehren wollte, wurden sie von einem bunt gemischten Empfangskomitee willkommen geheißen: pummelige Frauen in folkloristischen Kostümen mit bunten Blumenketten um den Hals, dicke, uniformierte Männer mit Frisuren, die wie Toupets aussahen, Armeeoffiziere mit flachen Hüten, die so groß waren, dass man sie bequem als Hubschrauberlandeplatz hätte zweckentfremden können, sowie zuvörderst und zu allererst Genosse Baronow, der sich jetzt aus der Menge löste. Dem jungen Mann fiel ständig eine Haartolle ins Auge, und als er sich einen Weg durch die Reihen bahnte, hatte es den Anschein, als würde er ihnen winken. Für die Laoten war er das bei weitem bedeutendste Mitglied des Begrüßungskomitees, denn er beherrschte ihre Sprache. Die laotische Delegation erstarrte in Ehrfurcht, als er von einem zum anderen ging, jedem Athleten die Hand schüttelte, nach der heimischen Wetterlage fragte und sich voller Sorge erkundigte, ob sie schon gegessen hätten, alles in schönstem Hochlaotisch.

Fast hätte man einen Hauch von Mitleid empfinden können für diesen jungen Mann, der seine knapp bemessenen Bildungsmöglichkeiten damit vergeudet hatte, eine Sprache zu erlernen, die ihm weder beruflichen noch finanziellen Nutzen brachte. Eine Sprache, die selbst vierzig Prozent der laotischen Staatsbürger nicht oder nur unzureichend beherrschten. Weshalb sich sämtliche Teammitglieder und Administratoren auf der Stelle in diesen weißhäutigen, übergewichtigen und unmodern gewandeten Sowjetbürger verliebten.

Die Schützen wurden von den Vertretern der Roten Armee zusammengetrieben und eilig fortgeschafft; sie tauchten erst zur Eröffnungsfeier am 19. Juli wieder auf. Was Civilai mit leichter Besorgnis erfüllte, und das nicht nur weil er den Auftrag hatte, den Teamgeist der Laoten nach Kräften zu fördern, sondern weil ihn das Verschwinden seines Freundes in Unruhe versetzt hatte. Als sie einen Bus bestiegen, überflog er noch einmal die Gesichter. Vielleicht hatte Siri ja recht, und der Major war tatsächlich nur ein reisefauler Ausbilder, doch Civilais Instinkt sagte ihm etwas anderes.

Der Rest des Kaders wurde in drei luxuriösen Großraumlimousinen vom Flughafen ins Mannschaftsquartier chauffiert, von Männern in hellblauen Uniformen. In jedem Fahrzeug saßen zwei unbewaffnete sowjetische Soldaten. Alles hier schien frisch, forsch und funkelnagelneu, einschließlich der Gastfreundschaft. Siri und Civilai waren mehrfach in die Sowjetunion gereist, hatten dort jedoch nie auch nur einen Hauch von Herzlichkeit erfahren. Unterdessen starrten die Laoten, die zum ersten Mal im Ausland weilten, schweigend und mit großen Augen aus dem Fenster. Wie riesig hier alles war! Da es in ganz Laos nur ein einziges Gebäude mit mehr als drei Etagen gab, hatten sie das Gefühl, geschrumpft worden zu sein. Die Fahrt ins Moskauer Zentrum führte sie vorbei an gewaltigen erdfarbenen Blocks mit aufgesetzten Spitzen, unterbrochen hier und da von monolithartigen Türmen, die bis in die Wolken ragten. So viel Beton hatten sie ihr Lebtag noch nicht gesehen. Die Straßen waren breit, mit gepflegten, brettebenen Gehwegen, und es gab weder Müll noch Unrat, keine verrottenden Lebensmittel oder Schutthaufen am Straßenrand. Und alle Kraftfahrzeuge waren in Primärfarben lackiert, wie Spielzeugautos.

Als die Limousinen vor dem dreißigstöckigen Wolkenkratzer am Nordufer der Moskwa hielten, glaubten die Läufer und Faustkämpfer, es gehe an die Besichtigung eines prächtigen Palasts. Kaum waren sie ausgestiegen, zückten sie auch schon die Instamatic-Kameras, die sie von der Regierung gestiftet bekommen hatten, und knipsten drauflos. Die Phalanx von Pagen in einheitlichen Uniformen, die das Mannschaftsgepäck aus den Kofferräumen hievten, ignorierten sie ebenso wie die beiden nicht mehr ganz taufrischen Empfangschefs in zu großen silbergrauen Anzügen, die auf der Vortreppe standen und sie hereinwinkten.

»Für Fotos bleibt noch genügend Zeit«, sagte Siri. »Teilen Sie sich den Film gut ein.«

»Warum, Opa?«, fragte Maen. Er war der attraktivste und großspurigste unter den Boxern und hatte die vergleichsweise kurze Fahrt dazu benutzt, Nah, eine der Sprinter-Schwestern, zu umwerben. Ihre männlichen Kollegen hatten sich um sie geschart wie ein Rudel, das seinen jüngsten Spross vor einem Tiger beschützt. Und Maen war ein Tiger, da gab es nicht den geringsten Zweifel. Im Flugzeug hatte er sich sogar an Schwester Dtui herangepirscht und ihr das mehr als dreiste Angebot gemacht, nun, wo sie von ihrem Mann vier Wochen lang getrennt sei, könne er ihr ja Gesellschaft leisten und sie in den eisigen Moskauer Nächten ein wenig wärmen. Sie hatte Civilai den Annäherungsversuch zwar gemeldet, war einem kleinen Flirt nach dem bitteren Abschied von ihrem scheinheiligen Gatten jedoch gar nicht abgeneigt. Es erregte sie, dass ein so junger und so muskulöser Mann sich sexuell zu ihr hingezogen zu fühlen schien.

Siri gefiel es ganz und gar nicht, von einem so unangenehmen jungen Mann als »Opa« tituliert zu werden. »Weil das Ihr Hotel ist«, sagte er. »Sie haben zwei Wochen Zeit, so viele Fotos zu machen, wie Sie wollen, und sie an Ihr vermutlich weltumspannendes Netz geschmacksverirrter Frauen zu schicken.«

Reihum klappten die Kinnladen herunter.

»Wir wohnen hier?«, fragte Khamon, der Geher.

»Laut Reiseplan«, sagte Siri.

Aller Augen wanderten die befensterte Steilwand hinauf bis zur Spitze. Es handelte sich um das Hotel Ukraina am Westufer, eines der zahlreichen Zeugnisse von Stalins architektonischem Größenwahn. Tausend Zimmer, Suiten und Apartments mit gewölbten Decken und plüschigen importierten Teppichen. Und hier würden die Söhne und Töchter armer Reisbauern ihre ersten vierzehn Tage in Moskau verbringen.

»Ich hoffe, unsere Zimmer liegen in einer der unteren Etagen«, sagte Thip, die älteste und hübscheste der Läuferinnen.

»Warum, meine Liebe?«, fragte Madame Daeng.

»Weil es bis nach ganz oben verdammt viele Treppenstufen sind.«

In gut zwei Wochen, wenn die Spiele begannen, würde das Ukraina den Journalisten aus aller Welt übergeben werden, doch bis dahin hatten die Erstteilnehmerländer es ganz für sich allein. Genosse Baronow hatte die Mannschaft zum Hotel begleitet, sie auf ihre jeweiligen Zimmer verteilt und stand nun wie ein defekter Verkaufsautomat im protzigen

Empfangsbereich. Der Wahl seines Studienfaches nach zu urteilen, hatte er vermutlich keine Freunde. Civilai beschloss, ihn zu adoptieren.

»Junger Mann«, sagte er.

Baronow blinzelte, lächelte und sagte: »Ja, Onkel?«

»Onkel? Müssten Sie mich denn nicht mit Genosse anreden?«

»Um Himmels willen, nein«, sagte er. »Wir leben in den Achtzigerjahren. Die Zeiten haben sich geändert. Und wir feiern die Wiedergeburt Olympias. Die finsteren Jahre sind vorbei. Keine klassistische Sprache mehr. Kein Rassismus. Keine Fremdenfeindlichkeit. Wir alle sind eine große, glückliche Familie, und die laotischen Athleten sind meine Brüder und Schwestern. Und Sie mein Onkel.«

Als jemand, der einen nicht unerheblichen Teil seines Lebens damit verbracht hatte, sich das Gefasel kommunistischer Phrasendrescher anzuhören, konnte Civilai nur hoffen, dass man den offiziellen Dolmetschern diesen sentimentalen Quatsch nur für die Dauer der Spiele antrainiert hatte.

»Dann gestatte ich Ihnen hiermit feierlich, mich Onkel zu nennen«, sagte er. »Und ich darf doch annehmen, dass Sie meinem Team und mir während unseres Aufenthaltes uneingeschränkt zur Verfügung stehen?«

»Solange sich alles im legalen Rahmen bewegt«, sagte Baronow. »Und für den Fall, dass hier doch einmal nicht ganz so legale Dinge vor sich gehen, habe ich die strikte Anweisung, ein Auge zuzudrücken.«

»Wie zum Beispiel?«

»Marihuana. Käufliche Mädchen. Glücksspiel. Handgreifliche Auseinandersetzungen in der Öffentlichkeit. Diebstahl von kleinerem Hoteleigentum.«

»Wie steht es mit antisowjetischen Äußerungen?«

»Absolut tabu.«

»Ich werd's mir merken. Ich nehme an, Baronow ist Ihr Familienname.«

»Ja, Onkel.«

»Und wie heißen Sie mit Vorname?«

»Wladimir Swjatoslaw.«

»Nein, das ist viel zu kompliziert.«

»Ich habe auch einen ausländischen Namen: Roger.«

»Erstklassige Wahl. Nun denn, Roger, ich muss mich dringend mit der Heimat in Verbindung setzen, um den hohen Herren mitzuteilen, dass wir wohlbehalten angekommen sind.«

»Mit dieser Bitte habe ich gerechnet«, sagte Roger. »Sie können direkt vom Hotel aus telefonieren. Sämtliche Gespräche sind gebührenfrei.«

»Ah ja. Nur gibt es in meiner Heimat leider kein Fernleitungsnetz, das diese Bezeichnung verdienen würde. Sie haben nicht zufällig etwas ... Altmodischeres?«

»Wir haben einen Fernschreiber«, sagte Roger.

»Ausgezeichnet.«

Das Telex, das Civilai verschickte, ging an Inspektor Phosy im Polizeipräsidium Vientiane. Es lautete:

*Phosy,*
*in Wattay habe ich einen alten Kollegen wiedergesehen, einen Major namens Lien. Das war sein Spitzname, der sich von seinem bürgerlichen Namen ableitet. Boulien oder*

*Khamlien, irgendetwas in der Art. Er war in Buagaew stationiert, Einheit 6. Ich dachte, er würde mit uns nach Moskau fliegen, aber er war nicht an Bord der Maschine. Bitte gehen Sie der Sache nach.*
*Danke. C.*

Da das Gerät eine lateinische Tastatur hatte und Civilai kein Englisch konnte, schrieb er das Telex auf Französisch. Phosy würde es übersetzen lassen müssen. Da das laotische Spionage- und Sicherheitssystem dem der Sowjetunion nachempfunden war, wurde vermutlich der gesamte Nachrichtenverkehr ins und aus dem Ausland überwacht. Aber er verriet ja keine Staatsgeheimnisse, sondern wollte nur einen alten Freund ausfindig machen.

Den Turban hatte Madame Daeng entdeckt, als sie und Dtui am Vorabend ihrer Abreise in alten *Paris Match*-Heften aus den Fünfzigerjahren geblättert hatten. Die Franzosen hatten bei ihrem Abzug aus Indochina nur wenig von Wert, dafür aber jede Menge interessanter Zeitschriften zurückgelassen. Und in einer dieser Illustrierten entdeckte Daeng ein Foto von Marlene Dietrich mit Seidenturban. Das war die Lösung ihres Mode-Dilemmas. Was ihr Haar betraf, hatte sie recht behalten: Mit dem Wachsen ließ es sich reichlich Zeit. Sie sah zwar nicht mehr aus wie eine Billardkugel, sondern glich eher einem grasbewachsenen Klumpen Erde. Doch mit einem Seidenturban, aufgemalten Augenbrauen und einem leichten Korsett, das ihren Steißbeinfortsatz raffiniert kaschierte, würde sie sich nicht länger wie ein Fremdkörper vorkommen. Siri hingegen mochte Frauen am liebsten *à la nature*, enthielt sich jedoch wohlweislich jedes Kommentars.

Des Doktors Geisterführer, die unausstehliche Tante Bpoo, war indessen auf Tauchstation gegangen. Er fragte sich, ob es sich mit dem Okkulten vielleicht ebenso verhielt wie mit dem Radio – das Signal wurde schwächer, je weiter man sich von der Quelle entfernte. Andererseits war er schon seit über einem Monat nicht mehr spontan verschwunden, und das war ein gutes Zeichen. Wie hätte es auch ausgesehen, wenn der Mannschaftsarzt der Laoten sich bei einem Empfang plötzlich in Luft aufgelöst hätte? Sein steinerner Talisman hing wie üblich an einer Schnur um seinen Hals, obwohl er sich angewöhnt hatte, ihn vor dem Zubettgehen auf das Nachttischchen zu legen. Zu Hause beschützte ihn der Anhänger vor bösen Geistern. Aber sie waren in der Sowjetunion. Wie weit konnten Geister eigentlich reisen?

Wahrscheinlich war diese Gelassenheit der Grund dafür, dass ihm in seiner zweiten Nacht im Ukraina ein weiterer Durchbruch gelang. Ihr Zimmer ähnelte einem jener mit Seilen abgesperrten Boudoirs, die er in Versailles gesehen hatte. Er hatte das Schloss als Student besucht und sich gefragt, wie sich Marie Antoinette dort hatte wohlfühlen können, lebte sie doch in ständiger Angst, eine Antiquität zu beschädigen oder Rotwein über eine kostbare Bettdecke zu schütten.

Die Boxer und Leichtathleten waren in Apartments im siebzehnten Stock untergebracht. Zum Glück gab es Fahrstühle, doch die Geschäftsleitung hatte die Laoten ausdrücklich gebeten, sie nicht mehr für Vergnügungsfahrten zu missbrauchen. Einige waren den ganzen ersten Vormittag vom Parterre bis unters Dach gefahren und zu den großen Fenstern am Ende des Korridors gelaufen, um zu sehen, wie hoch über dem Erdboden sie sich befanden, während einer von ihnen die Lifttüren aufgehalten hatte.

Siri und Daeng bewohnten eine der VIP-Suiten, die an die Privatgemächer reicher Großmütter gemahnten: ein Bett so hoch, dass man es nur mittels eines glanzlackierten Tritts besteigen konnte, ein Sofa, das aussah wie ein riesiges genopptes Brot, ein Fernseher in einem eigens dafür gefertigten Schränkchen und Vorhänge, die so schwer waren, dass man sie zu zweit aufziehen musste. Aber der Blick über den Fluss auf den Gartenring war grandios. Und auch dass sie die vielen Wein- und Schnapsflaschen, die wie die russische Kavallerie in Reih und Glied auf dem Schrank standen, umsonst verkosten durften, gab keinen Anlass zur Beschwerde. Vielleicht war es der übermäßige Genuss des Gratisalkohols, der Dr. Siri in einen seiner gefürchteten Träume stürzte. Es war ein Uhr morgens, und Daeng fuhr aus dem Schlaf, weil ihr Mann immer und immer wieder sagte: »Bitte anschnallen, bitte anschnallen, bitte …« Sie streckte die Hand aus, um ihn zu beruhigen, doch er war nicht da.

Er hing – und wusste nicht: War es Einbildung oder Wirklichkeit? – kopfüber und ohne Sicherheitsgurt in einer Tupolew der Aeroflot. Er konnte jeden Augenblick ungebremst in die Kabinenbeleuchtung krachen. Flammen leckten an den Fenstern. Die Tür zum Cockpit ging auf (es war eine mit kunstvoll geschnitzten Garuda-Motiven verzierte Tempeltür), und heraus trat Tante Bpoo in einer Stewardessen-Uniform der Aeroflot. Sie lief an der Decke, und da die Maschine auf dem Kopf stand, blieb ihr auch gar nichts anderes übrig. Sie sah noch unweiblicher aus als sonst. Ihr Haar war kurzgeschoren, und sie hatte sich einen Bart stehen lassen. Über eine Wange zog sich eine Narbe, die aussah wie ein aufgeklebter Tausendfüßer.

»Na endlich«, sagte Siri.

»Rind oder Hühnchen?«, fragte Bpoo.

Ihre Köpfe befanden sich auf einer Höhe, doch einer von ihnen hing verkehrt herum.

»Ich versuche schon seit Monaten, Sie zu erreichen«, sagte Siri. »Was ist aus unserer Abmachung geworden?«

»Wenn Sie weder Rind noch Hühnchen möchten, werde ich Sie wohl mit einem Gedicht beglücken müssen«, sagte sie.

»Rind«, sagte Siri.

»Kunstbanause.«

Wieder öffnete sich die Cockpittür, und ein kleiner Büffel kam heraus. Die Maschine wackelte.

»Das ist kein Rind«, sagte Siri.

»Die Zeiten sind hart«, sagte Bpoo und hielt eine Machete in die Höhe. »Brust oder Keule?«

»Ich habe Sie gefragt, was aus unserer Abmachung geworden ist«, versuchte Siri es ein zweites Mal. »Sie wollten mir Nachhilfeunterricht geben.«

»Worin?«

»Sie wollten mir beibringen, wie man mit der anderen Seite kommuniziert. Sie haben es mir in die Hand versprochen.«

»Und war dieses Versprechen an einen Termin gebunden?«

»Ich bin gerade sechsundsiebzig geworden. Wir haben noch eine Menge Stoff durchzuackern, bis ich auf dem Scheiterhaufen liege und Sie obdachlos werden.«

»Meine Güte. Wie dramatisch. Möchten Sie zum Essen etwas trinken?«

»Ich möchte einen Rat.«

»Rot oder weiß?«

»Erinnern Sie sich noch an Noo, den thailändischen Waldmönch? Er liegt im Koma. Er scheint den Glauben an das Leben verloren zu haben, und ich weiß nicht, warum.«

»Sie wussten noch nie besonders viel.«

»Ich weiß. Also klären Sie mich auf. Wie hole ich ihn zurück?«

»Normalerweise haben wir auch Eis, aber der Gefrierschrank ist kaputt.«

»Bpoo!«

»Sie haben wirklich keinen Schimmer, was? Also, noch mal zum Mitschreiben: Das Problem ist nicht er selbst, sondern sein Geist.«

»Er ist ein buddhistischer Mönch.«

»Na und? Das ist gehopst wie gesprungen. Und hat die Geister noch nie davon abgehalten, sich um eine Seele zu raufen. In den entsprechenden Himmeln und Höllen spielt es nicht die geringste Rolle. Wenn er zwischen Dies- und Jenseits baumelt, hat er wohl noch irgendetwas zu erledigen.«

»Und wie finde ich heraus, was das ist? Können Sie mich mit seinem Geist verbinden?«

»Sehe ich aus wie das Fräulein vom Amt?«

»Bitte. Er hat Fürchterliches durchgemacht.«

»Die Nuss müssen Sie schon selber knacken. Wissen Sie, was Ihr Problem ist? Sie denken, *wir* haben hier drin das Sagen. Aber ich will Ihnen was verraten. Ich bin nur hier, weil Sie es so wollen. Sie haben mich erschaffen. Wir alle sind nur hier, weil Sie dieses riesige ZIMMER ZU VERMIETEN-Schild vor Ihre mediale Tür gehängt haben und sich einen Dreck darum scheren, was hier los ist. Wir schlagen alles kurz und klein, pinkeln auf den Teppich und zerdeppern die Fenster. Kurz: Wir können tun und lassen, was wir wollen, weil Sie nicht in der Lage sind, Ihr eigenes Haus in Ordnung zu halten. Hören Sie auf zu jammern, Siri. Beweisen Sie, dass Mumm in Ihnen steckt. Wenn Sie Noo helfen wollen, dann marschieren sie mit einem AK-27 da rein und ballern seine dämlichen Geister zu Klump.«

»Aber wie? Nicht einmal Sie hören doch auf mich.«

»Ich bin eine Ausnahme. Ich lasse mich nicht an die Kette legen. Darf ich abtragen?«

Siri sah nach unten. Auf seinem Tablett stand ein Teller Federn.

»Hat's geschmeckt?«, fragte Bpoo.

»Das war Hühnchen. Ich hatte Rind bestellt.«

»Schon besser. Geister haben eine Schwäche für störrige Wirte.«

Sie reichte ihm eine laminierte Karte. Darauf stand ein Gedicht. Er machte den Fehler, es zu lesen. Es war genauso armselig und unverständlich wie all ihre lyrischen Ergüsse.

*Himmelwärts! Was spricht dagegen?*
*Sicher ist sicher, bei Wetter und Regen*
*So glaubte man*
*Bis der Bärtige kam*
*Angst vor jeder Reisetasche*
*Jeder Limonadenflasche*
*Ruckediguh, Sprengstoff im Schuh*
*Kropf oder Topf – wer wollte es sagen?*

Sie ging wieder in Richtung Cockpit.

»Es heißt siebenundvierzig«, rief Siri.

»Was?«

»Es gibt kein AK-27.«

»Dem Himmel sei Dank. Können wir jetzt weiterschlafen?«

Siri drehte sich auf die linke Seite und erblickte Daeng, die ihren Turban im Bett anbehalten hatte. Ihre Augen waren schlafgeschwollen.

»Bin ich verschwunden?«, fragte er.

»Ja, etwa eine halbe Stunde lang. Wo warst du?«

»Aeroflot.«

»Mit Aeroflot sind vermutlich schon viele verschwunden.«

# 5

## MUMIENSCHANZ

»Also. Die Sache ist die«, sagte Civilai. »Inspektor Phosy hat mir geantwortet. Er hat sich mit seinen Militärkontakten in Buagaew in Verbindung gesetzt, die meinen Major Lien natürlich kannten. Sein voller Name lautet Ailien Viaketh. Seine Kollegen dachten, er sei als ihr Vertreter in der olympischen Schützenmannschaft hierher unterwegs.«

Die alte Frau stieß ihn zum circa zehnten Mal in den Rücken. Er drehte sich um, knurrte sie wütend an und tat höflich einen Schritt nach vorn. Er war schließlich Gast in ihrem Land.

»Ich hatte also keine Halluzinationen«, fuhr er fort. »Major Lien war tatsächlich davon überzeugt, dass wir uns im Flugzeug wiedersehen würden.«

»Und warum war er dann nicht an Bord?«, fragte Siri. Es wurmte ihn, dass er seinen Hut zu Hause vergessen hatte. Auf den Gedanken, dass man sich in der Moskauer Julisonne einen Sonnenbrand holen konnte, wäre er im Leben nicht gekommen. Außer unter den Bäumen am Rand des Parks gab es hier nirgends Schatten.

»Die Entscheidung fiel offenbar in letzter Minute«, sagte Civilai. »Phosy spürte Major Lien in Vientiane auf, wo er bei Verwandten Unterschlupf gefunden hatte. Er stand noch immer unter Schock und war furchtbar aufgewühlt.

Er versteckte seine geschwollenen Augen hinter einer dunklen Brille. Man hatte ihn zum Stillschweigen verpflichtet, aber seine Schwester brachte Phosy zum Gartentor. Sie war um einiges gesprächiger. Sie erzählte ihm, Angehörige der Armee hätten Lien am Flughafen beiseitegenommen, angeblich weil es mit seiner Anmeldung ein Problem gab. Worin selbiges bestand, wollte Lien ihr nicht verraten. Phosy fragte sich, was die sowjetischen Sicherheitsleute in Liens Akte zu einem so späten Zeitpunkt wohl gefunden hatten. Er hatte Zugang zu dem Sicherheitsbüro, in dem die Anmeldeformulare der Olympioniken der Armee aufbewahrt wurden. In der Akte des Majors stieß er auf etwas, das dessen kurzfristigen Ausschluss erklären könnte. Major Lien hatte ein Vorstrafenregister.«

»Seit wann gibt es in Laos Vorstrafenregister?«, fragte Siri.

»Genau! Sämtliche Unterlagen des alten Regimes wurden vernichtet, und alles von unserer Seite wird geheim gehalten. Die Sowjets können sich also unmöglich Einblick in die Militärakte eines ranghohen Soldaten verschafft haben.«

Wieder stieß ihm die alte Frau den Finger in den Rücken, und Siri und er schlurften ein paar Schritte weiter. Ein Wachsoldat mit geholsterter Pistole ging die Warteschlange ab und starrte allen auf die Füße. Vermutlich die übliche Schuhwerkkontrolle.

»Was soll er denn ausgefressen haben?«, fragte Siri.

»Schwarzmarkthandel. Er hatte den Import von thailändischem Benzin organisiert, wie sämtliche Armee-Einheiten entlang der Westgrenze. Das war so Usus. Andernfalls hätten sie ihren Fuhrpark auch gleich stilllegen können. Alle Welt wusste davon. Und wenn man bedenkt, dass wir die Verfassung 1975 geschreddert haben, war es noch nicht mal ein Verbrechen.«

»Sprich, sie haben dieses Kaninchen nur aus dem Hut gezaubert, um Major Liens Olympiateilnahme zu verhindern?«, fragte Siri.

»Scheint so.«

Wieder stupste ihn die alte Frau. Er bat den Geist der großen Naga inständig, ihn mit Gelassenheit zu segnen.

»Aber wenn das stimmt und er kurz vor dem Start erst aus der Mannschaft genommen wurde, hätte ein Teammitglied fehlen müssen«, sagte Civilai. »Es fehlte aber keiner. Der Oberst hat die Schützen im Flugzeug durchgezählt, und sie waren ausnahmslos vorhanden, alle sieben. Also muss im letzten Augenblick ein Ersatz für Major Lien eingesprungen sein.«

»Was unbedingt dafür spricht, dass die Sache von langer Hand geplant war«, sagte Siri. »Und der Ersatz in Wattay bereitstand und nur darauf wartete, Major Liens Platz einnehmen zu können. Warum sollte jemand so etwas tun?«

»Da ich die offizielle Liste der Schützen nicht bekommen hatte, habe ich den Oberst gebeten, mir eine Kopie zu machen. Kurz vor der Landung in Scheremetjewo gab er mir eine handschriftliche Liste. Major Lien stand nicht darauf. Ich fragte ihn, warum ich die Liste erst so spät bekommen hätte. Ich rief ihm ins Gedächtnis, dass ich der Teamchef und somit für die ganze Mannschaft verantwortlich sei, einschließlich der Schützen. Er schob es auf Kommunikationsprobleme und den Umstand, dass die verschiedenen

Armee-Einheiten ihm die Namen ihrer Kandidaten nicht rechtzeitig übermittelt hätten. Da wir für unseren Schlendrian in Asien weltberühmt sind, ziehen solche Ausreden in Laos immer. Man fordert Unterlagen an und bekommt sie ein halbes Jahr später. Angeblich hat er also erst am Flughafen Wattay erfahren, wer zu seiner Mannschaft gehörte.«

»Und das kaufst du ihm ab?«

»Natürlich nicht. Trotzdem sieht es ganz so aus, als hätten sie bis zum allerletzten Augenblick gewartet, damit sie die Liste noch manipulieren konnten.«

»Und die Organisatoren waren vermutlich so erleichtert, die sieben Namen überhaupt zu bekommen, dass sie keinen zweiten Blick daraufgeworfen haben.«

»Bleibt die Tatsache, dass ein Mitglied des Schützenteams hier nichts verloren hat«, sagte Siri.

»Und da unsere laotischen Soldaten schnurstracks auf einen Stützpunkt der Roten Armee draußen vor der Stadt verfrachtet wurden, haben wir keine Möglichkeit herauszufinden, um welchen Meisterschützen es sich handelt«, setzte Civilai hinzu.

»Ich frage mich nur, warum sich überhaupt jemand die Mühe macht, den laotischen Olympiakader zu unterwandern.«

Wieder schlurften sie ein paar Schritte vorwärts, und wieder stupste sie die alte Frau, und nach dreiundneunzig Minuten war ihr Ziel endlich in Sicht. Verglichen mit der Opulenz des Ukraina war das Mausoleum eine Enttäuschung. Es war vor kurzem renoviert und mit kachelähnlichen Granitplatten verkleidet worden, sodass es aussah wie ein monströser Freiluft-Küchenschrank.

»Wir müssen warten, bis wir ins olympische Dorf umgezogen sind«, sagte Siri. »Da können sich die Schützen nicht mehr absondern. Wir unterhalten uns mit jedem Einzelnen von ihnen, dann werden wir unseren falschen Fuffziger schon finden.«

»Wir können auch ...«

»Schh«, machte eine Stimme.

Sie hoben den Blick und starrten in das Gesicht eines muskelbepackten Hünen, der neben dem schmalen Eingang Wache stand. Trotz der Julihitze trug er wie ein Soldat in der Arktis eine Pelzmütze mit Ohrenklappen. Vor allem aber trug er eine Waffe, mit der man problemlos einen Panzer außer Gefecht hätte setzen können.

»Aber wir sind doch noch gar nicht drin«, sagte Siri auf Französisch. In einer Situation wie dieser erfüllte hoffentlich jede Fremdsprache ihren Zweck.

»Schh«, machte der Wachsoldat und legte seinen behandschuhten Zeigefinger auf die Lippen.

»Wir können auch jetzt schon etwas tun«, flüsterte Civilai. »Phosy hat sich mit dem offiziellen Fotografen in Verbindung gesetzt. Er hat in Wattay mehrere hundert Aufnahmen vom Kader und den Trainern gemacht. Phosy will sie unter die Lupe nehmen und hofft, darauf den Mann zu finden, der den Platz von Major Lien eingenommen hat.«

»Und dann?«, fragte Siri.

»Schickt er uns das Bild, und wir können ...«

Der bewaffnete Wachsoldat trat einen Schritt vor und versetzte Civilai einen – keineswegs scherzhaft gemeinten – Schlag gegen die Schulter. Da die beiden alten Knaben wenig Lust verspürten, ans Ende einer Schlange zurückgeschickt zu werden, die sich quer über den Roten Platz bis in den Park erstreckte, blieben sie stumm und schlurften.

Selbst wenn sie allein gekommen waren, durften die Besucher das gut gekühlte Mausoleum nur paarweise betreten. Die Prozession bog scharf links ab und marschierte eine Marmortreppe hinunter. Noch einmal links und dann rechts, vorbei an finster dreinblickenden Wachsoldaten, die Siris Lächeln nicht erwiderten. Dann plötzlich standen sie vor dem in safrangelbes Licht getauchten Sarg. Das Schritttempo nahm zu, und da lag Onkel Lenin, nicht flach auf dem Rücken, sondern etwas hochgelagert, als habe er die Krankenschwester gebeten, noch ein wenig fernsehen zu dürfen. Seine Hände oder vielmehr die Hände, die man ihm gegeben hatte, waren schlaff zum Gebet gefaltet, und sein leicht orangefarbenes Gesicht wirkte konzentriert. Vermutlich fragte er sich, wie er in diesem muffigen Raum gelandet war, wo er täglich zwischen acht und elf von tausenden morbider Schaulustiger begafft wurde.

Noch ein paar Schritte, dann war es vorbei. Wie nach einer Fahrt mit der Geisterbahn stolperten sie durch die letzte schwarze Tür ans Tageslicht zurück. Schweren Herzens rissen sich die alten Freunde von ihren Mitwartenden los und blinzelten in die grelle Mittagssonne. Civilai stieß der alten Frau im Vorbeigehen den Finger in den Rücken, doch die ließ sich davon nicht aus ihrer ekstatischen Verzückung reißen.

»Hast du irgendeine Ahnung, weshalb wir anderthalb Stunden angestanden haben, nur um uns eine Leiche anzusehen?«, fragte Civilai.

»Nicht die geringste«, sagte Siri.

# 6

## DIE FREUNDE DES SOZIALISMUS GEHEN ZUM BALL

Vientiane hatte die Euphorie anlässlich der Abreise des Olympiakaders schnell vergessen und war wieder in der üblichen Trübsal versunken. Eine vietnamesisch-sowjetische Gemeinschaftsstudie hatte den Laoten empfohlen, ihr ehrgeiziges Reisanbauprogramm aufzugeben, und thailändische Unternehmer machten sich die Politik der offenen Grenzen zunutze, indem sie viele tausend Tonnen Holz mit Lastern außer Landes schafften. Im Gegenzug füllten sich die laotischen Märkte mit Ramschtextilien und thailändischem Junkfood – undefinierbares Zeug in bunten Plastikbeuteln.

Inspektor Phosy hatte sich die Fotos der Schützenmannschaft angesehen. Eins war auf der Tribüne aufgenommen worden und zeigte die sieben Schützen zusammen mit ihrem sowjetischen Trainer und ihrem Betreuer Oberst Fah Hai. Dann gab es eine Reihe von Bildern, auf denen sie die Gangway zum Flugzeug hinaufstiegen. Sie waren angewiesen worden, auf der Einstiegsplattform noch einmal stehen zu bleiben, sich umzudrehen und der Menge zuzuwinken. In ihren Ausgehuniformen mit den auffälligen roten Armbinden waren die Schützen leicht zu erkennen. Phosy hatte die Fotos verglichen und den Ersatz für Major Lien sofort entdeckt. Während die anderen Schützen in die Kamera lächelten, zog er eine finstere Miene und hielt den Blick gesenkt. Er hatte ein Allerweltsgesicht, trug keine Armbinde und das Haar soldatisch kurz. Sein einziges besonderes Kennzeichen, wenn man es denn so nennen konnte, war sein ungewöhnlich langer Hals.

Beim Nachmittagstee hatte Phosy das Foto seiner kleinen Tochter gezeigt, und die hatte den Mann mit einer Schildkröte verglichen, deren Hals etwas zu weit aus ihrem Panzer ragt. Sprachlich war sie ihren Altersgenossen meilenweit voraus. Es gab wenig, was der Inspektor lieber tat, als Malee Geschichten zu erzählen und ihren kuriosen Interpretationen derselben zu lauschen. Der einzige Mensch auf dieser Welt, den er mehr liebte als Malee, war seine Frau Dtui. Trotzdem fiel es ihm schwer, ihr das zu sagen. Seiner ersten Frau hatte er seine Liebe jeden Tag gestanden. Und seine Kinder hatte er so fest in den Arm genommen, dass sie kaum noch Luft bekamen. Er hatte ihnen seine Geheimnisse verraten und seine Schwächen anvertraut, weil er davon überzeugt gewesen war, dass sie alle zusammen sein würden, bis die Kinder eigene Kinder hatten, und dass er und seine Frau ihren Lebensabend im Rattanschaukelstuhl auf der Veranda verbringen würden. Doch dann war sie plötzlich verschwunden. Von heute auf morgen. Sie hatte sich mitsamt den Kindern in ein thailändisches Flüchtlingslager abgesetzt. Ohne die geringste Spur. Er wusste weder, wie er sie jemals wiederfinden sollte, noch was er falsch gemacht hatte. Aus diesem Grund würde er Dtui niemals verraten, wie viel sie ihm bedeutete, aus Angst, dass auch sie ihn verließ.

Am nächsten Morgen lieferte er Malee in der Krippe ab und fuhr in die Redaktion der *Pasason Lao*. Ihr offizieller Fotograf hatte ihm die Fotos aus Wattay zur Verfügung gestellt. Der Inspektor hatte eine Idee, aber dazu bedurfte es der Mithilfe des Chefredakteurs Savang, der dem Informationsministerium direkt unterstand. Phosy setzte sich mit Savang und dem vietnamesischen Medienberater zusammen und präsentierte ihnen seinen Plan. Die Freunde und Verwandten sämtlicher Olympiahelden waren zum Flughafen gekommen, um ihren alles Gute und viel Glück zu wünschen. Nur einem Mann, einem Scharfschützen der LVA, hatte die Menge keinerlei Beachtung geschenkt. Keine Angehörigen waren erschienen, um ihm Ade zu sagen. Er hatte sich im Hintergrund gehalten, bis es Zeit wurde, an Bord zu gehen, und das hier war sein Foto, auf dem er traurig und verloren aussah. Wer war dieser bescheidene laotische Held? Hatte er nicht ebenso viel Applaus verdient wie alle anderen?

Der laotische Redakteur war strikt dagegen. Seine Zeitung bringe Nachrichten, sagte er. Zahlen und Statistiken. Gelegentlich auch Interviews mit vorbildlichen Sozialisten, die mit gutem Beispiel vorangingen. Ein Ort für Fakten. Und Propaganda. Aber ganz gewiss *kein* sensationslüsternes Revolverblatt, das sich mit schäbigen Preisausschreiben und albernen Reklametricks über Wasser halten müsse.

»Kommt nicht infrage«, sagte er.

Der vietnamesische Berater lächelte. Er wies darauf hin, dass die *Pasason Lao* allwöchentlich an sämtliche Postämter und Bildungsinstitute ausgeliefert, aber von so gut wie niemandem gelesen werde, hauptsächlich aus den Gründen, die Savang soeben umrissen hatte. Eine Zeitung ohne Leser sei wie ein Stahltresor, der sich nicht öffnen lasse, sagte er. Man brauche die Kombination, um den Inhalt genießen zu können. Was dem Blatt fehle, seien ein paar aus dem prallen Leben gegriffene Geschichten auf der Titelseite. Und die Story vom namenlosen Helden passe genau in das Format, das er seit seiner Versetzung in die Redaktion habe einführen wollen. Und da er ein vietnamesischer Berater war, dessen wohlmeinenden Rat kein Laote infrage zu stellen wagte, kamen sie überein, dass das Foto in zwei Tagen auf der Titelseite des Blattes prangen würde.

Über Lautsprecher kam die Durchsage, dass die Maschine in Kürze starten werde und die Passagiere deshalb die Tische hochklappen und ihre Sitze in eine aufrechte Position bringen sollten. Doch weder Tisch noch Sitz ließ sich verstellen. Die Stimme aus dem Lautsprecher gehörte eindeutig Tante Bpoo. Wie stets in solchen Fällen lehnte Siri sich bequem zurück und wartete auf den Beginn der Vorstellung. Er saß ausnahmsweise mit dem Kopf nach oben. Das Flugzeug setzte sich in Bewegung, die Triebwerke wurden hochgefahren, die Schubkraft presste ihn in den Sitz, und schon waren sie in der Luft. Es gab keine anderen Passagiere und auch kein Kabinenpersonal. Es war einer von Siris langweiligsten Träumen.

Er dachte an das letzte Gespräch zurück, das er mit Bpoo geführt hatte. Sie hatte ihm anschaulich und in klaren Worten zu verstehen gegeben, dass er ein Waschlappen sei. Sie hatte gesagt, die andere Welt, die er von Zeit zu Zeit zu sehen bekomme, habe er selbst erschaffen. Wenn das stimmte, dann galt das auch für seinen Aeroflot-Privatjet. Er war in einer Metapher unterwegs. Sie hatte gesagt, er müsse die Kontrolle übernehmen, ihm aber leider nicht verraten, wie er das anstellen sollte. Vielleicht war dies die Gelegenheit, endlich das Steuer in die Hand zu nehmen.

Er öffnete seinen Gurt und ging in Richtung Cockpit. Die Lautsprecherstimme fuhr ihn an, die Fasten-Seat-Belts-Anzeige leuchte noch, und er solle gefälligst auf der Stelle an seinen Platz zurückkehren, sonst könne er etwas erleben. Er ignorierte sie. Er würde denen zeigen, wer hier der Waschlappen war. Er würde das Ruder übernehmen. Er wuchtete die Tempeltür auf, und wie nicht anders zu erwarten, waren die Sitze des Piloten und des Copiloten leer. Durch die Frontscheibe sah er einen Berg auf sich zurasen. Dies war sein großer Augenblick. Er kletterte auf den Pilotensitz und stellte fest, dass es keinen Steuerknüppel gab. Genau genommen gab es gar nichts, weder Messanzeigen noch Schalter oder Instrumente. Nur einen roten Knopf. Die andere Seite machte es ihm leicht.

Der Berg kam immer näher, so nahe, dass er Ziegen auf Felsvorsprüngen und schmelzendes Eis sehen konnte. Der Knopf begann zu leuchten. Er hatte es in der Hand oder, besser, im Zeigefinger. Er drückte den Knopf, und … über seinem Kopf begann ein kleiner Deckenventilator zu rotieren. Die Flügel hatten ihre Höchstgeschwindigkeit noch nicht erreicht, als das Flugzeug gegen die Bergwand krachte.

Im Vierundzwanzig-Stunden-Restaurant des Ukraina

kam er wieder zu sich. Er drückte die Nase an eine prächtige ionische Säule. Er blickte nach rechts und links. Kein Gast weit und breit. Das Personal saß an den Tischen und strickte oder las. Ein Wachmann in Hellblau mit einem harmlosen Gummiknüppel am Gürtel stand mit mitleidsvoller Miene hinter dem Doktor. Der besann sich seines komödiantischen Talents und spielte den Betrunkenen, der zum Fahrstuhl wankt, um auf seinem Zimmer seinen Vollrausch auszuschlafen.

Eine Woche nach ihrer Ankunft in Moskau waren die Medaillenchancen der Boxer und Läufer zwar nach wie vor gleich null, dafür hatten sie mächtig zugenommen. Alle klagten über die große Sowjetverschwörung. Sie würden systematisch vergiftet, mit Butter und Schmalz, Zucker und süßen Nudeln. Dennoch konnte den schwer verdaulichen Gerichten, die im Ukraina aufgetragen wurden, niemand widerstehen. Allein die Tatsache, dass es umsonst war, machte das Essen begehrenswert. Während die Familien daheim darbten, platzte das Büfett hier aus allen Nähten. Genau wie Eichhörnchen Nüsse horten, stopften sich die Laoten für die Zeit nach ihrer Heimkehr mit Kohlenhydraten voll. Von ihrem Fett würden sie die ganze Trockenzeit über zehren können. Inzwischen nahmen sie den Luxus als selbstverständlich hin und waren des vielen Fahrstuhlfahrens überdrüssig.

Maen, der großspurige Boxer, prahlte damit, bereits zwei Zimmermädchen in sein Bett gezerrt zu haben, und verkündete, er habe sich acht zum Ziel gesetzt. Khamon, der Geher, war am Ufer der Moskwa jeden Tag zwanzig

Kilometer gelaufen und hatte das Terrain sondiert. Chom, der Rattenfänger, hatte sich die älteren Vororte angesehen und war von den vielen Straßenhunden fasziniert. Roger hatte ihm erklärt, die meisten Moskowiter hätten früher Wachhunde gehalten. Dann seien ihre kleinen Hütten abgerissen und deren Überreste in die Fundamente immer höherer Betonpaläste eingebracht worden; die Köter habe man freigelassen, und die heutigen Straßentölen seien die Nachfahren dieser ausgemusterten Wachhunde. Nicht einmal das umfassende Facelifting für die Olympischen Spiele habe die Straßen von den Tieren befreien können.

Nat und Nah und die anderen Sprinter verbrachten ein Gutteil ihrer Freizeit auf dem Wasser, wo sie mit der Fähre kostenlos den Fluss hinunterschipperten, der sich auf über achtzig Kilometern Länge durch die Stadt wand. Jeden Morgen fuhren die sowjetischen Trainer mit ihnen zu einer nahegelegen Aschenbahn, wo sie die hohe Kunst erlernten, sich aus Startblöcken zu katapultieren und im Ziel die Brust herauszustrecken, um sich den einen oder anderen Zentimeter Vorsprung zu verschaffen. In dieser Hinsicht hatten die Läuferinnen im direkten Vergleich mit den weitaus üppigeren Europäerinnen einen natürlichen Nachteil. Die Boxer droschen in einer Schulturnhalle auf Sandsäcke ein und machten die Bekanntschaft mit Seilen, die einem nicht die Haut aufscheuerten. Vor allem aber brachte man ihnen die englischen Zahlen von eins bis neun bei und schärfte ihnen ein, erst nach der letzten Ziffer aufzustehen, wenn sie bäuchlings auf der Matte lagen. Sie seien aus gutem Grund k. o. gegangen, und dieser Grund werde sich wiederholen, wenn sie sich hochzurappeln versuchten.

An ihrem letzten Abend im Ukraina richtete das Hotel einen Empfang für sämtliche Gäste aus den Ersttteilnehmerländern aus. Bis zur Eröffnungsfeier waren es nur noch drei Tage, dann würden alle in das – endlich fertiggestellte – olympische Dorf umziehen.

Madame Daeng bewunderte eben ihren neuesten Turban im Spiegel, als die Tür aufsprang und Civilai völlig außer Atem ins Zimmer stürzte.

»Ein Mann von Welt und mit Manieren würde anklopfen«, sagte sie.

»Tut mir leid«, sagte er. »Wo ist Siri?«

»Auf dem Topf.«

»Schon fertig«, rief Siri und kam aus dem Bad. Das Handtuch, das er sich um die Hüften geschlungen hatte, schleifte über den Fußboden. »Was gibt's?«

Im selben Augenblick trat Dtui durch die offene Tür der Suite.

»Hier bin ich«, sagte sie.

»Alle mal herhören«, sagte Civilai. »Ich habe euch etwas Wichtiges mitzuteilen. Dtui, bitte machen Sie die Tür zu.«

»Ich darf dich vielleicht daran erinnern, dass wir uns in einem sowjetischen Hotelzimmer befinden«, sagte Siri. »Wenn es denn tatsächlich so wichtig ist, sollten wir dann nicht lieber auf den Balkon gehen oder den Wasserhahn aufdrehen?«

»Du liest zu viele Spionageromane«, sagte Civilai. »Wir sind Laoten. Warum sollten wir für die Union der sozialistischen Sowjetrepubliken eine Bedrohung darstellen?«

»Was ist denn los?«, fragte Daeng.

»Ich habe soeben Nachricht von Phosy erhalten«, sagte Civilai.

»Das kann ich von mir leider nicht behaupten«, sagte Dtui. »Wie geht es ihm?«

»Das habe ich ihn nicht gefragt«, sagte Civilai, »aber …«

»Sie sollen seine Frau nicht zufällig schön grüßen?«, sagte sie.

»Bitte, es ist wirklich wichtig«, sagte Civilai.

»'tschuldigung«, sagte Dtui.

»Phosy hat ein Foto unseres Betrügers auf der Titelseite der *Pasason Lao* untergebracht«, sagte Civilai.

»Die liest doch kein Mensch«, meinte Siri.

»Weshalb es ein Weilchen gedauert hat, bis es überhaupt jemand bemerkte«, sagte Civilai. »Eine Postangestellte aus Houaphan hat den Schützen erkannt und sich bei der Zeitung gemeldet, um ihre Belohnung zu kassieren.«

»Die worin bestand?«, fragte Daeng.

»Die Belohnung? Keine Ahnung. Eine Kokosnuss oder so. Aber das spielt keine Rolle. Der Mann auf dem Foto ist ihr Cousin. Er heißt Sompoo. Dieser Name steht allerdings nicht auf der handschriftlichen Liste, die ich im Flugzeug vom Oberst erhalten habe, und auch auf der offiziellen Teilnehmerliste, die die Olympia-Organisatoren heute Morgen herausgegeben haben, taucht er nicht auf.«

»Dann hat sich Sompoo also unter falschem Namen in die Mannschaft eingeschlichen«, sagte Daeng.

»Hast du denn keine Fotokopien der Ausweise der Schützen bekommen?«, fragte Siri. »Du bist immerhin der Chef de Mission.«

»Das weiß ich, offenbar ganz im Gegensatz zum Militär. Ich habe schon vor unserer Abreise aus Laos darum gebeten. Ohne Erfolg.«

»Hat Phosy etwas über Sompoo herausgefunden?«, wollte Siri wissen.

»Ziemlich viel sogar«, sagte Civilai. »Das Bataillon in Houaphan, dem er angehörte, war in Guerilla-Kriegsführung ausgebildet, um die Übergriffe der Chinesen an der Nordgrenze abzuwehren. Dort oben gibt es jede Menge vietnamesischer Truppen, die fest davon überzeugt sind, dass die Chinesen Laos überfallen wollen, sozusagen als Sprungbrett nach Hanoi. Wie es scheint, ist Sompoo einer ihrer besten Leute.«

»Mit anderen Worten, er ist ein ausgebildeter Killer, ein Scharfschütze mit Verbindungen nach Vietnam«, sagte Daeng. »Was will der hier in Moskau?«

»Jemanden umbringen, vielleicht?«, gab Dtui zu bedenken.

»Und dazu der ganze Aufwand?«, sagte Daeng. »Das hätten sie doch auch einfacher haben können.«

»Also«, sagte Siri. »Obwohl es weitaus wahrscheinlicher ist, dass reiche und/oder einflussreiche Verwandte hier einen Draht gezogen und dort einen Hebel in Bewegung gesetzt haben, um ihm diesen kleinen Abstecher nach Moskau zu ermöglichen, nehmen wir der Einfachheit halber einmal an, dass er hier ist, um ein Attentat zu verüben. Auch wenn ich mir beim besten Willen nicht vorstellen kann, dass sie tatsächlich jemanden entsenden würden, um auf sowjetischem Boden einen Mord zu begehen. Wer könnte das potenzielle Opfer sein?«

»Am ehesten ein hochrangiger Chinese«, sagte Civilai. »Den würde *ich* jedenfalls erschießen.«

»Aber die Chinesen haben die Spiele boykottiert«, sagte

Daeng. »Und das wussten wir schon seit einer ganzen Weile, trotzdem ist Sompoo mitgekommen.«

»Stimmt«, sagte Siri. »Ich bezweifle, dass er hier ist, um einen Russen auszuschalten, nicht zuletzt weil sie die einzigen Freunde sind, die wir noch haben. Und er hat die lange Reise auch nicht auf sich genommen, um einem der laotischen Delegierten eine Kugel in den Kopf zu jagen. Am Flughafen Wattay war ich gleich zweimal auf der Toilette. Da hätte er mich problemlos umlegen können.«

»Mich auch«, sagte Civilai.

»Sie meinen also, er hat den Auftrag, jemanden zu eliminieren, der wegen der Spiele hier ist?«, fragte Dtui. »Einen Sportler oder einen Offiziellen?«

»Das haben die Palästinenser in München schließlich auch gemacht«, sagte Civilai.

»Um ein politisches Signal zu setzen, haben sie Israelis als Geiseln genommen und exekutiert«, sagte Siri. »Vor einem Millionenpublikum. Aber wie wär's, wenn wir zur Abwechslung einmal unseren halbwegs gesunden Menschenverstand bemühen? Was für ein politisches Signal sollte Laos auf der Weltbühne setzen? Es wäre eine Katastrophe für unser Land und würde unseren Ruf im Ausland vollends ruinieren.«

»Dann ist es doch ganz einfach«, meinte Dtui. »Wir erzählen den Sowjets von unserem Verdacht, und sie schicken ihn nach Hause.«

»Wir haben keinen Verdacht«, sagte Siri. »Wir spinnen uns etwas zusammen. Es wäre unfair, Sompoo aus dem Team werfen zu lassen, vielleicht ist er ja mit Fug und Recht hier. Was, wenn der Major nicht wegen Benzinschmuggels, sondern aus sehr viel schwerwiegenderen Gründen aus der Mannschaft geflogen ist? Oder, schlimmer noch, wenn Sompoo auf Einladung der Sowjets in Moskau weilt? Seine Vorgeschichte ist für mich ohne Belang. Haben nicht alle Mitglieder des Schützenteams eine Guerillakampfausbildung? Sie sind schließlich nicht umsonst erstklassige Schützen. Solange wir nichts Konkretes vorzuweisen haben, machen wir uns nur zum Narren, wenn wir damit zu den Sowjets gehen.«

»Aber wenn er unschuldig ist, warum reist er dann unter falschem Namen?«, fragte Dtui.

»Ich sage nicht, dass er unschuldig ist«, sagte Siri. »Natürlich ist an der Sache irgendetwas faul. Wir wissen nur noch nicht, was. Ab morgen leben wir mit den Schützen im olympischen Dorf unter ein und demselben Dach. Jeder ist verpflichtet, seinen Fotoausweis sichtbar am Revers zu tragen. Ich schlage vor, wir suchen unseren geheimnisvollen Schützen Sompoo und überwachen ihn rund um die Uhr. Wir sind zu viert. Wir können in Schichten arbeiten. Wenn er sich von der Herde entfernt, nehmen wir die Verfolgung auf. Wenn er irgendein krummes Ding dreht, haben wir etwas Konkretes in der Hand und können damit zu den Behörden gehen.«

Der Ball zu Ehren der Freunde des Sozialismus fand im Festsaal des Ukraina statt. An einem Ende gab es eine Bühne, und eine Tribute-Band namens The Meatles (die Moskauer Beatles) spielte. Die Athleten der Erstteilnehmerländer hatten sich zwar freundlich zugenickt, wenn sie sich im Jahrmarktsfahrstuhl, in der Lobby oder auf dem Trainingsgelände begegnet waren, aber echte Kommunikation hatte nicht stattgefunden. Maen, der großspurige Boxer, hatte mit der Sprache der Liebe eine Turnerin aus Mosambik umgarnt; alle anderen waren mit dem Kopf voran gegen den linguistischen Eisernen Vorhang gelaufen.

Doch auf dem Ball sollte sich das alles ändern. Jeder Kader hatte seinen eigenen Roger, und noch bevor der Alkohol zu fließen begann, waren sämtliche Grenzen gefallen. Bung, der laotische Bantamgewichtler, begeisterte eine Gruppe von Angolanern mit seinen Tierimitationen, und einer der Jordanier erwies sich als hervorragender Zauberer. Die Dolmetscher machten Überstunden und waren die mit Abstand beliebtesten Gäste. Einige Athleten mussten sich Mut antrinken, bevor sie sich auf die Tanzfläche wagten, während andere sich weigerten, auch nur einen Tropfen zu sich zu nehmen, aus Angst, dass dies ihre Chancen bei den Spielen schmälerte. Viele zechten heimlich. Nur den Mannschaftsoffiziellen, die umherstolzierten wie Lehrer beim Abschlussball, war die Ursache dieser plötzlichen Hochstimmung ein Rätsel. Die meisten Trainer und Teamführer hatten darauf bestanden, dass beim Ball kein Alkohol ausgeschenkt wurde, doch dieses Edikt war offenbar nicht bis zur Hotelleitung durchgedrungen. Schnaps war praktisch überall.

Die laotische Delegation kannte selbstverständlich keinerlei Alkoholrestriktionen. Als die in aufreizend kurze Röckchen gewandeten Cocktailkellnerinnen mit ihren Silbertabletts die Runde machten, avancierten sie im Nu zu den Lieblingen der Sportler. Mit dem Fortschreiten des Abends wurden die Tänze, sehr zur Freude der Zuschauer und Tänzer, immer ausgelassener. Siri staunte über die mangelnde Koordination der besten Athleten seines Landes.

»Unser Team hat keinerlei Rhythmusgefühl«, brüllte er gegen den Lärm an. »Wie kann man laufen, wenn man den Takt nicht halten kann? Die besten Sprinter dieser Welt sind mit dem Klang der Trommel groß geworden.«

Er wollte eben zu einem physiologischen Vortrag anheben, wurde jedoch von Chom, dem Rattenfänger, unterbrochen, der sich brüsk in den Kreis der Offiziellen drängte. Der Mann, den er im Arm hielt, war schwärzer als die Nacht.

»Sie werden es nicht glauben«, sagte Chom. »Das ist Sammy. Aus Botswana.«

»Und warum sollten wir Ihnen das nicht glauben?«, schrie Daeng zurück. Ihr Turban hatte zu jucken begonnen, und sie schob einen Holzspieß unter den Stoff und kratzte sich am Kopf.

»Ich habe keinen Augenblick daran gezweifelt«, sagte Siri. »Botswana in Reinkultur.«

»Nein«, sagte Chom. »Ich meine, Sie werden nicht glauben, was Sammy zu Hause in Botswana beruflich macht.«

»Irgendwas mit Elefanten?«, tippte Civilai.

»Roger hat Sportler aus verschiedenen Ländern miteinander bekannt gemacht«, sagte Chom. »Und als ich erzählt habe, dass ich Kammerjäger bin, springt Sammy wie von der Tarantel gestochen auf und schreit: ›Ich auch! Ich auch!‹ Allerdings auf Englisch, sodass es eine Weile dauerte, bis es bei mir ankam. Wer hätte das gedacht, hä? Zwei Rattenfänger auf ein und derselben Party.«

»Die Wahrscheinlichkeit ist gleich null«, sagte Daeng.

»Unglaublich«, sagte Siri. Er hob den Blick und sah gerade noch, wie Maen und die Turnerin händchenhaltend auf den Ausgang zusteuerten. Der Junge warf einen Blick über die Schulter und zwinkerte seinen Boxkollegen zu. Siri hatte für Männer, die öffentlich mit ihren zahllosen Eroberungen prahlten, nichts als Verachtung übrig. Der Boxer hatte kein Format und war auf dem besten Weg, sich in Schwierigkeiten zu manövrieren.

Das war denn auch der letzte Gedanke, der Siri auf dem Ball zu Ehren der Freunde des Sozialismus durch den Kopf ging. Dtui wandte den Blick von der Tanzfläche.

»Wo ist Siri?«, fragte sie.

»Ah, Sie kennen ihn doch«, sagte Daeng. »Er verschwindet in einer Tour.«

Erstaunlicherweise kam sie mit dieser Erklärung immer wieder durch. Es nahm sie einfach niemand wörtlich.

# 7

## ALTE KAMERADEN

Für die pensionierten Kader in Vientiane war der Morgenkaffee im Restaurant Glückauf eine Religion und weitaus heiliger als der Buddhismus. Das von der Straße etwas zurückversetzt gelegene Gartenlokal war für den Fall, dass es regnete, mit einer Plastikplane überdacht. Hier konnten die Desillusionierten und Enttäuschten ihr sozialistisches Feuer von neuem entfachen, hier fanden sie Belege dafür, dass der Kommunismus noch immer prächtig funktionierte. Vor allem aber war es ein Treffpunkt für griesgrämige alte Männer.

Doch an diesem sonnigen Julimorgen herrschte hier eine erstaunlich heitere Atmosphäre. Ein thailändisches Kanonenboot war ans falsche Ufer des Mekong abgetrieben, und ein laotischer Flusswächter hatte den Kapitän mit einem einzigen Gewehrschuss ausgeschaltet. Die Thais behaupteten, das Boot habe sich in neutralen Gewässern befunden, doch sämtliche Gäste des Glückauf wussten, dass laotische Soldaten so weit überhaupt nicht schießen konnten. Die Thais verlangten eine Entschuldigung-Schrägstrich-Entschädigung, obwohl sie genau wussten, dass sie im Unrecht waren. Die Laoten zeigten ihnen die kalte Schulter.

Was zur Folge hatte, dass Thailand seine Grenzübergänge wieder schloss und den Export von Waren einstellte. Nach einer Woche waren die Märkte leer, und der thailändische Premierminister hetzte wie die Chinesen gegen die »Lakaien der Vietnamesen« am anderen Ufer des Mekong. Die alten Kader waren außer sich vor Freude. Dieses rein wirtschaftliche Techtelmechtel mit ihren lebenslangen Feinden war ihnen gehörig gegen den Strich gegangen. Die herablassende Haltung der Vietnamesen gegenüber dem »armen Laos« war ihnen zuwider. Thailand hatte zwar ein internationales Abkommen unterzeichnet, das den Bewohnern von Binnenländern das Transitrecht gewährte, dies den Laoten jedoch stets verwehrte. Die 930000 Megawattstunden Strom, die sie von ihren nördlichen Nachbarn zum Schleuderpreis geliefert bekamen, nahmen sie dagegen gern. Die alten Soldaten hatten es satt, ständig den Kotau zu machen.

Und so waren sie an dem Tag, als Inspektor Phosy sich zum Frühstück zu ihnen gesellte, schon leicht berauscht von dickem laotischem Kaffee, gesüßter Kondensmilch und einer doppelten Portion Nationalismus. Weshalb es dem Polizisten nicht allzu schwerfiel, das Gespräch in die gewünschte Bahn zu lenken.

Sie empfingen ihn herzlich. Er kannte viele der greisen Männer und hatte in der großen Schlacht um die Unabhängigkeit neben und hinter ihnen gekämpft.

»Was führt Sie in die geriatrische Abteilung?«, fragte ein alter Soldat mit Leninmütze.

»Meine Frau ist nach Moskau gereist«, sagte er. »Ich habe seit einer Woche nichts gegessen.«

»Eine anständige Frau treibt sich nicht in aller Welt herum«, sagte ein knorriger Graukopf mit einer geschlossenen Schneedecke aus Schuppen auf den Schultern.

»Ganz recht«, sagte Leninmütze. »Eine anständige Frau gehört nach Hause, an den Herd.«

Zwei Bemerkungen, die auf das Trefflichste illustrierten, weshalb das Glückauf einzig und ausschließlich von Herrenrunden frequentiert wurde. Selbst Mint, der Besitzer, ein drahtiger alter Knabe mit schwer besackten Augen, klatschte eifrig Beifall. Phosy bestellte Kaffee und Baguettes. Dank des Theaters mit Thailand gab es keine Butter. Er begnügte sich mit laotischer Erdbeermarmelade, die im Wesentlichen aus rosa Zuckergranulat bestand.

»Moskau, haben Sie gesagt?« Eine undurchsichtige Gestalt im Trenchcoat beugte sich über Phosys Tisch. Der graue Bart des Mannes war kurzgeschnitten.

»Olympia«, sagte Phosy.

»Sportlerin?«, fragte Leninmütze.

Phosy lachte. »Sie haben meine Frau offenbar noch nie gesehen.«

»Sportliche Fähigkeiten haben mit dem Äußeren nur bedingt zu tun«, sagte Trenchcoat. »Denken Sie nur an die Sumo-Ringer. Würde einer von ihnen über die Lane Xang Avenue spazieren, würden die Lausebengel ihn mit Stöcken bewerfen und ›Fettsack‹ rufen. Aber im eigenen Land sind sie hochverehrte Ringer.«

»Vilyphione Virachat nicht zu vergessen«, sagte Schuppe.

Alle sahen ihn an.

»Nie von ihm gehört«, sagte Leninmütze.

»Sechstes Bataillon, Fliegengewichtsboxer. Dürr wie ein Maishalm.«

»Und er hat alle geschlagen?«

»Nein«, sagte Schuppe. »Er hat keinen einzigen Kampf

gewonnen. Er hatte nicht das Recht, sich Boxer zu schimpfen.«

»Dachte ich's mir doch«, sagte Leninmütze. »Du hast wie immer keinen Schimmer, worum es geht.«

»Das sagt der Richtige«, schrie Schuppe gegen das Gelächter an.

»Beachten Sie ihn gar nicht«, sagte der Besitzer. Mint trug ein ehemals weißes Unterhemd, das einem abstrakten Gemälde mit den Jahren immer ähnlicher geworden war.

Während Phosy aß, sprangen die alten Knaben von einem Thema zum anderen, schimpften, stritten, vertrugen sich wieder, frotzelten und lachten reichlich. Jetzt begriff er, weshalb Civilai ihm zu einem Besuch im Glückauf geraten hatte. Nicht lange, und er bekam Gelegenheit, sein Thema aufs Tapet zu bringen.

»Fünfzehn Mal haben sie versucht, ihn zu ermorden«, sagte ein kleiner, eiförmiger Mann im Trainingsanzug. »Fünfzehn Mal, und seine Leibwächter haben das Schlimmste verhindert, aber es ist allein dem Schicksal zu verdanken, dass er noch am Leben ist. Der Herr Buddha hat ihn mit Glück gesegnet.«

»Oder die Attentäter sind unfähig«, meinte Leninmütze.

»Er ist ein Gott auf Erden«, sagte Eiermann. »Er war ein großer Krieger, und große Krieger verdienen sich die Gunst Buddhas auf dem Schlachtfeld. Er ist unbesiegbar.«

Phosy wusste nur zu gut um die versuchten Attentate auf den Präsidenten. Er hatte die Ermittlungen in den meisten Fällen selbst geleitet. Nach seiner Kenntnis waren es bislang acht gewesen. Bei vier der Täter handelte es sich um

Auftragskiller, die von Rebellen auf der anderen Seite des Flusses oder des Pazifiks bezahlt worden waren.

»Wen würden Sie umbringen?«, fragte Phosy in die Runde.

»Wie bitte?«, sagte Trenchcoat.

»Nehmen wir an, Sie wären in Moskau, zusammen mit den Großen und Mächtigen der Welt. Nehmen wir ferner an, es wäre zum Wohl der Republik, und Sie hätten eine Pistole in der Hand und nur noch drei Wochen zu leben, wen würden Sie …?«

»Carter«, sagte Schuppe. »Der steht ganz oben auf meiner persönlichen Abschussliste.«

»Der kommt aber gar nicht«, sagte Phosy. »Die Amerikaner haben die Spiele boykottiert.«

»Dann Mao«, sagte Schuppe. »Der macht sowieso nur Ärger. Weg mit ihm und diesen ganzen gehirnamputierten Generälen, dann ist endlich Schluss mit diesem expansionistischen Schwachsinn.«

»Der kommt auch nicht«, sagte Leninmütze. »Keine Chinesen.«

»Außerdem ist er längst tot«, sagte Trenchcoat.

»Weder Chinesen noch Amerikaner?«, sagte Schuppe. »Dann macht es ja gar keinen Spaß.«

Großes Gelächter.

»Na los«, sagte Phosy. »Sie sind doch ein intelligenter Haufen. Wessen plötzliches Ableben würde Laos oder Vietnam am meisten nützen?«

Jeder hatte seine Favoriten, von rangmittleren Sowjets, die Geld aus Dritte-Welt-Ländern abziehen wollten, bis zu strammen Antikommunisten wie Taipeh. Ein sonst eher stiller älterer Herr fragte, ob er Margaret Thatcher erschießen dürfe, eine Frau habe auf dem Sessel des Premierministers nichts zu suchen.

»Ich würde mich nicht auf die Besucher der Spiele beschränken«, sagte Trenchcoat.

»Was soll das heißen?«, fragte Phosy.

»Vielleicht lebt in Moskau ja der eine oder andere Laote oder Vietnamese, der eine Kugel verdient hätte.«

»Wieso sollten in Moskau Laoten leben?«, fragte Schuppe.

»Ich meine ja nur«, sagte Trenchcoat.

Von gelegentlichen Senilitätsanfällen einmal abgesehen waren die meisten Standpunkte wohlerwogen und vernünftig. Die parkettsichersten der alten Männer hatten allerhand zu sagen, und ihre Beiträge waren anregend und interessant. Doch in seiner Ausbildung hatte Phosy gelernt, auf die zu achten, die nicht aufzufallen versuchten, die ihre Gedanken für sich behielten und eine Art Aura verströmten. Ein solcher Mann saß ganz hinten in der Ecke, nippte nicht ein einziges Mal an seinem Kaffee oder knabberte an seinem Brot. Er verfolgte die Gespräche mit den Augen, als würden sie alles aufzeichnen wie eine Kamera. Phosy beschloss, ihn in die Diskussion einzubeziehen.

»Genosse«, sagte er, »wie denken Sie darüber?«

Der hutzelige Greis schien von Minute zu Minute kleiner zu werden. Er spähte aus seinem viel zu weiten Kragen hervor, und sein Lächeln entblößte eine Reihe brauner Zähne.

»Gar nicht«, sagte er, doch Phosy hatte das dumpfe Gefühl, dass er log.

Er versuchte es zwei weitere Male, aber dem alten Mann

war keine Silbe zu entlocken. Gegen elf Uhr war das Frühstück beendet, und mit Ausnahme einiger weniger, die gleich zum Mittagessen blieben, stiegen die alten Männer auf Fahrräder, die ebenso betagt waren wie sie selbst, oder machten sich zu Fuß in ihr Wohnheim auf. Braunzahn besaß zwar ein Fahrrad, das aber nur ein Pedal hatte, und so holte Phosy ihn auf seiner präsidiumseigenen Vespa rasch ein.

»Zurück ins Heim?«, fragte er.

»Das ist kein Heim«, sagte Braunzahn. »Sondern ein Hundezwinger.«

»Sie sind doch Veteran«, sagte Phosy. »Warum stellen Sie keinen Antrag auf ein Haus?«

»Mein Name steht seit fünf Jahren auf der Liste. Aber es gibt offenbar verdienstvollere Patrioten als mich.«

»Das tut mir leid.«

»Mir auch. Warum lassen Sie mich nicht einfach in Ruhe? Ich habe Ihnen nichts zu sagen.«

»Und es gibt wirklich niemanden, auf den Sie gern ein Attentat verüben würden?«

»Nein.«

»Warum nicht?«

»Weil das ein hypothetisches Spiel ist, das ich lieber nicht spielen möchte.«

»Und wenn es so hypothetisch gar nicht wäre? Was, wenn sich in Moskau ein Angehöriger des Militärs aufhielte, der den Auftrag hat, jemanden zu erschießen?«

Der alte Soldat blieb stehen und verzog das Gesicht vor Schmerz, als hätten die rostigen Zahnräder in seinem Kopf soeben begonnen, sich zu drehen.

»Hat das etwas mit dem Foto in der Zeitung zu tun?«, fragte er.

Es erstaunte Phosy, dass er diese Verbindung herstellte. »Sie lesen die *Pasason Lao*?«, fragte er.

»Irgendjemand muss es ja tun«, sagte er. »Also, hat es?«

»Möglich wär's.«

»Die Leser wurden gebeten, sich mit dem Polizeipräsidium in Verbindung zu setzen. Sie sind vom Polizeipräsidium.«

»Gut beobachtet.«

»Sie haben eine tickende Zeitbombe in Russland und wollen wissen, wen der Mann dort umlegen soll. Haben Sie seinen Namen herausbekommen?«

Das Gesicht des alten Mannes schien sich zu entspannen, als hätte Phosy ihm eine Last von den Schultern genommen.

»Ja«, sagte der Inspektor. »Sompoo. Haben Sie irgendeine Ahnung, was er in Moskau soll?«

»Vielleicht.«

»Ist er …?«

Es war eher ein Knall als eine Explosion. Ein Fernschuss. Ein Scharfschütze. Phosy warf sich instinktiv auf den Boden und machte sich so klein wie möglich. Zwei Schüsse trafen den alten Mann, der eine in den Hinterkopf, der andere zwischen die Schulterblätter. Phosy hob den Kopf und sah ein sienabraunes Lächeln im Gesicht des Mannes, obwohl Nase und Augen nur noch eine große Austrittswunde waren. Noch immer fest im Fahrradsattel sitzend kippte er auf den grasbewachsenen Seitenstreifen.

# 8

## DAS DORF IN DER STADT

Dorothy und Toto hatten beim Anblick von Oz vermutlich kaum weniger gestaunt als die laotische Mannschaft an ihrem ersten Tag im olympischen Dorf. Für den gemeinen Laoten war ein Dorf eine Ansammlung von Gras- und Bambushütten, wo Schweine und Hühner wild umherliefen und nackte Kinder in Schlammpfützen spielten. Und damit so ziemlich das genaue Gegenteil dessen, was sie gut versteckt in den Tiefen eines über hundert Hektar großen Parks im Südwesten der Stadt vorfanden: ein riesiges Stonehenge aus achtzehn blau-weiß getünchten Wolkenkratzern, die über gepflegten Landschaftsgärten aufragten. Es gab zahllose Suiten und Apartments, Sportplätze, Schwimm- und Turnhallen. Es gab einen riesigen zentralen Platz, umgeben von Bars und Restaurants. Im Vergleich dazu war das Ukraina ein Elendsquartier. Wer auch immer diesem betongewordenen Traum den Namen »Dorf« gegeben hatte, war offenbar nicht ganz bei Trost.

Die Erfahrung früherer Olympiaden hatte gezeigt, dass die Athleten ihr Quartier nur ungern verließen, darum hatten die Sowjets kurzerhand beschlossen, Moskau ins Dorf zu holen. Lächelnd zählte Roger in seinem herrlichen Laotisch sämtliche Einrichtungen auf.

»Wir haben«, sagte er, »in keiner bestimmten Reihenfolge, drei Cafeterias, die von fünf Uhr morgens bis Mitternacht geöffnet haben, und eine vierte für Schlaflose, die Ihnen rund um die Uhr zur Verfügung steht. Sowie eine Reihe kleinerer Teesalons, Eiscafés und Milchbars, die auch alkoholische Getränke ausschenken. Wir haben Damen- und Herrenfriseure, Maniküren, Pediküren und Kosmetikerinnen. Unsere Fotografen werden so viele Bilder von Ihnen schießen, wie Sie wünschen, sowohl in Ihrer Freizeit als auch während der Wettkämpfe, die Abzüge erhalten Sie gebührenfrei in unserem Servicepavillon. Wir haben ein Fundbüro und eine Fax- und Telefonzentrale. Im Kulturzentrum finden abends während der gesamten Dauer Ihres Aufenthaltes Konzerte und andere Unterhaltungsveranstaltungen statt. Es gibt drei Kinos, die Spiel- beziehungsweise Dokumentar- und Zeichentrickfilme zeigen. Es gibt Fernsehzimmer, eine Bibliothek mit Lesesaal, Musikkabinen für einen oder mehrere Hörer, Spielautomaten, Räumlichkeiten zur Religionsausübung mit einem spirituellen Führer Ihrer Wahl und einen Tanzsaal mit Diskothekenmusik. All diese Informationen und viele weitere finden Sie in Ihrem Programm«, (er hielt ein Exemplar in die Höhe), »das ich eigenhändig ins Laotische übersetzt habe. Noch Fragen?«

Der Gruppe hatte es buchstäblich die Sprache verschlagen. Ein Gutteil von Rogers Erklärungen war einem Falken gleich über ihre Köpfe hinweggesegelt, da sich die Laoten viele dieser Einrichtungen nicht einmal in ihren kühnsten Fantasien vorzustellen vermochten. Dafür rochen sie Spiel, Spaß und Spannung drei Meilen gegen den Wind und wussten, dass sie mit ihrer Olympiateilnahme das große Los gezogen hatten.

»Das kommunistische Paradies«, sagte Siri. »Dabei sind wir noch nicht einmal gestorben.«

»Genau das hatte Karl seinerzeit vor Augen«, sagte Civilai, »ein Flipperautomat und ein Whirlpool in jedem Haus.«

»Ich wette, sie sind stocksauer, weil die Amerikaner das alles nicht zu sehen bekommen«, sagte Dtui.

Auch ihrem Quartier gelang es nur bedingt, sie auf den Boden der Tatsachen zurückzuholen. Die Zimmer rochen nach Farbe und Tapetenkleister mit einem leichten Beigeschmack von Vorfreude und Optimismus. Die Farbgebung mochte irgendeinem kulturellen Grundsatz folgen, aber Madame Daeng fand die Kombination Lila und Grün, gelinde gesagt, gewöhnungsbedürftig. Dass seine Suite ganz in Altrosa und Königsblau gehalten war, schien Civilai dagegen nicht im Mindesten zu stören. Die Lichtschalter befanden sich in gut anderthalb Meter Höhe, und die Zimmerkühlschränke schockfrosteten die Getränke, aber das war für niemanden im Team ein Grund zur Klage. Zwar trennten sie noch ein paar Jahre vom Nirwana, doch nach dieser Vorschau konnten sie den Hauptfilm kaum erwarten. Am Ende der Führung nahm Madame Daeng den Boxer, Maen, diskret beiseite.

»Pech gehabt«, sagte sie. »Männlein und Weiblein sind getrennt untergebracht. All ihre potenziellen Eroberungen liegen hinter Stacheldraht.«

»Kein Problem, Tantchen«, sagte Maen. »Wenn die Frauen erst mal Witterung aufgenommen haben, kommen sie von ganz allein. Ich brauche nicht auf die Jagd zu gehen.«

»Dann hat mich mein Geruchssinn also nicht getäuscht«,

sagte Daeng. »Pass mal auf, Freundchen. Sollte mir zu Ohren kommen, dass du eins unserer Mädchen angefasst hast – ein Kitzeln genügt –, wirst du ein großes Nichts vorfinden, und zwar genau an der Stelle, wo einmal deine Eier baumelten.«

Er setzte sein arrogantes Lächeln auf, das jedoch sofort gefror, als sie ihre Umhängetasche öffnete, wo die Spitze eines Fleischermessers aus ihrem Olympia-Programm ragte.

Inspektor Phosy war mit seinem Chinesisch am Ende. Er hatte sämtliche W-Fragen – wer, wie, wann, warum – gestellt und nichts in Erfahrung gebracht, was ihn auch nur einen Schritt weitergebracht hätte. Er war den Weg vom Tatort zum Glückauf zu Fuß zurückgegangen, aber es gab nirgends ein günstiges Versteck für einen Schützen. Und selbst wenn jemand aus dem Restaurant sich durch seine Fragen oder seinen Kontakt mit dem alten Soldaten bedroht gefühlt hätte, wäre er in so kurzer Zeit wohl kaum an ein Gewehr gekommen. Soweit er sich entsinnen konnte, hatte keiner der alten Knaben einen Geigenkasten bei sich gehabt. Keiner von ihnen hatte ein Auto und somit auch keinen Kofferraum, aus dem er eine Waffe hätte holen können. Und wer nahm schon ein Gewehr mit ins Café? Wo es noch nicht einmal ein Telefon gab, mit dem man einen Außenstehenden hätte anrufen können.

Ergo blieb ihm wenig anderes übrig, als so viel wie möglich über den alten Soldaten mit den braunen Zähnen in Erfahrung zu bringen. Bis jetzt wusste er nichts. Er konnte sich allenfalls die Frage stellen, ob der Mord mit der Diskussion im Restaurant zusammenhing. Oder war der alte Soldat aus einem anderen Grund erschossen worden? Aber das gehörte zu jener Sorte von Zufällen, die er normalerweise ganz zu Anfang einer Ermittlung ausschloss. Und es gab noch eine weitere Möglichkeit, die er vorerst jedoch lieber außer Acht ließ: dass der Schütze gar nicht auf den alten Mann gezielt hatte.

Jedes Nationale Olympische Komitee, kurz NOK, hatte einen Sitzungsraum im zweiten Stock seines jeweiligen Hauses zugewiesen bekommen. In der Raummitte stand ein so großer Konferenztisch, dass für Stühle kaum noch Platz blieb. Das entsprach nicht Siris Vorstellung von *sabai*; zu reglementiert, zu langweilig, zu weit weg von einem guten Tropfen, und so stieß er bei seiner Suche nach einer Alternative auf eine kuschelige kleine Milchbar in der achten Etage. Sie nannte sich Nebesa Milch-Eck. Dort gab es Sitzkissen und Polstersessel und Alkohol und einen ungemein sympathischen Barmann namens Sergej. Er war hochgewachsen und dunkelhäutig wie ein Pirat. Und so schlugen die laotischen Offiziellen ihr Basislager im Nebesa auf. Wie kleine fünfundsiebzigjährige Götter konnten Siri und Civilai dort Hof halten und jeden empfangen, der ein Anliegen vorzutragen hatte. Sie hatten einen Zettel nebst Wegbeschreibung an die Tür des Konferenzzimmers gehängt.

Sergej schien nie nach Hause zu gehen, und an ihrem ersten Nachmittag im Dorf verwöhnte er sie mit Cocktails nach eigenen Rezepten. Die beiden genossen diese sehr frühe Happy Hour in tiefen Zügen. Im Nebesa gab es ein weißes Telefon an einer langen Schnur, mit dem Sergej jeden gewünschten Gesprächspartner kontaktieren und alles bestellen konnte, was sie brauchten.

»Müsstest du dich nicht eigentlich da draußen herumtreiben und Koordinationsarbeit leisten oder dergleichen?«, fragte Siri.

»Meine Rolle ist in erster Linie dekorativer Natur«, sagte Civilai. »Nicht ganz so dekorativ wie die von General Suvan, der nur selten weiß, in welchem Land er sich gerade aufhält; eher wie die des US-Präsidenten, dessen Entscheidungen in aller Regel andere für ihn fällen. Mein einziger Hierseinszweck ist es, die Prügel einzustecken, wenn etwas schiefgeht. Ansonsten brauche ich mich nur ein wenig herauszuputzen und stets freundlich zu lächeln. Und was ist mit dir? Müsstest du dich nicht eigentlich der Verwundeten und Sterbenden annehmen?«

»Bruder, in diesem einen Gebäudekomplex ist mehr medizinischer Sachverstand versammelt als in ganz Südostasien. Wenn wir so sturzbetrunken wären, dass wir betrunken stürzen würden, wäre nach spätestens zwanzig Sekunden ein Krankenwagen hier.«

»Wir sind im achten Stock.«

»Dann eben ein Hubschrauber. Wir würden durchs Fenster in den Helikopter gehievt und wären in der Entzugsklinik, noch bevor wir wieder bei Bewusstsein sind.«

»Da fällt mir ein, ich glaube, es wird höchste Zeit, dass du ein Tässchen Kaffee zu dir nimmst.«

»Ausgerechnet du willst mir vorschreiben, wann und wie viel ich trinken darf?«

»Nur eine kleine Ermahnung. Schließlich wirst du in den

nächsten sechs Stunden unseren Attentäter im Auge behalten. Um sechs musst du Dtui ablösen.«

»Ach ja? Von wem stammt denn diese schwachsinnige Idee?«

»Von dir, Siri.«

»Bei der Einführung haben wir ihn doch auch sofort gefunden, trotz des falschen Namens etc. pp. Wie nennt er sich noch gleich?«

»Nokasad.«

»Können wir nicht einfach ihren Koordinator anrufen, Oberleutnant …«

»Oberst Fah Hai.«

»Ebender. Können wir ihn nicht einfach anrufen und ihn bitten, ein Auge auf unseren Sompoo alias Nokasad zu haben und uns Bescheid zu geben, wenn er Anstalten macht, jemanden zu erschießen?«

»Zwei Tassen starken schwarzen Kaffee, bitte«, rief Civilai in Sergejs Richtung.

»Warum trinkst du Kaffee?«, fragte Siri.

»Während du dich in einem Baum versteckst und unsere Attentäter beobachtest, werde ich mich ein wenig mit deiner Gattin verlustieren.«

»Du Schuft.«

»Sie soll ihren ersten Abend im Dorf schließlich nicht allein verbringen müssen. Darum habe ich beschlossen, unsere beiden attraktiven Administrateusen zum Souper auszuführen.«

»Es könnte sein, dass du auf Daeng noch ein Weilchen warten musst. Sie unterzieht sich einer Gesichtsbehandlung.«

»Wie bitte?«

»Ich weiß. Manchmal habe ich das Gefühl, nicht mehr mit meiner Frau, sondern mit einem Außerirdischen verheiratet zu sein. Turbane, modische Kleidung und Make-up. Wäre ich Psychologe, würde ich sagen, sie schreit um Hilfe, und wüsste, was zu tun ist.«

»Vernachlässigst du sie vielleicht im – du weißt schon – im Nest?«

»Ganz sicher nicht ... und was in meinem Nest passiert, geht dich einen feuchten Kehricht an.«

Die Ankunft eines Pagen in hellblauer Uniform machte dem Gespräch ein jähes, aber willkommenes Ende. Der junge Mann trabte an den Tresen und reichte Sergej einen Umschlag.

»Für den Genossen Sevilla«, sagte er.

»Das bin fast ich«, sagte Civilai und quittierte den Empfang. Aus dem Umschlag zog er ein sehr langes Telex und machte sich umgehend an die Lektüre.

»Ich dachte, der Sinn eines Telex liegt in seiner Kürze«, sagte Siri.

»Schh«, zischte Civilai.

»Du würdest einen erstklassigen Mausoleumswächter abgeben.«

»Scheiße«, sagte Civilai, als er am Ende der Nachricht angekommen war. Er erzählte Siri von Phosys Zusammentreffen mit dem alten Mann und dessen anschließender Ermordung. Der Inspektor sei dabei, die Identität des Toten festzustellen. Außerdem weise er darauf hin, dass es sich bei dem anvisierten Opfer ebenso gut um einen in Moskau wohnhaften Laoten oder Vietnamesen handeln könne. Auf diese Idee waren sie noch gar nicht gekommen.

»Moskau ist ja nun nicht gerade die internationalste Stadt der Welt«, sagte Civilai. »Ich kann mir nicht vorstellen, dass hier sehr viele Vietnamesen oder Laoten leben.«

»Und es ist so ziemlich der letzte Ort auf diesem Planeten, wohin die Royalisten geflohen wären«, sagte Siri. »Aber ich denke, einen Versuch ist es wert.«

»Wir brauchen Roger«, sagte Civilai und winkte Sergej, ihnen das Telefon zu bringen. »Ich muss ins Kommunikationszentrum und dieses Telex beantworten«, sagte Civilai und wählte die Piepernummer ihres Betreuers. »Ich werde mich dort mit Roger treffen. Mal sehen, ob er uns eine Liste von in Moskau ansässigen Ausländern besorgen kann. Dtui ruft um kurz vor sechs hier an und sagt dir, wo sie ist, damit du sie ablösen und die Observierung übernehmen kannst. Wenn du Glück hast, geht unser Attentäter heute Abend zu der großen Eröffnungsvorfeier im Garten, wie wir alle.«

Roger war noch immer ganz aus dem Häuschen. Endlich lebte und atmete die Sprache, die er sich ganz allein im Sprachlabor beigebracht hatte. Er sprudelte förmlich über von den vielen Anekdoten und Geschichten, die seine neuen laotischen Brüder und Schwestern ihm an diesem Tag erzählt hatten. Doch für Geschichten hatte Civilai jetzt keine Zeit.

»Roger«, sagte er.

»Ja, Onkel.«

»Wäre es sehr schwierig, die Namen und Nationalitäten aller in Moskau lebenden Ausländer in Erfahrung zu bringen?«

»Nichts leichter als das«, sagte Roger.

»Wirklich? Ich dachte, in Moskau regierten Geheimniskrämerei und Paranoia.«

»In den Fünfziger- und Sechzigerjahren mag das so gewesen sein«, sagte Roger, »aber damit ist es längst vorbei. Sie haben sämtliche Spione unter den Betten hervorgezerrt. Eigentlich ist es hier ziemlich langweilig. Darum sind die Spiele ja so wichtig. Endlich ist hier mal was los. Wir leben in einer Ära der Offenheit und Transparenz. Und daran sollen alle teilhaben.«

»Tatsächlich? Und warum haben Sie dann sämtliche Studenten für die Dauer der Spiele in entlegene Provinzen abgeschoben?«

»Es gibt zahlreiche Studenten, die ehrenamtlich im Dorf oder in den Sportstätten tätig sind«, sagte Roger.

»Handverlesen, damit sie auch ja keine antisowjetischen Ansichten äußern«, sagte Civilai.

»Es gibt keine antisowjetischen Ansichten«, sagte Roger pikiert. »Für Ihre Generation ist das Glas immer nur halbvoll. Aber wie könnten wir Ihnen das verübeln? Sie sind in paranoiden Zeiten groß geworden.«

»Sie würden sich also keinen Ärger einhandeln, wenn Sie nach besagten Namen fragen?«

Roger lachte. »Im Erdgeschoss gibt es einen Informationsschalter, Onkel. Der einzige Daseinszweck der dort arbeitenden Kollegen besteht darin, den Athleten jede gewünschte Auskunft zu erteilen.«

# 9

## TRAUMFRAUEN

Etwas so Grandioses wie die Eröffnungsvorfeier hatten die Laoten noch nie erlebt. Es gab den Auftritt eines Sängers, dessen endlos langen Namen sich kein Mensch merken konnte, gefolgt von einem Kammermusikkonzert unter freiem Himmel. Es gab Häppchen und natürlich Getränke, so viel das Herz begehrte. Es gab Feuerwerk und Jongleure und Tische, an denen Handwerker traditionelle Künste vorführten. Die Sportler und Offiziellen jedes Landes trugen Nationaltracht, und Sprachen spielten keine Rolle. Alles funkelte und blinkte. Es tobte ein Blitzlichtgewitter wie bei einer Hollywood-Premiere.

»Wenn es dir nicht gefällt, brauchst du es nur zu sagen«, sagte Daeng.

»Natürlich gefällt es mir«, sagte Siri zum x-ten Mal.

Arm in Arm gingen sie den breiten asphaltierten Weg entlang, der sich quer durch das Dorf zog. Sie lächelten Fremden freundlich zu, summten die Musik mit, zu der ihnen jeder kulturelle Bezug fehlte, und hielten sich exakt zwanzig Meter hinter Sompoo, dem Schützen, der mit seinen Mannschaftskameraden über das Gelände bummelte.

»Ich kann es jederzeit ändern lassen«, sagte Daeng.

»Nein, wirklich. Es ist prima«, sagte Siri.

Am frühen Abend war Madame Daeng aus dem Schönheitssalon zurückgekommen ... mit roten Haaren. Nein, »Fanta-Orange« traf es vielleicht eher. Ihr Haar, das ihr noch nicht einmal bis in den Nacken reichte, war zu hundert kleinen Zotten toupiert worden, und ihr Kopf sah aus wie ein explodierter Klavierhocker. Sie trug einen mauvefarbenen Hosenanzug aus Polyester und so hohe Stöckelschuhe, dass sie ihren Mann darin um mehrere Zentimeter überragte. Am allerschlimmsten aber war, dass sie sich hinter dem Gesicht einer anderen versteckte.

»Hier gibt es studierte Ingenieurinnen, die sich als Kosmetikerinnen verdingen«, sagte sie. »Sie arbeiten zu zweit an ein und demselben Gesicht. Kaum zu fassen, dass am Ende beide Hälften gleich aussehen.«

»Fantastisch«, sagte Siri. »Bist du sicher, dass nicht lieber ich die Spätschicht übernehmen soll?«

»Nein«, sagte sie. »Warum? Ich habe extra um die Spätschicht gebeten.«

Eigentlich hatte er ihr sagen wollen, dass ihr farbenfroher Aufzug die für eine erfolgreiche Überwachung erforderliche Dezenz und Diskretion vermissen ließ. Doch das wollte er vorerst für sich behalten, bis er wusste, weshalb sie um Hilfe schrie.

Inzwischen war es fast Mitternacht, aber die meisten Sportler waren noch auf den Beinen. Sie wussten, dass sie nach all der Aufregung an ihrem ersten Tag im Dorf ohnehin kein Auge würden zutun können. Die Schützen, unter ihnen auch Sompoo, saßen an Campingtischen und tranken. Das Militär hatte zwar ein strenges Alkoholverbot verhängt, aber Bier fiel nicht in diese Kategorie. Sompoo trank als einziger Limonade.

Um sechs Uhr morgens fuhr Siri schreiend aus dem Schlaf. In seinem Traum hatte sich ein afrikanischer Medizinmann mit einem Messer über ihn gebeugt. Beim Zubettgehen hatte er das Licht angelassen, und in Wirklichkeit war es Daengs Nase, welche die seine fast berührte.

»Albtraum?«, fragte sie.

»Nicht direkt«, sagte Siri.

»Civilai hat mich abgelöst«, sagte sie. »Aber die Jungs liegen allesamt in ihren Betten und schlafen tief und fest.«

»Daeng?«

»Ja, Liebster?«

»Du fehlst mir.«

»Du hast mir auch gefehlt.«

»Nein, Daeng«, sagte er und stützte sich auf die Ellbogen. Während seiner Schicht war er zu dem Schluss gelangt, dass Ehrlichkeit wesentlich wichtiger war als Diplomatie. »Ich meine, *du* fehlst mir.«

»Was willst du damit sagen?«

»Warum tust du das?«

»Was?«

»Na, alles. Die Kleider, die Schuhe, die Frisur, die Gesichtsmaskerade. Nichts von alledem bist *du*.«

»Ach, Siri. Du willst doch nicht im Ernst mit einer trutschigen Alten im *phasin* durch Moskau paradieren?«

Siri nahm ihre Hand. »Doch, genau das will ich«, sagte er. »Ich liebe meine trutschige Alte, mit und ohne *phasin*. Sie ist wunderschön. Wo ist sie geblieben?«

Seit sie zusammen waren, hatte er sie nur zwei Mal weinen sehen, und bei einer dieser Gelegenheiten hatte sie eine Kugel im Leib gehabt. Doch jetzt überwand eine

Träne die wächserne Mascara-Barrikade und überzog ihre Wange mit einer nahezu völlig senkrechten schwarzen Linie, bevor sie unter ihrem Kinn verschwand. Für Daengs Verhältnisse kam dies einem hysterischen Anfall gleich.

»Ach, Siri«, seufzte sie. »Ich möchte mich doch nur schön machen für dich.«

»Dann vergiss den ganzen Quatsch«, sagte er und wischte die Mascara-Linie mit dem Daumen fort. »Schön finde ich die verquollenen Augen, die ich sehe, wenn du morgens aufwachst. Oder den Schreck, den du bekommst, wenn ich, ohne anzuklopfen, ins Badezimmer marschiere und du dich mit einem Waschlappen zu bedecken versuchst. Das Lächeln, das du mir zuwirfst, wenn du ein Baby siehst, das Funkeln in deinem Blick, bevor du zum Angriff übergehst, deine Hand auf meiner Brust, wenn du dich vergewisserst, dass ich noch am Leben bin. Das macht dir keine nach.«

»Aber du träumst von anderen Frauen.«

»Unsinn.«

»Und was ist mit Greis?«, fragte sie.

»Mit welchem Greis?«

»Mit deinem Liebling, Greis Kelly.«

Ihm ging ein Licht auf.

»Daeng, du hast das alles doch nicht etwa nur aus Eifersucht auf einen Filmstar aus Hollywood getan?«

»Du redest seit einer Woche von nichts anderem mehr. Greis hier, Greis da. Wie elegant sie war. Dass sie einen echten Fürsten geheiratet hat. Wie sie allen den Kopf verdrehte. Dtui hat mir ein Bild von ihr gezeigt. Wie soll eine alte Laotin wie ich mit so jemandem konkurrieren? Du hast gesagt, sie wäre perfekt.«

Siri nahm sie in die Arme und drückte sie so fest wie nie zuvor.

»Ach, Daeng, du bist ein Schatz«, sagte er. »Danke, dass du einen alten Mann glücklich machen wolltest. Aber so geht das nicht. Die Rede kam nur deshalb auf Grace Kelly, weil Civilai und ich den Film besetzt haben, den wir niemals drehen werden. Nichts als Spinnerei. Als ich sagte, sie wäre perfekt, meinte ich perfekt für die Hauptrolle. Du bist im falschen Moment hereingekommen. Ich hätte nicht den Hauch einer Ahnung, was ich mit ihr anstellen sollte, wenn sie vor unserer Tür stünde. Du bist weitaus attraktiver, als sie es jemals sein könnte, denn sie ist nur eine Fantasie, und du, Daeng, du bist echt.«

»Wirklich?«

»Meistens jedenfalls. Deshalb möchte ich dich dringend bitten, ins Bad zu gehen, dir die rosa Schweineschwänzchen aus den Haaren zu waschen, die Kriegsbemalung abzuschrubben, die schrillen Klamotten auszuziehen und *au naturel* ins Bett zurückzukommen. Dann zeige ich dir, mit was für einer Frau ein Mann sein Leben verbringen möchte.«

Eine Stunde später wurden sie von lautem Klopfen an der Tür aus dem Schlaf gerissen. Da Siri soeben das geriatrische Äquivalent eines olympischen Marathonlaufes absolviert hatte, blieb er im Bett, und Daeng öffnete die Tür. Civilai stand auf dem Flur.

»Ich glaube, wir haben einen Fehler gemacht«, sagte er.

Die drei saßen jeder mit einer Tasse Tee am Tisch in der Kochnische ihrer Suite, und Civilai erzählte Daeng und Siri, was passiert war.

»Nachdem Daeng mich angerufen und gebeten hatte, ihre Schicht zu übernehmen, habe ich kurz die Augen zugemacht«, sagte er. »Als ich sie wieder aufschlug, war eine halbe Stunde vergangen. Mir blieb nichts anderes übrig, als nachzusehen, ob die Schützen und insbesondere unser Genosse Sompoo noch in ihren Zimmern waren. Es war kurz vor sieben, und ich dachte, sie sitzen vielleicht beim Frühstück, aber ich hatte vergessen, dass sie eine lange Nacht hinter sich hatten. Als ich im dritten Stock ankam, stand die Tür ihres Apartments einen Spalt offen. Sie hatten das Konzept der Sicherheit offenbar noch nicht begriffen. Da ich einen Belegungsplan habe, wusste ich, dass Sompoo sich mit dem jüngsten Schützen Boom ein Zimmer teilte. Boom lag in seinem Bett, aber das von Sompoo war leer. Im Bad war auch niemand. Ich sah auf den Balkonen an beiden Enden des Ganges nach, weil ich dachte, er raucht vielleicht eine Morgenzigarette, aber Pustekuchen. Bleibt nur eine Lösung: Er muss mit dem Fahrstuhl nach unten gefahren sein, als ich nach oben fuhr. Was sollen wir tun?«

Siri zuckte die Achseln.

»Uns bequem zurücklehnen und warten, bis ein Attentat gemeldet wird«, sagte er.

Dem Ausweis des toten Soldaten hatte Phosy entnommen, dass der alte Mann Pinit Saopeng geheißen und fast die gesamte zweite Hälfte seiner Militärlaufbahn bei einer geheimen Guerillatruppe, die unter dem Namen Gruppe 959 berühmt geworden war, verbracht und verdeckte Missionen im großen Stil durchgeführt hatte. Wie Phosy war er während der französischen und amerikanischen Besatzung als Undercoveragent tätig gewesen. Leider gab es keine Bibliothek und kein Archiv, wo man fundierte Informationen zu solchen Dingen finden konnte. Zwar hatte Phosy Einsicht in sämtliche von der Sicherheitsabteilung freigegebene Akten beantragt, dennoch standen die Chancen, dass er die Einzelteile von Pinits Leben zu einem schlüssigen Ganzen würde zusammenfügen können, schlecht. Wenigstens hatte er eine Adresse.

Der alte Mann hatte sein Zuhause einen Hundezwinger genannt, doch gewöhnlich hatten selbst Hunde eine Aussicht. Zum Ausdruck ihrer tiefen Dankbarkeit hatte die Partei Pinit eine Betonschuhschachtel gestiftet, in der er seinen Lebensabend verdämmern konnte. Sie glich einer Zelle in einem Zellenblock, und der Abstand zwischen seinem Jalousiefenster und der Außenwand des Nachbarblocks betrug ziemlich genau sechs Zentimeter. Die Lücke war so schmal, dass nicht einmal ein laues Lüftchen seinen Weg ins Innere der Behausung fand. Er hatte eine Schlafmatte aus Stroh, einen alten Ventilator aus sowjetischer Produktion, ein Transistorradio und einen einfachen Tisch mit einem ebensolchen Stuhl. Das Einzige, was hier fehl am Platze wirkte, war ein Stapel von Büchern und Zeitschriften an der gegenüberliegenden Wand. 1980 wurde in Laos nicht allzu viel gelesen.

Neben dem Bett lag Pinits Sammlung alter *Pasason Lao*-Ausgaben. Phosy sah auf den ersten Blick, dass hier nichts zu holen war. Die Zeitschriften stammten allesamt aus

Thailand und waren größtenteils politisch und antikommunistisch. In Laos waren sie verboten und nicht leicht zu bekommen. Phosy fragte sich, ob Pinit sie lediglich als Lesestoff benutzt hatte, um sich geistig fit zu halten, oder ob der alte Mann ein Thai-Sympathisant gewesen war.

Die Bücher waren ergiebiger. Sie waren in verschiedenen Sprachen, von denen Phosy keine einzige beherrschte. Er sprach Laotisch, ein paar Brocken Vietnamesisch und diverse Bergdialekte, aber keine der europäischen Sprachen. Er war jedoch ausreichend bewandert, um zu erkennen, dass einige der Bücher auf Englisch, Thai, Deutsch und Russisch verfasst worden waren. Und es war die Russland-Connection, die ihn am meisten interessierte. Tags zuvor, als Pinit die Verbindung zwischen dem Zeitungsfoto und dem mutmaßlichen Attentäter in Moskau hergestellt hatte, war ihm der alte Mann geradezu – was war das richtige Wort? – erleichtert vorgekommen. Vielleicht war er froh, dass Phosy dem abtrünnigen Soldaten einen Namen hatte zuordnen können. Hatte Pinit gewusst, dass in Moskau ein Attentat geplant war? Verließ sich Phosy zu sehr auf seinen Instinkt, oder hatte der alte Soldat gewusst, wer das Ziel des Anschlags war? War er deshalb zum Schweigen gebracht worden?

Phosy legte die russischen Bücher beiseite. Er wollte sie später von jemandem durchsehen und schriftlich zusammenfassen lassen. Da Thailändisch und Laotisch sich recht ähnlich sind, erkannte er sofort, dass es sich um Romane handelte. Ein lesekundiger Laote stand in einem Land ohne Bücher auf ziemlich verlorenem Posten. Trotzdem hätten die Bluthunde vom Ministerium Pinit als subversives Element gebrandmarkt, wenn sie sein Zimmer durchsucht hätten. Am Fuß des Stapels entdeckte er vier russische Kinderbücher. Sie stammten aus den frühen Vierzigerjahren, was die Vermutung nahelegte, dass sie dem alten Soldaten etwas bedeutet hatten. Auf dem Titelblatt eines der Bücher fand Phosy eine handschriftliche Notiz. Auch die würde er übersetzen lassen.

Der Inspektor warf einen Blick in den wackeligen Schrank. An der Kleiderstange hingen ein schwarzer Anzug, ein langärmliges weißes Hemd, eine Tarnfleckhose und eine leichte, wasserdichte Jacke. Darunter lagen Socken, Unterwäsche und ein Paar Handschuhe. Hinter der Zimmertür stand in Habachtstellung ein Paar Militärstiefel. Nichts davon war neu. Ein kärglicher Lohn für ein der Revolution geweihtes Leben.

Seine jahrzehntelange Erfahrung als Ermittler hatte Phosy gelehrt, überall dort zu suchen, wo jemand, der etwas zu verbergen hatte, seine Geheimnisse verwahren würde. Es gab keine Bodendielen oder Deckenpaneele, keine Schreibtischschubladen mit doppeltem Boden. Er ging über den Flur zum Gemeinschaftsbad, warf einen Blick in Spülkasten und Wassertank und tastete die Wand nach losen Kacheln ab. Sie waren alle lose, dienten jedoch nichts und niemandem als Versteck. Bevor er seine Bücher mitnahm, machte er einen letzten Rundgang durch das Zimmer. Er blickte noch einmal aus dem Fenster, sah aber nur die unverputzte Mauer. Er zog die Lamellen eine nach der anderen aus dem Fensterrahmen, um sich die Mauer aus der Nähe anzuschauen. Da hier keine Sonne schien, die ihn hätte ausbleichen können, war der Mörtel rings um die Ziegel noch grau. Nur an einer Stelle war er eine Idee heller. Phosy fuhr mit der Fingerspitze über die Ziegelkante und roch an seinem Finger.

Zahnpasta.

»Vielleicht war er joggen«, sagte Dtui.

»Oder er konnte nicht schlafen«, sagte Daeng, »und ist auf dem Dach ein wenig spazieren gegangen.«

»Oder er hat den Ort des Attentats besichtigt«, sagte Siri.

»Oder das Attentat bereits begangen«, sagte Civilai, der noch immer ein schlechtes Gewissen hatte.

Die vier saßen in der Cafeteria von Block B, vor sich ein deftiges sowjetisches Frühstück. Zwei Tische weiter saß das Schützenteam, einschließlich Sompoo, der Witze erzählte.

»Ich kann mir kaum einen günstigeren Zeitpunkt für ein Attentat vorstellen«, sagte Siri. »Das Fernsehen bringt nichts als Olympia-Berichte und Interviews mit lächelnden Russen. Dass in den nächsten drei Wochen ein Bericht über einen Mord den Weg in die Presse findet, dürfte so gut wie ausgeschlossen sein.«

»Trotzdem sollten wir Roger bitten, die Zeitungen für uns durchzusehen, für alle Fälle«, sagte Daeng.

»Warum glauben Sie, dass er etwas ausgefressen hat?«, wollte Dtui wissen.

»Und seit wann sind Sie ein so großer Fan der Unschuldsvermutung?«, fragte Civilai.

»Wissen Sie, ich habe ihn gestern sechs Stunden auf dem Schießstand beobachtet«, sagte Dtui. »Er war freundlich und entspannt. Er war höflich und mit Leib und Seele bei der Sache. Einen besonderen Drang zum Töten konnte ich jedenfalls nicht feststellen.«

»Eben deshalb sind gedungene Mörder so erfolgreich«, sagte Civilai. »Sie passen sich ihrer Umgebung an. Sie gehören zu der Sorte Menschen, über die man sagt: ›Ich hätte nie gedacht, dass er ein Mörder ist.‹ Sie sind berechnend und die Ruhe selbst, auch unter größtem Druck. Sie tragen keine T-Shirts mit ihrer Berufsbezeichnung.«

»Ich bezweifle, dass er heute irgendeine Dummheit begehen wird«, sagte Daeng. »Die Augen der Welt ruhen auf uns. Es sind mehr Sicherheitsleute auf den Straßen, als dieses Land je gesehen hat. Es ist ein großer Tag.«

Es war in der Tat ein großer Tag. Nach dem Frühstück wurden alle in das zentrale Lenin-Stadion gekarrt, um sich auf die Eröffnungsfeier vorzubereiten. Sie würden an der größten Schau der Welt teilnehmen. Prognosen zufolge würde sie in über einer Milliarde Haushalten auf der ganzen Welt live im Fernsehen verfolgt werden, und selbst die boykottierenden Länder würden die Höhepunkte zu sehen bekommen. Der amerikanische Sender NBC hatte siebenundachtzig Millionen Dollar für die Übertragungsrechte hingeblättert, obwohl seine Olympia-Berichterstattung sich auf fünf Minuten pro Tag beschränkte.

Die laotischen Offiziellen standen so schon kurz vor dem Durchdrehen, doch als Roger eintraf, stieg das Aufregungsbarometer in bislang ungekannte Höhen. Er war zappeliger als ein Floh in einem Hautschuppengestöber. Er schüttelte allen gleich zwei Mal die Hand, dann schnappte er sich einen leeren Stuhl, ließ sich rittlings darauf nieder und stützte die Ellbogen auf die Rückenlehne.

»Keinen Hunger?«, fragte er und deutete auf den Tisch,

der sich unter der tonnenschweren Last der Kanapees bedenklich bog.

»Es ist köstlich«, sagte Dtui. »Aber wir sind einfach zu aufgedreht zum Essen.«

»Ich weiß, ich weiß«, sagte Roger. »Ist es nicht großartig? Leisten wir bislang nicht alle ausgezeichnete Arbeit?«

»Ausgezeichnet«, sagte Civilai.

»Wissen Sie, wie viele Menschen sich die Feier ansehen werden?«, fragte Roger.

»Wissen wir«, sagte Daeng.

»Sie hatten nicht zufällig Gelegenheit, mir besagte Liste von Ausländern zu besorgen?«, erkundigte sich Siri.

»O doch«, sagte Roger und zog eine Papierrolle aus der Innentasche seines Blazers. Wie die meisten russischen Männer trug er ein Hemd und eine Krawatte, die nicht besonders glücklich miteinander waren. Und noch dazu mit dem Jackett auf Kriegsfuß standen.

»Moskau tut, was es kann«, sagte Roger. »Das Informationszentrum ist nach eigener Aussage befugt, jede Frage der Athleten offen und ehrlich zu beantworten. Zu jedem Thema – Geschichte, Politik, Kultur –, und alles in Rekordzeit. Ich habe ihnen meinen offiziellen Dolmetscher-Ausweis gezeigt, und keine zwanzig Minuten später hat der Drucker das hier ausgespuckt. Erstaunlich, nicht?«

Es waren alles in allem neun Seiten, und die Schrift war winzig. Dtui und Daeng gingen sie sorgfältig durch.

»Zieht man die Touristen- und Geschäftsvisa ab, sind dies die Namen der exakt neuntausendneunzig in Moskau lebenden Ausländer«, sagte Roger. »Jeder Name ist mit einem entsprechenden Statusvermerk versehen. Ich habe mir erlaubt, alle Namen zu unterstreichen, die mir laotischer Herkunft zu sein schienen. Es sind um die fünfzig. Hinzu kommen fast zweihundert Vietnamesen.«

»Danke«, sagte Civilai. »Das sind mehr, als ich erwartet hatte. Da unsere Mittel begrenzt sind, sollten wir uns auf die laotischen Namen konzentrieren. Ach, übrigens, Sie hören morgens nicht zufällig hin und wieder Radio?«

»O doch, Onkel. Jeden Morgen.«

»Und? Gab es heute Morgen irgendetwas Interessantes?«

»Zurzeit gibt es fast ausschließlich Olympia-Berichte«, sagte Roger.

»Kriminalität?«

»Die Partei hat Kriminalität für die Dauer der Spiele unmöglich gemacht«, sagte Roger und verzog die Lippen zu einem Lächeln. »Sie hat alle Säufer und Rauschgiftsüchtigen aufs Land geschickt, in den Urlaub. Die Schwer- und Gewohnheitsverbrecher helfen der Polizei in den kommenden drei Wochen bei ihren Ermittlungen.«

»Also keine Morde im Radio?«, fragte Siri.

»Nicht dass ich wüsste.«

»Ausgezeichnet«, sagte Civilai.

»Also«, sagte Daeng. »Viele dieser Namen stehen im Zusammenhang mit der Botschaft und/oder Handelsdelegation. Die meisten sind Studenten. Dann gibt es ein paar mit dubioser Schreibweise, bei denen wir uns nicht ganz sicher sind. Deshalb schlage ich vor, wir schicken Phosy die ganze Liste.«

»Er kann aber nur die laotischen Namen überprüfen«, sagte Siri. »Und die Zeit ist begrenzt. Leider fehlen uns die

Mittel, um unsere Recherchen auf die Vietnamesen auszuweiten.«

»Roger«, sagte Civilai, »meinen Sie, Ihre Informationsabteilung könnte noch etwas mehr über die laotischen Namen auf dieser Liste in Erfahrung bringen?«

»Die Kollegen machten einen ziemlich gelangweilten Eindruck«, sagte Roger. »Sie werden entzückt sein.«

Die Uhr schlug vier, und eine Hundertschaft von Trompetern blies eine Fanfare, die alsbald in den scheppernden Klängen der Sowjethymne unterging. Griechische Krieger und Göttinnen mit Blondhaarperücken trugen die Flagge mit den olympischen Ringen ins zentrale Lenin-Stadion, dicht gefolgt von einer Streitwagenflotte. Da sie noch nicht an der Reihe waren, konnten die Laoten all das nur an Fernsehmonitoren unter der Tribüne verfolgen. Sie schlotterten und bebten vor Nervosität. Sie brauchten weiter nichts zu tun als gehen; etwas, das sie seit frühester Kindheit unfallfrei beherrschten, doch jetzt, wo sie so lange warten mussten, gingen ihnen alle möglichen Fehltritte und Missgeschicke durch den Kopf.

General Suvan, der ranghohe Parteirepräsentant, war so starr vor Angst, dass er sich weigerte, die laotische Flagge zu tragen.

»Sehen Sie sich meine Hände an«, sagte er. »Ich kann sie einfach nicht stillhalten. Am Ende lasse ich das Mistding vor einer Milliarde Zuschauer noch fallen.«

Und so setzte Civilai sich an die Spitze der Bewegung und ärgerte sich darüber, dass er vorher nicht noch einmal zur Toilette gegangen war. Als eine Pfeife schrillte, marschierte die Demokratische Volksrepublik Laos in Richtung Eingang, gleich vor Lesotho. Es war vermutlich das einzige Mal, dass sie in den nächsten fünfzehn Tagen die Führung innehaben würde. Endlich traten sie hinaus in die Spätnachmittagssonne. Es war, als seien sie in einem Paralleluniversum gelandet. Kameras blitzten, und aus 103 000 Kehlen drang ein ohrenbetäubendes Gebrüll. Siri und Daeng hatten ja schon allerhand erlebt, aber damit hatten sie nicht gerechnet. Selbst ihr Plan, einen meuchlerischen Mordanschlag zu vereiteln, verblasste angesichts der Euphorie zu mausgrauer Bedeutungslosigkeit. Sie marschierten auf wackeligen Beinen durch das Stadionrund, winkten und warfen Kusshände in die tobende Menge. Zwar hatten sie hie und da schon einmal fünf Sekunden Ruhm genossen, doch hier waren es volle fünf Minuten.

Nachdem man sämtliche Nationen in der Stadionmitte zusammengepfercht hatte, begannen die Reden. Siri verdrehte die Augen. In Laos hätten sie die nächste Stunde damit verbracht, auf der Stelle zu laufen und den Herrn Buddha anzuflehen, diesem grässlichen Geschwätz ein Ende zu bereiten. Doch er wurde angenehm überrascht. Der Cheforganisator der Spiele, der Vorsitzende des Internationalen Olympischen Komitees und der Generalsekretär des Zentralkomitees der Kommunistischen Partei der Sowjetunion fassten sich kurz, und nach fünf Minuten war alles vorbei. Die Zuschauer klatschten frenetisch Beifall, und selbst Staatschef Breschnew applaudierte sich für die Knappheit seiner Worte. Die Flagge wurde gehisst, und ein grotesk durchtrainierter Fackelträger flitzte eine fast senkrechte Rampe hinauf und entzündete das olympische Feuer. Mehrere tausend Vögel stiegen in den Himmel, und auch wenn ein paar von ihnen in den Flammen gegrillt wurden, waren sich doch alle einig, dass sie tapfer und im Dienste für das Vaterland in Rauch und Asche aufgegangen waren.

Als dann auch noch zwei Kosmonauten per Liveschaltung ihre besten Wünsche aus dem All zur Erde sandten, war Siris und Daengs Fassungsvermögen unwiderruflich erschöpft. Sie mussten sich in einer hypnotischen Trance befinden, ja, es konnte gar nicht anders sein. Die Athleten wurden auf die Ränge geleitet, und mehrere tausend Tänzer, Sänger und Verrenkungskünstler strömten auf den Rasen und führten ein bemerkenswertes Schauspiel auf. Daeng rief Siri ins Gedächtnis, wie schwierig es in den Jugendlagern seinerzeit gewesen war, auch nur zwölf Kindern beizubringen, im Gleichschritt zu marschieren. Und hier bewegten sich tausende von Leibern, als wären sie eins, bildeten menschliche Gugelhupfe und Pyramiden und trotzten behände und leichtfüßig der Schwerkraft. Schicht um Schicht stapelten Männer und Frauen sich zu mehrstöckigen psychedelischen Seeanemonen. 8400 Kosakenkrieger schleuderten ihre Kosakenbräute in die Luft und fingen sie – zum Glück – auch wieder auf. Dann schwappte eine Flut von unfassbar hübschen blonden Mädchen über das Spielfeld. Nicht zu glauben, dass fügsame Tänzerinnen unter der Leitung eines geduldigen Choreografen etwas so Großes auf die Beine stellen konnten. Von solch inniger Harmonie hatten die Genossen Marx und Lenin zu Lebzeiten nur träumen können.

»Lasset die Spiele beginnen«, sagte jemand.

# 10

## PLAYBOY MIT PENTHOUSE

Es gab Untersuchungen, wonach eine laotische Archivkraft sich nur unwesentlich schneller bewegt als ein Eisschelf am Südpol. Weshalb Phosy seine Liste nicht etwa einem Polizeibürokraten und damit den Fährnissen des Schicksals überließ, sondern sie am nächsten Morgen ins Restaurant Glückauf mitnahm. Nach allem, was bei seinem letzten Besuch geschehen war, rechnete er fest damit, dass die alten Soldaten keinen Piep mehr sagen würden, wenn sie ihn erblickten, doch das genaue Gegenteil war der Fall: Der Mord hatte längst vergessene Lebensgeister wachgerufen. Sie waren sogar noch redseliger als beim ersten Treffen. Eine beeindruckende Anzahl alter Soldaten hatte sich an diesem Morgen dort eingefunden, um Kaffee zu trinken und auf einen weiteren gefallenen Kameraden anzustoßen.

Als Phosy seine Liste hervorholte, ging es plötzlich zu wie bei der Raubtierfütterung im Zoo. Die alten Männer bildeten Grüppchen, und einer von ihnen las die Namen vor, während die anderen diese wortreich kommentierten. Auch wenn sie ihren in Moskau lebenden Landsleuten nie persönlich begegnet waren, erkannten sie den Nachnamen und redeten über die dazugehörigen Familien. Viele waren Angehörige von ZK-Mitgliedern, die man zum Studium ins Ausland geschickt hatte. Es fielen Bemerkungen über die Unzuverlässigkeit von Botschaftsangestellten und das Glück alter Freunde, die eine stattliche Sowjetpension kassierten. Einen Namen aber gab es, der vielen der alten Patrioten sauer aufstieß.

»Ich verzichte hiermit feierlich darauf, Margaret Thatcher zu erschießen, und lege stattdessen diesen Dreckskerl um«, sagte der schuppige alte Herr und zeigte auf einen Namen. »Der wird uns alle ins Unglück stürzen.«

Bei einer solchen Versammlung war es nie ganz leicht, Dichtung und Wahrheit auseinanderzuhalten, doch alle stimmten darin überein, dass Manoi Sakkalin, der älteste Sohn von Thonglai Sakkalin, die besten Aussichten hatte, unerwünschte Aufmerksamkeit auf sich zu ziehen. Er wurde auf eine Führungsrolle im laotischen Politbüro vorbereitet. Er war als Teenager in die Sowjetunion geschickt worden und hatte hier fast seine gesamte Schul- und Universitätskarriere absolviert. Vor einem Jahr hatte er ein Magisterstudium in Politologie begonnen, auf Russisch. Er war zweifellos ein heller Kopf, und alle waren sich einig, dass er einen erstklassigen Staatslenker abgeben würde. Die Sache hatte nur einen winzig kleinen Haken: Er war ein glühender Gegner der Vietnamesen. Natürlich wäre es politischer Selbstmord gewesen, hätte Manoi das zugegeben, aber die Gerüchteküche brodelte.

Sämtliche Männer im Glückauf waren von den Vietnamesen ausgebildet worden und hatten Seite an Seite mit ihnen gekämpft. Noch heute, fünf Jahre nach der Revolution, waren an die vierzigtausend Soldaten der Vietnamesischen Volksarmee auf laotischem Boden stationiert. Sämtliche Ministerien und Abteilungen hatten ihre eigenen vietnamesischen Berater, die vietnamesische Politik ins laotische System einschmuggelten. Sämtliche Mitglieder des Politbüros hatten enge, teils sogar familiäre Verbindungen nach Vietnam. Zweifel an der Integrität Vietnams anzumelden, war der Karriere mit Sicherheit nicht allzu förderlich.

Manois Vater Thonglai gehörte zu den wenigen laotischen Geschäftsleuten, die den Umsturz wohlbehalten überstanden hatten. Er hatte sich den Pathet Lao gegenüber großzügig gezeigt und war zum Dank als Berater in Investitions- und Handelsfragen ins Kabinett berufen worden. Als die Regierung eingestehen musste, das Land in den Beinahe-Bankrott gewirtschaftet zu haben, war es Thonglai gewesen, der die ersten Joint Ventures zwischen Staat und Privatsektor angeleiert und das sinkende Schiff in die schwarzen Zahlen zurückgesteuert hatte. Laos war zwar noch nicht gerettet, aber Thonglai hatte an Macht gewonnen.

Doch er war nicht nur der Wirtschaftsguru der Führungsriege des Politbüros, er war auch Patriot. Seine laotische Ahnenreihe reichte viele Generationen zurück, bis zu König Sakkalin von Luang Prabang. Er machte keinen Hehl aus seinem Unmut darüber, dass die Franzosen in Laos eine vietnamesische Regierung eingesetzt hatten, dass der Besuch weiterführender Schulen gemeinhin vietnamesischen Kindern vorbehalten war, dass die laotische Revolution zur Befreiung von den französischen Besatzern einzig und allein den Vietnamesen zugeschrieben wurde. Aber er war ein geduldiger Mann. Er hatte drei Söhne. Einen schickte er zum Studieren nach Frankreich, einen in die USA und den dritten, Manoi, in die Sowjetunion. Die ersten beiden Söhne hatten sich dem Land ihrer Geburt entfremdet und im Westen neue Wurzeln geschlagen. Sie alle hatten ihr Studium erfolgreich abgeschlossen, doch nur Manoi teilte den Nationalismus seines Vaters. Die meisten Leute waren sich einig, dass er Laos dereinst in die Autonomie führen und sich als der wahre Retter der Laoten erweisen werde.

»Ja, den würde ich auch über den Haufen schießen«, sagte Trenchcoat.

»Aber warum?«, fragte Phosy. »Sind Sie nicht alle Patrioten?«

»Bis in den Tod«, sagte Leninmütze. »Aber wir haben Angst davor, was passieren könnte, wenn wir uns von unseren engsten Verbündeten lossagen. Alles, was wir haben, haben wir ihnen zu verdanken. Allein diese enge Beziehung hält die Chinesen davon ab, bei uns einzumarschieren.«

»Du sagst es«, riefen einige der anderen.

Und so hatte Phosy seinen Moskauer Attentatskandidaten: Manoi, der Sohn von Thonglai, dem Patrioten. Jetzt brauchte er nur noch dahinterzukommen, was all das mit Pinit Saopeng, dem toten Soldaten, zu tun hatte.

Hinter den Ziegeln unter dem Fenster des alten Mannes hatte Phosy ein Plastikbündel mit vierzigtausend US-Dollar in großen Scheinen gefunden. Was ganz und gar nicht zu dem genügsamen Lebensstil des alten Mannes passte. Aus den Akten wusste der Inspektor, dass Pinit Saopeng 1975 aus dem Militärdienst ausgeschieden war und sich seine Spur verloren hatte. Er hoffte, dass die alten Knaben im Glückauf wenigstens einige der vielen Lücken würden schließen können.

»Was für ein Mensch war Pinit Saopeng?«, fragte er in die Runde.

Blicke wanderten hin und her, doch niemand konnte sich zu einer Antwort durchringen.

»Das wollten wir eigentlich Sie fragen«, sagte Schuppe.

»Eher verschlossen?«, sagte Phosy.

»Keine Ahnung«, sagte Besitzer Mint.

»Ich bitte Sie«, sagte Phosy. »Sie haben mit dem guten Mann jeden Morgen Kaffee getrunken. Da müssen Sie doch irgendetwas über ihn wissen.«

»Wer hat mit ihm Kaffee getrunken?«, sagte Trenchcoat. »Wir hatten ihn noch nie gesehen, bevor Sie hier aufgekreuzt sind. Wir dachten, Sie hätten ihn angeschleppt.«

Es gibt Ereignisse, über die man pausenlos reden muss, und andere, die man kaum in Worte fassen kann. Und vielleicht war die Atmosphäre im Bus zurück ins olympische Dorf an diesem sehr, sehr frühen Morgen deshalb so gedämpft. Die Athleten und Offiziellen hatten etwas ganz Besonderes erlebt. Selbst die größten Zyniker unter den TV-Zuschauern in Tokio und Toronto mussten zugeben, dass die olympische Eröffnungsfeier ihresgleichen suchte.

Daeng klammerte sich an Siris Arm und vermochte weder ihr beseeltes Lächeln noch ihr Schwanzwedeln zu bezähmen.

»Danke, dass du nicht verschwunden bist«, sagte sie.

»Das wäre ein verdammt guter Trick gewesen, nicht?«, sagte ihr Mann. »Das hätten sie vermutlich auch in vier Jahren in Los Angeles noch nicht übertreffen können.«

»Die armen Sportler, die heute schon in einem Wettkampf antreten müssen«, sagte Daeng. »Ich bin fix und fertig. Ich bezweifle, dass ich bis zum Frühstück durchhalten werde.«

»Ich könnte auch ein Bett gebrauchen, aber …«

Da er Civilai nicht zutraute, über die volle Distanz wach zu bleiben, hatte Siri sich bereit erklärt, die Schicht von null bis sechs Uhr morgens zu übernehmen. Doch weil die Euphorie auch Stunden nach dem Ende der Eröffnungsfeier noch nicht verebbt war, kehrten sie erst weit nach Mitternacht ins olympische Dorf zurück. Sie beobachteten, wie Sompoo völlig übermüdet aus dem Bus stieg und wie alle anderen schnurstracks auf das Schlafquartier zuhielt. In der Eingangshalle blieb Siri stehen und gab seiner Gattin einen Gutenachtkuss.

»Weißt du was?«, sagte er. »In einem Punkt dürften sich alle, die das Glück hatten, der heutigen Feier beiwohnen zu dürfen, einig sein.«

»Nämlich?«

Er trat einen Schritt zurück und bewunderte ihren schimmernden Kunsthaarknoten mit dem schlichten Silberdiadem, ihre Seidenbluse, ihren blauen *phasin* – ein Erbstück ihrer Mutter – und ihre eleganten Ledersandalen. Die kleine Beule am Steiß fiel kaum auf, und ihr Gesicht war ungeschminkt und strahlte.

»Dass von den vielen tausend schönen Frauen gestern im Stadion keine so wunderschön war wie du«, sagte er.

Daeng legte die Handflächen aneinander, senkte den Kopf und entbot ihm einen langen, sinnlichen *nop*. Die echte, unverfälschte Madame Daeng war wieder da.

Als er allein war, trat Siri vor den Verkaufsautomaten

und musste feststellen, dass er keine Wertmarken bei sich hatte, wagte es jedoch nicht, seinen Posten zu verlassen, um welche zu holen. Und so sank er in den unbequemsten Sessel und verbrachte die nächsten vier Stunden damit, sich Texte zu laotischen *mo lam*-Liedern auszudenken.

Phosy saß in seinem Zimmer im Polizistenwohnheim und sah seiner Tochter beim Schlafen zu. Nicht zum ersten Mal musste er sich eingestehen, dass er über die Gesellschaft, in der er lebte, nur wenig wusste und sie noch weniger verstand. Pinit, der tote Soldat, war just an dem Tag, den Phosy sich für seinen Besuch im Glückauf ausgesucht hatte, zum ersten Mal dort aufgetaucht. Civilai hatte ihm in einem Telex dazu geraten, und Phosy hatte geantwortet, er werde »gleich morgen früh« vorbeischauen. Der Fernschreiber der Polizei wurde bedient von einer jungen Frau, die – angeblich – keine westlichen Schriftzeichen lesen konnte. Phosy war darin auch nicht sonderlich versiert. Er fuhr mit den Telexen zu Inthanet, dem Puppenspieler, der in Siris Haus Unterschlupf gefunden hatte. Inthanet übersetzte sie ins Laotische und schrieb auf Französisch zurück. Falls es sich bei Pinits Erscheinen im Glückauf nicht um einen bloßen Zufall handelte – was Phosy sogleich verwarf –, gab es eigentlich nur drei Möglichkeiten. 1. Das Telexmädchen hatte die Nachrichten jemand anderem zu lesen gegeben, bevor Phosy sie bekommen hatte. 2. Inthanet hatte die Informationen an eine dritte Partei weitergegeben. Da Freundschaft für Phosy ein hohes Gut war, hielt er das für wenig glaubhaft. 3. Die Botschaften wurden in Moskau abgefangen. Genau das war seine Vermutung, doch diesem Problem konnte er sich frühestens in vierundzwanzig Stunden widmen.

Blieb die Frage nach dem Motiv. Was hatte der alte Pinit im Glückauf gewollt? Auch hier gab es zwei Möglichkeiten. 1. Der Soldat hatte in Erfahrung bringen wollen, was die Polizei über die »tickende Zeitbombe« in Moskau wusste. Sodass man Phosy notfalls aus dem Verkehr ziehen konnte, falls er den Verschwörern auf die Schliche kam. Irgendjemand hatte weder Kosten noch Mühen gescheut, um Sompoo nach Russland zu verfrachten. Es hatte Monate der Vorbereitung gekostet. Und das wollte dieser Jemand sich von einem übereifrigen Bullen vermutlich nicht kaputtmachen lassen. Was den Schluss nahelegte, dass die beiden Kugeln für Phosy bestimmt gewesen waren. Und der Schütze schlicht sein Handwerk nicht beherrschte?

Die zweite Möglichkeit bestand darin, dass Pinit dem Inspektor nach dem gemeinsamen Frühstück hatte sagen wollen, was er wusste. Er hatte gerade zu reden begonnen, als die Schüsse ihn zum Schweigen gebracht hatten. Andererseits hatte Phosy den alten Soldaten angesprochen und nicht umgekehrt. Was, wenn jemand anders von Pinits Absicht Wind bekommen und ihm eine Kugel in den Kopf gejagt hatte, um zu verhindern, dass er auspackte? Sie hatten die Geschosse untersucht und festgestellt, dass sie aus einem amerikanischen M40 stammten, wahrscheinlich ein Überbleibsel aus dem Krieg. Das war keine Waffe für Wilderer oder vom Glück geküsste Grenzsoldaten. Mit einer so hochentwickelten Waffe hätte kein Schütze dieser Welt gleich zweimal das anvisierte Ziel verfehlt.

Dann waren da noch das Zimmer und das Geld. Hatte

der alte Mann ihn dorthin lotsen und bestechen wollen, damit er fünfe gerade sein ließ und beide Augen zudrückte? Oder gab Phosy sich schönen Illusionen hin? Von vierzigtausend Dollar hätten Dtui, Malee und er ein sorgenfreies Leben führen können, bis ans Ende ihrer Tage. Sie hätten ins Ausland gehen können. Sich eine Arbeit suchen, bei der man nicht jeden Tag Gefahr lief, erschossen zu werden. Zum Beispiel eine Konditorei eröffnen in … Er zwang seine Gedanken zurück zu Pinits Zimmer. Hatte der alte Mann tatsächlich dort gehaust? Allzu bewohnt hatte es nicht ausgesehen, eher wie eine Theaterkulisse. Hatte Phosy die Bücher- und Zeitschriftenstapel nach versteckten Hinweisen vielleicht durchsuchen *sollen*? War das alles von langer Hand geplant, um ihn und seine Ermittlungen in die Irre zu führen? Oder war dort wirklich etwas zu finden? Zu dumm, dass seine Denkfabrik in Russland weilte. Die meisten seiner Fälle hatte er durch ausgiebiges Brainstorming mit Dtui, Daeng und den beiden alten Knackern gelöst.

Malee furzte erst und lachte dann im Schlaf. Das tat sie oft. Sie war die geborene Alleinunterhalterin.

Phosy überflog die Zusammenfassung der russischen Bücher, die er im Zimmer des alten Soldaten gefunden hatte. Zwei befassten sich mit den Grundlagen der marxistisch-leninistischen Ideologie. Drei mit Technik: Mechanik, Elektronik, Wasserwirtschaft. Dann gab es eine Anleitung zur Ersten Hilfe sowie ein Wörterbuch Laotisch-Russisch, etwas, das Phosy noch nie gesehen hatte. Es war ungewöhnlich, in einem Buch von solcher Qualität auf laotische Schriftzeichen zu stoßen, oder in Büchern überhaupt. Das

Titelblatt eines der vier Kinderbücher war mit einer Widmung versehen.

*Für Bébé, in Liebe von Papa. Vergiss mich nicht.*

Seltsam, einem Kind so etwas zu schreiben. Als ob der Verfasser fort sei oder fortgehen wolle. Phosy beugte sich über seine schlafende Tochter und flüsterte ihr ins Ohr.

»Keine Sorge, mein Schatz. Ich weiche nicht von deiner Seite.«

Am Sonntag fanden von morgens bis abends Wettkämpfe statt. Busse, Limousinen und Diesellastzüge karrten die Teilnehmer vom olympischen Dorf zu ihren jeweiligen Veranstaltungen. Obwohl jedes Land seinen eigenen Fuhrpark hatte, konnten die Offiziellen ihr Transportmittel frei wählen, und die Fahrer waren angewiesen, sie mitzunehmen, sofern sie genügend Platz hatten. Civilai hatte die Tagesschicht gezogen und wollte die Schützen zum Dynamo-Schießplatz im etwa fünfzig Kilometer entfernten Mytischtschi begleiten. Sie würden den ganzen Tag dort verbringen, folglich konnte es nicht allzu schwer sein, Sompoo im Auge zu behalten.

Da die Konkurrenzen der anderen Laoten erst tags darauf beginnen würden, machten Daeng und Dtui sich zu den Boxbewerben in der Olimpijski-Arena auf, um sich die Zeit zu vertreiben und Brust- und Bauchmuskeln von Weltrang zu bewundern. Und so waren sie ein klein wenig enttäuscht, als sie feststellten, dass olympische Boxer Trikots tragen.

Nachdem Siri den versäumten Schlaf in einem bequemen Bett nachgeholt hatte, erstellte er eine Liste der zu erledigenden Aufgaben. Sein erster Gang würde ihn zur Post im Kommunikationszentrum führen, um Phosys tägliches Telex abzuholen. Zur Kaffeezeit würde er sich im Nebesa Milch-Eck mit Roger treffen. Danach wollte er sich einen kleinen Saunagang, ein gemütliches Mittagessen und ein oder zwei Kinovorstellungen gönnen. Da bei den Spielen heute keine Laoten antraten, konnte man ihm das beim besten Willen nicht als unpatriotisch auslegen. Als erster Spielfilm des Nachmittags stand *Die weite Reise* des tschechischen Regisseurs Alfréd Radok aus dem Jahr 1950 auf dem Programm. Er hatte noch nie davon gehört. Er würde zwar kein Wort verstehen und auch die englischen Untertitel nicht lesen können, doch wenn er eines fließend beherrschte, dann war es die Sprache des Kinos. Civilai und er hatten diese besondere Stimme in ihren Pariser Studientagen entdeckt und waren ihr bis heute hoffnungslos verfallen. Am liebsten hätten sie die Spiele Spiele sein lassen und sich die ganze Woche in einem dunklen, klimatisierten Saal der göttlichen Magie des Kinos hingegeben.

Aus Laos waren zwei an Civilai adressierte Fernschreiben eingetroffen. Siri und er hatten ihre Namensschilder getauscht, damit der Doktor sie abholen konnte. Die aufreizend tüchtige Schalterbeamtin in himmelblauer Uniform las den Namen auf dem Schild, verglich ihn mit dem Namen auf dem Telex und verzichtete großzügig darauf, dem kleinen Asiaten, der da vor ihr stand, in die schaurig grünen Augen zu schauen. Siri ließ sich in einem der vielen dick gepolsterten Sessel nieder und las die beiden Nachrichten. Er umkringelte den Namen des Moskauer Politologiestudenten und unterstrich ein paar sachdienliche Informationen. Dann kehrte er schnurstracks zu der Beamtin zurück, um seine Antwort zu versenden.

»Vielen Dank, Genosse Zivil-Ei«, sagte sie.

Roger wäre viel lieber mit den Olympioniken in die Schlacht gezogen, doch da er den Auftrag hatte, die Anweisungen der laotischen Administratoren zu befolgen, wankte sein Lächeln nicht einen Augenblick. Die Papierrolle, die er mitgebracht hatte, war kaum dicker als die ursprüngliche Liste.

»Es tut mir furchtbar leid, Onkel«, sagte er. »Aber mehr als die Adressen und Telefonnummern konnten die Kollegen leider nicht in Erfahrung bringen. Sie meinten, die Herausgabe persönlicher Informationen sei ein Eingriff in die Privatsphäre. Ich habe allerdings das dumpfe Gefühl, das die wirklich interessanten Dinge in einer Akte im Kreml zu finden sind.«

»So viel zum neuen Zeitalter der Offenheit und Transparenz«, sagte Siri.

»Wir wollen doch nicht, dass der KGB arbeitslos wird, oder, Onkel?«, sagte Roger.

Siri ignorierte alle anderen Namen auf der Liste und konzentrierte sich auf Manoi Sakkalin. Neben seinem Namen standen zwei Telefonnummern und zwei Adressen in kyrillischer Schrift.

»Warum hat der Knabe zwei Adressen?«, wollte Siri wissen.

Roger nahm die Liste. »Ah«, machte er. »Die eine gehört zu einem Studentenwohnheim draußen bei der Universität der Völkerfreundschaft.«

»Er wohnt in einem Studentenwohnheim?«

»Es ist eine Art Mietshaus in der Nähe des Campus. Die Studenten können ihre Wohnung frei wählen, sofern sie es sich leisten können.«

»Sprich, der Kerl hat Geld.«

»Scheint so.«

»Und die andere Anschrift?«

»Das war einmal eine sehr exklusive Adresse im Zentrum Moskaus. Die meisten Wohnungen gehören dem Nachwuchs einflussreicher Leute. Die Räumlichkeiten werden von Generation zu Generation weitergegeben. Ein Ausländer kann sie weder kaufen noch mieten. Das Haus liegt nur ein paar Schritte vom Fluss entfernt. Hätten wir einen kommerziellen Immobilienmarkt, wäre es ungefähr so viel wert wie ein New Yorker Hochhaus mit Blick auf den Central Park.«

»Und wie kann er es dann als seine Adresse angeben?«

»Es kann sich eigentlich nur um eine Art Leihgabe handeln. Der Besitzer überlässt jemandem seine Wohnung, solange er sich im Ausland aufhält oder in einer anderen Provinz arbeitet.«

»Aber wenn er unter dieser Anschrift gemeldet ist, müsste er doch eigentlich schon recht lange dort wohnen.«

»Vielleicht hat ihm ein Freund einen Gefallen getan?«

»Oder der Vater eines Freundes«, sagte Siri und musste an Phosys Telex denken. Natürlich kannte Siri den alten Industriemagnaten. Ein Unsympath, wie er im Buche stand. Der Mann wäre mit jeder Partei, Ideologie oder Religion ins Bett gesprungen, solange sich damit ein paar Millionen Kip verdienen ließen. Selbst auf privater Ebene war ihm nicht zu trauen, und die Kaulquappe tummelte sich vermutlich im selben Tümpel wie der Kröterich. Durch Blutsverwandtschaft vererbtes Geld. Aber Siri war unvoreingenommen genug, um dem Sohn des Genossen Thonglai Sakkalin eine Chance zu geben.

»Sergej«, rief er und winkte nach dem Telefon.

Dtui und Daeng hatten ihren Vormittag in der Boxarena sehr genossen. Die Halle war so riesig, dass man aus der letzten Sitzreihe kaum erkennen konnte, wie viele Boxer sich im Ring befanden. Um die Entfernung wettzumachen, gab es riesige Leinwände, auf denen man das Geschehen live und in zehnfacher Größe verfolgen konnte. Neben ihnen saßen mehrere Läufer und die komplette laotische Boxmannschaft, die an diesem Tag wenig mehr zu tun hatte, als sich faszinieren und in Bann schlagen zu lassen. Der Gedanke, dass sie schon in wenigen Tagen selbst dort unten im Ring stehen würden, während die Fernsehkameras der ganzen Welt auf sie gerichtet waren, bereitete ihnen schon jetzt schlaflose Nächte. Sie alle erstarrten in Ehrfurcht vor dem Können der anderen Bewerber, das heißt alle außer dem großspurigen Maen.

»Das Ding kann ich gewinnen«, sagte er.

Seine Teamkollegen machten sich über ihn lustig, weil sie zu dumm waren, um zu begreifen, dass es ihm völlig ernst war.

»Das Einzige, was mich daran hindern könnte, den Jordanier zu Brei zu schlagen, wären geschmierte Kampfrichter«, sagte er. Daeng und Dtui hörten schon lange nicht mehr hin, wenn Maen den Mund aufmachte. In einer

Pause drehte Dtui sich um und unterhielt sich mit Chom, dem Rattenfänger, der direkt hinter ihr saß.

»Wie geht's Ihrem Freund aus Botswana?«, fragte sie.

»Sammy? Wir verstehen uns nur, wenn Roger dabei ist. Aber wir tauschen Erfahrungen aus, mit Hilfe von Zeichnungen und Gesten. Rein professionell gesehen würde ich sagen, er ist ein Sklave der Technik. Ohne Apparate und Maschinen ist er aufgeschmissen.«

»Und was benutzen Sie?«

»List und Tücke«, sagte er, ohne eine Miene zu verziehen.

Dtui verkniff sich ein Lachen. »List und Tücke?«, sagte sie.

»Studiere den Feind. Erkenne seine Schwächen. Gib ihm die Chance, sich zu verteidigen.«

»Aha«, machte Dtui.

»Meine Familie arbeitet schon in der dritten Generation nach diesem Prinzip. Früher zur Nahrungsbeschaffung. Damals war an einer Ratte ja auch noch jede Menge gutes Fleisch.«

»Wirklich?«, sagte Dtui.

»Sie schmecken so ähnlich wie Wild.«

»Aha.«

»Aber bei dem ganzen Rattengift, das die Leute so auslegen, muss man schon lebensmüde sein, um heute noch eine zu essen.«

»Wie schade.«

»Und dann ist da natürlich noch das Rattenpissefieber«, sagte Chom. »Bei uns zu Hause kommt das ziemlich häufig vor. Und endet in den meisten Fällen tödlich. Keine Ahnung, ob es das hier auch gibt. Aber das kann Jusow mir sicher sagen.«

»Jusow?«

»Das ist der Kammerjäger für den westlichen Verwaltungsbezirk hier in Moskau, in der Nähe des Dorfes. Roger hat ein Treffen organisiert. Vielleicht verrät er mir ein paar Tipps, die ich mit nach Hause nehmen kann.«

»Das freut mich für Sie«, sagte Dtui.

Der großspurige Maen prahlte mit einer blonden Diskuswerferin mit scharfen Kurven, die er nach dem Frühstück kennengelernt hatte. Er schwankte noch, ob er zu dem vereinbarten Rendezvous gehen oder lieber die Cocktailkellnerin bebalzen sollte, die ihm am Abend zuvor ihre Telefonnummer zugesteckt hatte.

Dtui und Daeng beschlossen, zu einem anderen Wettbewerb weiterzuziehen. Von »echten Männern« hatten sie die Nase voll. Wenn man ihren eingeölten Bizeps aus der Ferne bewundern konnte, waren sie durchaus genießbar, aber wenn man ihnen zu nahe kam, musste man sich ihr Geschwätz anhören. Und das war meist eher unbekömmlich.

Gebannt hatte Siri *Die weite Reise* mitverfolgt, auf *Gorkis Kindheit* jedoch schweren Herzens verzichten müssen, denn er hatte einen wichtigen Termin. Auf öffentliche Verkehrsmittel war er nicht angewiesen. Ein Fingerschnippen hätte genügt, und eine Limousine samt zuvorkommendem Chauffeur hätte ihn an jeden gewünschten Ort auf dem Planeten gebracht. Doch schon nach nur zwei Tagen im Dorf ging ihm der Service-Overkill gehörig auf die Nerven. Er war des Kraftfeldes rings um das Dorf gewahr geworden, das die Bewohner gegen den grauen Moskauer Alltag abschirmte. Das noble Kaufhaus und die protzigen Burgerbuden mochten die meisten Athleten zum Narren halten, nicht jedoch einen altgedienten Sozialisten wie Siri. Und so fuhr er stattdessen mit der wunderschönen Metro bis Park Kultury und ging den Rest der Strecke zu Fuß. Verglichen mit den prunkvollen Moskauer U-Bahn-Stationen war der Königspalast in Luang Prabang eine Hundehütte. Er fragte sich, wie lange ein Kronleuchter in einem laotischen Busbahnhof wohl an seinem Platz geblieben wäre.

Das Haus, das Manois noble Stadtwohnung beherbergte, hatte nur drei Etagen, was im Zeitalter der Entwicklung und des Wandels als Platzverschwendung galt. Es stammte vermutlich aus der Zeit des Wiederaufbaus nach dem großen Brand von Moskau im Jahr 1812. Roger hatte darauf beharrt, dass es keine Elitebezirke und exklusiven Wohngebiete mehr gebe; dass ein Toilettenmann das gleiche Recht habe, dort zu wohnen, wie ein Konzertpianist. Aber da Wohnungen über Generationen vererbt wurden, funktionierte das in der Praxis wohl nur, wenn die Vorfahren des Toilettenmannes in der Lotterie gewonnen hatten.

Siri stemmte sich gegen die schwere Glastür und fand sich in einer kleinen, mit hochflorigem Teppichboden ausgelegten Eingangshalle wieder. Die Verzierungen waren mindestens genauso alt und barock wie die Frau hinter dem wuchtigen Empfangstresen. Ihre Motorradhelmfrisur war rosa getönt. Auf einem verschnörkelten Schild standen vermutlich ihr Name sowie ihre Funktion, aber das konnte Siri nicht lesen. Sie sprach in ein klobiges Walkie-Talkie, und noch bevor er ihr den Namen des Mannes genannt hatte, den er besuchen wollte, hielt die Frau auch schon drei Finger hoch und deutete zum Lift. Der bestand aus einem kleinen Käfig von der Sorte, in die man in Frankreich weiland geisteskranke Verbrecher zu sperren pflegte. Trotz des desolaten Zustands seiner Lunge entschied sich Siri für die Treppe. Auf den ersten beiden Absätzen hielt er an, um zu verschnaufen. Im dritten Stock wollte er dasselbe tun, doch als er den Kopf hob, blickte er in das Gesicht eines massiven Trumms von einem Mann voller Tätowierungen, eine davon der Umriss einer Kobra, die sich von einem Handgelenk zum anderen schlängelte. Er war vermutlich asiatischer Abstammung, doch alles an ihm schrie russischer Türsteher.

»Siri?«, fragte er.

»Ja«, sagte Siri.

Als Siri auf der obersten Treppenstufe angekommen war, bedeutete ihm der Mann, die Arme zu heben, und filzte ihn von Kopf bis Fuß. Dann wies er mit einem Nicken zu der offenen Wohnungstür. Als er sich an dem Mann vorbeizwängte, bemerkte Siri eine Beule in Höhe des Coccyx, bei der es sich vermutlich nicht um einen Steißbeinfortsatz handelte.

Manoi hatte seine Schritte so bemessen, dass Siri und er sich auf halber Strecke des Flurs begegneten. Er nahm die Hand des Doktors in beide Hände und schüttelte sie – der klassische Händedruck eines Politikers.

»Dr. Siri«, sagte er. »Es ist mir eine Ehre.«

Manoi war der Typ Mann, der schon mit siebenundzwanzig an der Schwelle zu den mittleren Jahren stand. Er hatte Übergewicht und ein Kinn für jede Dekade seines Lebens. Sein Haaransatz war im Zurückgehen begriffen, er hatte verquollene Augen, und seine Nase war mit einem Geflecht von feinen Äderchen überzogen. Er betrieb offenkundig schweren Raubbau an sich selbst.

»Genosse Manoi?«, sagte Siri. »Ich hätte nicht gedacht, dass Sie mich kennen.«

»Soll das ein Witz sein?«, sagte der junge Mann. »Es kommt schließlich nicht jeden Tag vor, dass ein Nationalheld anruft und um einen Termin bittet. Mein Vater spricht ziemlich oft von Ihnen.«

»Tatsächlich?«, sagte Siri und versuchte, ihm seine Hand wieder zu entwinden. Wenn der Vater seinen Namen je erwähnt hatte, konnte es eigentlich nur in negativem Zusammenhang geschehen sein.

»Allerdings«, sagte Manoi. »Ich fühle mich außerordentlich geschmeichelt, einen Delegierten unseres Olympiakaders empfangen zu dürfen. Bitte, treten Sie doch näher.«

Die Wohnung war größer als die meisten Märkte in Vientiane. Manoi geleitete ihn durch eine Reihe museumsähnlicher Räume und deutete auf dieses und jenes berühmte Artefakt. Sie kamen in ein vergleichsweise kleines Zimmer mit einem riesigen Fernsehapparat. Es liefen, natürlich, die Olympischen Spiele. Durch das Panoramafenster sah man die Spitzen der Bäume am Flussufer und die Stadt dahinter. Eine europäische Frau in der Uniform eines französischen Dienstmädchens stand Tablett bei Fuß. Sie war nicht unattraktiv, aber dick geschminkt und alles andere als freundlich. Manoi nahm auf einem samtbezogenen Sofa Platz und bat Siri, sich zu ihm zu setzen. Auf dem mit einer

Granitplatte versehenen Couchtisch standen zwei Gläser mit einer klaren Flüssigkeit darin. Manoi hob das eine, Siri das andere.

»Das«, sagte Manoi, »ist wahrscheinlich der köstlichste Wodka, den man kaufen kann, und doch ist er praktisch umsonst. Stolichnaya. Richtigen Wodka brennen können nur die Russen.«

»Ist er dann nicht viel zu schade, um ihn an einen alten Mann wie mich zu vergeuden?«, sagte Siri.

»Er wird Ihnen ewiges Leben schenken«, sagte Manoi.

Siri musste unwillkürlich an die Szene in *Arsen und Spitzenhäubchen* denken, wo der einsame alte Mann mit einem vergifteten Drink ermordet wird. Niemand wusste, wo Siri war. Wenn er – im Krimisinn des Wortes – verschwand, gab es nicht den geringsten Anhaltspunkt. Da er weder Zeit noch Gelegenheit hatte, die Gläser zu vertauschen, kippte er sich den Billigwodka in den Schlund. Und siehe da, er lebte noch.

»Erstaunlich«, sagte er.

»Es gibt keinen besseren«, sagte Manoi.

Sie plauderten ein wenig über das Leben in Moskau und die Zustände in Laos, über die Olympiamannschaft und ihre Chancen. Doch Manoi hatte es eilig, er wollte endlich seine Frage loswerden.

»Was führt Sie zu mir?«, erkundigte er sich.

Siri hatte die Frage vorausgeahnt und sich gleich mehrere Lügen zurechtgelegt: Es handle sich um einen Höflichkeitsbesuch im Namen des Laotischen Olympischen Komitees, er wolle sich über das Leben eines laotischen Studenten in Moskau informieren, er habe eine erfolgversprechende Geschäftsidee. Alles hing von dem Eindruck der ersten zehn Minuten ab. Nichts war wie erwartet. Er hatte sich einen ebenso blasierten wie konfusen Knaben vorgestellt, der in der Wohnung eines Freundes hauste und bis zum Abschluss seines Studiums von einem bescheidenen Stipendium lebte. Und nicht diesen Playboy mit Luxuspenthouse, bewaffnetem Türsteher und französischem Dienstmädchen.

»Zu Hause kursieren Gerüchte, wonach jemand in Moskau Ihnen übelwill«, sagte er.

Der junge Mann schien ungerührt. Er hielt die beiden Gläser hoch und machte dem Dienstmädchen ein Zeichen, ihnen nachzuschenken.

»Wir leben im Jahr 1980«, sagte er. »Sind unsere Landsleute wirklich immer noch so unreif, dass sie jedem Gerücht auf den Leim gehen?«

Siri bezog diese Bemerkung auf sich.

»Leider ja. Das Komitee hielt die Drohung für so glaubhaft, dass es mich gebeten hat, Sie aufzusuchen.«

»Irgendwelche Namen oder Daten?«

Siris Moment war gekommen. Just in diesem Augenblick hätte er ihm den Namen des Schützen nennen und den Mann seinem Schicksal überlassen sollen. Doch irgendetwas ließ ihn fürchten, nicht um das Leben des Studenten, sondern um das des Attentäters.

»Tja, Genosse«, sagte Siri. »Sie wissen, wie das mit Gerüchten ist. Niemand möchte sich auf einen Namen festlegen.«

Sie warteten, bis das Dienstmädchen ihre Gläser nachgefüllt hatte, dann sagte Manoi: »Exakt. Trotzdem möchte ich Sie bitten, dem Komitee meinen herzlichen Dank dafür auszurichten, dass es so sehr um meine Sicherheit besorgt ist. Vor allem aber danke ich Ihnen, für Ihren heutigen Besuch. Mehr denn je spüre ich die Liebe und Verbundenheit meiner Brüder und Schwestern am anderen Ende der Welt. Drohungen von außen werden uns niemals etwas anhaben können, denn das Herz unserer Heimat schlägt lauter und kräftiger als das ihrer Feinde. Auf Laos.«

Sie leerten ihre Gläser, und Manoi stand auf, um seinem Gast zu bedeuten, dass die Besuchszeit abgelaufen war.

# 11

## DAS SPIEL AN SICH

Am Morgen von Tag drei sollte Sompoo beim Kleinkaliberschießen antreten. Auf Anweisung ihrer rotarmistischen Betreuer mussten die Schützen am Abend vor dem Wettkampf in der Kaserne bleiben. Oberst Fah Hai sperrte die Athleten zwar nicht in ihre Zimmer, verhängte jedoch ein striktes Ausgehverbot und kontrollierte sie von Zeit zu Zeit. Ihr Abendessen nahmen sie in der Küche ihrer jeweiligen Stube ein. Fah Hai war ins Nebesa Milch-Eck gegangen, um Civilai dies zu erklären. Der alte Politbürokrat nutzte die Gelegenheit und kam noch einmal auf die Abweichungen zwischen Kader und Teilnehmerliste zu sprechen.

»Es war eine Entscheidung in letzter Minute«, sagte Fah Hai. »Am Flughafen Wattay wurde der Major plötzlich krank, und für einen solchen Fall stand unser erster Ersatzmann bereit. Da blieb natürlich keine Zeit mehr, die Namen auf der Passagierliste noch zu ändern. Aber Sie werden feststellen, dass das Problem beseitigt ist und auf der offiziellen Liste der Olympiateilnehmer der korrekte Name steht.«

Civilai wusste, dass der Major nicht plötzlich erkrankt, sondern außer Gefecht gesetzt worden war. Und der Name Sompoo stand nicht auf der Teilnehmerliste.

»Sind Sie sicher, dass Sie diesmal seinen richtigen Namen haben?«

»Warum fragen Sie?«

»Rein prophylaktisch. Ich bin immerhin der Chef de Mission.«

»Ich weiß.«

»Und warum haben Sie mir das alles dann nicht schon auf dem Hinflug erklärt?«

»Ich habe den Wechsel doch selbst erst bemerkt, nachdem wir angekommen waren«, sagte der Soldat.

»Und warum verraten Sie mir das erst jetzt?«, fragte Civilai. »Wir sind seit zwei Wochen hier.«

»Mit Verlaub, Genosse, aber es handelte sich um eine administrative Maßnahme, über die ich direkt mit dem sowjetischen Militär verhandelt habe. Da Ihre Rolle eher … eher dekorativer Natur ist, hielt ich es nicht für nötig, Sie damit zu belästigen.«

Civilais Toleranzgrenze war überschritten. »Jungchen«, sagte er, »haben Sie die Flagge bemerkt, die ich gestern getragen habe?«

»Natürlich.«

»Tja, solange Sie hinter den Nationalfarben unseres schönen Vaterlandes hermarschieren und ich ein Vertreter dieses Landes bin, werden Sie mich über alles und jedes in Kenntnis setzen, ganz gleich für wie lästig Sie die Sache halten. Haben wir uns verstanden?«

Die Miene des Obersts war wie versteinert, und er salutierte schweigend.

»Dann schießt unser Attentäter also offiziell unter falschem Namen?«, erkundigte sich Daeng.

»Sieht ganz so aus«, sagte Civilai. »Wir verstoßen vermutlich gegen einen ganzen Strauß von Regeln und Gesetzen.«

»Aber der Name musste der Überprüfung standhalten«, sagte Siri. »Alles musste stimmen – Reisepass, Personalausweis, Olympiapass. Da hat jemand weder Kosten noch Mühen gescheut.«

»Dieselben Leute, die Major Lien daran gehindert haben, das Flugzeug zu besteigen, haben vermutlich auch die Papiere des ersten Ersatzmannes gestohlen«, sagte Daeng. »Danach brauchten sie nur noch das Foto auszutauschen.«

Sie saßen an ihrem Stammtisch im Nebasa. Sergej hatte sich erboten, ihnen einen Cocktail zu mixen, doch sie tranken lieber Wodka on the rocks. Sie mussten schließlich noch arbeiten.

»Das Wichtigste ist, dass sie wissen, dass wir von ihren Plänen wissen«, sagte Siri.

»Wer sind *sie*?«, fragte Dtui.

»Das wissen wir noch nicht«, sagte Civilai. »Aber wir wissen, dass sie unseren Telexverkehr überwachen.«

»Wie kommen Sie darauf?«

»In seinem letzten Telex hat Phosy mich gebeten, die Genossin Daeng zu grüßen«, sagte er.

»Und?«

»Das ist einer unserer Geheimcodes«, sagte Daeng. »Er nennt mich nie ›Genossin‹. Das heißt, dass unsere Korrespondenz jemand mitliest.«

»Sie und Phosy haben geheime Codes?«, fragte Dtui.

»Nur ein paar«, sagte Siri. »Und selbst die vergessen wir ständig.«

»Erstaunlich, wie wenig Mann und Frau bisweilen voneinander wissen«, sagte die Krankenschwester.

»Dtui, es geht hier nicht um eine Affäre«, sagte Siri. »Nur um ein paar kleine Tricks, die wir letztes Jahr oben im Norden ausgetüftelt haben. Aber das ist nicht das Problem. Das Problem ist, dass jemand unsere Fernschreiben abfängt. Alles, was wir Phosy übermittelt haben, und alles, was er uns mitgeteilt hat, ist jetzt allgemein bekannt.«

»Haben wir die Möglichkeit, dass die Cousine den Mann auf dem Zeitungsfoto verwechselt hat, Sompoo tatsächlich nur ein Ersatz und ein Attentat gar nicht geplant ist, jetzt komplett über Bord geworfen?«, fragte Dtui.

»Als er behauptete, Major Lien sei am Flughafen urplötzlich krank geworden, hat der Oberst gelogen«, sagte Siri.

»Nicht halb so peinlich, wie einräumen zu müssen, dass er wegen Benzinschmuggels festgenommen wurde«, gab Dtui zu bedenken.

»Ja, Dtui, Sie haben ja recht«, sagte Siri. »All das ist durchaus möglich. Das ändert aber nichts an der Tatsache, dass jemand unsere Telexe mitliest, was vermutlich zu einem Zwischenfall in Vientiane geführt hat, bei dem es einen Toten gab. Selbst wenn wir uns alles andere nur eingebildet haben, scheinen wir auf etwas gestoßen zu sein, und das macht denen mächtig Angst.«

»Wo wir gerade beim Spinnen grauer Theorien sind, was haltet ihr davon?«, sagte Dtui. »Was, wenn ein anderer Schütze der Attentäter ist? Was, wenn der Attentäter den Major am Flughafen wiedererkannt hat oder glaubte, Lien würde ihn wiedererkennen? Was, wenn er oder einer seiner Leute Lien aus dem Verkehr gezogen und den Ersatz eingeschleust hat? Das würde bedeuten, dass der Ersatzmann, Sompoo, unschuldig ist und jemand anders einen Mord plant.«

Alle nippten an ihrem Wodka.

»Mist«, sagte Daeng.

»Daran habe ich noch gar nicht gedacht«, sagte Civilai.

»Aber das würde ja bedeuten …«, begann Daeng.

»Dass wir sämtliche Mitglieder der Schützenmannschaft beschatten müssten«, sagte Siri. »Und da sie zu siebt sind, wir aber nur zu viert, ist es vielleicht das Beste, wenn wir uns den Lustbarkeiten hingeben und den Herrn Buddha einen guten Mann sein lassen.«

Sie schenkten sich nach, naschten ein paar Gratis-Toasttaler mit Hering und sahen aus dem großen Fenster auf die schrecklich schönen, hell erleuchteten Hochhäuser ringsum.

»Ich habe Manoi Sakkalin einen kleinen Anstandsbesuch abgestattet«, sagte Siri.

Aller Augen richteten sich auf ihn.

»Bitte, was?«, sagte Daeng.

»Roger hat mir seine Adresse gegeben, und da habe ich mal eben Guten Tag gesagt.«

»Mir hast du erzählt, du warst im Kino«, sagte Daeng.

»War ich ja auch«, sagte Siri. »Das war nach der Vorstellung.«

»Du bist ein hoffnungsloser Fall«, sagte Daeng und hauchte ihm einen Kuss auf die Wange.

»Danke.«

Im Lauf der nächsten Viertelstunde schilderte er ihnen seinen sonderbaren Hausbesuch.

»Boah«, machte Dtui.

»Und ein französisches Dienstmädchen«, sagte Civilai.

»Die Uniform kam aus Frankreich«, sagte Siri. »Das Dienstmädchen könnte sonst woher stammen. Aber der springende Punkt ist: Er führt mitten in Moskau ein ungemein luxuriöses Lotterleben, wahrscheinlich auf Kosten seines Vaters.«

»Das würden die Sowjets niemals dulden, wenn sie nicht wüssten, dass er ihnen irgendwann in nicht allzu ferner Zukunft von Nutzen sein könnte«, sagte Civilai. »Sieht aus, als würden sie einen potenziellen Präsidenten heranzüchten.«

»Benehmen tut er sich ja schon wie einer«, sagte Daeng.

»Und wie es scheint, hält er sich für unbesiegbar«, sagte Siri. »Er hat nicht einmal mit der Wimper gezuckt, als ich ihm eröffnet habe, dass es womöglich jemand auf ihn abgesehen hat.«

»Dann haben wir unsere Schuldigkeit getan«, sagte Civilai. »Wir haben die Zielperson gewarnt, wir können nicht alle potenziellen Attentäter überwachen, und wir müssen an Olympischen Spielen teilnehmen. Da es also recht eigentlich nichts mehr zu tun gibt, schlage ich vor, wir bestellen noch ein Fläschchen, legen die Füße hoch und beenden die Suche nach Haaren in der Suppe.«

»Und was ist mit Phosy?«, wollte Dtui wissen.

»Ach ja«, sagte Siri. »Das ist eine andere Geschichte. Wir haben ihn zu Hause in eine unschöne Situation gebracht. Und sollten deshalb vielleicht zuallererst einmal herausfinden, wo die undichte Stelle ist, auf seiner Seite oder auf unserer.«

»Und wie machen wir das?«, fragte sie.

»Wir fragen Roger.«

Bei der Überprüfung der Polizeibehörde auf undichte Stellen bediente sich Phosy einer simplen Methode. Er versetzte das Telexmädchen in die Kantine und platzierte seinen Gewährsmann Sergeant Sihot am Fernschreiber. Dann engagierte er einen weiteren alten Freund, Seksan aus der verlassenen französischen Botschaft, als Übersetzer. Wenn das Leck auch weiterhin bestehen blieb, stand fest, dass die undichte Stelle am anderen Ende zu suchen war.

Das Geld bereitete ihm nach wie vor Bauchschmerzen. Ja, er hatte viel und eingehend darüber nachgedacht. Die vierzigtausend Dollar lagen in der verschlossenen Schublade seines Schreibtischs. Er hatte den Fund noch nicht gemeldet. Denn wenn das Geld in die Hände des Staates überging, war die Wahrscheinlichkeit recht hoch, dass es sich von einem Beweisstück unversehens in die Reisespesen eines Beamten verwandelte. Reichtum weckte seinen Zorn. Es wurmte ihn, dass Einfluss und Macht nicht selten einzig und allein davon abhingen, wie viel Geld jemand besaß. Er lebte in einem Land, in dem die große Mehrheit der Bevölkerung nicht von Macht oder gar Einfluss träumte. Wenn sie zu ihren jeweiligen Göttern beteten, dann nicht um Reichtum zu erlangen, sondern damit ihre Kinder gesund blieben und genug zu essen hatten.

Vierzigtausend Dollar würde keiner von ihnen je verdienen, und es war ungerecht, dass jemand für seine Dienste so viel Geld bekam. Sein Instinkt sagte ihm, dass die vierzigtausend beiseitegelegt worden waren, um einen Verbrecher zu entlohnen. Nur sehr wenige Laoten besaßen überhaupt die Mittel, für legale Dienste eine solche Summe auszugeben. Und da Geld Geld anzog, beschloss Phosy, sich in den engen Kreis der ungewöhnlich Reichen zu begeben. Er ging in die Telefonzentrale und wählte die Nummer der Graswurzel Joint-Venture-Gesellschaft mbH. Eine Sekretärin nahm den Anruf entgegen, und er bat darum, den Genossen Thonglai Sakkalin sprechen zu dürfen. Die Sekretärin wollte wissen, wer er sei, und er nannte ihr Namen und Dienstrang. Sie sagte, mit etwas Glück könne der Direktor ihn kommenden Dienstag dazwischenschieben.

Phosy lachte.

»Jammerschade«, sagte er, »denn ich bin bereits zu Ihnen unterwegs, in einer polizeilichen Angelegenheit. Ich würde gern früher mit Ihrem Direktor sprechen, aber wenn er unabkömmlich ist, befrage ich einfach die Angestellten, einen nach dem anderen, angefangen mit Ihnen. Leider sind wir unterbesetzt, die Sache könnte also ein paar Tage in Anspruch nehmen. Ich hoffe, das bringt Ihren Betrieb nicht allzu sehr durcheinander. Und ja, ich habe die schriftliche Genehmigung meines Vorgesetzten, ich ermittle nämlich in einem Mordfall.«

Ohne eine Antwort abzuwarten, legte er auf und seufzte. Es gab nicht den geringsten Anhaltspunkt dafür, dass die Familie Sakkalin etwas mit den Vorgängen in Moskau oder dem Mord an dem alten Soldaten zu tun hatte. Die ganze Sache beruhte allein auf den Aussagen einer Gruppe alter Patrioten, die gemeinsam Kaffee tranken und den Reichen und Einflussreichen nicht eben wohlgesinnt waren. Hätte Phosy tatsächlich einen Haftbefehl beantragt, wäre dieser todsicher abgewiesen worden. Bestimmte Personen waren »politisch unzugänglich«. Dessen ungeachtet stieg er auf seine fliederfarbene Vespa und machte sich auf den Weg hinaus nach Tanaleng. Er hatte sich ohnehin schon viel zu weit vorgewagt.

Abgesehen von einem bislang nicht gemeldeten Mord verlief Tag drei der Olympiade eigentlich recht gut. Zum Frühstück servierte Roger ihnen die Lösung des Telex-Rätsels.

»Da steckt keine finstere Verschwörung dahinter«, sagte er, während er ein Stück pappiges Weißbrot in die zerlaufenen Reste seines Spiegeleis tunkte. »Wenn jemand in die Heimat telefoniert, erhält das Nationale Olympische Komitee des jeweiligen Landes automatisch eine Aufnahme des Gespräches nebst Uhrzeit, Dauer und der Nummer des Empfängers. Als kleine Aufmerksamkeit, wenn Sie so wollen. Vielleicht auch um den Teilnehmern der Spiele unsere Großzügigkeit zu demonstrieren, indem wir ihnen unsere Fernmeldeeinrichtungen kostenlos zur Verfügung stellen. Im Falle eines Telex druckt der diensthabende Kollege eine Kopie aus und schickt sie Ihrem Vorsitzenden.«

»Auch bekannt als General Suvan«, sagte Siri.

»Genau«, sagte Roger.

Mit den Gewohnheiten des Generals waren sie bestens vertraut. Er war für seine Unordnung berüchtigt. Da er nicht wusste, was er mit all den kryptischen Datenausdrucken anfangen sollte, ließ er sie einfach in der Gegend herumliegen. Und wenn die Stapel zu hoch wurden, warf er sie in den Müll. Und dann war da noch seine Auffassung von »Zusammenhalt« und »Kameradschaft«. Auf Reisen pflegte er eine Politik der offenen Tür. Alle laotischen Wettkämpfer mussten ihn in regelmäßigen Abständen in seiner Suite besuchen. Die Gesellschaft junger Männer schätzte er besonders, auch wenn nichts darauf hindeutete, dass diese Vorliebe sexueller Natur war. Er adoptierte junge Leute und ließ sich von ihnen seinen Tee brauen oder schickte sie auf Botengänge. Mit anderen Worten: Jedes Mitglied des laotischen Olympiakaders und wer weiß wie viele Außenstehende hatten Zugang zu Civilais Fernschreiben. Höchste Zeit, auf das Telefon zurückzugreifen.

An Tag drei mussten gleich zwei laotische Boxer in den Ring. Dtui, Daeng, die anderen Boxer, die Läufer und der Geher kehrten in die Olimpijski-Arena zurück, um sie anzufeuern. Und ihre Begeisterung war ansteckend. Der erste Kämpfer war Prathip, ein Halbfliegengewichtler, der seine Tempeltätowierungen mit Stolz trug. Die Laoten bejubelten jeden seiner Hiebe und forderten andere Zuschauer zum Mitmachen auf. Wie hatte der alte Marx laut Civilai noch gleich gesagt? »Es geht um das Spiel an sich«, und Prathip schlug sich wacker und mit Würde. Sein Lächeln trug ihm besonders lauten Jubel ein, als er – sichtlich erleichtert, dass es vorbei war – in der Kabine verschwand.

Bevor der zweite Laote in den Ring stieg, mussten sie sich vom großspurigen Maen in allen schweinösen Einzelheiten schildern lassen, wie er am Abend zuvor eine russische Blondine mit erstklassigem Fahrgestell erobert hatte. Es folgte Rattenfänger Choms Geschichte von seiner enttäuschenden Begegnung mit Jusow, dem sowjetischen Kammerjäger, der viel zu viel Gift einsetzte und anscheinend wenig Lust verspürte, den beiden olympischen Rattenfängern irgendwelche Tipps zu geben. Offenbar ein eher unangenehmer Zeitgenosse.

Der zweite Kämpfer, Khampet, war Halbweltergewichtler und der älteste Mann im ganzen Kader. Er hielt bis weit in die zweite Runde durch, was praktisch dem Gewinn des Weltmeistertitels gleichkam. Die Laoten standen auf ihren Sitzen und schrien, selbst als der Ringrichter die Hand des Siegers hochriss. Khampet war Zweiter geworden, und seine Anhänger wollten der Welt zeigen, wie großartig das war.

Civilai trieb sich derweil auf dem Schießplatz in Mytischtschi herum, nicht etwa um einen Attentäter zu beschatten, sondern weil alle anderen zum Boxen gegangen waren und er sich verpflichtet fühlte, die Schützen zu unterstützen. Sompoo trat, unter dem Namen Nokasad, im Kleinkaliberschießen an. Civilai musste zugeben, dass Schießen nicht gerade der Inbegriff einer Publikumssportart und die Bezeichnung *Kleinkaliber* durchaus treffend war, handelte es sich doch um ein Spektakel von eher bescheidenem Format. Der Wettkämpfer schießt im Liegen oder Stehen. Niemand stirbt, es explodieren keine Flaschen, und niemand linst beim Sprint auf die Ziellinie aus den Augenwinkeln nach seinen Konkurrenten. Ohne rechte Begeisterung verfolgte Civilai, wie sich Sompoo auf einer grünen Matte liegend konzentrierte und den Abzug drückte. Als es vorbei war, stand der Schütze auf, schüttelte seinen Gegnern die Hand und ging eine Pepsi trinken. Wie Dtui vor ihm hatte auch Civilai keinen besonderen Drang zum Töten feststellen können. Doch die andere Theorie, wonach jedes Mitglied der laotischen Mannschaft der Killer sein konnte, spukte ihm nach wie vor im Hinterkopf herum.

Nichts hätte Siri lieber getan, als sich die Box- und

Schießbewerbe live und in Farbe anzusehen, doch als er am Kulturzentrum vorbeikam, bemerkte er ein Plakat, das eine Vorstellung von *Das Messer im Wasser* annoncierte, einem Polanski-Film aus dem Jahr 1962. Er wusste, wie der Tag zu Ende gehen würde: große Begeisterung, aber keine Medaillen, keine Attentate und keine ärztlichen Notfälle. Und so betrat er den klimatisierten Kinosaal, den er erst drei Spielfilme später wieder verließ.

1980 gab es in ganz Vientiane nichts Opulenteres als den ebenso extravaganten wie unbewohnten Palast am Ende der Lane Xang Avenue und den einen oder anderen golddglitzernden Tempel. All das hätte einem Angehörigen des europäischen Hochadels bestenfalls ein müdes Schulterzucken abgerungen. Doch offene Zurschaustellung von Reichtum galt in Vientiane als geschmacklos und war streng verpönt. Die Regierung hielt hartnäckig an der albernen Maxime fest, dass alle Menschen gleich seien. Dennoch gab es jenseits der Fähranlegestelle in Thadeua, wo die Boote jetzt nutzlos auf dem Wasser schaukelten, ein unausgeschildertes Waldgebiet. Wenn man einem der vielen Feldwege dort folgte, kam man womöglich an ein Tor, das zwar verschlossen, aber nicht verriegelt war. Und hatte man es erst einmal passiert, gelangte man vielleicht auf eine gepflasterte Straße, die zu einem großzügig gestalteten Anwesen führte.

Und genau hier fand Phosy sich an diesem Nachmittag wieder und starrte auf ein luxuriöses zweistöckiges Haus mit separatem Büroblock. Auf der Veranda des Hauses saß ein alter Mann in einem Schaukelstuhl, der nicht schaukelte. Phosy kannte sein Gesicht von offiziellen Anlässen. Es war Thonglai Sakkalin, der Finanzberater des Politbüros. Seine Gesichtszüge gingen in einer Flut von Leberflecken unter, und sein schütteres Haar klebte an seinem breiten Schädel.

Phosy stieg von seiner Vespa und erklomm die betonierten Stufen, die zu der betonierten Veranda hinaufführten.

»Wie haben Sie das Haus gefunden?«, wollte Thonglai wissen.

»Ich war schon einmal hier«, sagte Phosy.

Der alte Mann reichte ihm nicht die Hand, und Phosy verzichtete auf einen *nop*.

»Ich kann mich nicht an Sie erinnern«, sagte der alte Mann.

»Sie waren auch nicht zu Hause. Kinder aus Thadeua hatten Ihren Schuppen aufgebrochen und ein paar Motorradteile gestohlen. Da hat der Direktor mich hergeschickt, um in der Sache zu ermitteln.«

»Was Ihnen offenbar nicht sonderlich behagte.«

»Ich bin Kriminalbeamter. Ich habe weiß Gott Besseres zu tun, als kleine Jungs zu jagen.«

»Und was führt Sie heute hierher?«

Phosy setzte sich auf die Verandabrüstung. »Das hat Ihnen Ihre Sekretärin doch sicher längst gesagt.«

»Es geht also um einen Mord?«

»Ein Mann namens Pinit«, sagte Phosy. »Er hat von Ihnen und Ihrem Sohn gesprochen, bevor er starb.«

Da der Mann tot war, konnte eine kleine Lüge keinen großen Schaden mehr anrichten.

»Und was hat er gesagt?«, fragte Thonglai.

»Ich fürchte, das ist vertraulich.«

»Sie dürfen mir nicht verraten, was ein Sterbender über mich gesagt hat? Stehe ich etwa unter Verdacht?«

»Wir ermitteln in alle Richtungen.«

»Und mit ›wir‹ meinen Sie sich selbst.«

»Wie bitte?«

»Der Polizeichef weiß nichts von dieser Ermittlung. Nach Ihrem recht rüpelhaften Anruf in meinem Büro habe ich mit ihm telefoniert. Ich habe seine Nummer, weil wir gelegentlich zusammen *boules* spielen.«

»Es kann schon mal ein bisschen dauern, bis der Bericht über eine laufende Ermittlung auf dem Schreibtisch des Direktors landet«, sagte Phosy.

Der Polizeichef verstand etwa so viel von Polizeiarbeit wie Phosy von Offshore-Erdölförderung. Dass diese beiden *boule*-Brüder waren, wunderte Phosy nicht im Geringsten.

»Warum reagieren Sie so empfindlich auf eine polizeiliche Ermittlung?«, erkundigte sich Phosy.

Der alte Mann funkelte ihn wütend an. »Als Steuerzahler erwarte ich, dass kleine Staatsbeamten wie Sie sich an den vorgeschriebenen Dienstweg halten.«

»Ich konnte keine zwei Wochen warten.«

»Ich habe Wichtigeres zu tun, als mich mit Polizisten herumzuärgern.«

»Und warum warten Sie dann hier auf mich?«, fragte Phosy.

»Was?«

»Sie sind ein vielbeschäftigter Mann. Sie kennen meinen Chef. Sie hätten ihn bitten können, mich zurückzupfeifen.

Sie hätten sagen können, Sie seien im Ausland. Sie wünschen keine unangemeldeten Besucher, und dann sitzen Sie hier in Ihrem Schaukelstuhl und warten auf mich? Möchten Sie mir vielleicht etwas sagen?«

Der Mann lächelte und begann zu schaukeln.

»Vielleicht«, sagte er.

»Dann hätte ich nichts gegen ein Glas Wasser.«

# 12

## ELVIS LEBT

Für den laotischen Kader stand Tag vier der Olympiade ganz im Zeichen von Freizeit und Erholung. Da sie nicht an Wettkämpfen teilnehmen und folglich auch keine Teamkollegen anfeuern mussten, konnte jeder und jede tun und lassen, was er oder sie wollte. Soweit sie wussten, war es trotz lückenhafter Überwachung der Schützen zu keiner Mordserie gekommen. Doch selbst wenn ein Massaker von epischen Ausmaßen stattgefunden hätte, wäre angesichts der bunten Blase, in der die Spiele stattfanden, wohl kaum etwas davon an die Öffentlichkeit gedrungen, wie Civilai in dürren Worten postulierte.

Trotz der verschwenderischen Fülle von Sportveranstaltungen, an denen sie sich hätten delektieren können, begaben die beiden alten Knaben sich schnurstracks ins Kino, um sich Sergej Eisensteins *Panzerkreuzer Potemkin* anzuschauen.

»Ah, Sie haben jetzt einen Freund«, sagte Avgusta, die ukrainische Filmvorführerin. Sie sprach mehrere Sprachen, unter anderem Französisch. Sie war eine stämmige Maid von Mitte zwanzig und hatte Siri freundlicherweise die Handlung und die Feinheiten der Filme erklärt, die er sich in den vergangenen zwei Tagen angesehen hatte.

Civilai prahlte gern – und ohne den geringsten empirischen Beweis –, Französisch sei seine Sprache der Verführung.

»Ich würde viel lieber mit einem so hübschen Fräulein wie Ihnen im Dunkeln sitzen«, sagte er.

Siri seufzte.

»Das würde mich an meine Kindheit erinnern, als mein Großvater mich immer mit ins Kino nahm«, sagte Avgusta.

Siri lachte. »Gut gegeben.«

»Ich bin seit fünfzig Jahren mit derselben Frau verheiratet«, sagte Civilai.

»Dann sollten Sie sich schämen«, sagte Avgusta, schaltete den Projektor ein und dämpfte das Licht. »Mit einem unschuldigen jungen Mädchen im Dunkeln zu flirten.«

»Das hat gesessen«, befand Siri kichernd.

Der Countdown flimmerte über die Leinwand, gefolgt von den Titeln und dann dem abrupten Schnitt auf eine schmuddelige Schiffsbesatzung, die sich sicht-, aber nicht hörbar über Maden im Essen beschwerte. Schon standen oder vielmehr saßen die beiden Laoten ganz im Banne der Magie. Dass sie die englischen Untertitel nicht lesen konnten, war zwar schade, aber keine Katastrophe. Sie ließen ihrer Fantasie ungezügelt freien Lauf und würden sich von Avgusta anschließend erklären lassen, was sie nicht verstanden hatten.

Doch schon nach circa zwanzig Minuten öffnete sich die Tür an der Rückseite des Saals, und jemand rief Avgusta auf Russisch etwas zu. Erst ließen Siri und Civilai sich davon nicht aus der Ruhe bringen, doch als der Film urplötzlich angehalten wurde und das Saallicht anging, war ihre Verwirrung groß. Es war, als hätte man sie den Armen einer Geliebten entrissen. Sie drehten sich um und sahen Avgusta, die neben einem sowjetischen Polizeibeamten mit steifem Kragen stand.

»Es tut mir leid«, sagte die junge Frau. »Sie müssen mit diesem Mann mitgehen.«

»Warum?«, fragte Civilai.

»Das will er mir nicht verraten«, antwortete sie.

Laotische Beine waren dem Polizisten offenbar zu kurz, denn er fuchtelte wild mit den Armen und winkte den beiden alten Männern wiederholt, sich zu beeilen. Da sie keine Ahnung hatten, wohin man sie entführte und warum, ließen Siri und Civilai sich Zeit. Schließlich betraten sie das Sicherheitsbüro des Dorfes im Erdgeschoss des Frauenblocks. Der Wachsoldat brachte sie auf direktem Weg in ein Hinterzimmer, wo Daeng, Dtui, Roger und General Suvan versammelt saßen, umringt von einer Gruppe ernst dreinblickender Gestalten in Anzug respektive Uniform. Sofort fühlte sich Siri schuldig, denn das war er in aller Regel auch.

»Was ist hier los?«, fragte er.

»Wir haben keinen Schimmer«, sagte Daeng. »Bitte verzeiht, dass wir euch aus dem Kino haben holen lassen. Aber die Sache schien uns ziemlich ernst zu sein.«

»Sie haben mir nichts gesagt«, setzte Roger hinzu, der ein Gesicht machte, als ob er jeden Augenblick die Kontrolle über seine Blase zu verlieren drohte. Die Sowjets steckten die Köpfe zusammen und tuschelten wie Komparsen in einer Laientheaterproduktion. Niemand schien gewillt, ins Rampenlicht zu treten.

»Das gefällt mir nicht«, sagte Suvan, der alte General. »Das gefällt mir ganz und gar nicht.«

Schließlich ging die Tür auf, und ein gehetzt wirkender Mann in mittleren Jahren mit schon etwas angegrauter Elvis-Frisur kam herein. Er war gekleidet wie ein Lehrer, mit Jackett und bügelfreier Hose und einem beträchtlichen Schmerbauch, der ihm schwer über den Gürtel hing. Er blickte in die Runde und bedachte die Laoten mit einem Lächeln. Falls es beruhigend wirken sollte, verfehlte es sein Ziel um Längen.

»Danke, dass Sie gekommen sind«, sagte er in kaum verständlichem Englisch und setzte sich an den einzigen Schreibtisch im Zimmer. Er schlug eine Akte auf. »Ich fürchte, wir haben ein ernsthaftes Problem«, sagte er und wechselte ins Russische. Er sah von den Papieren auf, die vor ihm lagen. »Eigentlich müsste ich inzwischen eine Übersetzung hören.«

Niemand sagte ein Wort.

»Wer von Ihnen ist der Laotisch-Dolmetscher?«

Wieder gab niemand eine Antwort. Einer der umfangreichen Sowjets zeigte auf Roger.

»Der da«, sagte er.

»Junge«, sagte Elvis. »Machen Sie gefälligst Ihre Arbeit.«

»Jawohl, Genosse«, sagte Roger.

Seine Stimme, die mühsam aus den verborgenen Tiefen seiner Kehle drang, klang wie die eines kleinen Mädchens, und er stammelte eine Übersetzung.

»Wie gesagt, es hat einen ernsten Zwischenfall gegeben«, sagte Elvis. »Er steht im Zusammenhang mit einem laotischen Staatsbürger. Ich bin Oberkommissar Wolkow von der Moskauer Kriminalpolizei, woran Sie vielleicht erkennen werden, wie ernst die Angelegenheit tatsächlich ist. Das dort drüben sind die Genossen Sokolow vom KGB und Michailow vom Außenministerium. Es hat einen Mord gegeben. Begangen von einem laotischen Staatsbürger und Angehörigen Ihres Olympiakaders.«

Siri und seine Entourage gaben sich alle Mühe, überrascht zu wirken. Jeder von ihnen hatte seine persönliche Idealbesetzung für die Rolle des Attentäters. Anscheinend war der Anschlag erfolgreich gewesen, doch der Killer war auf der Flucht gestellt worden. Eine Schande für den laotischen Kader, aber wenigstens würden sie auf diese Weise erfahren, wer der Mörder war. Siri hielt es für einen Vorteil, dass die Rote Armee die laotischen Schützen unter ihre Fittiche genommen hatte, denn die konnte die Sache unter den sprichwörtlichen Teppich kehren. Der Killer würde zwar geopfert, aber die Sache würde sich nicht zu einem internationalen Zwischenfall auswachsen. Das Einzige, was ihn ein wenig erstaunte, war der Umstand, dass keine Militärs zugegen waren.

»Vor 23 Uhr am gestrigen Abend«, sagte Elvis, »hat einer Ihrer Boxer, ein gewisser Maensai Khamdeng, in einer Wohnung im Bezirk Chamowniki eine junge Russin ermordet.«

Elvis wartete auf eine Reaktion, aber dazu waren die Laoten zu perplex. Maen – Meister Großkotz höchstpersönlich – hatte die Beherrschung verloren und eine seiner Gespielinnen umgebracht. Eine reizende Bescherung.

»Woher wissen Sie das?«, erkundigte sich Civilai.

Elvis blickte auf, um zu sehen, woher die Frage kam. Er antwortete auf die Übersetzung.

»Eine Nachbarin hat zufällig beobachtet, wie Herr Maensai gegen 21 Uhr mit der Frau die Wohnung betreten hat«, sagte er. »Der Portier wurde Zeuge, wie der Mann kurz vor 23 Uhr eilig das Haus verließ. Er wurde misstrauisch und ging hinauf. Die Tür zu ihrer Wohnung stand einen Spalt offen, und im Wohnzimmer entdeckte er die tote Frau.«

»Tatwaffe?«, fragte Daeng.

»Eine Waffe wurde nicht gefunden«, sagte Elvis, »aber das Opfer erlitt mehrere Stiche in den Bauch. Die Einzelheiten der Ermittlungen sind im Augenblick ohne Belang. Natürlich werden wir alles in unserer Macht Stehende tun und unsere Erkenntnisse in dem Bericht dokumentieren, der Ihrer Regierung zugehen wird. Aber Sie werden mir sicher beipflichten, wenn ich sage, dass diese Geschichte für Ihr Land äußerst peinlich ist.«

»Überaus peinlich sogar«, sagte General Suvan. »Wir bitten vielmals um Entschuldigung.«

»Sie ist aber auch für uns nicht gerade angenehm«, fuhr Elvis fort, »da Sie eines der wenigen noch verbliebenen sozialistischen Länder sind und wir Sie persönlich zu den Spielen eingeladen haben. Was nicht heißen soll, dass wir dem Recht in diesem Fall nicht die nötige Geltung verschaffen werden. Mord ist Mord. Aber wir wären durchaus bereit, die Angelegenheit vertraulich zu behandeln. Vielleicht gelingt es uns, den Mörder an Ihr Land auszuliefern, damit Sie mit ihm nach Ihren Gesetzen verfahren können. Wir sehen ehrlich gesagt keinen Grund, die Sache an die Presse zu geben.«

»Das ist sehr freundlich von …«, begann General Suvan.

»Sie sind also hundertprozentig sicher, dass Maensai der Täter ist?«, erkundigte sich Siri.

Elvis sah den Fragesteller an. »Wer ist das?«, wollte er wissen.

»Der Mannschaftsarzt«, sagte Roger.

»Soso«, sagte Elvis. »Dann dürfte er auf dem Gebiet der Polizeiarbeit nicht allzu bewandert sein. Ich kann nur sagen, dass die Beweise gegen Ihren Boxer erdrückend sind.«

»Wo ist er?«, meldete Daeng sich zu Wort.

Wieder fragte er nach der Identität der Sprecherin.

»Die Frau des Mannschaftsarztes«, antwortete Roger.

»Dann sagen Sie ihr, dass er sich an einem sicheren Ort befindet und sie sich um seine Beköstigung keine Sorgen zu machen braucht.«

»Das genügt mir nicht«, sagte Civilai. »Ein Verdächtiger hat Rechte, auch ein Ausländer in der Sowjetunion. Er hat ein Recht auf juristischen Beistand. Und er hat das Recht, seine Sicht der Dinge darzulegen. Ich bestehe darauf, ihn zu sprechen.«

»Er ist der Chef de Mission«, sagte Roger.

»Aber kein Anwalt«, sagte Elvis.

»Zufällig doch«, sagte Roger, der die Lebensläufe des gesamten laotischen Kaders auswendig konnte.

»Irgendein Arschwischabschluss aus seiner Heimat?«, fragte Elvis.

»Ein Juradiplom der Sorbonne«, sagte Roger.

Elvis lächelte zweifelnd, doch Civilai starrte ungerührt zurück.

»Gratuliere«, sagte Elvis. »Sie dürfen mit Ihrem Mandanten sprechen.«

Vor Civilais anberaumtem Treffen mit Maen steckte die Denkfabrik im Nebesa Milch-Eck die Köpfe zusammen.

»Also, was wissen wir?«, fragte Daeng.

»Dass er ein aufgeblasenes Arschloch ist«, sagte Dtui.

»Er sieht gut aus, ist charmant und hat einen Schlag bei Frauen«, sagte Daeng.

»Nur mit seinem Russisch ist es nicht weit her«, sagte Siri.

»Sprich, falls er nicht gerade einen Volltreffer landen konnte und die junge Dame zufällig dieselbe Schule für unpopuläre Sprachen besucht hat wie Roger, fußte ihre Beziehung auf Wollust und Gebärden«, sagte Daeng.

»Sind russische Frauen wirklich so oberflächlich?«, fragte Dtui.

»Ob russisch oder nicht, ist völlig unwichtig«, meinte Daeng. »Es gibt Liebe, und es gibt Sex. Westfrauen sind bisweilen durchaus bereit, Letzteren nur zum Spaß zu praktizieren. Und Männern damit ähnlicher, als ihnen lieb sein kann.«

Siri sah seine Frau an. Er brauchte nicht zu fragen, woher sie so etwas wusste. Sie hatten keine Geheimnisse voreinander, und er wusste, welche Opfer sie in ihrer Zeit als Spionin für ihr Vaterland gebracht hatte. Und was ihre sexuellen Gelüste anging, hatte sie ihn noch nie belogen, damals ebenso wenig wie heute.

»Eure Theorie lautet also: Junge Moskowiterin trifft gutaussehenden asiatischen Boxer, der noch dazu bei den Olympischen Spielen antritt, und will sehen, was er zu bieten hat«, sagte Civilai.

»Feinfühlig formuliert«, sagte Siri.

»Also nimmt sie ihn mit nach Hause.«

»Das ist wichtig«, sagte Siri. »Es ist in ihrer Wohnung passiert. Was ist das für eine junge Dame, die eine Wohnung in Moskau hat, in der nicht auch ihre Großmutter und zehn andere Verwandte hausen?«

»Vielleicht war sie Olympionikin«, gab Dtui zu bedenken. »Er hatte am Tag zuvor noch damit angegeben, dass er im Dorf eine blonde Athletin kennengelernt hatte.«

»Dann müssen wir herausfinden, wo das Quartier der sowjetischen Sportler ist und ob sie einzeln untergebracht sind«, sagte Daeng. »Wenn nicht, hatte sie vielleicht eine oder mehrere Zimmergenossinnen.«

»Und das Messer«, sagte Siri. »Der Portier hat gesehen, wie Maen eilig das Haus verließ. Hatte er ein Messer bei sich?«

»Ich bezweifle, dass jemand wie Maen so viel Weitsicht besitzt, die Mordwaffe mitzunehmen.«

»Wenn nicht, wo ist sie geblieben?«, sagte Siri. »Und war er mit Blut besudelt?«

»Und wie ist er ins Dorf zurückgekommen?«, sagte Daeng.

Nachdem Civilai gegangen war, ließ Daeng die ganze Brainstorming-Sitzung noch einmal Revue passieren. Viele Fragen waren gestellt worden, nur eine nicht. Niemand hatte Civilai gebeten, den Jungen zu fragen, ob er den Mord begangen hatte. Maen war unangenehm und eitel, aber er war ein Flachlandlaote, der die Farben seines Landes bei Olympia vertrat. Im Grunde ihres Herzens wussten sie, dass er unschuldig war.

Seiner großen Fallbelastung wegen hatte Phosy herzlich wenig Zeit, Noo, den Waldmönch, zu besuchen, weshalb Herr Geung jeden Tag aufs Polizeipräsidium kam, um ihn auf den neuesten Stand zu bringen.

»Immer noch be-be-bewusstlos«, sagte er.

Entweder aufgrund seines Umgangs mit Dr. Siri oder dank der Codes des Down-Syndroms, die zu entschlüsseln bislang niemandem gelungen war, hatte Herr Geung eine Art siebten Sinn entwickelt. Er spürte anderer Leute Schmerz und Unaufrichtigkeit und Liebe. Doch das vermochte er nicht auszudrücken. Er wusste, dass der Genosse Noo im Sterben lag, aber nicht wegen seiner Verletzungen. Er wusste, dass der Mönch etwas verloren hatte, doch das Konzept des Glaubens war zu abstrakt. Also erklärte er Phosy, dass Noo seine Füße verloren habe und nicht mehr aufrecht stehen könne. Das solle er dem Genossen Siri so schnell wie möglich übermitteln. Geung fand das alles völlig logisch, Phosy hingegen verstand kein Wort.

Dem Inspektor fehlten sowohl die Mittel als auch das Personal, um nach Noos Füßen zu fahnden, außerdem suchte er verzweifelt nach einer Möglichkeit der abhörsicheren Kommunikation mit Moskau. In seinem letzten Telex hatte Civilai unverblümt geschrieben:

*»Die halbe Welt kann unsere Telexe mitlesen. Keine Geheimnisse mehr.«*

Damit war der Inspektor von seiner Unterstützergruppe abgeschnitten. Was umso bedauerlicher war, als er mit guten Nachrichten aufwarten konnte. Thonglai, der Vater von Manoi, hatte eine Belohnung für jeden Laoten in Moskau ausgesetzt, der ihm Informationen über den geplanten

Anschlag auf das Leben seines Sohnes liefern konnte. Der alte Mann wusste, dass es Risiken gab.

»Nichts ist unwichtig«, hatte er gesagt. »Nichts ist ohne Wert.«

Um dies zu unterstreichen, hatte er Phosy versichert, seine Verdienste als Koordinator würden entsprechend honoriert. Jede Wohltätigkeitseinrichtung, jedes Projekt, das ihm am Herzen liege, dürfe mit großzügiger Unterstützung rechnen.

»Phosy«, hatte er hinzugesetzt, »wie ich sind Sie Vater. Meine Söhne bedeuten mir genauso viel wie Ihre Tochter Ihnen. Wir würden es niemals zulassen, dass unseren Kindern etwas zustößt. Aber einer meiner Jungs soll es einmal weit bringen. Ich kann gar nicht genug betonen, wie groß unser Land einmal werden könnte unter der Führung junger Patrioten, die nach einem Auslandsstudium in ihre Heimat zurückkehren. Mein Sohn in Moskau liebt sein Vaterland über alles, aber es gibt Kräfte, die ihn als Gefahr für gewisse äußere Belange betrachten. Er kennt keine Furcht, was die Sache noch brenzliger macht. Ich brauche Augen und Ohren überall. Ich habe Angst, Phosy. Ich habe Angst als Vater, der einen Sohn verlieren könnte, aber mehr noch als Laote, der womöglich eines großen Führers verlustig geht. Lassen Sie uns zusammenarbeiten, Phosy. Wir werden uns gegenseitig von Nutzen sein.«

Phosy war mit seiner Vespa in die Stadt zurückgefahren. Wäre sie eine Harley Davidson gewesen, hätte er den Motor aufheulen und die Straßenverkäufer ordentlich Staub schmecken lassen. Aber sie war und blieb nun einmal eine Vespa, und italienische Motorroller sind für Wutdemonstrationen denkbar ungeeignet. Stattdessen hielt er die Lenkergriffe so fest umklammert, dass sie sich verformten. Es ging nicht nur ums Geld. Der Mistkerl konnte sich eine Olympiamannschaft kaufen, die Geschichte verändern, die Ordnung der Planeten auf den Kopf stellen mit seinem verdammten Geld.

»Sie sind Vater«, hatte er gesagt, nicht als Ausdruck fürsorglicher Kollegialität, sondern als Warnung. Phosy hatte sie laut und deutlich gehört, die Worte: »Nehmen Sie das Geld, oder Ihre Tochter hat einen Unfall.« Da Phosy Leuten wie ihm nicht zum ersten Mal begegnete, hütete er sich, vor dem großen Unternehmer die Beherrschung zu verlieren. Schließlich musste er noch mit ihm verhandeln.

»Ich habe Schwierigkeiten, meine Leute in Moskau zu erreichen. Die Auslandsleitung im …«

»Kein weiteres Wort«, hatte Thonglai gesagt, und daran hatte Phosy sich gehalten. Tags darauf waren zwei Fernmeldetechniker in seinem Büro erschienen und hatten eine Direktleitung installiert.

»Ohne Vermittlung«, hatte der eine Techniker gesagt. »Hundertprozentig sicher.«

Nun musste Phosy nur noch die heimlichen Mithörer dieser hundertprozentig sicheren Verbindung übertölpeln.

»Es geht ihm nicht gut«, sagte Civilai. »Es hat eine Ewigkeit gedauert, bis ich zu ihm vorgelassen wurde.«

Es war später Abend. Das Dorf stand noch immer ganz im Bann der Nachricht, dass die US-Republikaner einen Hollywood-Filmstar zu ihrem Präsidentschaftskandidaten gekürt hatten. Russische Seher hatten vorausgesagt, dies sei erst der Beginn der Rache von Mutter Natur für den Olympiaboykott der Amerikaner.

»Haben sie ihm etwas angetan?«, fragte Daeng.

»Also, blaue Flecken habe ich keine gesehen«, sagte Civilai, »aber ihr würdet ihn nicht wiedererkennen. Das arrogante Bürschchen, das sich vor den Spielen sehr schnell sehr unbeliebt gemacht hat, existiert nicht mehr. Sie haben ihm eine Höllenangst eingejagt. Er versteht niemanden und kann sich nicht verständlich machen. Die Wärter behandeln ihn, als wäre er ein wildes Tier, das ihre kleinen Schwestern geschändet hat.«

»Und wie lautet seine Version der Geschichte?«, fragte Siri.

»Er hat das Mädchen am zweiten Tag kennengelernt«, sagte Civilai. »Einen Tag nach der Eröffnungsfeier. Sie war Olympionikin. Sie hat ihm das Leichtathletik-Piktogramm an ihrem Namensschild gezeigt. Sie war Speerwerferin, wie sie ihm mit Händen und Füßen zu verstehen gab. Sie bummelte nach dem Frühstück durch das Dorf, und sie lächelten sich an und kamen irgendwie überein, sich noch am selben Abend zu treffen. Sie fuhren zu einem Wohnhaus.«

»Mit einem Wagen aus dem Olympia-Fuhrpark?«, fragte Daeng.

»Mit dem Taxi«, sagte Civilai.

»Wusste er noch, wo das Wohnhaus stand?«, fragte Siri.

»Er ist ein Boxer aus dem Dschungel«, sagte Civilai. »Da sieht eine Betonburg aus wie die andere. Er hat gesagt, sie mussten eine Treppe hinaufgehen.«

»Wie viele Stockwerke?«, fragte Siri.

»Fünf, und sie wohnte ganz oben unterm Dach. Auf der

Treppe kam plötzlich eine Nachbarin aus ihrer Wohnung und begann lauthals zu schimpfen. Er sagt, es war, als hätte sie hinter der Wohnungstür auf das Mädchen gewartet. Die Nachbarin schrie. Das Mädchen schrie.«

»Es war kein Olympia-Wohnheim?«, fragte Dtui.

»Ein altes, nein, ein uraltes Haus, hat er gesagt. Eine völlig heruntergekommene Bruchbude, die das Mädchen offenbar allein bewohnte«, sagte Civilai. »Keine Spur von Familie, weder Fotos noch Souvenirs. Nur ein mehr oder minder schmuckloses Zimmer.«

»Ist ihm im Bad vielleicht irgendetwas aufgefallen?«, erkundigte sich Daeng. »Eine zweite Zahnbürste? Medikamente?«

»Keine Ahnung«, sagte Civilai. »Wer stellt denn solche Fragen?«

»Jemand, der ein Verbrechen aufklären möchte«, sagte Siri. »Jedes noch so winzige Detail kann von entscheidender Bedeutung sein.«

»Bitte entschuldige, dass ich ihn in einer halben Stunde keinem hochnotpeinlichen Verhör unterziehen konnte«, sagte Civilai.

»Weiter im Text«, sagte Daeng.

»Sie haben im Schlafzimmer ein Nümmerchen geschoben«, sagte Civilai.

»Wie, ohne jeden Anlauf?«, fragte Siri. »Kein Vorspiel? Kein Glas Wein? Keine Musik?«

»Von der Wohnungstür schnurstracks ins Bett«, sagte Civilai. »Sie schien es eilig zu haben. Sie haben miteinander geschlafen, aber sie wollte es ein bisschen … brachialer, wenn ihr versteht, was ich meine.«

»Die Peitsche?«, fragte Daeng.

»Nein, er sollte sie nur ein wenig härter anfassen. Sie hat ihm eine verpasst und ihn aufgefordert zurückzuschlagen. Obwohl er angeblich nicht auf solche Sachen stand, gab er ihr ein paar symbolische Ohrfeigen, und damit hatte es sich. Sie warf ihn raus. Das war er nicht gewohnt. Er ging nach unten in die Eingangshalle. Die wütende Nachbarin ließ sich nicht noch einmal blicken. Es gab keinen Portier. Als Maen auf die Straße trat, wurde ihm klar, dass er keinen Schimmer hatte, wie er ins Dorf zurückkommen sollte. Aber er hatte ja seinen Olympia-Ausweis. Er zeigte ihn einem Lastwagenfahrer, und der brachte ihn nach Hause.«

»Und was war gestern Nacht?«, wollte Siri wissen.

»Gar nichts, wenn man Maen glauben darf. Nach eigener Aussage hat er gestern Abend eine nordkoreanische Turnerin kennengelernt, sie sind im Park spazieren gegangen, haben sich mit Wodka volllaufen lassen, im Gebüsch gevögelt und dann ihren Rausch ausgeschlafen.«

»Aber das war die Mordnacht«, sagte Dtui.

»Er behauptet, er sei nicht noch einmal bei der Russin gewesen.«

»Und warum ist die Polizei dann vom Gegenteil überzeugt?«

»Weil besagte Nachbarin sie gestern Abend mit ihm auf der Treppe gesehen haben will. Und weil der Portier ausgesagt hat, Maen habe etwa eine Stunde später überstürzt das Haus verlassen.«

»Und wo war dieser Portier in der Nacht zuvor?«, fragte Siri.

»Er ist so etwas wie der Hausmeister«, sagte Civilai. »Eine Art Mädchen für alles. In der Nacht zuvor hat er in einer Wohnung ein undichtes Rohr repariert, deshalb hat er Maen nicht gesehen. Als die beiden gestern Abend kamen, hatte er noch zu tun. Aber er hat Maen das Haus verlassen sehen und ihn anhand des Fotos, das die Polizei ihm gezeigt hat, sofort identifiziert.«

»Moment mal! Was für ein Foto haben sie ihm denn gezeigt?«, fragte Dtui.

»Von nun an stapeln sich die Beweise gegen ihn«, sagte Civilai. »In der Mordnacht hat die Polizei in der Wohnung des Mädchens seinen Ausweis gefunden. Sie glauben, dass er ihn in der Eile dort vergessen hat.«

»Aber wenn er die Wahrheit sagt, muss er seinen Foto-Ausweis am Sonntagabend noch gehabt haben, sonst wäre er nicht ins Dorf zurückgekommen«, sagte Daeng.

»Er kann also nur in der Wohnung gelegen haben, wenn er gestern Abend doch noch einmal bei der Russin war«, sagte Dtui.

»Zu allem Unglück«, fuhr Civilai fort, »konnte die Polizei die nordkoreanische Turnerin ausfindig machen. Sie hat gestern den ganzen Abend mit Diarrhö im Bett verbracht, womit sein Alibi hinfällig wäre.«

»Kann das irgendjemand bestätigen?«

»Der nordkoreanische Mannschaftsarzt«, sagte Civilai. »Und als sie ihr das Foto zeigten, sagte das Mädchen, sie sei Maen noch nie begegnet, und bestritt energisch, mit ihm intim gewesen zu sein. Sie sagt, sie will sich aufheben für Kim Il-Sung, den ruhmreichen Führer.«

»Wollen wir das nicht alle?«, sagte Daeng.

»Das sieht aber gar nicht gut aus für den Boxer«, meinte Dtui.

»Wie geht's jetzt weiter?«, fragte Civilai.

Sie leerten ihre Wodkagläser.

»Wir müssen in zwei Richtungen ermitteln«, sagte Siri. »Erstens: Wenn er das Mädchen im Dorf kennengelernt hat, muss sie einen entsprechenden Ausweis gehabt haben. Das Dorf wird streng bewacht, sie kann also nicht einfach von der Straße hereinmarschiert sein. Aus Erfahrung wissen wir, dass man hier keine zwanzig Schritte machen kann, ohne fotografiert zu werden. Ich bezweifle, dass die Polizei uns ein Bild der Toten überlassen wird, und es könnte nicht schaden, wenn wir wüssten, wie sie aussah. Wir müssen also die Fotos vom Sonntagvormittag durchsehen, vielleicht finden wir ja eins, auf dem der Boxer und die Speerwerferin zusammen zu sehen sind. Wir wissen ungefähr, wann sie sich trafen, nämlich einmal kurz nach dem Frühstück und dann noch einmal am frühen Abend. Vielleicht haben wir Glück.«

»Und wir müssen uns das Haus anschauen, in dem der Mord geschehen ist«, sagte Daeng.

»Das wäre dann Punkt zwei«, sagte Siri.

»Und wie sollen wir das finden?«, fragte Civilai. »Maen wusste nicht mehr, wo es war.«

»Sie sind mit dem Taxi hingefahren«, sagte Siri. »Der Taxistand befindet sich außerhalb der Sicherheitszone. Wir haben doch bestimmt irgendwo ein Foto von Maen. Und wenn es uns gelingt, ein Foto des Mädchens aufzutreiben, können wir die Fahrer fragen, bis wir an denjenigen geraten, der die Fuhre übernommen hat. An ein hübsches Mädchen werden sie sich eher erinnern. Und wenn wir kein Foto bekommen, fragen wir die Fahrer einfach, ob sie sich an eine hübsche blonde Russin und einen asiatischen Boxer erinnern, die sie Sonntagabend in ihr Liebesnest chauffiert haben. Ich könnte mir vorstellen, dass ein heißblütiger Moskauer Taxifahrer es nicht besonders gern sieht, wenn eine ›seiner‹ Frauen mit einem Untermenschen flirtet.«

»›Als Arzt dürfte er auf dem Gebiet der Polizeiarbeit nicht allzu bewandert sein‹«, imitierte Daeng den Russen-Elvis.

»Was glauben Sie, wie die Sowjets auf eine Gruppe von Touristen reagieren werden, die auf eigene Faust in einem ihrer Fälle ermitteln?«, fragte Dtui.

»Wir sind doch keine Touristen«, sagte Siri. »Wir sind Olympier, äh, Olympioniken.«

Es gab so viele Fotos, dass an den Korkpinnwänden im Servicepavillon nur eine kleine Auswahl Platz fand. Es waren wunderschöne Farbabzüge, so scharf und detailliert, dass ihre laotische Instamatic dagegen ungefähr so modern und fortschrittlich wirkte wie Hammer und Meißel. Die meisten Fotos lagen in langen, prallgefüllten Schubladen. Die Athleten waren noch nicht dazu gekommen, sie abzuholen.

»Wir suchen nach dem Vormittag des Zwanzigsten«, sagte Dtui zu dem Mädchen hinter dem Tresen.

Falls sie sich darüber wunderte, dass eine Asiatin Russisch sprach, ließ sie sich das nicht anmerken. Dtui war ein Sprachtalent. Als es noch Aussichten auf ein amerikanisches Stipendium gab, hatte sie sich Englisch beigebracht.

Dann, als sie die Chance bekam, in der UdSSR forensische Medizin zu studieren, hatte sie all ihre alten medizinischen Lehrbücher noch einmal auf Russisch durchgeackert. Doch dann war das Baby gekommen und ihre Chance perdu.

Das Mädchen warf einen Blick in den Katalog und zog die zweite Schublade von unten auf. Sie war randvoll. In der unteren rechten Ecke jedes Fotos prangte ein Zeitstempel. Dtui und Civilai ließen sich auf den zwei kleinen Badezimmerhockern nieder, die ihnen das Mädchen freundlicherweise zur Verfügung gestellt hatte, und sahen die Bilder des zweiten Olympiatages durch.

»Maen behauptet, das Mädchen sei ihm gleich nach dem Frühstück über den Weg gelaufen«, sagte Dtui. »Da wir alle sehr früh in der Kantine waren, sollten wir gegen halb sieben mit der Suche beginnen.«

Sie landete auf Anhieb einen Treffer. Sie fand das erste Foto von Maen, das um zehn nach sieben aufgenommen worden war. Er war allein und chargierte für den Fotografen, spielte den einsamen Wolf, der bedeutungsschwanger in die Ferne starrt. Dtui musste gestehen, dass er gar nicht so übel aussah. Sechzig Verdauungsspaziergängerfotos später gelang ihnen ein zweiter Durchbruch. Im Vordergrund des Bildes posierten drei turbanbewehrte indische Sikhs vor einem Brunnen. Im Hintergrund saß eine attraktive Blondine auf dem Brunnenrand und bestaunte die Skulpturen. Da die Sikhs und nicht sie im Mittelpunkt des Bildes standen, war sie ein wenig unscharf. Aber sie hätte es sein können.

Von Jagd und Eroberung gab es zwar keine Aufnahmen,

aber um Punkt 8:15 Uhr waren die Blondine und Maen zusammen fotografiert worden. Sie hatte sich bei ihm untergehakt, und sie gingen lachend durch den Landschaftsgarten. Sie war einen ganzen Kopf größer als er. Auf dem ersten Bild hatten sie den Fotografen, der sie heimlich von der Seite geknipst hatte, noch nicht bemerkt. Auf dem zweiten Foto funkelte die Speerwerferin den Fotografen wütend an, während Maen ein prahlerisches Lächeln aufsetzte. Das war das Foto, das sie brauchten; ein bildschönes, perfekt getroffenes Pärchen. Die Tresenkraft schrieb die Bestellnummer in ihren Katalog, suchte die Negative heraus und erklärte Dtui, sie könne die gewünschten Abzüge in vierundzwanzig Stunden abholen. Dass auf den Fotos weder Dtui noch Civilai zu sehen war, schien sie nicht weiter zu stören.

Dtui ging mit den Originalabzügen zum offiziellen Taxistand des Dorfes. Civilai blieb derweil im Pavillon zurück. Er hatte kein bestimmtes Datum, keinen bestimmten Zeitpunkt mehr im Sinn, dafür hatte er eine Theorie. Er würde am Tag vor der Eröffnungsfeier mit der Suche beginnen – dem Tag null, wie er ihn nannte. Er nahm wieder auf dem Plastikhocker Platz und machte sich an die Durchsicht der vielen tausend Fotos.

## 13

## SCHARFE BILDER

Siri und Daeng standen vor einem schmutzig grauen fünfstöckigen Gebäude in Tschertanowo Sewernoje, einem Stadtteil, der vor allem für seine ebenso hohen wie deprimierenden Plattenbauten berühmt war. Bald sollte auch dieses architektonische Relikt abgerissen und durch etwas noch Hässlicheres ersetzt werden. Siri ließ den Blick über die verwitterten Ziegel und rauchgeschwärzten Fensterscheiben gleiten. Aus einem Fenster im vierten Stock blickte das furchteinflößende Gesicht einer schrumpeligen Alten missbilligend zu ihm herab. Er streckte ihr die Zunge heraus. An der Bordsteinkante hielt ein Wagen des Olympia-Fuhrparks, und Roger kletterte aus dem Fond. Roger war ein helles Bürschchen, und Siri brauchte ihm nicht zu erklären, weshalb sie sich hier mit ihm verabredet hatten. Er hätte auch ablehnen können, hatte jedoch ohne Zögern zugesagt.

»Wie haben Sie das Haus gefunden?«, fragte er und schüttelte erst Siri, dann Daeng die Hand.

»Nicht wir haben es gefunden«, sagte Daeng, »sondern Dtui. Sie hat Fotos von Maen und der Speerwerferin am Taxistand herumgezeigt. Nach zehn Minuten hatte sie die Adresse. Dann hat sie uns angerufen, und wir haben Sie angerufen.«

»Wissen Sie, als ich das letzte Mal in der Sowjetunion war«, sagte Siri, »war es ein Ding der Unmöglichkeit, einem Reiseführer auch nur ein zartes Lächeln abzuringen. Heute hingegen braucht man bloß mit den Fingern zu schnippen, und die Einheimischen würden buchstäblich alles für einen tun.«

»Ich hab's Ihnen doch gesagt, Onkel«, sagte Roger, »das ist der neue Geist der Offenheit. Die Welt ist unser Freund.«

»Wenn Sie lieber einen Rückzieher machen möchten, hätten wir dafür größtes Verständnis«, sagte Daeng.

»Mein laotischer Bruder sitzt im Gefängnis«, sagte er. »Was wäre ich für ein Verwandter, wenn ich ihn dort verschimmeln lassen würde?«

Daeng küsste ihn auf die Wange, und er wurde puterrot.

Das Haus war halb verfallen, aber noch bewohnt. Als sie sich durch die wuchtigen Glastüren in die Eingangshalle gezwängt hatten, war der Empfangstresen – wie nicht anders zu erwarten – unbesetzt. Der Hausmeister hatte hier augenscheinlich alle Hände voll zu tun. Beim Anblick der steilen Treppe entfuhr Siri ein schwerer Seufzer. Und kein Fahrstuhl weit und breit. Sie machten sich an den beschwerlichen Aufstieg und ließen dem Doktor auf jedem Absatz Zeit zum Verschnaufen. Der Treppenläufer war von einer undefinierbaren Farbe und roch nach Kartoffeln. Die abblätternde Farbe hing von der Decke wie kümmerlicher Christbaumschmuck, und Generationen von Händen hatten tiefe Furchen im hölzernen Treppengeländer hinterlassen.

Im vierten Stock stand eine Tür offen, und eine Frau von ausgesuchter und viele Jahrzehnte alter Hässlichkeit verstellte ihnen den Weg. Es war die Alte vom Fenster.

»Noch mehr Asiaten?«, sagte sie.

»Keine Angst, sie ziehen nicht hier ein«, sagte Roger.

»Was wollen die hier?«, fragte sie.

»Das ist der Präsident von Asien mit seiner Gemahlin«, sagte Roger.

»Asiate ist Asiate«, sagte sie.

Daeng wollte von Roger wissen, ob dies die Nachbarin sei, die Maen identifiziert hatte. Er gab die Frage weiter.

»Sieht ganz so aus«, sagte er.

»Fragen Sie sie, was sie gesehen hat.«

»Sie sagt, wenn Sie von der Presse sind, kann sie Ihnen das nicht sagen.«

»Wir sind nicht von der Presse«, sagte Daeng.

Schon war die Frau überzeugt und erzählte Roger, was geschehen war.

»Die kleine Russin hat am Sonntag diesen Asiaten angeschleppt«, sagte sie. »Ich hab ihr gesagt, dass es eine Sünde ist, was sie da vorhat. Da hat mich das Luder angeschrien, und ich hab zurückgeschrien.«

»Woher wusste sie, was die beiden vorhatten?«, fragte Siri.

»Wie es scheint, war es nicht das erste Mal, dass sie junge Herren mit nach Hause gebracht hat«, sagte Roger. »Aber sie meinte eigentlich eher die ›rassische Vermischung mit Gottes geringeren Geschöpfen‹ als den Sex.«

»Verstehe«, sagte Siri. »Und hat die Blondine der ›rassischen Vermischung‹ des Häufigeren gefrönt?«

»Keinen Funken Scham im Leib, dieses elende Flittchen«, sagte die hässliche Frau. »Ich hab sie mit allen möglichen Kerlen gesehen.«

»Und mit besagtem asiatischem Geschöpf war sie zwei Abende in Folge hier?«, erkundigte sich Daeng.

»Gestern hab ich sie nicht kommen sehen«, sagte die Frau. »Da hab ich wohl gerade ein Nickerchen gemacht. Aber ich hab gesehen, wie er gegangen ist.«

»Und sie ist sicher, dass es ein und derselbe Mann war?«, fragte Daeng.

»Meine Augen sind tipptopp«, sagte die Frau.

»Und hat sie von oben irgendwelche Geräusche gehört?«, fragte Daeng. »Einen Streit, vielleicht, oder Schreie?«

»Hä?«, machte die Frau. »Dieses Haus wurde von Peter dem Großen persönlich errichtet. Hier drin könnten Sie 'ne Kanone abfeuern, und kein Mensch würde es mitkriegen.«

Sie dankten ihr und nahmen die letzte Treppe in Angriff. Auf der zweiten Stufe blieb Daeng stehen, holte ihr Portemonnaie aus der Tasche und entnahm ihm ein Foto.

»Fragen Sie sie, ob das der Mann ist, den sie aus der Wohnung kommen sah«, sagte sie zu Roger.

Er nahm das Foto entgegen und hielt es der Frau unter die Nase. Ihre Brille hing an einer Perlenschnur um ihren Hals. Sie hob sie an die Augen, warf einen prüfenden Blick auf das Foto und nickte.

»Sie hat nicht den geringsten Zweifel«, sagte Roger.

Während er sich am Schloss der Tür zum Mordschauplatz zu schaffen machte, fragte Siri wie nebenher: »Du hast ein Bild von Maen in deinem Portemonnaie?«

»Und was würdest du tun, wenn dem so wäre?«, gab Daeng lächelnd zurück.

»Mich fragen, woher du es hast, und dich fragen, ob du noch ganz bei Trost bist«, sagte er.

»Welche Frau hätte nicht gern ein Bild von einem attraktiven, gut gebauten jungen Mann in ihrem Portemonnaie?«, sagte sie und hielt es ihm hin. Siri lächelte.

»Das bin ich«, sagte er zu Roger, just als die Tür aufsprang.

Sie traten ein.

»Und wie es scheint, gibt es nicht den leisesten Schatten eines Zweifels daran, dass der vierunddreißigjährige Dr. Siri Paiboun beim fluchtartigen Verlassen des Tatorts beobachtet wurde«, sagte Daeng.

»Brillant«, sagte Roger. »Sie haben die Aussage der Hauptzeugin widerlegt.«

»Warum hast du ein fünfundvierzig Jahre altes Foto von mir im Portemonnaie?«, fragte Siri.

»Du solltest dich geschmeichelt fühlen, dass ich überhaupt ein Foto von dir bei mir habe«, sagte Daeng. Sie machte die Tür zu, und sie sahen sich im Zimmer um. Das einzige Tageslicht kam aus dem Bad, denn es war der einzige Raum mit einem Fenster.

Es gab aber auch nicht allzu viel zu sehen. Im Wohnbereich standen eine dreiteilige, mit einem kunstlederähnlichen Material bezogene Sitzgarnitur in Kastanienbraun, ein Couchtisch, eine einfache Lampe. Die Küche war kaum mehr als eine Nische neben der Badezimmertür mit einem Spülbecken, einem einflammigen Gaskocher, einem klobigen Kühlschrank – abgeschaltet – und einem leeren Hängeschrank. Ein geblümter Stoffvorhang an einer Schiene trennte das Schlaf- vom Wohnzimmer. Das einzige Möbel im Schlafbereich außer dem Bett war ein großer, verschnörkelter Holzstuhl. Die Tapete hinter dem Bett passte nicht zu der an den anderen drei Wänden. Dafür hing ein ausgesprochen geschmackloses Op-Art-Porträt Lenins aus buntem Spiegelglas an der Wand.

»Ein Luxusleben hat sie ja nicht gerade geführt«, sagte Daeng.

»Wenn es ein Bild von mir mit sechsundsiebzig wäre, würde ich mich durchaus geschmeichelt fühlen«, sagte Siri, in Gedanken noch immer bei Daengs Portemonnaie.

»Vielleicht war sie eine Prostituierte«, sagte Roger.

Daeng lächelte. »Sie haben nicht besonders viel Erfahrung mit Prostituierten, nicht wahr, Roger?«, fragte sie.

»Nun ja, ich … nein, nicht viel«, gestand er. »Genauer gesagt gar keine. Warum?«

»Weil Sie sonst wüssten, dass eine schöne Frau einen weitaus komfortableren Lebensstil pflegen könnte. Und aus dem olympischen Dorf nie im Leben mit einem armen Boxer nach Hause kommen würde. Sie hätte sich ja auch einen Segler oder Reiter oder einen der europäischen Regierungsvertreter angeln können. Wenn eine Hure eines hat, dann einen ausgeprägten Geschäftssinn.«

»Ein Foto des vierunddreißig Jahre alten Siri deutet darauf hin, dass du in der Vergangenheit lebst«, sagte Siri. »Dass du dir wünschst, ich wäre noch der Alte. Oder der Junge. Wie man's nimmt.«

»Und was glauben Sie, warum sie in dieser Ruine gehaust hat?«, fragte Roger.

»Wir hatten eigentlich gehofft, die Antwort hier zu finden«, sagte Daeng. »Aber das war wohl nichts. Es ist durchaus denkbar, dass das Mädchen tatsächlich Olympiateilnehmerin war und die Wohnung nur für die Dauer der Spiele gemietet hat. Aber hier gibt es keine Kleider. Keine Ausrüstung. Keine persönlichen Gegenstände. Nicht den geringsten Hinweis oder Anhaltspunkt. Vielleicht war sie aber auch nur ein Boxgroupie und hat das Zimmer für ihre Schäferstündchen gemietet.«

»Möglicherweise hat die Polizei alles mitgenommen«, sagte Roger. »Sie sind mit der Arbeitsweise der sowjetischen Polizei nicht vertraut. Sie haben den rechtmäßigen Besitzer der Wohnung sicher längst gefunden. In dessen Haut möchte ich nicht stecken. Untervermietung ist ein sehr schweres Vergehen.«

Siri stand im Schlafzimmer und bewunderte den gläsernen Lenin.

»Nein«, sagte Daeng.

»Was, nein?«, fragte Siri.

»Wir haben keinen Platz dafür. Weder in unserem Koffer noch in unserem Leben.«

»Ich finde es eigentlich ganz reizvoll«, sagte Siri. »Und wie wir alle wissen, ziehst du das Neue und Bunte dem Alten und Grauen vor. Keine Angst, ich hatte nicht vor, es zu stehlen. Aber dieses Zimmer ist mir nicht ganz geheuer.«

»Das liegt an dem Umriss der Leiche auf dem Fußboden«, sagte Roger. »Das geht mir genauso.«

»Nein, mein Junge. Daran liegt es nicht.«

Es war womöglich ein glücklicher Zufall, dass sie auf dem Weg hinaus dem Hausmeister/Portier in die Arme liefen. Er sah leicht angeschimmelt aus, als hätten seine alten Kleider und seine alte Haut zu lange in einer feuchten, dunklen Ecke gelegen. Daeng zeigte ihm das Foto des jungen Siri.

»Ja«, sagte er zu Roger. »Das ist er. Ich hab ihn wie ein aufgescheuchtes Huhn zur Tür rausrennen sehen.«

»Hatte er ein Messer?«, fragte Siri.

»Ich hab keins gesehen«, sagte der Mann.

»War er blutverschmiert?«

»Nee. Ich hab jedenfalls nix gesehen.«

»Aber Sie sind sich sicher, dass es dieser Mann war.«

»Ich vergesse nie ein Gesicht.«

»Asiate ist Asiate«, sagte Daeng, als sie auf der Straße standen und auf ein Taxi warteten.

Civilai hatte den größten Teil des Tages am Fotostand verbracht. Zu Mittag hatte er eine kurze Pause eingelegt und sein Tablett aus der Cafeteria mit in den Pavillon genommen, damit er weitersuchen konnte. Es war erstaunlich, wie viele Fotos in nur vier Tagen zusammengekommen waren. Vermutlich hatte ein Bataillon von Entwicklern in einem Geheimlabor rund um die Uhr geschuftet. Dass es nicht ganz leicht war zu finden, was er suchte, lag daran, dass er eigentlich nicht recht wusste, was er suchte – oder, besser, er wusste es durchaus, aber er wusste auch, dass er es womöglich niemals finden würde. Manchmal rauben Hypothesen einem den letzten Nerv.

Doch kurz nach der Zitronenbaisertorte zum Dessert fand er, was er vielleicht, vielleicht aber auch nicht gesucht hatte. Er hatte die Fotos durchforstet, die einen Tag vor Ankunft der Mehrzahl der Athleten entstanden waren, am Tag null minus eins. Einige Mannschaften waren aufgrund ungünstiger Reiseverbindungen bereits einen Tag früher eingetroffen. Da die meisten Lokale und Einrichtungen noch geschlossen waren, hatten Sportler und Offizielle nichts zu tun und schlenderten unschlüssig umher. Und auf einer dieser ziellosen Wanderungen fand er seine russische Speerwerferin wieder. Sie stand lächelnd neben einem kräftig gebauten, dunkelhäutigen Mann mit Sonnenbrille, der einen Kopf kleiner war als sie. Das strahlende Strohblond seines Haupthaars konnte eigentlich nur aus einer Plastikflasche stammen.

Civilai sah sämtliche Fotos dieses Tages durch und stieß auf ein weiteres Bild des blonden Mannes. Diesmal war er nicht allein. Von der Russin keine Spur, aber die Trikots der Mannschaft waren unverkennbar. Blondie kam von den Bahamas. Civilai hatte, was er brauchte. Dem Lageplan des Dorfes entnahm er, dass der Kader der Bahamas in Haus E logierte. Da Roger mit Siri und Daeng unterwegs war, hatte Civilai keinen Dolmetscher. Doch Französisch war in der Karibik weit verbreitet. Da konnte es nicht allzu schwer sein, jemanden zu finden, der ihn verstand.

Seine Ankunft im Tagungsraum der Bahamaer war denn auch olympiareif. Die fünf Offiziellen am Konferenztisch sahen auf, als er hereinkam, und registrierten auch gleich den Ausweis der Kategorie B mit der Aufschrift »Chef de Mission«, den er um den Hals trug. Sie standen auf, schüttelten ihm lächelnd die Hand und sagten etwas, das er nicht verstand.

»Spricht hier jemand Französisch?«, fragte Civilai.

»Ja«, sagte die einzige Frau im Raum. Sie war rosig wie

ein Apfel, und ihre Uniform war viel zu eng für ihren massigen Körper.

Civilai stellte sich vor, und sie schüttelten ihm ein zweites Mal die Hand und baten ihn, Platz zu nehmen. Auf dem Weg hierher hatte er beschlossen, nicht lange um den heißen Brei herumzureden. Er holte das Foto von dem blonden Bahamaer und seinen Teamkollegen hervor und reichte es herum.

»Ich suche diesen Mann«, sagte er und zeigte auf den Blondling.

»Das ist Juno«, sagte einer der Offiziellen.

»Halbmittelgewicht«, sagte ein anderer.

Doch dann, als habe sie urplötzlich eine dunkle Vorahnung befallen, senkten sie die Köpfe und sagten nichts mehr. Der Chef de Mission erstarrte. In seinem Blick flackerte so etwas wie Scham, und Civilai wusste, dass er seine Zeit nicht unnötig vergeudet hatte.

»Ist er im Haus?«, fragte er. »Ich würde ihn gern sprechen.«

»Nein«, sagte die Französisch sprechende Matrone. »Worum geht es denn?«

Civilai wog die Wahrheit sorgsam ab. Sie war ein klein wenig zu schwer.

»Wenn unsere Jungs die ersten beiden Runden überstehen, treffen sie in den Halbfinals aufeinander«, sagte er. Das war gelogen, aber er verließ sich darauf, dass niemand hier den Kampfplan im Kopf hatte. »In Laos ist es Tradition, dass die beiden Kontrahenten vor dem Fight zusammenkommen und einander viel Glück und alles Gute wünschen.«

Er hatte diese Tradition zwar eben erst erfunden, aber die Gruppe wirkte schon eine Idee entspannter. Er zog das zweite Foto aus der Jackentasche. Es würde seine Theorie entweder bestätigen oder aber widerlegen.

»Ich habe noch ein Foto von ihm«, sagte er.

Er legte es auf den Tisch, wo es alle sehen konnten. Juno und die junge Russin. Civilai blickte von einem zum anderen. Jeder Einzelne von ihnen kannte das Geheimnis, doch niemand gab es preis. Ein Mann, der seit Civilais Ankunft kein Wort gesprochen hatte, stand auf und verließ das Zimmer. Im Hinausgehen funkelte er den Laoten wütend an.

»Er ist einfach hinausgegangen«, sagte Civilai. »Hokuspokus verschwindibus.«

»Das ist nicht gerade die feine Art«, sagte Daeng.

»Hast du ihnen deinen Verdacht denn nicht dargelegt?«, fragte Siri.

»Ich habe keinen Verdacht«, sagte Civilai. »Ich hatte lediglich die Theorie, dass diese Frau es auf arme Sportler aus kleinen Ländern abgesehen hatte. Es wohnen keine sowjetischen Athleten im Dorf. Trotzdem stromerte unsere russische Speerwerferin schon morgens nach dem Frühstück hier herum. Und weshalb spezialisierte sie sich auf Boxer aus den niedrigen Gewichtsklassen – wie Maen –, wo sie doch jede Menge ausgewachsener Schwergewichtler zur Auswahl gehabt hätte?«

»Prostitution haben wir ausgeschlossen«, sagte Roger, der offiziell in die Denkfabrik berufen worden war.

Sie gingen sämtliche Möglichkeiten durch, während Sergej eine neue Runde Cocktails servierte.

»Bleibt eigentlich nur die Groupie-Theorie«, sagte Daeng.

»Sie hatte ein Faible für kleine Boxer. Was jetzt, wo wir wissen, dass sie sich nicht nur an den einen herangemacht hat, sogar noch wahrscheinlicher ist.«

»Außerdem haben wir einen zweiten Mordverdächtigen«, sagte Siri. »Der Bahamaer hat eine kurze Affäre mit einer schönen Frau und verwechselt das mit Liebe. Er geht zu ihrer Wohnung und stellt fest, dass ein anderer Mann bei ihr ist. Er legt sich auf die Lauer, bis der neue das Haus verlässt, und bringt in einem Anfall von Eifersucht seine Geliebte um.«

»Aber mit wem war sie in dieser letzten Nacht zusammen?«, frage Daeng. »Maen schwört, dass er es nicht war.«

»Vielleicht hat er gelogen, weil er wusste, dass man ihm den Mord anhängen würde«, sagte Civilai.

»Toller Trick. Hat nur leider nicht funktioniert«, sagte Dtui. »Vielleicht hat er ja doch die Wahrheit gesagt.«

»Und wenn unsere rassige Russin einen dritten Boxer aufgerissen hat?«, sagte Siri.

»Sie meinen, sie will ihrerseits einen Rekord aufstellen?«, fragte Dtui.

»Glaubt ihr, sie hat es tatsächlich geschafft, sich jeden Abend einen anderen Mann zu angeln?«

»Soll das ein Witz sein?«, fragte Daeng. »Eine hochgewachsene, bildhübsche Blondine, die einem Bauernlümmel schöne Augen macht? Die ist genau die Sorte Fantasie, die sich die Jungs am Lagerfeuer erzählen.«

Um Punkt vier Uhr am Morgen von Tag fünf setzte Siri sich im Bett auf, wie man es aus dem Kino kennt – etwas, das im echten Leben nur äußerst selten vorkommt.

»Wie konnte ich nur so blöd sein?«, sagte er.

Daeng neben ihm lag noch im Halbschlaf.

»Wo bist du gewesen?«, fragte sie.

»Nirgends«, sagte Siri. »Ich habe hier gelegen und über Fenster nachgedacht.«

»Wie schön«, murmelte sie, in der Hoffnung, dass er seine Fenstergedanken ins Schlummerland mitnahm. Doch als sie den Kopf wandte, sah sie – wie schon so oft –, wie ihr Mann in seine Hose stieg.

»Lass mich raten«, sagte sie. »Wir gehen aus.«

Um Punkt vier Uhr am Morgen von Tag fünf setzte sich auch Civilai im Bett auf, blieb im Unterschied zu Siri jedoch stumm, denn er war allein. Trotzdem stieg er wie sein Freund in seine Hose, denn auch er hatte die Nuss geknackt.

Siri und Daeng rissen den 24-Stunden-Bereitschaftsfahrer des olympischen Dorfes aus dem Schlaf. Sie hielten ihm ihre Ausweise unter die Nase und zeigten ihm einen Zettel mit einer Adresse darauf. Es dauerte ein Weilchen, bis er das Bewusstsein wiedererlangt hatte und sich erinnern konnte, wo er war, doch schließlich seufzte er, setzte sein Gebiss ein und fuhr sie in die Stadt.

Civilai nahm die Nottreppe, weil er Fahrstühlen nach Mitternacht nicht traute. Er ging zur Suite der Boxer, deren Tür weit offen stand. Er marschierte in Maens Zimmer und schaltete das Licht ein. Anou, der Zimmergenosse, tauchte aus dem Tiefschlaf auf wie ein Faultier, das sich aus einem Fass Vaseline hievt.

»Er ist wie vom Erdboden verschluckt«, nuschelte er. Die Nachricht von der Verhaftung war noch nicht bis zu den Sportlern durchgedrungen. Die sowjetische Polizei hatte das Zimmer mit Sicherheit längst durchsucht, während sie bei den Wettkämpfen gewesen waren. Aber was Civilai brauchte, hatten die Beamten gewiss nicht gesucht.

»Wo sind Maens Sachen?«, fragte er.

Anou schwankte.

»Maens Sachen!«, wiederholte Civilai.

»Es ist alles weg«, sagte Anou. »Ich glaube, er ist mit der kleinen Koreanerin durchgebrannt.«

Civilai durchwühlte die Schubladen, sah im Schrank und unter dem Bett nach. Nichts. Die Polizei hatte den Boxer ausgelöscht. In nicht allzu ferner Zukunft würde sich niemand mehr an ihn erinnern.

»Mist«, sagte er.

Er wollte eben das Licht ausmachen und wieder gehen, als sein Blick auf die Rückseite der Badezimmertür fiel. Dort hingen zwei Ausweise an einem Haken. Er nahm sie herunter und sah sie sich aus der Nähe an.

»Mein Ausweis«, sagte Anou. »Da hängen wir sie immer hin.«

»Und wem gehört dann der andere hier?«, fragte Civilai.

»Keine Ahnung. Irgendwem wird er schon gehören.«

Das Foto zeigte einen schlanken Asiaten mit langem Haar. Civilai stieß einen Freudenschrei aus.

»Das ist nicht Maen«, sagte er.

»Nein. Ich weiß nicht, wie der dahin gekommen ist«, sagte Anou.

»Aber ich«, sagte Civilai.

Er trat an Anous Bett, packte den Boxer bei den Ohren und drückte ihm einen dicken Schmatz auf die Stirn. Was nicht weiter schlimm war. Er würde sich ohnehin nicht daran erinnern, wenn er das nächste Mal aufwachte.

Obwohl bereits die Sonne aufging, war es noch zu früh, als dass die Alte aus dem vierten Stock auf das Knarren der Treppe reagiert hätte. Die Haustür hatten sie schnell geknackt. Der geschwinde Einsatz einer Shopping-Karte aus dem Souvenirladen im olympischen Dorf genügte, und der Schnappriegel sprang auf. Dass es so leicht ging, wunderte sie nicht. Ein Haus wie dieses animierte eher zum Ausbruch als zum Einbruch. Bei ihrem ersten Besuch hatte Siri einen Papierkrampen zwischen Tür und Rahmen der Mordwohnung geschoben, sodass sie problemlos hineingelangten.

»Bei mir war das Teil der Ausbildung«, flüsterte Daeng. »Aber kannst du mir vielleicht erklären, wo ein Arzt die hohe Kunst des Einbrechens in anderer Leute Häuser erlernt hat?«

Siri machte die Tür hinter ihnen zu.

»Paris«, sagte er.

»Hast du mit Einbrüchen dein Studium finanziert?«

»Nicht direkt. Einer der Redner bei einer Tagung der Kommunistischen Partei – es könnte sogar Ho höchstselbst gewesen sein – legte uns nahe, uns im Zuge unseres Studiums auch solche Fähigkeiten anzueignen, die der Sache der Revolution dienlich sein könnten.«

»Und da hast du dich fürs Einbrechen entschieden?«

»Ich betrachtete mich eher als Detektiv, der für die Rebellen Rätsel löst, aber in diesem Fach gab es keine Kurse, also bin ich an den Wochenenden bei einem Schlosser in die Lehre gegangen.«

Sie klopften die Schlafzimmerwände mit den Fingerknöcheln ab. Sie hatten festgestellt, dass die Rückwand aus Hartfaserplatte bestand und die Tapete dort – anders als im Rest der Wohnung – verhältnismäßig neu war.

»Und wann ist dir diese Erleuchtung gekommen?«, fragte Daeng.

»Die Saat begann zu keimen, als wir gestern auf der Straße standen und zu der alten Frau hinaufsahen«, sagte er. »Ihre Wohnung lag direkt unter dieser. Warum hatte sie zwei Fenster und diese Wohnung nur das eine? Die Antwort lag auf der Hand. Ah, da ist sie.«

Siri lag in der Zimmerecke auf den Knien. Er wusste, dass es irgendwo eine Klappe oder Geheimtür geben musste, und hinter dem Sessel wurde er fündig. Dort gab es ein kleines Rechteck, wo die Tapete nicht richtig passte. Als er daraufdrückte, machte es klick, und das Hartfaserplattenrechteck fiel heraus.

»Exzellente Tischlerarbeit«, sagte Siri. »Für schnöde Erpressung viel zu gut.«

Er kroch auf allen vieren durch die Öffnung. Hinter der Hartfaserwand verbarg sich eine etwa drei Meter breite Kammer. Das Fenster zur Linken war mit Pappe vernagelt. Er riss sie herunter, um etwas Licht hereinzulassen. Die Videokamera stand auf einem Stativ direkt hinter Lenins Op-Art-Einwegspiegel. Eine Fotokamera, eine teure Leica, lag daneben auf einem Hocker. Auf einem kleinen Tisch standen Plastikwannen mit Entwicklerlösung und destilliertem Wasser. An aufgespannten Schnüren hingen Fotos. Siri und Daeng nahmen sie herunter und stopften sie in ihre Umhängetaschen. Das Spiel war aus.

Trotz allem, was an Tag fünf bereits passiert war, wurde im olympischen Dorf gerade erst das Frühstück aufgetragen. Siri und Civilai waren ins Wohnheim zurückgekehrt und brannten darauf, ihre Neuigkeiten auszutauschen. Sie trafen sich in der Kantine. Roger erfreute sich seines ersten Olympiakaters und war bei seiner dritten Tasse Kaffee. Dtui machte sich über ein russisches Frühstück her. Doch an die Stelle von Speis und Trank trat schon bald ein Hochgefühl der Euphorie. Siri überließ es Daeng, ihren zweiten Besuch am Tatort zu schildern. Sie hatten alles mit ihrer Instamatic festgehalten, ihren Fund aber noch nicht der Polizei gemeldet. Erst wollten sie mit den anderen die potenziellen Fallstricke besprechen. Außerdem bedeutete ihre Entdeckung noch lange nicht, dass Maen unschuldig war.

Was das betraf, glaubte Civilai, ihnen weiterhelfen zu können. Er erzählte ihnen von seinem frühmorgendlichen Besuch in Maens Zimmer.

»Es war nichts mehr da«, sagte er. »Die Polizei hatte seine ganzen Sachen mitgenommen. Aber an einem Haken hinter der Tür hingen zwei Olympia-Ausweise. Der eine gehörte Anou, seinem Zimmergenossen. Aber der andere gehörte nicht Maen. Darum hatte die Polizei ihn auch hängen lassen. Nur wie war dieser Ausweis dorthin gekommen? Niemand kannte den Mann auf dem Foto. Name und Ländercode deuteten darauf hin, dass es sich um einen Vietnamesen handelte. Und so fing ich an, meine Theorie ein wenig auszuweiten. Maen hat seinen Ausweis am Sonntagabend angeblich dazu benutzt, eine Mitfahrgelegenheit zurück ins Dorf zu ergattern. Aber könnte es nicht sein, dass der Vietnamese seinen Ausweis am Abend zuvor in der Wohnung der Russin vergessen hatte? Und Maen versehentlich den falschen Ausweis einsteckte? Nachgesehen haben wird er wohl kaum.«

»Ja«, sagte Daeng. »Er geht mit dem Mädchen aufs Zimmer. Sie absolvieren ihre Freiübungen. Sie bittet ihn, sie etwas härter anzufassen. Er lässt sich überreden und verpasst ihr ein paar Ohrfeigen. Er ist Boxer. Gewalt ist für ihn nichts Besonderes. Der Kameramann dreht seinen Film, schießt ein paar Fotos. Und sie haben, was sie brauchen. Sie fordert ihn auf zu gehen. Es ist dunkel. Er zieht sich an. Er greift unters Bett, findet den Ausweis des Vietnamesen und steckt ihn ein. Wenn man etwas dort findet, wo man es vermutet, schaut man es sich nicht allzu genau an.«

»Seinen eigenen Ausweis lässt er im Badezimmer oder sonst wo liegen«, sagte Dtui.

»Er geht auf die Straße und hält einen Laster an«, sagte Siri. »Der Fahrer sieht den Olympia-Ausweis und bringt ihn nach Hause. Er hat keinen Grund, den Mann auf dem Foto mit dem Mann auf dem Beifahrersitz zu vergleichen.«

»Asiate ist Asiate«, sagte Daeng.

»Exakt«, sagte Civilai. »Der Vietnamese auf dem Foto hatte lange Haare und grinste von einem Ohr zum anderen, sodass man ihn sehr leicht mit unserem Jungen verwechseln konnte. Und als Maen am nächsten Morgen aufwacht, benutzt er den falschen Ausweis unwissentlich weiter. Er trifft sich mit der Nordkoreanerin und kommt ins Mannschaftsquartier zurück. Er hängt seinen Ausweis hinter die Tür und geht zu Bett. Und ehe er sich's versieht, wird er von der Polizei aus dem Zimmer geschleift, ohne auch nur zu ahnen, was passiert ist.«

»O Gott, ich bin von Genies umgeben«, sagte Roger.

»Noch nicht«, sagte Daeng. »Genies sind wir erst, wenn es uns gelingt, diese ganzen Mutmaßungen und Theorien zu einem logischen Ganzen zu verknüpfen und selbiges zweifelsfrei zu beweisen. Genies sind wir erst, wenn unser Boxer freikommt.«

»Aber das ist doch jetzt ganz einfach«, sagte Roger. »Wir gehen zur Polizei und melden, was wir herausgefunden haben.«

»Darauf wird es irgendwann hinauslaufen«, sagte Civilai. »Aber vorher müssen wir noch ein paar Beweise sammeln.«

»Und die eine oder andere Maßnahme ergreifen, um sicherzustellen, dass die Polizei uns nicht einfach ignoriert.«

»Aber warum sollte sie das tun?«, fragte Roger.

»Die Kollegen haben bisher nicht besonders gründlich ermittelt«, sagte Siri. »Als sie ihren Verdächtigen hatten, war die Angelegenheit für sie erledigt. Als ob das Leben unseres Mannes für sie ohne Bedeutung wäre. Zugegeben, der Ermittlungsdruck war auch nicht besonders hoch, weil sie die Sache von Anfang an unter den Teppich kehren wollten. Und dann kommt so eine Bande von Bauerntölpeln daher und will ihnen erklären, wo Boun das Kokoswasser holt. Und dann legen wir ihnen auch noch neue Beweise vor über ein Verbrechen, das ihre eigenen Landsleute gegen Bürger eines IOK-Mitgliedslandes verübt haben. Das wird ihnen gar nicht gefallen.«

»Wissen wir eigentlich, was die Erpresser mit ihren Filmen vorhatten?«, fragte Roger.

»Ich glaube schon«, sagte Siri. »Sie konzentrieren sich auf kleinere Länder. Unschuldige wie uns. Jemand, der sich als Polizist oder KGB-Agent ausgibt, trifft sich mit den NOK-Vertretern aus diesen Ländern. Er spielt die Peinlichkeitskarte, genau wie Elvis es mit uns getan hat. Er präsentiert ihnen Fotos von einer hübschen, mit blauen Flecken übersäten russischen Athletin und zeigt den Film, in dem ihr Boxer sie vermöbelt. Was für eine schreckliche Blamage für ihr Land. Das Nationale Olympische Komitee fragt, wie sich diese Schande wohl vermeiden ließe. Die Verhandlungen beginnen. Man einigt sich auf eine Summe, und das NOK sorgt dafür, dass die zutiefst beschämte Regierung zu Hause das Geld postwendend überweist.«

»Woher wissen Sie das alles?«, fragte Roger.

»Ich weiß gar nichts«, sagte Siri. »Ich spekuliere.«

»Aber er ist ein großartiger Spekulant«, witzelte Daeng.

»Und wie … wie wollen Sie erreichen, dass unsere Polizei Ihnen Gehör schenkt?«, fragte Roger.

»Um gehört zu werden«, sagte Daeng, »muss man laut sein. Und viele Stimmen sind lauter als eine. Sprich, man erhöht einfach die Anzahl der Rufer.«

»Ich werde den Vietnamesen einen Besuch abstatten«, sagte Civilai. »Und noch einmal mit den Bahamaern reden. Nach ihrer Reaktion auf meine Fragen gestern habe ich das dumpfe Gefühl, dass der Erpresser sich bereits bei ihnen gemeldet hat. Es kann eigentlich nicht allzu schwer sein, sie davon zu überzeugen, dass wir alle im selben Langboot sitzen. Ich könnte mir sogar vorstellen, dass sie sich freuen, wenn sie erfahren, dass es sich um einen Schwindel handelt.«

»Aber wer steckt dahinter?«, fragte Roger. »Wer hat das Mädchen ermordet?«

»Für den Asiaten, den sie Montagabend mit nach Hause genommen hat, sieht es nicht gut aus«, sagte Siri. »Aber das ist nicht unser Problem. Viel wichtiger ist es, das belastende Material gegen Maen aus der Welt zu schaffen. Den Ausweis. Die unzuverlässigen Augenzeugen. Sie haben keinerlei Beweise dafür, dass Maen zum Zeitpunkt des Mordes am Tatort war. Das sollte reichen, um ihn freizubekommen.«

»Ich weiß nicht«, sagte Dtui.

»Was wissen Sie nicht?«, fragte Siri.

»Es liegt mir fern, Ihnen das geistige Feuerwerk zu verhageln, aber wäre es nicht doch möglich, dass Maen am Montag noch einmal bei ihr war, um sich einen, *pardon*, Nachschlag zu holen?«, fragte sie. »Dass er sauer war, weil sie ihn am Sonntagabend vor die Tür gesetzt hatte, und sie deswegen umbringen wollte?«

Sie legten eine kleine Denkpause ein.

»Möglich wär's«, sagte Daeng. »Aber so war es nicht.«

»Woher wollen Sie das wissen?«

»Ich habe Menschen getötet«, sagte Daeng. »Und ich weiß, wie viel dazugehört.«

An Tag fünf gab es nur einen Laoten anzufeuern. Einen weiteren Boxer. Sämtliche laotischen Athleten mit Ausnahme der Schützen zogen zur Olimpijski-Arena, um Siwit, den Bantamgewichtler, zu unterstützen. Inzwischen freute sich das Boxpublikum auf Kämpfe mit laotischer Beteiligung, weil dort eine so ausgelassene Stimmung herrschte. Nur die sowjetischen Fans kamen nicht aus sich heraus und verfolgten das Schauspiel mit verwirrter Miene. Wie konnte man über eine Niederlage derart aus dem Häuschen geraten?

Die Administratoren und Roger waren im Dorf geblieben, denn sie hatten ein Treffen anberaumt. Sie hatten darauf bestanden, dass Elvis und seine Leute daran teilnahmen. Bei dem Telefonat mit dem Polizeipräsidium hatte Roger Wendungen wie »internationaler Skandal« und »Blamage für die Sowjetunion« benutzt. Da drei NOKs ihre Mitwirkung zugesagt und die Laoten gedroht hatten, die Presse einzuschalten, blieb der Polizei wenig anderes übrig. Dennoch ließ sich Elvis reichlich Zeit. Es war bereits Mittag, als er und seine Entourage eintrafen. Die Tür flog auf, und in null Komma nichts füllte sich der Raum mit seiner Horde von Uniform- und Anzugträgern.

Statt auf dem ihm angebotenen Stuhl Platz zu nehmen, zeigte Elvis auf Siri und Daeng und bellte einen Befehl. Zwei der Uniformierten traten vor. Roger bat um eine Erklärung.

»Er will Sie festnehmen«, sagte Roger. »Eine Polizeistreife hat Sie heute früh fotografiert, als sie aus dem Tathaus kamen.«

»Bestellen Sie ihm einen schönen Gruß von mir«, sagte Siri, »aber wenn jemand Hand an meine Frau legt, dann breche ich ihm den Arm.«

Kaum hatten ihre Dolmetscher die Absicht des Polizisten in die jeweilige Landessprache übersetzt, sprangen die Delegierten Vietnams und der Bahamas auf und verstellten ihnen den Weg. Alle hielten den Atem an, als zwei der Zivilbeamten nach ihren Dienstwaffen griffen, doch da betrat die Vernunft die Bühne, und das ausgerechnet in Gestalt Rogers. Er hob die Hände und sagte: »Ihre Männer haben einen schrecklichen Fehler gemacht. Wenn Sie sich weigern, diese Leute anzuhören, wird das einen Skandal geben, von dem Sie sich nie wieder erholen werden.«

»Diese beiden Ausländer haben sich Zugang zu einem vom Ministerium für Innere Angelegenheiten versiegelten Tatort verschafft«, sagte Elvis.

»Und dafür sollten Sie ihnen auf Knien danken«, sagte Roger.

Er zeigte auf die Pinnwand mit Siris Instamatic-Fotos, welche die stets hilfsbereiten jungen Damen im Servicepavillon im Eilverfahren entwickelt hatten. Sie hatten keine Fragen gestellt.

»Oder wie wollen Sie erklären, dass Ihre Leute das übersehen haben?«, fragte der Dolmetscher.

Elvis und seine Begleitkapelle traten an das Korkbrett und betrachteten die Fotos. Er erkannte die Wohnung sofort wieder, und die falsche Wand, die Geheimtür und die versteckte Kamera waren nicht zu übersehen. Es waren alles in allem vierundzwanzig Bilder.

»Wir haben Abzüge sämtlicher Bilder per Post in unsere Heimatländer geschickt, nur falls die Originale zufällig verloren gehen sollten«, sagte Siri.

Es war, als hätte man den sowjetischen Delegierten die Luft herausgelassen. Sie setzten sich an den Konferenztisch und steckten die Köpfe zusammen. Ihre Arroganz war dahin.

»Ich höre«, sagte Elvis.

Der junge russische Dolmetscher war überaus gründlich und sprach betont langsam, damit die anderen Dolmetscher nicht ins Hintertreffen gerieten. Dtui gab ihr Bestes, obwohl das Vokabular sie an die Grenzen ihrer Fähigkeiten brachte. Roger formulierte so präzise und prägnant, dass die Sowjets ihn gar nicht unterbrechen mussten, um Zwischenfragen zu stellen. Sie saßen einander gegenüber wie zu groß geratene Grundschulkinder in der Märchenstunde. Als die Geschichte aus war, pfiff Elvis wie ein Wasserkessel und schüttelte den Kopf. Da übergab Siri ihm die Abzüge der Leica, die sie in der verborgenen Kammer gefunden hatten.

# 14

## ZWANZIG-KILOMETER-BUMMELN

»Wie steht's, mein Junge?«, fragte Civilai.

Der Boxer wirkte angeschlagen. Von Arroganz und Anmaßung keine Spur. Maen legte die Handflächen aneinander und entbot jedem einzelnen der Administratoren des laotischen Kaders einen tiefen *nop*. Er weinte hemmungslos, was Dtui und Roger zu Tränen rührte. Er wurde unter der Auflage entlassen, niemandem von seiner Verhaftung wegen Mordes zu erzählen. Wenn ihn jemand fragte, sollte er sagen, er sei bei einem Mädchen gewesen. Angesichts seiner Gemütsverfassung nach nur zwei Nächten in einem sowjetischen Gefängnis stand zu bezweifeln, dass er mit derlei Dingen jemals wieder prahlen würde.

Die Ermittlungen der Sowjets waren noch nicht abgeschlossen, und die Laoten hatten sich bereit erklärt, über die Erpressung Stillschweigen zu bewahren. Die Polizei konnte zwar keine Bedingungen stellen, ließ jedoch kaum einen Zweifel daran, dass sie ihre Nachforschungen würde einstellen müssen, wenn etwas darüber nach draußen drang. Elvis versprach, Siri und sein Team über den Fortgang der Ereignisse auf dem Laufenden zu halten. Ein Versprechen, dem die Laoten erst Glauben schenken würden, wenn er es wahrmachte.

Im Bus auf dem Weg zurück ins Dorf wollte Civilai von Maen wissen: »Sollen wir Ihren Kampf morgen absagen?«

»Ich weiß nicht«, sagte Maen.

»Gefängnishaft ist vermutlich nicht die beste Vorbereitung auf ein Weltereignis«, meinte Daeng.

»Ich habe nachgedacht«, sagte Maen. »Ich war mir hundertprozentig sicher, dass ich sterben würde. Die ganze Zeit, als ich da drinsaß und nichts Besseres zu tun hatte, als mir auszumalen, was sie mit mir anstellen würden, wünschte ich mir, ich könnte noch einmal von vorn anfangen. Verstehen sie? Die Geister der Ahnen um eine zweite Chance bitten.«

»Es kann nicht schaden, ein neues Leben mit einem guten Erinnerungsvermögen zu beginnen«, sagte Dtui.

»Auch wenn mir das alles erspart geblieben wäre, hätte ich meinen Kampf wohl kaum gewonnen, aber wenn Sie nichts dagegen haben, würde ich es gern versuchen.«

»Ihre Fans werden die lautesten im ganzen Stadion sein«, sagte Daeng. »Wir sind heiße Anwärter auf den Preis für das Publikum des Jahres.«

Maens Lächeln war bald verblasst, doch seine Augen leuchteten.

Als Dtui in ihr Zimmer zurückkam, lag dort eine Nachricht der Telefonzentrale. Ein gewisser Herr Phosy habe bereits drei Mal versucht, sie zu erreichen. Er werde um 20 Uhr Moskauer Zeit noch einmal anrufen. Ihr wurde bang ums Herz, aus Angst um ihre Tochter. Sie sah auf die Uhr. Zehn vor acht. Sie stürzte die Treppe hinunter und eilte über den Platz der Nationen. Um Punkt acht saß sie in einem der bequemen Polstersessel und behielt die Telefonzellen im Auge, wo eine bunte Mischung von Athleten in einem heillosen Sprachwirrwarr gegeneinander anschrie. Es gab Tränen des Heimwehs und der Sehnsucht nach Freunden und Verwandten, Gelächter, Enttäuschung, Euphorie. Wer mithörte, interessierte hier niemanden. Alle kehrten ihr Innerstes nach außen und stellten es ungeniert zur Schau.

»Frau Dtui«, wurde sie über Lautsprecher aufgerufen.

Den Anweisungen Folge leistend betrat Dtui Zelle siebzehn und nahm den Hörer ab. Er war unnötig schwer, und sie fragte sich, ob das ein Trick war, um die Gespräche möglichst kurz zu halten. In ihrem Bauch flatterte ein ganzer Schwarm hässlicher Schmetterlinge.

»Hallo?«, sagte sie.

»Dtui, ich bin's.«

Seine Stimme klang so nahe, dass sie nur die Hand hätte ausstrecken müssen, um seine Wange zu streicheln.

»Phosy«, sagte er.

»Ich weiß«, sagte sie. »Wie geht es Malee?«

»Es könnte ihr nicht besser gehen.«

Sie war erleichtert. Trotzdem nahm sie es ihm aus irgendeinem Grunde übel, dass er ihr diesen Kummer verursacht hatte.

»Sie fragt jeden Tag nach dir.«

»Pass auf, Dtui. Ich habe großes Glück gehabt. Ein überaus freundlicher Zeitgenosse, der Genosse Thonglai Sakkalin, hat mir eine direkte Telefonleitung ins Büro gelegt, damit wir ihn über das Wohlergehen seines Sohnes, des Genossen Manoi, der als Student in Moskau lebt, auf dem Laufenden halten können. Seinem Vater sind Gerüchte zu Ohren gekommen, wonach Unbekannte Manoi nach dem Leben trachten. Könntest du die Genossen Daeng und Siri bitten, mich unter folgender Nummer anzurufen, wenn sie etwas Neues erfahren? Falls die Telefonistin sie dir noch nicht gegeben hat, sie lautet 8567999.«

Dtui wiederholte die Nummer.

»Deine Tante Arpy lässt herzlich grüßen, du sollst fleißig studieren und es dir gut gehen lassen«, fuhr Phosy fort. »Ach, und ich fürchte, der Genosse Noo macht's nicht mehr lange. Herr Geung lässt Siri ausrichten, dass der Mönch keine Beine mehr hat. Und …«

»Ja?«

»Ich glaube, das war alles. Grüß die anderen schön von mir.«

»Phosy, ich …«

Es brummte in der Leitung, und die Verbindung verröchelte elendig in ihren Händen. Der Hörer wurde von Sekunde zu Sekunde schwerer.

*»All right«*, sagte sie auf Englisch und so laut, dass man es in den Nachbarzellen hören konnte. »Ja, wirklich. Keine Sorge.«

Sie lachte laut und lange.

»Ja«, schrie sie. »Ich liebe dich auch.«

Tag sechs war ein stolzer Tag für die Laoten. Siris Namensvetter, den sie Siri II getauft hatten, um Verwechslungen vorzubeugen, stieg am späten Vormittag in den Boxring. Und stand den Kampf, Wunder über Wunder, bis zum bitteren Ende durch. Einhundertacht zermürbende Sekunden. Zwar sah er gegen seinen Kontrahenten, einen enthusiastischen Iraner, kein Land und verlor mit deutlichem Abstand nach Punkten. Dafür schlugen die laotischen Anhänger einen Höllenlärm. Irgendjemand hatte eine Trommel aufgetrieben, und die laotischen Fans und Athleten sangen dazu und tanzten jubelnd auf den Sitzen. Die Bongo-Länder, Kuba, Brasilien und dergleichen, ließen sich von der Stimmung der Laoten anstecken, und die Boxkommentatoren mussten in ihre Mikrofone brüllen, um sich Gehör zu verschaffen.

Dann hetzten sie ins Lenin-Stadion zur Ausscheidung in den Zweihundert- und Achthundertmeter-Wettbewerben der Herren. An beiden Läufen nahm je ein Laote teil. Der Fanclub hatte unterwegs ein paar umherirrende Amerikaner und eine verwirrte Japanerin von Mitte vierzig aufgelesen. Es hatte ihr anscheinend niemand mitgeteilt, dass die Japaner die Spiele boykottierten. Da sie und die anderen keine eigene Mannschaft hatten, die sie hätten anfeuern können, wurden sie für einen Tag zu Laoten ehrenhalber. Nachdem sie gründlich durchleuchtet worden war, durfte auch die Trommel mit ins Stadion, und sofort begannen die laotischen Fans mit ihrem Konzert.

Chom, der Rattenfänger, winkte ihnen von der Startlinie des Zweihundertmeterlaufes zu. Seinen ersten Startblock hatte er drei Wochen zuvor bei der Einführungsveranstaltung gesehen. Und auch mit seinen Spikes konnte er sich nicht recht anfreunden. Am liebsten hätte er sie ausgezogen und wäre barfuß gelaufen, aber Polyurethan war nicht halb so fußfreundlich wie Gras. Der Startschuss hallte durch das halbvolle Stadion, und Chom behielt die Kehrseite seiner Konkurrenten, die ihm kollektiv davonliefen, scharf im Auge. Doch als er die Ziellinie überquerte, war das Triumphgeschrei auf der Tribüne lauter als das zu Ehren des Siegers. Weshalb die eingemeindeten Amerikaner es fortan nur noch den »Laotenjubel« nannten.

Das nächste Mal war der Jubel neunzig Minuten später zu hören, als Kilakone, der Mittelschüler, die achthundert Meter lief. Er ging gleich nach dem Start in Führung und zog nach der ersten Kurve am Kopf des Feldes auf die Innenbahn. In diesem Moment entstanden Fotos, die in der DVR Laos weltberühmt werden sollten. Leider hatte Kilakone die ersten zweihundert Meter schneller zurückgelegt, als er je zuvor gelaufen war, seine Verfolger aber dennoch nicht abschütteln können. Er war die ganze Strecke gesprintet, vermutlich in der Hoffnung, dass sein Körper von seiner Begeisterung mitgerissen würde. Nach dreihundert Metern war er gleichauf mit dem Läufer aus Burma. Sie waren zehn Meter hinter dem Feld. Ohne den Laotenjubel seiner Landsleute auf der Tribüne hätte er die zweite Runde wahrscheinlich gar nicht mehr beendet. Der Burmese gab auf, sodass Kilakone offiziell nicht Letzter wurde und im ganzen Lenin-Stadion die Köpfe herumschnellten, als er, begleitet von begeisterten Beifallsstürmen, die Ziellinie überquerte.

Keine zwei Minuten später waren die laotischen Fans auch schon wieder verschwunden und hetzten quer über das Gelände zurück zur Boxarena, wo Maen in einem Qualifikationskampf im Federgewicht antrat. Sein Gegner aus der Mongolei sah eher wie ein Ringer als wie ein Boxer aus und wirkte beim Einmarsch nervös und orientierungslos. Doch kaum war die Glocke verklungen, ging er auch schon wie ein Stier zum Angriff über, und Maen war eher damit beschäftigt, sich zu verteidigen, als seinem Rivalen Paroli zu bieten. Dennoch landete er in der ersten Runde zwei respektable Treffer, die von den laotenfreundlichen Zuschauern mit einem gellenden *Olé* belohnt wurden. Obgleich Maen den Eindruck machte, dass er der endlosen Abfolge von Hieben ewig hätte standhalten können, brach der Ringrichter den Kampf nach der Hälfte der zweiten Runde ab. Unter frenetischem Laotenjubel verließ Maen den Ring. Für einen Mann, der zwei Nächte in einem sowjetischen Gefängnis verbracht hatte, hatte er sich großartig geschlagen.

Müde von der vielen Detektivarbeit, hatten Civilai und Siri darauf verzichtet, Boxer und Läufer zu beklatschen, und sich stattdessen in Avgustas Kino begeben, um sich ein Doppelprogramm bestehend aus dem ungarischen Film *Karussell* und *Die Liebe einer Blondine* anzuschauen. Zähneknirschend hatten sie sich die Abendvorstellung von *Andrej Rubljow* entgehen lassen und beschlossen, stattdessen einem Mann beim Gehen zuzusehen. Obwohl sie das Ego sämtlicher Teammitglieder mit ihrer patriotischen Phrasendrescherei bis zum Platzen aufgepumpt hatten, gab es für sie im ganzen Kader nur einen einzigen Athleten mit ernsthaften Medaillenchancen. Wenn die Stimmung im Stadion ordentlich kochte, war Khamon buchstäblich zu allem fähig. Was die beiden alten Knaben natürlich mitnichten davon abhielt, sich über den Sport lustig zu machen.

»Zwanzig-Kilometer-Bummeln. Kommt das vor oder nach dem Zweihundert-Meter-Spazierengehen?«, fragte Siri.

»Gleich nach dem Drei-Kilometer-Lustwandeln«, sagte Civilai.

Doch trotz des gemächlichen Tempos mochten und bewunderten sie den Mann, der sich seinen Platz im Olympiakader der Laoten ehrenvoll erschlichen hatte. Und so mischten sie sich unter die wachsende laotische Fangemeinde im Lenin-Stadion. Zwar würden sie nur Anfang und Ende des Rennens in natura erleben, doch auf einer riesigen Leinwand konnten sie den Fortgang des Geherwettbewerbs verfolgen, im steten Wechsel mit den Sprung- und Wurfdisziplinen. Keiner der Jubellaoten fand es besonders spannend, einem bärtigen Engländer dabei zuzusehen, wie er eine Eisenkugel zwanzig Meter weit warf.

»Ein ungemein nützliches Kriegswerkzeug«, sagte Siri. »Die Reflexe des Feindes müssten schon extrem unterentwickelt sein, wenn man damit einen Treffer landen möchte.«

»Wie war der Film?«, fragte Daeng.

»Der erste war für meinen Geschmack etwas zu avantgardistisch«, sagte Civilai. »Glänzend gemacht, aber ohne den geringsten Unterhaltungswert.«

»Trotzdem seid ihr bis zum bitteren Ende geblieben?«, sagte Daeng.

»Was hätten wir deiner Meinung nach denn tun sollen?«, fragte Siri. »Den Saal verlassen und den Regisseur beleidigen?«

»War er denn da?«, fragte sie.

»Nur wir beide und die Filmvorführerin«, sagte Civilai. »Aber Regisseure sind äußerst empfindsame Wesen. Sie spüren es, wenn man aus ihren Filmen hinausgeht.«

»Selbst wenn sie längst tot sind«, setzte Siri hinzu.

»Hier findet das größte Sportfest eures Lebens statt, und ihr habt nichts Besseres zu tun, als in einem leeren Kino zu hocken und euch Filme anzusehen, die ihr nicht versteht«, sagte Daeng. »Euch ist hoffentlich bewusst, dass ihr komplette Vollidioten seid.«

»Na ja, so ganz komplett noch nicht«, sagte Siri.

»Aber wir tun unser Bestes«, sagte Civilai.

Sie wurden vom Krachen einer Startpistole unterbrochen. Der olympische Geherwettbewerb über zwanzig Kilometer hatte begonnen. Vierunddreißig Männer watschelten wie Enten durch das Stadion. Nach der ersten Runde würden sie das Stadion durch das große Tor verlassen und die malerische Strecke entlang des Flussufers in Angriff nehmen. Der Laotenjubel ging im Stadiongebrüll unter. Die Geher schienen es nicht allzu eilig zu haben. Sie schlenderten über die Gegengerade schnurstracks auf den Ausgang zu. Selbst die wenigen Laoten, die einen Feldstecher ihr Eigen nannten, hatten Mühe, Khamon im Feld der Läufer auszumachen. Dennoch skandierten sie seinen Namen und schlugen ihre Trommel. Im Handumdrehen waren die Geher verschwunden. Auf der riesigen Leinwand konnte man die Führenden noch ein paar Minuten verfolgen, dann wurde zum Hochsprung der Damen umgeschaltet.

Civilai wandte sich an Dtui und fragte: »Was hat Phosy noch einmal genau gesagt?« Er hatte den Anruf des Polizisten vom Vorabend noch immer nicht entschlüsselt.

»Ich kann Ihnen verraten, was er nicht gesagt hat«, entgegnete sie.

»Dann sitzen wir morgen früh noch hier«, sagte Siri. »Bleiben wir beim tatsächlichen Wortlaut.«

Sie betete das Telefongespräch zum x-ten Mal herunter.

»Ah, er hat Daeng Genossin genannt«, sinnierte Siri. »Sprich, dem Telefon traut er ebenso wenig wie dem Telex. Wir sollten aufpassen, was wir sagen.«

»Viel zu sagen haben wir ohnehin nicht«, meinte Daeng. »Unsere Attentatstheorie steht auf ziemlich wackeligen Füßen.«

»Ganz und gar nicht«, sagte Civilai. »In unserem Kader gibt es nach wie vor einen potenziellen Attentäter. Uns fehlen lediglich die nötigen Ressourcen, um sämtliche Verdächtigen zu beschatten.«

»Wo sind eigentlich die Schützen abgeblieben?«, fragte Dtui.

»Ihr Quartier ist leer«, sagte Civilai. »Die Rote Armee hat sie zu einem einwöchigen Spezialtraining in eine Kaserne entführt, an einem Ort, dessen Name ich nicht aussprechen kann. Wie man mir heute Morgen nach ihrer Abreise freundlicherweise mitgeteilt hat.«

»Wie weit ist es bis dorthin?«, fragte Siri.

»Soviel ich weiß, liegt es noch innerhalb der Stadtgrenze«, sagte Civilai. »Wenn tatsächlich ein Attentäter unter den Schützen ist, hindert ihn nichts daran, sich in einen Zug zu setzen.«

»Wenn wir allen Ernstes versuchen würden, bei so vielen Teilnehmern den Überblick zu behalten, würden wir wahnsinnig«, sagte Siri. »Also konzentrieren wir uns lieber darauf, Phosy bei der Aufklärung des Mordes in Vientiane zu helfen.«

Ihre Stimmen gingen im Geschrei der laotischen Zuschauer und ihres internationalen Fanclubs unter. Der Trommler schlug seine Trommel. Daeng drückte Siris Arm, und er blickte hinüber zu der großen Leinwand. Die Wettgeher hatten sich auf ein Tempo geeinigt, doch das Feld zog sich schon jetzt beträchtlich auseinander. Eine etwa dreißigköpfige Gruppe hatte sich an die Spitze gesetzt. Die auf einem Übertragungswagen installierte Hauptkamera nahm das Führungstrio ins Visier, und siehe da, unter ihnen – etwas kleiner als die beiden anderen – war Khamon.

»Nun seht euch den an«, sagte Civilai.

Laotische Flaggen wurden geschwenkt, die Fans schrien seinen Namen, und niemand sonst im weiten Stadionrund wusste, was das Theater sollte. Aber die Laoten hatten die Aufmerksamkeit auf sich gezogen. Eine Stadionkamera entdeckte den Trommler und zoomte die lärmende Meute dicht heran. Und da waren sie, auf der großen Leinwand und wahrscheinlich auf Milliarden Fernsehschirmen in aller Welt.

Die Laoten kreischten vor Vergnügen, tanzten in improvisierten *lamvong*-Kreisen um die Trommel und winkten sich selbst auf der großen Leinwand zu. Eine Welle gutmütigen Gelächters schwappte durchs Stadion, gefolgt von einem enttäuschten Seufzer der Laoten, als die Kameras zu den Hochsprungdamen zurückkehrten. Eine Italienerin, deren Beine circa achtzig Prozent ihrer Körperlänge ausmachten, setzte gerade zu ihrem letzten Versuch an, aber das ließ die Laoten kalt.

»Er gewinnt garantiert«, schrie Chom, der Rattenfänger, während sich Kontinente aus Schweiß auf seinem T-Shirt abzeichneten. »Und ich werde es verpassen.«

»Wieso?«

»Interview«, antwortete Chom bescheiden.

»Für wen?«

»Ach, nur fürs Fernsehen«, sagte er und versuchte vergeblich, sich ein Grinsen zu verkneifen.

»Sie kommen ins Fernsehen?«, sagte Daeng. »Das ist ja toll.«

»Offen gestanden bin ich ein wenig nervös«, sagte er. »Es geht um die Unterschiede zwischen den Kulturen. Sie fragen Angehörige verschiedener Berufsstände danach, ob sie genauso oder vielleicht doch ganz anders arbeiten als ihre Kollegen in der Sowjetunion. Ich trete mit meinem Kumpel aus Botswana auf.«

»Nehmen Sie Roger mit?«, wollte sie wissen.

»Nein, Tante. Der Fernsehsender hat seine eigenen Dolmetscher. Ich erzähle Ihnen dann, wie es gelaufen ist.«

Er war noch keine Minute weg, als die Außenübertragung weiterging. Die laotischen Fans starrten mit offenen Mündern auf die Stadionleinwand wie Fische auf einen Köder. Die Kamera zeigte einen Wettbewerbsteilnehmer, der wegen Verstoßes gegen die Gehregeln disqualifiziert worden war. Die Laoten hatten schon Angst, ihr Mann könnte demselben Schicksal anheimgefallen sein. Doch dann kam das Spitzentrio ins Bild, das seine Führung beständig weiter auszubauen schien. Der Abstand zum Viertplatzierten betrug gut und gern zehn Meter. Ganz vorne ging ein Italiener, gefolgt von einem Weißrussen und, zur Begeisterung des Publikums, einem Laoten. Der Laotenjubel machte seine Verspätung durch Lautstärke wett. Einige glaubten, es sei nicht etwa ein Wunder, sondern ein

Mord geschehen, denn die laotischen Männer und Frauen kreischten vor Entzücken.

Wieder zoomte die Kamera den laotischen Fanblock heran und erfasste Dr. Siri und Daeng, die im Freudentaumel auf ihren Sitzen tanzten. Für jemanden, der von Laos nie zuvor gehört hatte, war dies eine Einführung par excellence.

»Er macht eigentlich einen ganz entspannten Eindruck«, sagte Civilai, ohne den Blick von der Leinwand zu wenden.

»Wäre es nicht irre, wenn er gewinnen würde?«, sagte Dtui.

»Freuen Sie sich nicht zu früh«, sagte Civilai.

»Er scheint als Einziger im T-Shirt zu laufen«, sagte Siri. »Alle anderen tragen ärmellose Trikots.«

»Vielleicht friert er«, sagte Daeng. »Er hat schließlich in den Tropen trainiert. Und weiß vermutlich, was er tut.«

Der Kamerawagen folgte den drei Gehern mit dem Fluss im Hintergrund und kleinen Trauben von Zuschauern, die sich fürs Fernsehen hübsch herausgeputzt hatten. Fünf der zwanzig Kilometer lagen hinter ihnen, und Khamon wirkte ruhig wie eine Flaute im Monsun.

Begleitet von einem neuerlichen Stöhnen der Laoten und dem Gelächter der übrigen Zuschauer kehrten die Kameras zum Hochsprungwettbewerb zurück. Es gab zwar feste Sitzplätze, doch während der Vorrundenkämpfe schien es niemanden zu interessieren, wer wo stand oder saß. Oder die Ordner wussten nicht, wie sie eine Horde enthusiasmierter Fans in Zaum und Zügel halten sollten. Und die Organisatoren hatten nur ein Ziel: den Laden so voll wie möglich zu bekommen. Sie hatten an Gewerkschaften und

Militär Freikarten verteilen lassen, aber es war nicht leicht, ein Stadion für 100 000 Zuschauer zu füllen.

Siri und Daeng kehrten zur Sitzordnung zurück.

»Wo waren wir stehen geblieben?«, erkundigte sich Siri.

»Phosy«, antwortete Dtui.

»Stimmt. Was hat er sonst noch gesagt?«, fragte Daeng.

»Er hat mir Grüße von einer Tante Arpy ausgerichtet«, sagte Dtui.

»Und lassen Sie mich raten: Sie haben gar keine Tante Arpy«, sagte Daeng.

»Nein, aber nach unserem Gespräch gestern Abend ist mir das Spiel wieder eingefallen, das wir immer mit unserer Freundin Oum vom Lycée gespielt haben.«

»Möge sie in Frieden ruhen«, sagte Civilai.

»Keine Angst, sie ruht«, sagte Siri.

»Na ja, Oum hatte in Australien studiert«, sagte Dtui. »Sie trank gern mal ein Glas. Und hatte viele Freunde. Es gab ein Trinkspiel, das sie da drüben oft gespielt haben. Eigentlich eher ein Denk- als ein Trinkspiel. Eines Abends hat sie uns besucht und es uns beigebracht. Es ist albern, aber sehr unterhaltsam. Und es heißt Arpy.«

»Wie funktioniert es?«, fragte Siri.

»Es ist so eine Art Geheimsprache«, sagte Dtui. »Vor jedem Vokal fügt man die Silbe ›Arp‹ ein. So wird aus dem englischen Satz *›I love you‹* zum Beispiel *›Arp-I Larp-ov yarp-ou‹*. Es dauert eine Weile, bis man den Bogen raushat, aber dann geht es wie am Schnürchen. Sehr praktisch, wenn jemand nicht mitbekommen soll, dass man über ihn redet. Für den Zuhörer ist es etwas schwieriger, aber wenn man das Prinzip verstanden hat, kriegt man mühelos mit, was gemeint ist.«

»Geht das auch im Laotischen?«, fragte Civilai.

»Na klar«, sagte Dtui. »Vokale gibt's schließlich in jeder Sprache. An dem Abend im Polizistenwohnheim haben wir es auf Laotisch gespielt. Aus ›Ich liebe dich‹ würde dann ›*kharp-oi harp-uk jarp-o*‹. Verstehen Sie?«

»Dann können Sie und Phosy in dieser Sprache ja geheime Botschaften austauschen«, sagte Siri.

»Ach, das habe ich euch dreien im Handumdrehen beigebracht.«

»Alten Zirkusgäulen wie uns bringt man keine neuen Kunststücke mehr bei«, sagte Siri.

»Ich …«, begann Dtui, wurde jedoch von einem weiteren Aufschrei des Publikums unterbrochen, als die Übertragung des Rennens auf der großen Leinwand weiterging. Khamon war nicht mehr unter den ersten drei. Das Hauptfeld hatte zum Führungstrio aufgeschlossen, und die Spitze wechselte ständig. Der Laote war zwar immer noch dabei, aber auf den zehnten Rang zurückgefallen, zwanzig Meter hinter dem Erstplatzierten. Er wirkte noch immer frisch, und was waren schon zwanzig Meter bei den Olympischen Spielen? Die laotischen Fans kreischten und schwenkten ihre Fahnen. Wieder fand die Kamera ihr Lieblingsmotiv. Sie waren zu einer festen Institution geworden. Es war ein Jammer, dass in Laos kaum jemand einen funktionstüchtigen Fernsehapparat besaß.

Der Abend schlich heran auf dem Rücken eines rosafarbenen Himmels, und alle fünf Minuten zeigte die Leinwand den Fortgang des Geherwettbewerbs. Khamon hatte den Anschluss an die Führungsgruppe verloren, aber immer wenn sie ihn im Hauptfeld entdeckten, feuerte ihn der Laotenjubel an. Doch nach einer Weile erschien Khamon überhaupt nicht mehr auf dem Schirm. Er war so weit zurückgefallen, dass das Kameraobjektiv ihn nicht mehr einfing. Auf der Tribüne kehrte Ruhe ein. Zwar gab es noch hin und wieder verhaltenen Beifall für Hochspringer und Kugelstoßer, aber das Rennen hatte seinen Reiz verloren. Seine Mannschaftskameraden befürchteten das Schlimmste. Khamon hatte entweder aufgegeben oder war disqualifiziert worden.

Die Zuschauer erwachten erst wieder aus ihrem Halbschlaf, als – begleitet von Kanonendonner und einer Trompetenfanfare – die Stadiontore geöffnet wurden und der erste der Geher, ein schlaksiger Italiener, in die Arena einlief. Er wurde mit tosendem Applaus und einem leicht missgünstigen Laotenjubel empfangen. Einige Fans wollten noch immer nicht wahrhaben, was sie auf der Leinwand gesehen hatten. Für sie war Fernsehen Fantasie und nicht immer glaubhaft. Sie starrten gebannt zum Tor und rechneten jeden Augenblick damit, dass Khamon ins Stadion stürmte, bekamen jedoch nur einen Russen und einen Ostdeutschen zu sehen, gefolgt von einer Reihe wackelnder Geher.

»Sollen wir ihn suchen gehen?«, fragte Siri.

»Er hat einen grandiosen Start hingelegt«, sagte Daeng. »Er hat uns Ehre gemacht, egal was passiert ist.«

»Wohl wahr«, sagte Civilai.

Unterdessen hatten alle anderen Teilnehmer das Rennen beendet. Der Lautsprecherdurchsage zufolge hatten zwei Geher aufgegeben, und sieben waren disqualifiziert worden. Die Sprung- und Wurfwettbewerbe dauerten an, und die Laoten trugen sich mit dem Gedanken, nach Hause zu gehen und sich zu betrinken. Doch vorher bejubelten sie die drei Erstplatzierten, das waren sie den Gehern schuldig. Nach vierzig Minuten wurde das Siegertreppchen ins Stadionrund gerollt, und drei bezaubernde junge Damen in traditioneller Tracht stellten sich davor auf. Der Vorsitzende des sowjetischen Wettgeherverbandes überreichte den Gewinnern die Medaillen. Er wollte dem Italiener eben die Hand schütteln, als sich am anderen Ende des Stadions ein Aufschrei erhob.

Die Gehregeln waren eindeutig festgelegt, doch in den Annalen stand nirgends etwas darüber, in welcher Zeit ein Läufer das Rennen beenden musste. Und so begab es sich, dass der letzte Geher, ohne fremde Hilfe und noch immer in der vorgeschriebenen Technik, ins Stadion einlief und zu seiner Ehrenrunde ansetzte. Die Offiziellen ließen die Bahn eilig räumen. Aller Augen ruhten auf Khamon. Seine ersten hundert Meter wurden von höflichem Applaus begleitet. Die meisten Laoten waren samt ihrer Trommel auf dem Weg zum Ausgang. Doch als die Kamera ihren Landsmann auf der Gegengeraden entdeckt hatte und er auf der Stadionleinwand erschien, formierten die Fans sich blitzartig neu und schrien ihre Zustimmung heraus. Der Applaus steigerte sich zum Jubel, und als der Laote in die Zielgerade einlief, ging die Stimme des Stadionsprechers in den Beifallsfluten unter. Eine Nahaufnahme von Khamons strahlendem Gesicht ragte turmhoch über ihm auf. Er vollführte eine halbe Pirouette, um den Zuschauern zu winken, womit er vermutlich gegen irgendeine obskure Vorschrift verstieß, doch kein Offizieller dieser Welt hätte ihn jetzt noch disqualifiziert. Die Sieger, die nach wie vor auf dem Podium standen, applaudierten dem Laoten, als er an ihnen vorbeiging. Irgendjemand hatte ein Maßband gefunden und über die Ziellinie gespannt. Khamon riss es mit erhobenen Armen und einem Lächeln, das es weltweit auf die Titelseiten schaffte. Khamon hatte es zum beliebtesten Verlierer in der Olympiageschichte gebracht.

## 15

## DER SCHIEFE MANN

In der guten alten Zeit des Kinos bekam man etwas für sein Geld. Es gab erst eine Wochenschau, dann einen Trickfilm, danach vielleicht einen kurzen Western und eine Pause vor dem Hauptfilm. Das verschaffte einem Zeit und Gelegenheit, sich bei einer Dame mit Bauchladen ein Eis oder ein übersüßes Kaltgetränk zu kaufen. Manchmal hatte sie so große Brüste, dass man die feilgebotenen Leckereien kaum sehen konnte. Jedenfalls in Siris Erinnerung an die Lichtspielhäuser von Paris.

Um die Sitzreihen zu füllen, zeigten die Kinobesitzer immer öfter Episodenfilme, die man Cliffhanger nannte. Der Name leitete sich von einer recht häufigen Schlussszene ab, in welcher der Held oder die Heldin an einer steilen Felswand hing, gewöhnlich an einem dürren Ast. Wenn man wissen wollte, ob der Star diese ausweglose Situation lebend überstehen würde, musste man in der folgenden Woche wiederkommen, was Siri regelmäßig tat. In seiner gesamten Studienzeit hatte er nicht einen Filmstar sterben sehen.

Doch all diese Erfahrung bereitet einen leider nicht auf einen eigenen Cliffhanger vor. Und so sitzt Siri nun im Cockpit einer dem Absturz geweihten Aeroflot-Maschine, der Deckenventilator sirrt, und vor ihm ragt ein himmelhoher Berg auf. Die Zuschauer schnappen nach Luft. Ihm droht der sichere Tod, nur hat er nicht die Möglichkeit, nächste Woche wiederzukommen, um von seinem, des Helden, Schicksal zu erfahren. Da sieht er sie – die Handbremse. Er packt sie mit ganzer Kraft. Sie klemmt. Er sieht sich nach einem Ölkännchen um, aber dazu ist keine Zeit. Er zerrt ein zweites Mal am Bremshebel … und er bewegt sich doch. Die Maschine kommt kreischend zum Stehen, nur Zentimeter von der Felswand entfernt. Er sinkt zu Boden und bleibt einen Moment sitzen, um Atem zu holen und seinen Adrenalinrausch auszukosten.

Er hatte Madame Daeng fast völlig vergessen. Sie war bestimmt stocksauer. Sie waren zu einer Vorstellung des Moskauer Staatstheaters für Russisches Ballett im Kulturzentrum des Dorfes unterwegs gewesen. Da sie wusste, dass ihr Mann Ballett ähnlich faszinierend fand wie Blumenhäkelei, würde sie ihm vermutlich unterstellen, er sei vorsätzlich verschwunden, um der Tortur zu entgehen. Was natürlich Unsinn war. Das hatte er keineswegs getan. Jedenfalls nicht bewusst. Er konnte nur hoffen, dass nicht allzu viele Leute Zeugen seines Seitenwechsels geworden waren. Er geriet allmählich in Erklärungsnot.

Und so saß er nun im Cockpit seiner riesigen sowjetischen Metapher. Er wusste aus Erfahrung, dass ihm nur wenig Zeit blieb, um die richtigen Fragen zu stellen und die Antworten richtig zu deuten. Hätte Tante Bpoo ihm tägliche Memos zukommen lassen, hätte das die Sache wesentlich erleichtert, aber sie war nun einmal eine Nervensäge. Sie hatte gesagt, er sei der Herr über sein eigenes Jenseits. Was nichts, aber auch gar nichts zu bedeuten hatte. Dass es ihm gelungen war, das Flugzeug mitten in der Luft zum Stehen zu bringen, hätte ihm eigentlich neues Selbstvertrauen geben müssen, aber er wurde die Selbstzweifel nicht los.

Er stieß die Cockpittür auf, und da, in der ersten Reihe der Business Class, saß der Genosse Noo und schlürfte einen Martini. Was an und für sich eine Katastrophe war. Bei seinen Abstechern auf der anderen Seite begegnete er eigentlich immer nur Personen, die entweder schon oder aber so gut wie tot waren. Die Familie dort hinten in der Touristenklasse – die einzigen anderen Passagiere – fiel eindeutig in erstere Kategorie. Sie bildeten ein unentwirrbares Durcheinander aus verrutschten Körperteilen, Blut und Missbehagen. Irgendwie war es ihnen gelungen, den Stewardessen-Rufknopf zu drücken, der über ihren Köpfen blinkte.

Siri ignorierte sie und setzte sich zu Noo.

»Noo?«

»Siri. Erdnuss?«

»Nein danke.«

»Sie müssen sich anschnallen.«

»Aber wir stehen still.«

»Stimmt.«

Genosse Noo nippte an seinem Martini.

»Ich wusste gar nicht, dass Sie …«

»Die Zeiten sind schwer«, sagte Noo. »Vielleicht rauche ich nachher sogar einen Joint. Erstaunlich, was man in der Business Class so alles bekommt.«

»Sind sie …?«, begann Siri.

»Noch nicht.«

»Da bin ich aber erleichtert.«

»Ach ja?«

»Natürlich«, sagte Siri. »Das wollen Sie doch wohl nicht ernsthaft bezweifeln. Warum sollte mir an Ihrem Tod gelegen sein?«

Die Familie in Einzelteilen begann zu krakeelen.

»Ruhe da hinten«, rief Siri.

»Ich bin ein Versager«, sagte Noo. »Da habe ich nun jahrelang auf Bäumen gesessen, mich eingegraben und im Schmutz gewühlt. Und wozu? Was habe ich damit erreicht? Da bin ich doch lieber tot.«

Siri musste an Herrn Geungs Nachricht denken. Noo hat seine Füße verloren. Er sah nach unten, und tatsächlich: Für Schuhe hatte Noo keine Verwendung mehr. Irgendwo in seinem Unbewussten war der Mönch im Begriff, den Glauben zu verlieren. Darum saß er neben Siri in der Business Class. Er war auf der Suche nach einem Guru, und nun saßen sie gemeinsam auf dem Gipfel eines Berges fest. Nicht besonders subtil, das Ganze. Siri hatte begriffen. Er sollte Noos Seher werden. Kein Wunder. Es war vermutlich höchste Zeit, dem Mönch einen Marsch zu blasen, der ihn ins Leben zurückkatapultierte. Aber Siri war kein Philosoph. Die Philosophie bewahrte einen nicht davor, von einer Kugel getroffen zu werden. Dazu brauchte man jemanden, der »Deckung!« rief. Was dem Genossen Noo aufhelfen würde, war ein Trainer. Er musste an die letzten Worte Ronald Reagans an den Coach von Notre Dame denken.

»Noo«, sagte er, »wenn das Spiel schon so gut wie verloren ist und die Mannschaft nicht mehr ein noch aus weiß, dann sag den Jungs, sie sollen da rausgehen und alles geben … für Dr. Siri.«

Noo machte ein ratloses Gesicht, und Siri wurde klar, dass er vielleicht nicht gerade das passendste Filmzitat gewählt hatte, und so improvisierte er einfach ein paar Zeilen dazu. Metaphernsalat gehörte seit je zu seinen Lieblingsspeisen.

»Noo«, sagte er, »bei jedem neuen Match hinterlässt man eine Spur von Tugend und Ehrlichkeit auf dem Spielfeld. Die kleinen Leute lieben Sie, weil Sie ihnen eine Stimme geben. Sie bieten den Tyrannen die Stirn. Diesmal haben die Unterdrücker Sie geschlagen, aber es war die torarme Halbzeit einer Partie, die Sie durch K. o. gewinnen werden. Ich möchte stolz auf Sie sein, wenn Sie auf dem Platz Ihren Mann stehen. Ihre Kameraden verlassen sich auf Sie.«

Er wusste nicht, ob Noo ihn verstanden hatte. Aber der Mönch nickte, leerte seinen Martini und marschierte auf zwei völlig gesunden und funktionstüchtigen Füßen zum Notausstieg. Das war ein gutes Zeichen. Er las die Anleitung, zog den roten Hebel, öffnete die Luke und ging von Bord. Das war vielleicht kein ganz so gutes Zeichen, dachte Siri.

»He, Sie«, rief eine Stimme aus der Touristenklasse. »Wir könnten ein wenig Hilfe gebrauchen.«

Siri war für den Flug zuständig. Er hatte die Handbremse angezogen, darum fühlte er sich verpflichtet, für seine Passagiere zu sorgen, und seien sie auch noch so arm. Er ging den Mittelgang entlang zu der lästigen Familie. Alles war voller Blut und Gedärme. Sie hatten ihre diversen Körperteile noch immer nicht sortiert.

»Kann ich etwas für Sie tun?«, fragte Siri.

»Allerdings«, drang eine vertraute Stimme unter dem Sitz hervor. »Wenn Sie schon nicht bereit sind, die Klimaanlage zu drosseln, könnten Sie uns wenigstens eine Decke bringen.«

»Gewiss, der Herr«, sagte Siri. »Möchten Sie jeder eine eigene oder eine große Decke? Oder vielleicht doch lieber einen Plastikmüllsack?«

Als er sich vorbeugte, um das Servicelicht auszuschalten, fiel sein Blick auf die Überreste einer französischen Dienstmädchenuniform.

»Ich weiß es nicht«, sagte Siri.

Er und Daeng nahmen in der Cafeteria ein weiteres ungemein deftiges Frühstück zu sich. Es war Tag sieben. Die laotische Delegation war hin- und hergerissen: Sollte sie ihre Hundertmetersprinterin im Stadion oder die beiden Soldaten beim Schnellfeuerwettbewerb auf der Sportivnaya-Schießbahn unterstützen? Die Wettkämpfe fanden gleichzeitig statt. Also hatten die Fans einen Einsatzplan erstellt, und die eine Hälfte ging auf den Schießplatz und die andere ins Lenin-Stadion, um Nah – die ältere der beiden Schwestern – anzufeuern. Ihre Aussicht, sich für die nächste Runde zu qualifizieren, war indes kaum größer als die Überlebenschance einer Ameise in einer Büffel-Stampede.

Siri und Daeng waren mit einem mächtigen Kater aufgewacht und verspürten folglich wenig Lust, den Vormittag in einem geschlossenen Raum zu verbringen, in dem obendrein geschossen wurde.

»Was soll das heißen, du weißt es nicht?«, fragte Daeng. »Ist er nun tot oder nicht?«

»Um das mit Bestimmtheit sagen zu können, müssen wir uns mit Phosy in Verbindung setzen«, sagte Siri.

»Aber?«

»Aber es besteht durchaus die Möglichkeit, dass ich es ihm ausgeredet habe.«

»Zu sterben?«

»Möglich wär's.«

»Bravo. Was gibt's dafür? Den braunen Gürtel?«

»Ich glaube kaum, dass es bei Schamanen verschiedene Gürtelgrade gibt.«

Er warf einen zweiten Blick auf die Wurst auf seiner Gabel und ließ sie auf den Teller zurücksinken.

»Aber du hast wirklich mit ihm gesprochen«, sagte Daeng.

»Ja. Und er hat geantwortet. Ziemlich aufregend.«

»Du wirst mich doch hoffentlich nicht vergessen, wenn du eines Tages komplett auf die andere Seite übergelaufen bist.«

»Vielleicht werden wir eines Tages sogar gemeinsam …«

»Nein danke. Im Gegensatz zu mir bist du es gewohnt, Leichenteile in Augenschein, wenn nicht gleich unter die Lupe zu nehmen. Bist du sicher, dass sie es waren?«

»Die Dienstmädchenuniform war der erste Anhaltspunkt. Dann fand ich die Tätowierung am Handgelenk des Türstehers. Eine Kobra. Ich bin ziemlich sicher, dass sie es waren.«

»Aber von dem Studenten, Manoi, hast du keine Spur gefunden?«

»Nichts, was ich ihm auf Anhieb hätte zuordnen können.

Aber es waren auf jeden Fall drei Leichen. Insofern ist es relativ wahrscheinlich, dass eine der drei Manoi war. Und die Stimme klang nach ihm. Der Kopf lag unter dem Sitz, und ich hatte keine Lust, in dem ganzen Gekröse herumzuwühlen.«

»Dir ist hoffentlich klar, auf welch dünnem Eis du dich bewegst.«

»Absolut.«

»Der Sohn eines einflussreichen laotischen Handelsmittlers wird ermordet. Was wir allerdings nur wissen, weil mein Göttergatte den Opfern im Zuge eines …«

»... übernatürlichen Ereignisses …«

»Im Zuge eines übernatürlichen Ereignisses begegnet ist, noch dazu an Bord eines unbeweglich in der Luft schwebenden Flugzeugs. Und sie waren zerstückelt. Und da reale Ereignisse in deiner Anderwelt ihre Entsprechung finden, müssen wir davon ausgehen, dass sie tatsächlich tot sind. Und dass sie bestialisch ermordet wurden. Aber wie können wir das beweisen? Fernsehen und Presse bringen nur gute Nachrichten. Wir können ja wohl kaum zur Polizei gehen und Fragen stellen, ohne uns selbst zu belasten. Dabei wissen wir noch nicht einmal, wie sie ums Leben gekommen sind.«

»Darüber habe ich nachgedacht«, sagte Siri. »Weißt du noch, als der führende Geher gestern ins Stadion eingelaufen ist? Da krachte eine Kanone. Wir dachten, es gehörte zur Show.«

»Du hast noch gewitzelt, es sei wahrscheinlich ein elektrischer Verteilerkasten in die Luft geflogen«, sagte Daeng.

»Da das zu Hause an der Tagesordnung ist, fand ich es

tröstlich, dass auch die Sowjets noch längst nicht alle technischen Probleme gelöst haben.«

»Und jetzt bist du davon nicht mehr so überzeugt?«

»Nein. Ich bitte dich, wer macht sich schon die Mühe, für einen Geher einen Kanonenschuss abzufeuern? Olympia hin oder her. Was, wenn Manois Haus in die Luft geflogen ist? Die Straße, in der er wohnte, war vom Stadion nicht allzu weit entfernt. Was, wenn Manoi und sein Gesinde sich vor dem Fernseher versammelt hatten, um sich das Rennen anzusehen, und peng?«

»Siri, bei der Explosion eines Fernsehapparates fliegen vielleicht ein paar Glassplitter und weiter nichts.«

»Ich rede nicht von einem technischen Defekt. Ich rede von einer Bombe, die jemand heimlich dort gelegt hat.«

»Und wie hätte dieser Jemand an dem Tätowierten vorbeikommen sollen?«

»Das brauchte er gar nicht, Manoi wohnte im dritten Stock. Wenn der Mörder Zugang zum zweiten Stock hatte, konnte er in der Wohnung direkt unter Manoi einen ganzen Stapel Dynamit zur Explosion bringen.«

Beide starrten auf Siris Wurst und dachten nach.

»Wenn es tatsächlich eine Bombe war, würden die Behörden den Anschlag als Terrorakt einstufen«, sagte Daeng. »Und ihn einem der vielen sowjetischen Unruhestaaten in die Schuhe schieben. Sie würden den KGB und die Antiterroreinheiten einschalten.«

»Und um den Terroristen nicht in die Hände zu spielen, würden sie über die ganze Sache Stillschweigen bewahren«, sagte er. »Aber hinter den Kulissen würden sie ihren riesigen Ermittlungsapparat in Gang setzen, die Opfer identifizieren und die Spur nach Laos zurückverfolgen. Wir sind vielleicht nicht ihre Hauptverdächtigen, aber auf ihrer Liste stünden wir auf jeden Fall. Womöglich würden sie sogar dahinterkommen, dass ich am ersten Tag in dieser Wohnung war.«

»Also werden sie früher oder später vor unserer Tür stehen«, sagte Daeng. »Und da wir ihnen schon in der Erpressungssache Kummer bereitet haben, werden sie sich freuen, uns etwas anhängen zu können.«

»Aber an der Erpressung trifft uns keine Schuld«, sagte Siri. »Im Gegenteil, ohne uns hätten sie sehr viel schlechter dagestanden. Ich könnte mir vorstellen, dass sie uns auch in diesem Fall um Hilfe bitten.«

»Ach, Siri, manchmal habe ich den Eindruck, du hältst dich für die Hauptfigur einer internationalen Krimireihe«, sagte sie, »die ständig auf Achse ist und ganz nebenbei ein Verbrechen nach dem anderen aufklärt. Du bist nicht halb so unentbehrlich, wie du denkst, o holder Gatte. Versprich mir, dass du ihnen diesmal nicht deinen Rat anbietest. Wenn sie kommen, möchte ich, dass du die Miene aufsetzt, die du so souverän beherrschst.«

»Welche?«

»Dieser bass erstaunte Blick, wenn du von dem Mord erfährst.«

Siri versuchte sein Glück.

»Genau der«, sagte Daeng. »Aber wenn sie so tun, als wüssten sie nicht, dass du in der Wohnung warst, möchte ich, dass du es ihnen freiwillig mitteilst.«

»Ich soll es ihnen verraten? Warum?«

»Weil in einem guten kommunistischen Land hinter

jeder Ecke ein oder mehrere Spitzel lauern. Sie haben uns fotografiert, als wir die Wohnung der Erpresserin verlassen haben. Vielleicht hat dich auch bei Manoi jemand gesehen. Du musst davon ausgehen, dass sie alles wissen.«

»Aber offensichtlich nicht genug, um eine Explosion zu verhindern«, sagte Siri.

»Außerdem sollten wir Inspektor Phosys Situation bedenken«, fuhr sie fort. »Er hat Kontakt zum Vater des jungen Mannes aufgenommen. Der hat sich Sorgen gemacht. Und uns um Hilfe gebeten. Wir haben versagt. Das wird ihm gar nicht gefallen. Ich schlage vor, wir schicken Phosy eine Liste mit Vorschlägen, wie er eventuellen Konsequenzen aus dem Weg gehen kann.«

»Ich werde Dtui eine Arpy-Botschaft aufsetzen lassen.«

Sie wurden von Chom, dem Rattenfänger, unterbrochen, der sie vom anderen Ende der Cafeteria aus entdeckt hatte und im Eilschritt an ihren Tisch gekommen war. Er war aufgekratzt wie ein Mückenstich.

»Genosse Doktor, Genossin Tante«, keuchte er. »Sie werden nicht glauben, was passiert ist.«

Er setzte sich an den Tisch und schattenboxte sich die überschüssige Energie aus dem Leib.

»Ich dachte, Sie wären mit den anderen ins Stadion gegangen«, sagte Daeng.

»Wollte ich ja auch. Wollte ich ja auch«, sagte er, »als sich mir dieser Kerl vom *Sowjetischen Sozialblatt* in den Weg stellt. Er hat Roger bei sich. Und sagt, seine Zeitung will einen Wettkampf ausrichten.«

»Und das vermutlich nicht im Laufen«, sagte Siri.

»Nein«, sagte Chom. »In dem Zeitungsinterview habe ich

über die Idee des Genossen Civilai gesprochen, Olympische Spiele für Rattenfänger.«

»Ich glaube, da haben Sie etwas miss…«

»Worauf Jusow, der russische Kollege, dem Zeitungsredakteur gesagt hat, so einen Wettkampf würde er mit links gewinnen. Er hat angegeben wie ein Wald voll Elefanten. Worauf der Redakteur sagte: ›Warum eigentlich nicht?‹ Gestern beim Fernsehinterview haben sie Sammy aus Botswana gefragt, und er war sofort Feuer und Flamme. Und heute Morgen haben sie mich abgepasst und gefragt, ob ich dabei bin. Die Chance konnte ich mir natürlich nicht entgehen lassen.«

»Das kann nicht Ihr Ernst sein«, sagte Daeng.

»So wahr ich hier sitze«, sagte Chom.

»Und wie soll dieser Wettkampf vonstattengehen?«, fragte Siri.

»Das ist Sache der Zeitungsleute«, sagte Chom. »Wie finden Sie das?«

»Wir freuen uns sehr für Sie«, sagte Daeng.

»Ich möchte auch eine Portion von dem guten alten Laotenjubel«, sagte Chom.

»Den werden Sie sicherlich bekommen«, sagte Daeng.

»Super«, sagte Chom und schlug ein paar Löcher in die Luft.

Er stand auf und wollte sich eben zum Gehen wenden, als Siri sagte: »Warum hat man Sie das nicht schon gestern beim Fernsehinterview gefragt?«

»Was?«

»Sie haben gesagt, Ihr Kollege aus Botswana sei gefragt worden, ob er an dem Wettkampf teilnehmen möchte. Sie aber offensichtlich nicht. Warum?«

»Weil ich das Interview verpasst habe«, sagte Chom. »Ich habe die falsche U-Bahn genommen und bin in die falsche Richtung gefahren. Aber was soll's. Ich habe sowieso kein Fernsehgesicht.«

Und mit diesen Worten verschwand ihr Sprinter im morgendlichen Getümmel. Siri und Daeng starrten auf ihr halbgegessenes Frühstück.

»Meinst du, in Moskau gibt es irgendwo eine anständige Schüssel Nudeln?«, fragte Siri.

»Auskunftsschalter«, sagte Daeng.

Am Schalter gab es sogar jemanden, der Französisch sprach. Sie sammelten Dtui, Civilai und Roger ein, kletterten in einen Kleintransporter und hielten keine zwanzig Minuten später vor dem Nudelbasar Kabul auf dem Arbat. Was weitaus schlimmer klang und aussah, als es war. Das Lokal war in einem Stil dekoriert, den Civilai mit den Worten »Man pflastere die Wände mit scheußlichen Postern und hänge überall undefinierbaren Krimskrams auf« kommentierte. Angesichts der ausgelassenen Atmosphäre wäre man nicht im Traum auf die Idee gekommen, dass die Afghanen von den Sowjets überfallen worden waren. Was sie jedoch nicht daran hinderte, teuflisch gute Nudeln zu kochen und selbige mit einem Lächeln zu servieren.

Dtui und Civilai wussten von Siris Beziehungen zur Geisterwelt. Beide hatten handfeste Beweise dafür gesehen, auch wenn Civilai seine Abwehrhaltung hartnäckig kultivierte.

»Alles Taschenspielertricks«, pflegte er zu sagen.

Aber Roger? Roger baumelte ein einsamer Nudelfaden aus dem offenen Mund, als Siri seine Begegnung mit den diversen Körperteilen des Genossen Manoi in grellen Farben schilderte und seine Theorie, wonach der zukünftige Präsident der Demokratischen Volksrepublik Laos einem Attentat zum Opfer gefallen sei, wortreich darlegte und auseinandersetzte. Die laotischen Administratoren hatten den Dolmetscher zunächst für einen KGB-Agenten gehalten, als er sich ihnen am Scheremetjewo-Flughafen vorgestellt hatte. Für Siri und Civilai lag es quasi auf der Hand, dass ein Sowjet mit Kontakten zu Ausländern als Informant arbeitete. Sie hatten diesen Glauben noch immer nicht ganz abgeschüttelt, auch wenn Roger die beiden alten Männer durch seine beherzte Intervention in der leidigen Erpressungsangelegenheit für sich gewonnen hatte. Wenn er tatsächlich ein Spitzel war, konnte es nicht schaden, ihn davon zu überzeugen, dass die Laoten wahnsinnig und somit harmlos waren.

Und doch war Roger von Siris Schilderungen sichtlich beeindruckt. Seine Laos-Kenntnisse beschränkten sich nicht allein auf die Sprache. Er hatte sich auch mit der Geschichte und Geografie des Landes befasst, aber seine größte Faszination galt der Tatsache, dass die Laoten mit der Welt der Geister in vollkommenem Einklang lebten. Das war vielleicht der Hauptgrund gewesen, weshalb er eine Sprache gelernt hatte, die nur 0,0009 Prozent der Weltbevölkerung verstanden.

»Ich fasse also zusammen«, sagte Civilai. »Ein laotischer Student, sein Leibwächter und sein pseudofranzösisches Dienstmädchen wurden vielleicht, vielleicht aber auch nicht von einem Mitglied unseres Kaders in die Luft gejagt. Wir haben zwar weder ihre Leichen noch auch nur eine Kurzmeldung in der Presse, und trotzdem sollen wir auf Mörderjagd gehen?«

»Du hast's erfasst«, sagte Siri.

»Warten Sie«, fuhr Roger dazwischen. »Ich möchte diese Genialität so richtig genießen und auskosten.«

»Sarkasmus ist hier fehl am Platz«, sagte Siri.

»Nein, ich glaube, er möchte diese Genialität tatsächlich genießen und auskosten«, sagte Daeng und starrte in die aufgerissenen Augen des Dolmetschers.

»Nein, äh, ja, genau«, sagte Roger. »Keine Frage. Dass mein Leben eine solche Wendung nimmt, hätte ich mir niemals träumen lassen, als ich Laotisch zum Hauptfach gewählt habe.«

»Und wie groß ist die Chance, dass Sie von Ihrer magischen Wolke herunterklettern«, sagte Civilai, »Ihre Fühler ausstrecken und sich ein wenig umhören, ob in der Stadt vielleicht ein Haus explodiert ist?«

»Schon unterwegs«, sagte er, und die Nudel baumelte ihm noch immer aus dem Mund.

»Aber fallen Sie nicht gleich mit der Tür ins Haus. Sonst kommt am Ende noch jemand auf die Idee, wir hätten Sie geschickt«, sagte Daeng.

»Keine Sorge«, sagte Roger. »Ich werde mich in größtmöglicher Diskretion üben.«

»Dann gehet hin, wackerer Roger, und bringet uns einen Tatort«, sagte Siri und schrieb ihm die Adresse auf. Keine zwei Minuten später war Roger unten auf der Straße und hielt nach einem Taxi Ausschau. Sie beobachteten ihn durch die verschmierte Fensterscheibe.

»Also vertrauen wir ihm?«, fragte Dtui.

»Nach der Geschichte, die er gerade zu hören bekommen hat, ist er vermutlich auf dem Weg ins nächste Irrenhaus, um uns einen Platz zu reservieren«, sagte Civilai. »Oder er ist genauso verrückt wie wir.«

»Ich würde sagen, er ist genauso verrückt wie wir«, sagte Daeng. »Und ich bin eine Koryphäe auf diesem Gebiet.«

»Dann wenden wir uns nun dem Täter zu«, sagte Siri.

»Und dem Mord, den es noch gar nicht gibt«, ergänzte Civilai.

»Die meisten Wettkämpfer können wir ausschließen, denn die waren zum Zeitpunkt der Explosion mit uns im Stadion«, sagte Daeng.

»Bis auf die Schützen«, sagte Dtui.

»Wir haben aber auch keinen Appell abgehalten«, sagte Civilai. »Jeder könnte sich herein- und wieder hinausgeschlichen haben, ohne dass wir es bemerkt hätten. Wir waren vom Wettgehen abgelenkt. Und wenn tatsächlich eine Bombe hochgegangen ist, hatte sie womöglich einen Zeitzünder. Den der Täter unter Umständen schon lange vorher eingestellt hatte.«

»Das glaube ich nicht«, sagte Siri. »Der Mörder musste sicher sein, dass das Opfer im Haus war. Er hätte diesen Aufwand wohl kaum betrieben, um hinterher feststellen zu müssen, dass Manoi gerade in die *boulangerie* gegangen war, um ein paar knusprige Baguettes zu kaufen. Er war am Tatort und hat alles mit angesehen.«

»Wir müssen herausfinden, was die Schützen am Abend des Wettgehens getan haben«, sagte Daeng.

»Warum sollen wir der Polizei die Arbeit abnehmen?«, fragte Civilai.

»Erstens, weil ich den Behörden gern einen Schritt voraus wäre, wenn sie dahinterkommen, dass ein Laote ermordet worden ist.«

»Ich auch«, sagte Daeng.

»Und zweitens«, sagte Siri, »hat der Vater uns das Wohlergehen seines Sohnes anvertraut. Wir haben miserable Arbeit geleistet. Wenn wir Ergebnisse liefern können, besänftigt das den alten Mann vielleicht, und Phosy ist aus dem Schneider.«

»Und wie finden wir heraus, wo die Soldaten sich gestern Nachmittag aufgehalten haben?«, erkundigte sich Civilai.

»Ganz einfach«, sagte Daeng. »Wir fragen sie.«

Malee schlief nicht zum ersten Mal in einer Hängematte neben dem Ausziehbett Gongjais, der geläuterten Prostituierten. Die Kleine wuchs in einem Sumpf voller Gefahren auf, und das gefiel Phosy ganz und gar nicht. Laos war zu klein. Informationen waren zu billig zu bekommen. Das Leben war zu unstet. Man konnte jede Entscheidung rückgängig machen, jede Überzeugung ins Wanken bringen und die öffentliche Meinung schon mit einer Handvoll Dollars oder durch die Bedrohung von Leib und Leben eines Familienmitglieds in die gewünschte Richtung lenken. Und so hatte Phosy seine Tochter an Siris offizieller Adresse untergebracht, für alle Fälle. Und das keine Sekunde zu spät. Denn schon in der ersten Nacht, die Phosy allein verbrachte, kam der Fremde mit der Nachricht, die der Inspektor so sehr gefürchtet hatte.

Phosy nutzte das Gemeinschaftsbad gewöhnlich als Letzter. Er kam kaum je vor Einbruch der Dunkelheit nach

Hause, und nicht selten schielte schon der Mond durch die kaputten Dachziegel. An diesem Abend hatte er sich mit so viel Wasser übergossen, dass man damit bequem eine Schildkröte hätte ersäufen können. Schweiß und Schmutz ließen sich problemlos abwaschen, doch der Schleim der Bürokratie blieb an ihm haften. Wieder dachte er an die vierzigtausend Dollar in seiner Schreibtischschublade und an die Freiheit, die man sich mit so viel Geld erkaufen konnte. Er griff nach seinem Handtuch, doch das hing nicht mehr an dem Nagel, an den er es gehängt hatte. Er sah sich um, und da erblickte er den schiefen Mann. Er trug Phosys Handtuch wie einen Turban um den Kopf.

»Entschuldigen Sie, dass ich Sie bei Ihren Verrichtungen störe«, sagte der Mann. Er war völlig deformiert, als hätte man zwei Männer von unterschiedlicher Statur der Länge nach durchgesägt und die Hälften neu zusammengefügt. Seine muskulöse Seite lehnte am Türrahmen.

Phosy war nicht leicht zu beschämen oder einzuschüchtern.

»Sie können mir noch eine weitere Minute auf die Weichteile starren und sich darüber ärgern, dass die Natur Sie nicht so großzügig ausgestattet hat«, sagte er, »oder Sie können mir das Handtuch rüberwerfen.«

»Ich bin ein Bote«, sagte der Mann.

»Dann lass deine Botschaft hören und gib mir das Handtuch, du asymmetrische Missgeburt.«

»Sie scheinen es darauf angelegt zu haben, dass ich Ihnen alle Knochen breche«, sagte der Mann.

»Ich betrachte das als Drohung«, sagte Phosy. »Jammerschade. Wir hätten so gute Freunde werden können.«

»Der Genosse Thonglai ist sehr enttäuscht von Ihnen«, sagte der Mann. »Er hat soeben erfahren, dass sein Sohn ermordet worden ist. Sie waren für seine Sicherheit zuständig, und Sie haben versagt. Wenn Sie nicht schleunigst herausfinden, wer hinter dem Anschlag steckt, dann können wir für nichts garantieren. Der Himmel bewahre, dass Ihre Familie so endet wie der Genosse Manoi.«

Er zog sich das Handtuch vom Kopf, warf es Phosy zu und wandte sich zum Gehen. Mit dem Handtuch hatte er viel besser ausgesehen.

»Darf ich kurz zusammenfassen?«, fragte Phosy. Er trocknete sich die Füße ab, bevor er sich das Handtuch um die Hüfte schlang.

»Was?«, sagte der Mann. Er blieb stehen und sah über die Schulter.

»Der Sohn Ihres Chefs ist ermordet worden«, sagte Phosy.

»Richtig.«

»Und weil ich das nicht verhindern konnte, obwohl ich gut siebentausend Kilometer weit weg bin, ist meine Familie in Gefahr.«

»Sie haben's erfasst.«

»Dann sind Sie hiermit festgenommen«, sagte Phosy.

»Ich lach mich tot.«

»Nein, ich meine es ernst«, sagte Phosy. »Die Bedrohung eines Polizeibeamten ist eine Straftat.«

Der Schiefe wandte sich zu dem Inspektor um.

»Nein«, sagte er. »Wissen Sie, was eine Straftat ist? Das hier ist eine Straftat.«

Er hob den Zipfel seines Safarihemdes an und gewährte

Phosy einen ungetrübten Blick auf die Pistole in seinem Gürtel.

»Stimmt«, sagte Phosy. »Das ist eine Straftat. Bedrohung mit einer Waffe. Nehmen Sie die Hände hoch.«

»Treib's nicht zu weit, Bulle.«

Da er trockene Füße und das Überraschungsmoment auf seiner Seite hatte, war Phosy dem Boten an die Kehle gesprungen, bevor der Schiefe reagieren konnte. Er schlug den Kopf des Mannes ein paarmal auf den nackten Fliesenboden und erleichterte ihn um seine Waffe. Gut möglich, dass danach etwas gebrochen war: ein Finger vielleicht oder eine Nase. Laut Statistik passieren achtzig Prozent aller häuslichen Unfälle im Badezimmer.

Und also beschloss Dtui am achten Tage, sich auf die Suche nach den Sportschützen zu machen, da für die Laoten an diesem Tag sonst keine Wettkämpfe anstanden. Nachdem die Damen am Auskunftsschalter ihr eine Wegskizze angefertigt hatten, machte sie sich auf, gewappnet mit einer Plastikdose, in der sich ihre Geheimwaffe befand – Klebreis und Mangos. Im Nudelbasar Kabul hatten sie sich erkundigt, wo man hier glutenhaltigen Reis kaufen könne, und die Krankenschwester war in aller Frühe aufgestanden und hatte eine großzügige Portion gedämpft. Auf dem Tscherkisowoer Markt hatte sie Mangos gefunden. Sie stammten aus Vietnam und kosteten ein Vermögen, aber die laotischen Administratoren kamen überein, dass sie die Investition lohnten. Sie gehörten zu dem schmalen Angebot exotischer Früchte und Lebensmittel, die zu den Spielen den Weg nach Moskau gefunden hatten, wo sie in erster Linie dazu dienten, die leeren Schaufenster zu füllen.

Dtui hatte die Rolle als militärische Kontaktperson aus mehreren Gründen bekommen. Erstens sprach sie Russisch, wodurch sich ihre Chancen, an den Torwächtern vorbeizukommen, drastisch erhöhten. Zweitens war sie mit einem Polizisten verheiratet und ließ sich von Männern in Uniform nicht so schnell einschüchtern. Und drittens war sie wunderschön und kugelrund wie die Schwestern, Ehefrauen und Mütter der Schützen.

Wie sich herausstellte, war es kein Problem, auf das Kasernengelände zu gelangen. Sie ging zum Pförtner und sagte, sie habe Süßigkeiten für die laotische Mannschaft im Gepäck. Der Pförtner notierte die Nummer ihres Ausweises und ihren Namen und wies ihr den Weg zum Aufenthaltsraum. Dort ging es geselliger zu, als sie erwartet hatte. Die Schützen vertrieben sich die Zeit mit Brettspielen oder verfolgten die olympischen Wettkämpfe im Fernsehen. Kaum hatten sie Dtui entdeckt, scharten sie sich auch schon um sie, und plötzlich war sie umringt von sieben jungen Männern aus so ziemlich jedem Dorf, in dem sie je gewesen war. Sie waren witzig und nahmen kein Blatt vor den Mund. Sie saßen im Kreis, aßen ihren Klebreis mit Mango, frönten ihrem Heimweh und vertrauten Schwester Dtui ihre Geheimnisse an.

»Wir wären viel lieber bei euch im Dorf«, sagte Sompoo.

Er hatte einen langen Hals und sah ein wenig unbeholfen aus, war jedoch erstaunlich offen, wenn man bedachte, dass er der Krankenschwester nie zuvor begegnet war. Das genaue Gegenteil des kaltblütigen Attentäters, den sie sich vorgestellt hatte.

»Wir verhandeln gerade darüber, die letzten drei Tage der Spiele dort verbringen zu dürfen«, sagte er, »aber das ist nicht ganz einfach. Die Rote Armee hat uns die Waffen zur Verfügung gestellt und fühlt sich irgendwie verantwortlich für uns. Als unsere Wettkämpfe beendet waren, haben sie darauf bestanden, dass wir ihre Gastfreundschaft hier draußen in Anspruch nehmen.«

»Was auch seine Vorteile hat«, sagte ein junger Bursche mit Igelfrisur namens Boom. »Sie bieten uns ein volles Programm. Kirchenbesichtigungen und so. Sie sind echt in Ordnung.«

»Wir haben uns die Wettkämpfe im Fernsehen angeschaut«, sagte Ming, der älteste der Schützen. Er war schlaksig, und wäre Dtui noch nicht vergeben gewesen, hätte sein Lächeln sie auf der Stelle schwach werden lassen. »Und waren völlig hin und weg. Wie ihr unsere Mannschaft unterstützt und angefeuert habt! Das Wettgehen war der Hammer.«

Dtuis Gewissen regte sich. Sie war als Spionin hierhergeschickt worden, um Beobachtungen anzustellen, Fragen zu stellen und ihrem Instinkt zu vertrauen. Sie hatte den Auftrag, einen möglichen Attentäter zu identifizieren, aber es war weit und breit keiner in Sicht. Das einzige Mitglied der Gruppe, das fehlte, war ihr Anführer, Oberst Fah Hai. Er hatte eine Magenverstimmung vorgeschoben und sich absentiert. Er war ihr von Anfang an unsympathisch gewesen. Wenn einer das Zeug zum potenziellen Mörder hatte, dann er, überlegte sie. Bis sie auf das Zwanzig-Kilometer-

Wettgehen zu sprechen kamen. Die bloße Erwähnung genügte, um alle in fieberhafte Erregung zu versetzen.

»War das nicht sensationell?«, sagte Sompoo.

»Ich hatte Khamon schon aufgegeben«, sagte Ming.

»Er hatte einen so großartigen Start hingelegt«, sagte Sompoo. »Ich dachte, er holt Gold.«

»Und dann, als alles vorbei ist, gehen plötzlich die Tore auf, und da ist er«, sagte Sompoos Freund Boom, »und läuft lächelnd eine Ehrenrunde. Allein dafür hätte ich ihm die Medaille gegeben.«

»Und dann eine Großaufnahme von der laotischen Flagge und von euch, wie ihr getanzt und gejubelt habt«, sagte Sompoo. »Ich war noch nie so stolz. Und die ganze Welt sieht zu und sagt: ›Diese Laoten geben niemals auf.‹«

»Ich habe geweint«, sagte Boom.

»Ich auch«, sagte Dtui. »Jammerschade, dass keiner von euch im Stadion war. Die Atmosphäre war unbeschreiblich.«

Die Soldaten starrten betreten in Richtung des einzigen Mannes, der seit ihrer Ankunft noch kein Wort gesprochen hatte. Er war wahrscheinlich erst Ende zwanzig, doch sein Gesicht schien alt und weise. Seine Augen versteckten sich hinter zwei Vorhängen aus gelockten schwarzen Augenbrauen. Die plötzliche Aufmerksamkeit ließ ihn erröten.

»Sitti war dort«, sagte Boom.

»Halt die Klappe«, sagte Ming.

»Ihr können wir es ruhig sagen«, meinte Sompoo. »Sie verraten uns doch nicht, oder, Große Schwester?«

»Ich werde schweigen wie ein Grab«, sagte sie.

»Sitti ist sozusagen desertiert«, sagte Sompoo. »Er ist einfach im Trainingsanzug zum Tor hinausgetrabt, als würde er laufen gehen. Die Wachen wussten nicht, was sie sagen sollten. Und er ist schnurstracks zum Bahnhof gejoggt.«

»Und dann sind Sie ins Stadion gefahren?«, fragte Dtui.

Sitti nickte.

»Er hat uns Souvenirs mitgebracht«, sagte Boom und hielt seine nagelneue Marx-Lenin-Armbanduhr in die Höhe. »Ein ganzes Dutzend von den Dingern.«

Dtui lächelte. »Wie sind Sie wieder hineingekommen?«, wollte sie wissen.

»Auf demselben Weg«, sagte Ming. »Inzwischen hatte die Schicht gewechselt. Keiner wusste, dass er den halben Tag und die halbe Nacht weg gewesen war. Ach, hätte ich es doch genauso gemacht.«

»Tolle Atmosphäre, nicht wahr?«, sagte sie.

Wieder nickte Sitti, sichtlich verlegen.

»Er redet nicht viel, was?«, fragte Dtui.

»Er ist eben schüchtern«, sagte Ming. »Eher ein Mann der Tat als ein Mann des Wortes.«

»Warum sind Sie nicht zu uns auf die Westtribüne gekommen?«, fragte Dtui.

Sitti dachte eine Weile über diese Frage nach. »Sie haben da oben einfach zu viel Aufmerksamkeit auf sich gezogen«, sagte er. »Wenn die Offiziere hier mein Gesicht im Fernsehen gesehen hätten, wäre die Hölle los gewesen.«

»Da ist was dran«, sagte Dtui.

Von ihrem Besuch auf dem Schießplatz wusste sie, dass Sitti Pistolenschütze war. Er hatte nichts Bedrohliches an sich. Er war weiter nichts als ein netter, etwas schüchterner Soldat. Aber er war das einzige Mitglied der Gruppe, das für den Abend der Explosion kein beweisbares Alibi vorweisen konnte. Einer Explosion, wohlgemerkt, von der sie bislang gar nicht wussten, ob sie sich überhaupt ereignet hatte.

»Hat Oberst Fah Hai sich das Rennen mit Ihnen angesehen?«, fragte sie.

Die Schützen wechselten schiefe Blicke und zwinkerten sich zu.»Der Oberst verbringt seine Zeit lieber mit den Sowjets«, sagte Ming. »Er spricht ihre Sprache. Also sieht er sich sämtliche Wettkämpfe oben in der Offiziersmesse an.«

»Wir bekommen ihn eigentlich nur zu Gesicht, wenn er uns zu den Wettkämpfen oder auf Ausflügen begleitet«, sagte Sompoo.

»Sie mögen ihn nicht besonders, was?«, fragte Dtui.

Die Antwort war ein Lächeln.

# 16

## SIND SO KLEINE BOXER

»Phosy!«, rief eine Stimme von oben.

Der Inspektor wollte eben auf sein Moped steigen, als sein Vorgesetzter, Genosse Oudomxai, sich über das Geländer im dritten Stockwerk beugte und ihn zu sich heraufwinkte. Der Polizeichef war kein Polizist. Er war ein Schreibtischhengst und als solcher einer der Hauptgründe dafür, dass Phosy sich ernsthaft mit dem Gedanken trug, sich mitsamt seiner Familie über den Fluss in ein thailändisches Flüchtlingslager abzusetzen. Als er schließlich vor Oudomxais Bürotür stand, war er von den drei Treppen völlig aus der Puste.

»Phosy, haben Sie in den vergangenen vierundzwanzig Stunden jemanden verhaftet?«, fragte der Chef. Er war ein breiter, massiger Mann von mäßiger Substanz.

»Nein, Chef«, sagte Phosy. »Kann ich jetzt gehen?«

»Nein. Ich … ich habe eine diesbezügliche Anfrage erhalten«, sagte Oudomxai. »Und zwar von ganz oben.«

Er starrte Phosy an, der den Blick mit Unschuldsmiene erwiderte.

»Ich würde Ihnen raten, noch einmal gründlich über Ihre Antwort nachzudenken«, sagte der Chef.

»Da gibt es nichts nachzudenken«, sagte Phosy. »Wenn ich jemanden verhaftet hätte, säße dieser Jemand jetzt in einer unserer Zellen, und sein Name und die Umstände der Festnahme wären in unserem Protokollbuch verzeichnet.«

»Das will ich hoffen.«

»Aber?«

»Aber ein Kollege hat nach eigener Aussage beobachtet … wie Sie gestern Abend jemanden aufgegriffen haben.«

»*Aufgegriffen?* Soll heißen …?«

»Gewaltsam in ein Auto gezerrt.«

»Zeitpunkt? Ort?«

»Vor dem Polizistenwohnheim, gegen dreiundzwanzig Uhr.«

»Und mit ›Kollege‹ meinen Sie vermutlich den nur selten nüchternen Burschen, der das Wachhäuschen vor dem Präsidium besetzt? Er ist der Einzige, der um diese Zeit noch dort ist, und kann nicht ganz bei sich und seinen sechs Sinnen gewesen sein. Mist, dann müssen wir ja schon wieder einen Wachposten entlassen. Wenn wir das Einstiegsgehalt ein wenig erhöhen, haben wir beim nächsten …«

»Wollen Sie damit sagen, er lügt?«

»Vielleicht war er auch nur etwas verwirrt«, sagte Phosy. »Erstens habe ich gar kein Auto. Zweitens weilt meine Frau derzeit in Moskau, weshalb ich just gegen dreiundzwanzig Uhr einer jungen Dame dabei geholfen habe, noch vor Beginn der Ausgangssperre aus einer Bar und auf dem schnellsten Weg nach Hause zu kommen, wenn Sie verstehen, was ich meine. Da ich berechtigten Grund zu der Annahme hatte, dass sie an Epilepsie leidet, bin ich die ganze Nacht bei ihr geblieben, um zu verhindern, dass sie aus Versehen ihre Zunge verschluckt.«

Er knuffte den Polizeichef in den Arm.

»Den Angaben des Beschwerdeführers zufolge …«

»Der welchen werten Namen trägt?«

»Das braucht Sie nicht zu interessieren. Nach Angaben des Beschwerdeführers hat sein Assistent Sie gestern Abend in einer administrativen Angelegenheit aufgesucht und ward seitdem nicht mehr gesehen.«

»Na, da haben wir's doch.«

»Was?«

»Der verschollene Assistent wollte zu mir. Ich war nicht da. Er wollte eben wieder gehen, als ihn ein Unbekannter in einem Auto überfiel und ihn auf den Rücksitz zerrte. Der betrunkene Wachposten erwachte kurzzeitig aus seinem Vollrausch, wurde Zeuge der Entführung und hielt sie für eine Festnahme. Ende der Fahnenstange.«

»Nur dass besagter Assistent verschwunden ist.«

»Wahrscheinlich ermordet«, sagte Phosy. »Straßenräuber, die sich ein Auto leisten können, hinterlassen keine Zeugen.«

Die Wolken des Zweifels und der Verwirrung, welche die zerfurchte Stirn des Chefs verdunkelten, waren nicht zu übersehen.

»Wenn das so ist …«, hob er an.

»Ja?«

»Dann übertrage ich Ihnen den Fall. Ich möchte, dass der Mann gefunden wird.«

»Sollte er noch am Leben sein, werde ich ihn höchstpersönlich bei seinem Herrn und Meister abliefern. Wie war noch gleich der Name des Beschwerdeführers?«

»Das … spielt keine Rolle. Finden Sie den Mann.«

»Jawohl, Chef. Kann ich jetzt gehen?«

»Ja, wegtreten«, sagte der Chef.

Phosy salutierte. Der Chef wusste nicht, wie er darauf reagieren sollte.

Wenn man in einer Kammer über einem Nudelrestaurant gefangen gehalten wird, so zählt dies schwerlich als Verhaftung. Der schiefe Mann war mit Handschellen an ein Rohr gefesselt und hatte eine Skimaske verkehrt herum über dem Kopf. Einmal die Stunde zog Herrn Geungs Verlobte Tukta die Mütze bis knapp unter die Augen hoch und spritze ihm Kokoswasser in die Nase. Eine nicht besonders angenehme Art der Nährstoffzufuhr, aber der Bote hatte ein unflätiges Mundwerk, weshalb sie es tunlichst vermied, das Geschirrhandtuch herauszuziehen, das zwischen seinen Zähnen klemmte.

Phosy saß ihm schweigend gegenüber und ließ seinen Plan Revue passieren. Wenn er schiefging, bedeutete dies das Ende seiner Polizistenlaufbahn, und das Geld, das ein Loch in seine Schreibtischschublade brannte, würde seinem Zweck zugeführt werden. Wenn alles klappte, würde ein Erdbeben Vientiane erschüttern. Im Geiste formulierte er die nächste Arpy-Nachricht. Er würde Dtui in einer Stunde anrufen. Dass Malee bedroht worden war und er sie einstweilen bei Freunden untergebracht hatte, würde er wohlweislich für sich behalten. Und auch den Boten würde er mit keinem Wort erwähnen. Aber er würde die Laoten in Moskau dringend bitten, für die schnellstmögliche Ergreifung des Attentäters zu sorgen, denn Phosy klammerte sich mit letzter Kraft an einen seidenen Faden und war so einsam und allein wie nie zuvor.

Sergej, der Kellner, hatte für seine liebsten – und wie immer einzigen – Gäste ein Büfett von russischen Leckereien und Köstlichkeiten bestellt. Salzhering und eingelegte Gurken waren die idealen Begleiter für eisgekühltes Otschakowo-Bier.

»Also gut. Gehen wir das Ganze noch einmal durch«, sagte Siri.

»Wir essen«, sagte Civilai.

»Es soll Exemplare der Gattung Homo sapiens geben, die gleichzeitig essen und denken können«, sagte Siri. »Und die Zeit läuft uns davon. Phosy sagt, der Vater weiß bereits von der Ermordung seines Sohnes, womit selbige zweifelsfrei bestätigt wäre. Und das hat er gewiss nicht bei der BBC gehört. Wir sind in derselben Stadt wie die Explosion und wissen offiziell noch immer nichts davon.«

»Was uns schnurstracks zu der Frage führt, wie der Vater davon erfahren hat«, sagte Daeng. »Da wir darüber nur in verschlüsselter Form gesprochen haben, dürfen wir wohl annehmen, dass er einen anderen Informanten vor Ort hat, der über genauere Kenntnisse verfügt als wir.«

»Aber warum ist er dann so versessen darauf, dass Phosy den Mörder findet?«, fragte Dtui.

»Es sei denn«, sagte Siri und fasste sich ans Kinn wie Sherlock Holmes in seinen lichtesten Momenten, »der Killer hat es ihm persönlich mitgeteilt.«

»Du glaubst, der Attentäter hat daheim in Laos angerufen und sich vor dem Vater damit gebrüstet, dass er dessen Sohn umgebracht hat?«, fragte Civilai.

»Vielleicht nicht der Mörder selbst«, sagte Daeng, »sondern die Person oder die Gruppe, die hinter dem Anschlag steckt. Hier geht es um Politik. Als der Täter Gewissheit hatte, das der Mordanschlag geglückt war, könnte er das als Druckmittel gegen die Familie benutzt haben.«

*»Der Pate«*, sagte Siri.

»Exakt«, sagte Civilai.

Wie üblich hatten Daeng und Dtui keinen Schimmer, wovon die beiden sprachen.

»Familienehre«, sagte Siri.

»Sie meinen à la: ›Wenn du mir in die Geschäfte pfuschst, jage ich deinen Sohn in die Luft‹?«

»Durchaus möglich«, meinte Daeng.

»Es wäre nicht unpraktisch, wenn wir wüssten, wer Thonglais Feinde sind«, sagte Siri.

»Das dürfte von hier aus nur schwer zu eruieren sein«, sagte Dtui. »Und Phosy wird hoffentlich den Teufel tun, sich mit den Geschäftsverbindungen des alten Mannes zu befassen. Der Vater meiner Tochter steckt jetzt schon bis zum Hals in Schwierigkeiten. Wir haben uns zwar in einem Code unterhalten, aber ich habe genau gemerkt, dass er mir etwas verschweigt.«

»Oje.« Civilai reckte den Hals und sah über den Tresen. »Ich fürchte, gleich werden wir verhaftet.«

Die anderen folgten seinem Blick und sahen den leibhaftigen Elvis auf sich zukommen. Er trug einen Anzug, der perfekt zu der Olympia-Tapete passte und eine Krawatte so breit wie ein Biberschwanz.

»Meint ihr, es geht um die Explosion«?«, flüsterte Dtui.

»Wenn ja, wissen wir von nichts«, sagte Daeng.

Elvis trat an ihren Tisch.

»Ah, meine kleinen asiatischen Freunde«, sagte er. »Wie

ich mit Genugtuung feststelle, verkosten Sie unsere einheimischen Delikatessen.«

In Rogers Abwesenheit spielte Dtui den Dolmetscher.

»Fahre ins Ausland und nähre dich redlich«, sagte Siri.

»Und reichlich, wie ich sehe«, sagte Elvis.

Der Inspektor schien besonders gut gelaunt zu sein. Er setzte sich auf den einzigen freien Stuhl. Sergej brachte ein frisches Glas, und Dtui schenkte ihm ein Bier ein. Daeng schaufelte dem Kriminalbeamten einen Berg Horsd'œuvres auf einen Teller. Höf- und Herzlichkeit waren für Laoten Pflicht.

»Wollen Sie denn gar nicht wissen, wie ich Sie gefunden habe?«, fragte Elvis.

»Es hängt nicht zufällig mit dem Zettel und der Wegskizze an der Tür unseres Tagungsraums zusammen?«, fragte Siri.

»Sehr gut, Detektiv Doktor«, sagte Elvis. »Dann stelle ich Ihnen jetzt eine etwas schwierigere Frage. Möchten Sie vielleicht auch wissen, warum ich Sie in Ihrem geheimen Refugium aufsuche?«

»Wir hätten da die eine oder andere Theorie«, sagte Civilai.

»Aber Sie machen einen recht zufriedenen Eindruck«, sagte Siri. »Was die Vermutung nahelegt, dass Sie mit uns über ein geschlossenes und nicht etwa ein offenes Geheimnis sprechen möchten. Sie haben den Erpressungs-Schrägstrich-Mordfall gelöst.«

»Allerdings«, sagte Elvis. »Allerdings.«

Die Laoten klatschen Beifall und erhoben ihre Gläser. Elvis nickte bescheiden.

»Wenn es nicht schon so spät wäre, würde ich ein Fläschchen meines Lieblingswodkas mit Ihnen leeren«, sagte er. »Aber zu Hause wartet mein überaus stattliches Weib, das mich hin und wieder auch einmal nüchtern erleben möchte.«

»Dann schießen Sie los«, sagte Daeng.

Elvis nahm einen tiefen Schluck aus seinem Bierglas und lehnte sich in seinem Lehnsessel bequem zurück.

»Also«, begann er, »zunächst einmal musste ich sicherstellen, dass Ihr Boxer am zweiten Abend nicht wiedergekommen war und die Blondine ermordet hatte. Zu diesem Zweck musste ich sein Alibi noch einmal genauer unter die Lupe nehmen. Dabei half mir die junge Frau aus Nordkorea, mit der er nach eigener Aussage zusammen gewesen war. Nach zwei Stunden sanfter Befragung räumte sie ein, dass es durchaus möglich sei, dass es zwischen ihr und einem laotischen Boxer zu einem nächtlichen Techtelmechtel gekommen sei, aber da sie ein sehr starkes Durchfallmedikament genommen hatte, das unter anderem das Gedächtnis trübt, könne sie sich nicht daran erinnern. Wir haben besagtem Gedächtnis ein wenig nachgeholfen und ihr ein Überwachungsvideo vorgeführt, auf dem zu sehen ist, wie sie und Herr Maen sich seitwärts in die Büsche schlagen. Als ich sie fragte, ob sie das Konterfei des ruhmreichen Führers der Republik auf ihre linke Hinterbacke tätowiert habe, sagte sie stolz Ja. Und Maen wüsste nichts davon, wenn er es nicht mit eigenen Augen gesehen hätte. Er hat schon bei seiner ersten Befragung davon gesprochen, was jedoch bedauerlicherweise keine Beachtung fand.«

»Ein Hoch auf den ruhmreichen Führer«, sagte Siri und

stemmte sein Bier in die Höhe. Die anderen taten es ihm gleich, und Sergej schenkte ihnen nach.

»Als Nächstes«, sagte Elvis, »musste ich herausfinden, wer am Abend des Mordes bei der Blondine war. Sowohl die Nachbarin aus dem zweiten Stock als auch der Hausmeister hatten ihn das Haus verlassen sehen und seine Erscheinung als ›asiatisch‹ beschrieben, was in der Sowjetunion alles Mögliche bedeuten kann. Ich ging davon aus, dass es sich ebenfalls um einen Boxer handelte, denn das schien mir die Zielgruppe zu sein. Ein kleines Land, das sich leicht erpressen lässt, wenn man ihm mit einem Skandal auf internationaler Bühne droht. Und so weitete ich die Definition von ›asiatisch‹ auf den indischen Subkontinent aus und hatte am Ende eine Liste mit acht Möglichkeiten. Von denen allerdings nur vier mit Boxern zu tun hatten. Ich wies meine Leute an, sich beim NOK jedes dieser Länder zu erkundigen, wo ihre Boxer sich in der Mordnacht aufgehalten haben. Was im Handumdrehen zum Erfolg führte.«

»Woher kam er?«, fragte Dtui.

»Nepal«, sagte Elvis.

»Asiate ist eben Asiate«, sagte Daeng.

»Unsere Ermittlungen haben uns auch auf die Spur des Besitzers des Ausweises geführt, den Sie uns freundlicherweise weitergeleitet hatten«, sagte Elvis. »Wie Sie ganz richtig vermuteten, war er Vietnamese. Er hatte allergrößte Mühe, ohne seinen Ausweis ins Dorf zurückzukommen. Er gab an, er habe ihn unterwegs irgendwo verloren, aber das war gelogen. Wir haben das gesamte vietnamesische NOK aus dem Bett geholt. Die Erpresser waren erstaunlich fleißig. Sie hatten sich an jedem Tag der Spiele ein Opfer geangelt, selbst bei der Eröffnungsfeier und am Tag zuvor. Am Achtzehnten war es der blonde Bahamaer, am Neunzehnten der Vietnamese, dem sie auf dem Parkplatz des Stadions das Herz raubte, wie er sagte. Dann waren Ihr Maen und schließlich der Nepalese an der Reihe. Letzterer hatte die gleiche Frisur wie Ihr Boxer und war von sehr ähnlicher Statur. Außerdem war er mit den Nerven am Ende. Kaum hatten wir ihn in unseren Befragungsraum geführt, redete er sich alles von der Seele.«

»War er der Täter?«, fragte Civilai.

»Nein«, sagte Elvis. »Der Aussage des Nepalesen zufolge hatte er die Blondine im Dorf kennengelernt und konnte es kaum fassen, dass sie ihn attraktiv fand. Sie war, wie er sagte, seine Traumfrau, trotz der ziemlich dicken Make-up-Schicht, die vermutlich dazu diente, die Spuren früherer Misshandlungen zu kaschieren. Er sagte, besonders leidenschaftlich sei sie nicht gewesen, was er als ein Zeichen von Schüchternheit interpretierte. Als sie in der Wohnung ankamen und sich auszogen, sei die Frau plötzlich in Tränen ausgebrochen. Sie bat ihn zu gehen, aber dazu war die Sache schon zu weit gediehen und der Zahn einfach zu steil, als dass der Junge jetzt noch einen Rückzieher hätte machen können. Da wurde sie hysterisch.

Der Rest der Geschichte, die uns der Nepalese auftischte, wirkte ziemlich an den Haaren herbeigezogen. Er gab an, der große Sessel im Schlafzimmer habe sich plötzlich von selbst bewegt und sogar gesprochen. Inzwischen wissen wir, dass es sich um den männlichen Komplizen der Blondine handelte, der aus dem Versteck gekrochen kam. Aber der Boxer glaubte, er habe die Geister gegen sich aufgebracht, und so klaubte er seine Sachen zusammen und verließ fluchtartig die Wohnung. Hinter sich hörte er Stimmen, die sich gegenseitig anschrien. Da er wusste, dass die Frau allein war, sprach sie offenbar mit einem Geist. Er stürmte die Treppe hinunter, vorbei an der Nachbarin und dem Hausmeister und hinaus auf die Straße, wo er ein Taxi anhielt, das ihn ins Dorf zurückbrachte. Wir haben den Taxifahrer ausfindig gemacht; er hat den wild gewordenen Asiaten mitgenommen, an dessen Kleidung jedoch keinerlei Blut haftete. Unser Gerichtsmediziner hat mir versichert, dass der Täter der Frau unmöglich solche Halswunden beigebracht haben kann, ohne sich selbst mit Blut zu besudeln.«

»Also war der Mörder der männliche Komplize«, sagte Siri.

»In der Tat. Er saß in der geheimen Kammer und fotografierte und filmte das Geschehen, als er merkte, dass seine Braut das Interesse an ihrem kleinen Komplott verloren hatte. Was angesichts des vielen Geldes, das sie zu erpressen gedachten, einer Katastrophe gleichkam. Es entbrannte eine Auseinandersetzung, in deren Verlauf er sie mit dem Messer bedrohte, worauf die Sache aus dem Ruder lief. Als der Hausmeister ins Zimmer kam, zog der Komplize sich in seine Geheimkammer zurück und hielt sich vermutlich auch noch dort versteckt, als die Polizei den Tatort sicherte. Als die Luft endlich rein war, packte er seine Tasche und machte sich von dannen.«

»Haben Sie ihn gefunden?«, fragte Daeng.

»Einer der zahlreichen Vorzüge unseres eher klaustrophobischen Systems ist der glückliche Umstand, dass wir von den meisten unserer Bürger ziemlich genau wissen, wo sie sich wann aufhalten. Nachdem wir die Eigentümer der Wohnung ausfindig machen konnten, die selbige an unseren Mörder untervermietet hatten, kamen wir über den Namen des Mannes auf sein Vorstrafenregister. Die Mitglieder des bahamaischen NOK bestätigten anhand eines Fotos, dass es sich um denselben Mann handelte, der sich als Polizist ausgegeben und versucht hatte, Geld von ihnen zu erpressen. Wir konnten eruieren, dass unser Täter sich mit der Eisenbahn nach Nowosibirsk abgesetzt und dort in einer Pension einquartiert hatte. Es ist sehr schwer, in diesem Land als Verbrecher erfolgreich zu sein, es sei denn, man ist Teil des Systems.«

# 17

## DER GROSSE KNALL

An Tag neun der Spiele nahmen die letzten Laoten an Wettkämpfen teil, und die fanden samt und sonders auf der Rennbahn statt. Falls nicht noch ein Wunder geschah und sich ein oder mehrere Läufer für die Finals qualifizierten, war dies für das Stadionpublikum die letzte Gelegenheit, noch einmal den Laotenjubel zu hören. Die Wettläufe begannen zwar erst um zehn, trotzdem waren die laotischen Fans bereits um acht vor Ort und probten. Obwohl die restlichen acht Tage der Olympischen Spiele ohne laotische Beteiligung über die Bühne und Fernsehbildschirme gehen würden, gab es keinen Grund, den Zuschauern ihre Begeisterung vorzuenthalten. Es war an der Zeit, sich aus den anderen Ländern den einen oder anderen Favoriten herauszupicken und stimmmächtig zu unterstützen. Da die Thais die Spiele boykottierten, gab es leider niemanden, den man ausbuhen konnte.

Seit der totgeschwiegenen Explosion waren vierzig Stunden vergangen, und noch hatten die Männer in Anzügen nicht an die Tür der laotischen Administratoren geklopft. Das einzige Rätsel, das an diesem Tag der Lösung harrte, war der Umstand, dass ausnahmsweise einmal nicht Siri, sondern Roger verschwunden war. Sie hatten ihn vor achtundvierzig Stunden losgeschickt, und seither gab es von ihm nicht die geringste Spur. An diesem Samstagmorgen saßen sie gemütlich beim Frühstück im Nudelbasar Kabul. Daeng, potenzielle Gewinnerin des Nobelpreises für Nudelzubereitung, versicherte den anderen, was sie da äßen, sei äußerst nahrhaft und gesund. Was dem Gericht an Schärfe fehlte, glich es durch seinen köstlichen Geschmack wieder aus.

Und sie hatten eben Wetten darauf abgeschlossen, welche Katastrophe über ihren Dolmetscher hereingebrochen war, als das kleine Glöckchen über der Restauranttür klingelte und niemand anderes als Roger höchstselbst hereinmarschiert kam. Er war nassgeschwitzt und völlig außer Atem, doch er strahlte vor Aufregung über das ganze, mit einem hässlichen Ausschlag bedeckte Gesicht.

»Roger, wo haben Sie gesteckt?«, fragte Daeng. »Wir haben uns schreckliche Sorgen gemacht.« Daeng hatte zehn Dollar darauf gesetzt, dass er vom KGB erschossen worden war.

»Ich hab's geschafft«, sagte Roger.

Er setzte sich an den Tisch und bestellte eine Schüssel Nudeln und einen doppelten Wodka.

»Alkohol zum Frühstück ist der erste Schritt auf dem Weg ins Verhängnis«, sagte Civilai.

Roger ignorierte ihn. »Ich war da«, sagte er. »Ich habe das Haus gefunden. Die Straßen waren abgesperrt, und selbst die Anwohner mussten ihre Häuser räumen. Aber ich trug mein Olympia-Namensschild auf der Brust, das mich als amtlichen Dolmetscher ausweist. Den Wachbeamten an der Absperrung habe ich erzählt, der KGB habe mich aus dem Dorf dorthin beordert.«

»Um für einen toten Laoten zu dolmetschen«, sagte Civilai.

»Die Polizisten an der Absperrung wussten ja nicht, dass er tot war. Ich gab ihnen Namen und Telefonnummer des fiktiven Beamten, der mich kontaktiert hatte, und forderte sie auf, ihn anzurufen. Was sie natürlich nicht taten.«

»Ziemlich mutig«, sagte Daeng.

»Ja, nicht wahr?«

Die Nudeln und der Wodka kamen gemeinsam, doch der Wodka ging als Erster. Er bestellte gleich noch einen.

»Normalerweise biete ich solchen Leuten nie die Stirn«, sagte er. »Erstaunlich, was ein wenig Selbstbewusstsein alles ausrichten kann. Ein uniformierter Beamter eskortierte mich an einer zweiten Absperrung vorbei bis vor die Haustür. Sie hatten recht, Onkel Siri. Der zweite und dritte Stock an der Westseite sahen aus, als hätte jemand ein großes Stück herausgebissen. Es war offensichtlich, dass eine Explosion von unten Manois Wohnung verwüstet hatte. Es bestand noch immer Einsturzgefahr für das ganze Haus. Man bat mich zu warten und wies mir einen Platz unter einer provisorischen Plane auf der anderen Straßenseite zu. Es war eine Art Einsatzzentrale, könnte man sagen. Und dort lernte ich einen unglaublichen …«

Zu aller Unmut hörte er auf zu sprechen und fing an zu essen.

»Einen unglaublichen was?«, fragte Civilai.

»Feuerwehrmann«, sagte Roger zwischen zwei Schlürfern. »Oder so. Irgendein Katastrophenermittler. Ich weiß nicht, wie man diese Leute nennt. Da ich am Tatort war, dachte er vermutlich, ich hätte etwas zu sagen. Er hatte das

Gebäude untersucht und wollte unbedingt seinen Bericht loswerden. Er hatte die ganze Nacht durchgearbeitet. Und erzählte mir alles über die Bombe.«

Roger schaufelte sich noch ein paar Nudelfäden in den beredten Mund.

»Nämlich?«, fragte Daeng.

»PVV-5A Plastiksprengstoff aus Beständen der Roten Armee«, sagte er. »Per Fernzünder zur Explosion gebracht.«

»Aus welcher Entfernung?«, sagte Siri.

»Er sagte, man müsse auf mindestens fünfzig Meter an das Gebäude heran, damit die Ladung auch wirklich hochgeht.«

»Wenn der Attentäter genau in der Nähe war, wurde er höchstwahrscheinlich von jemandem gesehen«, sagte Daeng.

»Gut möglich«, sagte Roger.

»Und wenn der Attentäter Asiate war, wäre er aufgefallen wie eine Nonne in einer Go-go-Bar«, sagte Civilai.

»Haben Sie jemanden sprechen können, der die Explosion mit angesehen hat?«, fragte Siri.

»Alle umliegenden Gebäude waren evakuiert worden«, sagte Roger. »Darum konnte ich leider niemanden fragen. Aber mein Feuerwehrmann hat mir verraten, dass die Wohnung im zweiten Stock auf den Namen eines älteren Ehepaares registriert war. Ihre Überreste waren in alle Himmelsrichtungen verstreut. Der Attentäter hatte die Bombe direkt unter Manois Fernsehzimmer gezündet. Der Feuerwehrmann meinte, der Mörder müsse gewusst haben, wann die Bewohner der dritten Etage sich vollzählig dort versammeln würden.«

»Ich würde sagen, die Direktübertragung des Zwanzig-Kilometer-Gehens mit laotischer Beteiligung ist Garantie genug«, sagte Daeng.

»Haben Sie sonst noch etwas in Erfahrung bringen können?«, fragte Civilai.

»Leider wurde ich in diesem Augenblick festgenommen«, sagte Roger.

»Weswegen?«, fragte Siri.

»Schlicht und einfach weil ich dort war, nehme ich an. Ich plauderte gerade ein wenig mit dem Feuerwehrmann, als auf einmal dieser Schrank von einem Kerl auf mich zugeprescht kam und wissen wollte, wer ich sei und was ich dort zu suchen hätte. Sein mächtiger Brustkorb machte mir Angst. Kein Mensch braucht einen Brustkorb dieses Umfangs. Ich erklärte ihm, ich sei gerufen worden, weil die Ermittler einen Laotisch-Dolmetscher brauchten. Als ich den Anruf erhielt, sei ich sofort gekommen. Er fluchte eine Weile vor sich hin und ließ mich von einem Fahrer in ein Hinterzimmer des Kremls bringen. Was ich sehr schön fand, ich hatte ihn nämlich noch nie von innen gesehen. Es war nicht halb so düster, wie ich es mir vorgestellt hatte. Ein gelangweilter Agent stellte mir ein paar Fragen und nahm meine Aussage auf. Ich blieb bei meiner Geschichte, und sie steckten mich zwei Tage und Nächte in eine Zelle. Dann wurde ich freigelassen, und jetzt bin ich hier.«

»Es hat Sie doch hoffentlich niemand verfolgt?«, sagte Civilai.

»Daran habe ich auch sofort gedacht«, sagte Roger. »Damals in den Sechzigern war das das Mindeste, womit man rechnen musste. Also bin ich schnurstracks in mein Zimmer im Dorf gegangen, habe geduscht, mich auf ein Gratisfahrrad geschwungen und den verschlungensten Weg hierher genommen, den man sich vorstellen kann: Gassen, Treppen, Einbahnstraßen. Ziemlich abenteuerlich, das Ganze, aber so interessant fanden sie mich dann wohl doch nicht.«

Nachdem Roger seine Nudeln aufgegessen hatte, bestellten sie Tee. Der Wodka und das Adrenalin hatten ihn hyperaktiv werden lassen, und er musste sich beruhigen.

»Also gut, gehen wir die Liste der Verdächtigen noch einmal durch«, sagte Siri.

»Sensationell«, sagte Roger.

»Es sind nur noch zwei«, sagte Dtui. »Beides Soldaten. Sompoo hat sich mit seinen Kumpels das Rennen angesehen und scheidet demzufolge aus. Sitti, der Pistolenschütze, machte einen eher unscheinbaren Eindruck, aber wie Civilai ganz richtig sagte, ist das womöglich die perfekte Tarnung für einen Attentäter. Und er hat die Kaserne schon vor dem Marathon verlassen.«

»Er ist mein klarer Favorit«, sagte Civilai. »Ich habe endlich die Anmeldeformulare des Militärs in die Finger bekommen. Sitti hat ein halbes Jahr bei der Einheit in Buagaew gedient, wo auch ein Major Lien stationiert war. Sie mussten sich also kennen. Was es noch wahrscheinlicher macht, dass sie sich am Flughafen Wattay wiedererkannt haben. Ihr wisst, wie sehr ich Zufälle hasse.«

»Und dann ist da noch Oberst Fah Hai«, fuhr Dtui fort. »Es hat ihn am Tatabend zwar niemand aus der Mannschaft gesehen, aber er könnte sich das Rennen mit den Russen angesehen haben.«

»Steht denn fest, dass es ein Soldat war?«, fragte Roger.

»Nicht hundertprozentig«, sagte Siri. Die Tatsache, dass der Sprengstoff aus sowjetischen Armeebeständen stammt, spricht eindeutig für die Schützen, aber wir haben unser Team im Stadion ja nicht pausenlos überwacht. In dem Trubel könnte sich jeder unbemerkt davongeschlichen haben. Und fest steht, dass die Hälfte der Boxer ihre Ausbildung im Zuge ihres Militärdienstes absolviert haben. Einige von ihnen haben noch heute Verbindungen zur Armee. Das gilt auch für die Läufer. Chom, der Rattenfänger, war drei Jahre bei der Infanterie. Und hat die Arena auf jeden Fall vor der Explosion verlassen.«

»Vielleicht hat er Ungeziefer gewittert«, sagte Daeng.

»Dann haben wir frustrierte Bombenleger aus irgendwelchen sowjetischen Kleinstrepubliken also offiziell ausgeschlossen?«, erkundigte sich Civilai.

»Großer Bruder«, sagte Siri. »Wer ein politisches Signal setzen will, der jagt eine Polizeiwache oder eine olympische Wettkampfstätte in die Luft. Der deponiert keine Bombe in irgendeiner Bruchbude, schon gar nicht wenn darin weder ein Mitglied des Politbüros noch ein Rockstar wohnt.«

»Außerdem sollten wir uns die Eheleute im zweiten Stock mal etwas näher ansehen«, sagte Daeng. »Und sei es nur, um sie mit Sicherheit ausschließen zu können.«

»Wenn's der Wahrheitsfindung dient«, sagte Siri. »Aber glaub mir, das Ziel dieses Anschlags war Manoi, und sein Mörder ist noch immer unter uns.«

Die Spiele gingen weiter, ohne dass jemand bemerkte, dass eine Mordermittlung im Gange war. Und obwohl noch fünf Wettkampftage bevorstanden, hatten die Zuschauer bereits achtundzwanzig Weltrekorde miterlebt. Von den neuntausend durchgeführten Dopingtests war nicht ein einziger positiv gewesen. Zum Glück der Laoten gab es keine Tests auf Alkoholabhängigkeit. Die jüngste Wettkampfteilnehmerin war dreizehn, der Älteste siebzig Jahre alt. Den Spitzenplatz in der Disziplin griechisch-römisch errang weder ein Grieche noch ein Römer, sondern ein Russe. Und obwohl selbige in fast allen Disziplinen dominierten, mussten sie den Sieg im Boxen einem kubanischen Schwergewichtler überlassen, der damit zum dritten Mal in Folge olympisches Gold einheimste. Im Männer-Zweier ohne Steuermann gewannen zwei eineiige Zwillingspaare Gold und Silber. Doch das »Olympia-Märchen« schrieben die Hockeydamen. Da er wegen des Boykotts mit einem Mal ohne Gegner dastand, lud der sowjetische Hockeyverband zwei Monate vor Beginn der Spiele das Team aus Simbabwe ein. Die Damen aus Simbabwe hatten nie zuvor zusammen gespielt und noch nie Kunstrasen gesehen. Dennoch gewannen sie das Turnier ohne Niederlage.

»Das«, sagte Madame Daeng, »nenne ich olympischen Geist.«

# 18

## EIN DUTZEND MARX-LENIN-ARMBANDUHREN

Bis zur Schlussfeier waren es nur noch vier Tage, und den Ältesten war es bislang nicht gelungen, die Bewegungen von Sitti, Chom und Oberst Fah Hai am Abend des Sprengstoffattentats nachzuvollziehen. Um Dtui von den Gefahren abzulenken, denen ihr Mann und ihre Tochter in Vientiane ausgesetzt waren, hatte Daeng sie ins Medienzentrum in der Akemadja-Straße geschickt: Vielleicht konnte sie Sitti auf den Aufnahmen vom Zwanzig-Kilometer-Gehen irgendwo entdecken. Die Mitarbeiter freuten sich, dass jemand ihre Arbeit so hoch schätzte und sich die vielen Stunden Film ansehen wollte, die sie im Stadion gedreht hatten. Dtui behauptete, sie sei auf der Suche nach Hintergrundmaterial für eine Dokumentation über Khamons famosen Erfolg im Zwanzig-Kilometer-Gehen. Unter diesen Umständen verzichtete das Medienzentrum selbstverständlich gern auf sein Urheberrecht und händigte Dtui alles aus, was sie begehrte.

Insgeheim jedoch hielt sie das für reine Zeitverschwendung. Selbst wenn Sitti, der Schütze, im Stadion gewesen war, ging die Chance, dass die Kameras aus siebzigtausend Zuschauern ausgerechnet ihn herausgepickt hatten, gegen null. Und so gab sie den Versuch schon nach nur einer Stunde auf, weil ihr eine neue und hoffentlich bessere Idee gekommen war. Die Schützen hatten gesagt, er habe ihnen allen Souvenirs gekauft. Das war womöglich von Bedeutung. Wenn es ihr gelang, den Stand mit den Marx-Lenin-Armbanduhren ausfindig zu machen, konnte der Verkäufer sich vielleicht an den kleinen Asiaten erinnern, der gleich ein ganzes Dutzend erstanden hatte.

Mit der Metro fuhr sie bis Sportivnaya und ging von dort aus zu Fuß weiter in Richtung Stadion. Sitti musste genau denselben Weg genommen haben. Sie kam an einer Reihe von Souvenirständen vorbei, was ihr Gelegenheit gab, den Satz »Erinnern Sie sich vielleicht an einen Asiaten im rot-weiß-blauen Trainingsanzug, der am Donnerstagabend ein Dutzend Marx-Lenin-Armbanduhren gekauft hat?« zu üben. Als sie beim Stadion angekommen war, hatte sie die Frage zwölf Mal gestellt und nichts als Kopfschütteln geerntet. Die Zuschauer im Stadion schrien auf, und sie spielte kurz mit dem Gedanken, hineinzugehen und sich die Wettkämpfe anzuschauen. Doch auf einer Bank am Fuß der riesigen Lenin-Statue saß mit einem Koffer eine verdächtig aussehende Gestalt, die einen abgetragenen Anzug und Sandalen an den Füßen trug. Der Mann winkte sie zu sich.

»Haben Sie Jeans?«, fragte er.

»Haben Sie Jeans?« war das »Hallo, wie geht's?« der Moskauer Spiele.

»Nein«, sagte sie.

Er öffnete seinen Koffer und gab den Blick frei auf ein imposantes Sortiment von Souvenir-Uhren: von Mischa, dem Maskottchenbären, über den stark retuschierten Breschnew und das Olympiastadion aus der Luft bis zu einem Strichporträt Stalins.

»Mein Bruder hat Donnerstagabend einen ganzen Schwung davon gekauft«, sagte Dtui.

»Hören Sie«, sagte er. »Ich kann nichts dafür, wenn sie nicht alle funktionieren. Das liegt an der Luftfeuchtigkeit.«

»Nein, sie funktionieren prima«, sagte sie.

Er schien erleichtert.

»Ich wusste bloß nicht genau, wo er sie herhatte«, fuhr sie fort.

»So 'n kleiner Kerl im Trainingsanzug«, sagte er. »Bürstenschnitt.«

»Genau. Warum erinnern Sie sich so gut an ihn?«

»Weil es nicht besonders häufig vorkommt, dass ich auf einen Schlag ein volles Dutzend von den Dingern verkaufe«, sagte er. »Nehmen Sie's mir nicht übel, aber die meisten Asiaten sind üble Kopekenfuchser, die einen so weit herunterhandeln, dass man den Kram auch gleich verschenken könnte. Ihr Bruder hingegen hat sich noch nicht mal die Mühe gemacht, sie aufzuziehen, um sich zu vergewissern, dass sie funktionierten. Und auch nicht um den Preis gefeilscht. Wollen Sie noch mehr? Ich mache Ihnen einen besseren Preis als die konzessionierten Nepp- und Wucherläden.«

Er schielte über ihre Schulter zu einem bewaffneten Soldaten, der auf dem Stadiongelände Streife lief.

»Unter Umständen«, sagte Dtui. »Sind Sie jeden Tag hier?«

»Ich … äh … ich neige dazu, den Standplatz zu wechseln. Aber ja, normalerweise stehe ich irgendwo zwischen U-Bahnhof und Stadion. Halten Sie Ausschau nach dem Koffer.«

Der Soldat kam auf sie zu, deshalb klappte er den Deckel zu und machte sich von dannen.

»Aber es war nicht Donnerstag«, sagte er.

Dtui folgte ihm. »Was?«

»Er hat sie nicht Donnerstagabend gekauft. Da war ich gar nicht hier. Das muss Dienstagvormittag gewesen sein.« Er fing an zu laufen.

»Sind Sie sicher?«, rief Dtui ihm nach.

»Gute Frau, wer auf einem so hart umkämpften Markt wie diesem bestehen will, sollte seine Verkaufsdaten im Kopf haben.«

Dafür, dass er Sandalen trug und einen schweren Koffer schleppte, rannte er erstaunlich schnell. Der uniformierte Soldat stellte die Verfolgung ein und warf Dtui einen scheelen Blick zu, bevor er seinen Streifengang fortsetzte.

Aufgrund einiger geringfügiger Unstimmigkeiten, die zu einem diplomatischen Super-GAU geführt hatten, war die französische Botschaft in Vientiane geschlossen worden und stand seit nunmehr zwei Jahren leer. Die Aufsicht über das Gebäude lag nach wie vor in den Händen von Monsieur Seksan, einem Franzosen mit laotischen Wurzeln, der bei der Ernennung zum Botschafter – vermutlich seines Aussehens wegen – bereits mehrmals übergangen worden war. Stattdessen hatte die französische Staatsregierung ihn als Hausmeister des Komplexes eingesetzt. Zum Dank für diese Beförderung verbrachte er seine Zeit damit, den Wein im Keller des Botschafters zu verkosten, beginnend mit den ältesten Jahrgängen, und den Ölschinken, die im Kulturflügel hingen, Schnurrbärte anzumalen. Falls die Beziehungen sich je wieder normalisierten, würde er den Pathet Lao diese kindischen Übergriffe auf ihre diplomatische Freistatt in die Sandalen schieben.

Vor allem aber war Monsieur Seksan ein großer Fan von Dr. Siri und mehr als erfreut, wenn er ihm und seinem Team einen Gefallen tun konnte. Der inzwischen leergetrunkene Weinkeller beherbergte zurzeit einen schiefgewachsenen Mann, der des Schreiens und Fluchens müde geworden und nur noch dankbar war, dass er hier weder Durst noch Hunger leiden musste. Er hatte zwar etwas mehr Auslauf als zuvor, lag aber immer noch an einer Kette, die sich um einen dicken Holzbalken schlang. Er hatte keine Ahnung, wo er sich befand. Seine Entführer – stumme und vermummte Bewohner von Dr. Siris Haus – hatten ihn in Civilais altem cremefarbenen Citroën von einem Versteck zum anderen chauffiert. Inzwischen war er nicht nur orientierungslos, sondern auch gebrochen.

Seit dem Abend im Waschraum des Polizistenwohnheims hatte niemand mehr auch nur ein Wort mit ihm gesprochen. Das war jetzt vier Tage her. Phosy stieg mit einem Stuhl die Kellertreppe hinunter. Nur durch die offene Kellertür fiel Licht. Ein Stück außerhalb der Reichweite der Kette stellte er den Stuhl hin und setzte sich. Der Bote schwieg. Phosy schlug die Beine übereinander und wackelte ein wenig mit dem Fuß.

»Hast du's jetzt kapiert?«, fragte der Inspektor.

»Ich … nein«, sagte der Mann.

Seine Stimme klang eingerostet, lange nicht benutzt.

»Es ist eigentlich ganz einfach«, sagte Phosy. »Du arbeitest für einen alten Mann mit zu viel Geld. Ich arbeite für Leute, die für den Kapitalismus und die Strolche und Ganoven, die er sich kauft, rein gar nichts übrighaben.«

»Sie sind von der Polizei«, sagte der Mann.

Phosy lachte. »Wenn wir von der Polizei wären, hättest du zwei, drei Stündchen in einer Zelle verbracht und wärest dann entlassen worden, damit du in das Haus eines anderen Staatsbeamten eindringen und seine zweijährige Tochter bedrohen kannst.«

»Ich … ich …«

»Spar dir die Mühe. Der Letzte, der das getan hat, ist eines sehr langsamen, sehr qualvollen Todes gestorben. Und konnte seine inneren Organe noch einmal aus nächster Nähe betrachten, bevor er endgültig die Augen schloss.«

»Es tut mir leid. Ich … ich habe nur getan, was man mir gesagt hat.«

»Befehle ausgeführt. Verstehe. Mühsam nährt sich das Schuppentier. Vor allem in so schweren Zeiten wie diesen. Aber wenn es um meine Familie geht, bin ich sehr, sehr empfindlich.«

»Und warum …?«

»Warum du dann noch am Leben bist?«

»Ja.«

»Tja, ich fürchte, da befindest du dich im Irrtum.«

Der Mann schüttelte den Kopf.

»Was soll das heißen?«, fragte er.

»Sobald wir dich freilassen, werden dich die anderen Handlanger deines Brötchengebers aufgabeln und auf das weitläufige Anwesen hinter der Fähranlegestelle bringen. Und dann werden sie es aus dir herausprügeln.«

»Was?«

»Das, was du uns erzählt hast.«

»Aber ich habe… Ich habe mit niemandem gesprochen.«

»Ich weiß. Komisch, nicht? Aber behauptet nicht jeder Schuldige, dem Feind nichts verraten zu haben? In der Zwischenzeit dürfte sich herumgesprochen haben, dass du in einem Luxushotel am Strand von Thailand residiert hast wie ein König, während du dein finsteres Herz ausgeschüttet und geplaudert hast. Über Thonglai und seine Machenschaften. Die vielen windigen Geschäfte. Die vielen ›Unfälle‹.«

»Wozu?«

»Was, wozu?«

»Wozu die ganze Mühe?«

»Ach, das war doch keine Mühe, mein Freund. Und auch die Kosten hielten sich in Grenzen. Ein paar Mahlzeiten. Wasser. Ich bin gespannt, wie sich die Sache entwickelt. Verstehst du? Wenn du das Kind eines Mannes bedrohst, bekommst du deine gerechte Strafe. Und ich bekomme meine Rache, und dein Boss verliert einen seiner Boten. Sie werden dich erst foltern und dann exekutieren. Wenn nicht Schlimmeres. Du weißt ja, wie so etwas läuft. Im besten Fall, wenn wir großes Glück haben, macht der Laden einfach ein Weilchen dicht, bis feststeht, wie groß der Schaden ist, den du angerichtet hast.«

Phosy stand auf, nahm den Stuhl und ging damit in Richtung Treppe.

»Na dann tschüs«, sagte er. »Wir setzen dich in einer Stunde beim Siegesdenkmal ab. Viel Glück.«

»Nein, warten Sie!«, sagte der Mann. »Was, wenn …«

»Du weißt doch, du hast das Recht zu schweigen«, sagte der Inspektor. Das hatte er schon immer einmal sagen wollen.

»Können wir nicht irgendwie ins Geschäft kommen?«, fragte der Bote.

»Ich glaube nicht, dass du uns etwas Brauchbares zu bieten hast«, sagte Phosy.

Langsam stieg er die Treppe hinauf.

»Ich könnte Ihnen einiges erzählen«, sagte der Mann.

»Nur leider nichts, was wir nicht ohnehin schon wüssten. Da drüben steht ein Eimer. Wasch dich.«

»O doch«, sagte der Mann. »Ich weiß alles Mögliche. Dinge, die Sie gar nicht wissen können.«

Phosy war auf der obersten Treppenstufe angekommen und trat durch die offene Tür. Wenn die Tür erst einmal geschlossen war, wurde es dort unten im Keller stockfinster. Die Dunkelheit kann sämtliche Hoffnungen zunichtemachen.

»Bitte«, rief der Bote. »Der Mord in Moskau …«

Die Tür begann sich langsam zu schließen.

»Was ist damit?«, rief Phosy.

»Den haben wir organisiert. Was ist Ihnen das wert?«

# 19

## RATZFATZ

Das laotische Lager sah der Schlussfeier und anschließenden Abschiedsparty mit Freude entgegen. Manch einer hatte befürchtet, dass die Spiele ohne die USA und ihre Verbündeten ein Fiasko werden könnten. Doch, wenn überhaupt, war das genaue Gegenteil der Fall. Die teilnehmende Welt hatte zweihundertdrei Wettbewerbe in einundzwanzig Disziplinen miterlebt. Und natürlich hatten die Sowjets die meisten Medaillen gewonnen. Sie hatten schließlich auch dafür bezahlt. Alte Weltrekorde waren siebenundneunzig Mal gebrochen und noch einmal überboten worden, und zu Madame Daengs großem Entzücken war der Frauenanteil unter den Teilnehmern höher ausgefallen als bei allen früheren Spielen. Der olympische Geist war nicht gestorben. Manche glaubten nach wie vor, der Sport stehe über der Politik. Und die Teilnehmer bedauerten die Athleten, die sich mit Herz und Feuereifer in die Olympia-Vorbereitung gestürzt, am Ende aber nicht hatten dabei sein dürfen. Die Politik war wechselhaft und unbeständig, ehrliche sportliche Leistung hingegen ging zurück auf unerschrockene, ritterliche Taten aus uralter Zeit, als Schlachten vom größten Krieger eines Heeres entschieden wurden.

»Warum stellt man Breschnew und den Anführer der Mudschaheddin nicht einfach in einen Ring«, sagte Civilai,

»und wartet ab, wer sich nach drei Runden als der Bessere erwiesen hat. Auf diese Weise ließen sich ein paar Milliarden Dollar und ein paar Millionen Menschenleben sparen.«

Aber auf Philosophen hat die Welt noch nie gehört.

Die Laoten hatten zwar sämtliche Wettkämpfe verloren, dafür aber weitaus mehr Herzen erobert als die Supernationen, die den Medaillenspiegel anführten. Und obgleich die Olympischen Spiele für sie vorbei waren, hatten sie noch eine Chance auf unsterblichen Ruhm. Ihr wackerer Kämpe Chom, seines Zeichens Kammerjäger der Gemeindeverwaltung von Savannakhet, vertrat sein Land in der wohl absurdesten Disziplin, die am Rande der Olympischen Spiele jemals ausgetragen worden war. Es gab drei Teilnehmer: Chom, Sammy aus Botswana und Jusow, der amtliche sowjetische Rattenfänger aus dem westlichen Verwaltungsbezirk Moskaus. Die Regeln hatten die Administratoren der Moskauer Abteilung für ländliche Schädlingsbekämpfung festgelegt. Die Veranstaltung wurde vom *Sowjetischen Sozialblatt* gesponsert, das in seiner nächsten Ausgabe einen Bericht darüber bringen wollte, als Teil seiner Serie *Das Erbe der Spiele*. Das Budget war entsprechend dürftig.

Austragungsort der Rattenspiele war eine Reihe baufälliger Holzhäuser aus der Zeit vor dem Ersten Weltkrieg. Es waren insgesamt acht. Die Reporter und Juroren hatten mit den Wettkämpfern zuvor eine Begehung der Häuser vorgenommen, um sich zu vergewissern, dass keiner der Konkurrenten einen unfairen Vorteil hatte. Der Gestank von Rattenkot war überwältigend. Außer den modrigen Matratzen, die Obdachlose dort zurückgelassen hatten, gab es keinerlei Mobiliar. Die Teilnehmer gingen von Zimmer zu Zimmer, schnupperten, brachen bröckelnden Putz von der Wand, prüften die Beschaffenheit der Bodendielen. Jemand schlug vor, per Los darüber zu entscheiden, wer die Nacht in welchem der acht Häuser verbringen sollte. Doch das war gar nicht nötig. Die drei Rattenfänger waren sich einig: Sie würden jeder im mittleren dreier leerstehender Häuser übernachten. Sammy in Nummer zwei, Jusow in der fünf und Chom in der sieben. Auf diese Weise kamen sie sich nicht in die Quere.

Die drei Rivalen durften jeweils nur drei Gegenstände sowie ein Glas Erdnussbutter als Köder bei sich tragen. Letztere hatte eigens zu den Spielen den Weg nach Moskau gefunden und würde danach vermutlich auf Nimmerwiedersehen verschwinden. Es durften weder elektronische Geräte noch Gift zum Einsatz kommen. Der Wettkampf stellte das instinktive Jagdgeschick der Teilnehmer auf die Probe. Sammy bat um einen halben Meter PVC-Rohrleitung, ein sechzig Zentimeter langes Seil und einen Jutesack. Jusow, der sowjetische Vertreter, bat um einen Zwanzig-Liter-Plastikeimer, einen Kleiderbügel und eine alte Kaffeebüchse mit Deckel.

Chom schwankte zunächst, entschied sich dann jedoch für einen Hammer. Durch ihren Laotisch–Dolmetscher versuchten ihm die Juroren klarzumachen, dass er zwei weitere Gegenstände wählen dürfe, doch er entgegnete, der Hammer reiche völlig aus.

Die Freiwilligen, hauptsächlich Moskauer Möchtegern-Rattenfänger, postierten sich vor und hinter den gewählten Häusern, um Betrug von vornherein auszuschließen. Die drei Konkurrenten durften das Haus die ganze Nacht nicht verlassen, und niemand durfte zu ihnen hinein. Um sechs Uhr früh würden die toten Ratten gezählt und so der Sieger ermittelt. Die Rivalen gaben sich die Hand und betraten ihr jeweiliges Haus. Auf dem Weg zu Haus Nummer sieben bat Chom um Feuer für seine Zigarette.

»Müssen wir wirklich schon um sechs aufstehen?«, fragte Civilai.

»Nein, wir müssen sogar schon um fünf aufstehen, damit wir rechtzeitig um sechs zur Siegerehrung dort sind«, sagte Daeng.

»Wir sind VIPs«, sagte er. »Können wir nicht einfach Stellvertreter hinschicken?«

»Nein«, sagte Dtui.

»Mal ehrlich, findet ihr das Ganze nicht auch ein bisschen … albern?«, fragte Civilai.

»Für einen Sozialisten bist du wirklich bemerkenswert klassistisch«, sagte Siri. »Ginge es darum, welcher von drei Ferrari-Piloten als Erster zur Happy Hour am Triumphbogen eintrifft, würdest du sie mit der laotischen Flagge in der einen und einer Olive in der anderen Hand bejubeln.«

»Da gäbe es wenigstens Petits Fours«, sagte Civilai. »Was glaubst du, was bei einer Rattenjagd zum Frühstück serviert wird? Bei dem bloßen Gedanken wird mir schlecht.«

»Köstlich«, sagte Roger, was vermutlich dem Geplänkel galt und weniger den Cocktails, die sie tranken.

Daeng winkte Sergej an den Tisch.

»Noch eine Runde.«

Sie hatte die russische Entsprechung auswendig gelernt: *»Jesche odno butilku«* oder so ähnlich. Auch wenn sie zu Hause in der DVR dafür kaum Verwendung haben würde. Außerdem war es der letzte Abend mit ihrem Lieblingsbarmann, und da wollten sie ihm das Gefühl geben, gebraucht zu werden. Er war zum Ehrenmitglied der Familie aufgestiegen. Laos fehlte ihnen, doch nach all den Gratisvergünstigungen würde es ihnen nicht ganz leichtfallen, schon in nur drei Tagen in ein Land zurückzukehren, in dem Mangel und Entbehrung herrschten. Zwar wussten sie, dass all dies nur ein Traum war, aber der Traum fühlte sich so verdammt echt an!

Am selben Abend erzählte Madame Daeng ihnen eine Geschichte. Sie handelte von einer kleinen Pathet-Lao-Einheit, die sich vor der Machtübernahme in der Ebene der Tonkrüge eingegraben hatte.

»Die Royalisten waren auf dem Vormarsch und den Rebellen zahlenmäßig um das Vierfache überlegen«, sagte Daeng. »Der Kommandeur der Kommunisten befahl seinen Leuten, gleichzeitig nachzuladen und zu feuern. Die Männer trauten ihren Ohren nicht. ›Aber Herr Kommandeur‹, sagte sein Feldwebel, ›wir haben nur eine Schachtel Munition.‹

›Das weiß der Feind aber nicht‹, sagte der Kommandeur.

Die Rebellen feuerten ihre letzte Salve ab, und die Royalisten gaben Fersengeld und flohen in den Dschungel.«

Das entsprach Siris Sicht der Moskauer Spiele. Seit die Sowjets in Afghanistan einmarschiert waren, verbrannten sie ihre Ressourcen wie ein Buschfeuer. Genau wie Laos war die Sowjetunion auf reiche Getreideernten angewiesen, und auf Mutter Natur schloss man keine Wetten ab. Wieder einmal war die Ernte ausgefallen, und niemand hatte sich erboten, den Verlust auszugleichen. Und so hatten sie ihre letzte Schachtel Munition aus der Rüstkammer gekramt und damit die größte Show des Planeten auf die Beine gestellt. Fünftausend Athleten und fünftausend Journalisten würden mit Geschichten über die Organisation, die Koordination, den Rummel und die Freundschaft in ihre Länder zurückkehren. Alles war großartig gewesen: die Gastfreundschaft, die Menschlichkeit, die hervorragende Zusammenarbeit. Doch bis diese Geschichten endlich die Runde gemacht hatten, waren die Regale der staatseigenen Geschäfte wieder leer, die Lebensmittelschlangen zurückgekehrt und der Nationalstolz weiter erodiert. Das war die Weltsicht eines Zynikers mit fünfzig Jahren Mitgliedschaft in der Partei auf dem gebeugten Buckel.

Aber sie waren im Nebesa nicht allein zusammengekommen, um zu trinken und Vorträge zu halten. Oder Sergej das Gefühl zu geben, gebraucht zu werden. Ja nicht einmal, um sich gegenseitig zu versichern, dass Sitti, der Schütze, nach wie vor den Spitzenplatz auf ihrer Liste der Mordverdächtigen einnahm. Sondern um ihr Versagen als Hobbydetektive zu beweinen und den Erfolg von Dtuis besserer Hälfte in Vientiane zu feiern. Dtui hatte am Nachmittag volle zwei Stunden mit Phosy telefoniert, und das in unchiffriertem, ganz und gar Arpy-freien Laotisch. Phosy war über den Gang der Ereignisse derart beglückt gewesen, dass er seiner Frau versehentlich gestanden hatte, dass sie ihm schrecklich fehle und so schnell wie möglich nach Hause kommen solle. Doch das war einfacher gesagt als getan.

»Aber warum sollte der Mann seinen eigenen Sohn ermorden lassen?«, fragte Roger, der, wie schon so oft, zu spät gekommen war.

Eine neue Runde Cocktails und Wodka on the rocks stand vor ihnen. Es war an der Zeit, es sich in ihren Lehnsesseln bequem zu machen und die Einzelteile der Vientianer Ermittlungen zu einem schlüssigen Ganzen zu verfugen. Dtui übernahm die Rolle der Erzählerin.

»Genosse Thonglai, Manois Vater, hatte schon in den Sechzigerjahren damit begonnen, in die Machtübernahme durch die Kommunisten zu investieren«, sagte sie. »Er kam aus einer wohlhabenden Familie, die von der korrupten royalistischen Regierung in Vientiane systematisch wurde ausbluten lassen. Die Familie wurde bei Grundstücksgeschäften geprellt und ausgebootet, und ihre Importe wurden mit extrem hohen Steuern belegt. Die Generäle standen Schlange und hielten die Hand auf. Aber Genosse Thonglai hatte einen Freund aus dem Norden. Sie hatten zusammen ein paar zwielichtige Geschäfte eingefädelt und waren Freunde geworden.«

»Das war Pinit Saopeng, der alte Mann, der in Vientiane erschossen wurde, nachdem er mit Phosy gesprochen hatte«, sagte Siri.

»Lass sie erzählen«, sagte Daeng.

»'tschuldigung.«

»Als er sah, wie frustriert sein Freund war, bot er ihm an, ihn einem befreundeten Russen vorzustellen. Der suchte einen Zwischenhändler, der Waffen für die Rebellen im Nordosten ins Land schmuggelte. Für den Vietkong in Vietnam hatten sie bereits ein ähnliches Netz etabliert. Die

Beziehungen zu den Chinesen waren damals sehr viel besser, und es war vergleichsweise einfach, chinesische Waffen über die Grenze zu schaffen. Aber die Sowjets wollten in die sozialistische Zukunft Südostasiens investieren, die sie für unausweichlich hielten. Sie wussten, dass die Vietnamesen einen von den Chinesen finanzierten Aufstand niemals dulden würden, und nahmen an, die Laoten sähen das genauso. Sie brauchten die Unterstützung des großen Bären. Genosse Thonglai hatte ähnliche Vorstellungen, auch wenn seine Interessen weniger ideologischer als finanzieller Natur waren. Er liebte sein Land zwar immer noch, aber er träumte von einem Laos, das geführt wurde wie ein Konzern, mit einem Mann an der Spitze, der logisch denken und planvoll handeln konnte. Jemandem, der sich nicht den Vietnamesen verpflichtet fühlte. Also im Wesentlichen jemand wie er selbst.

Die drei Verbündeten waren ziemlich effektiv. Da er Teakmöbel nach Europa exportierte, kam der Russe häufig in die Region. Schließlich ließ er sich in Laos nieder und gründete eine Familie. Er schmierte die Polizei, die Einwanderungsbehörde und die Ministerialbeamten, und alle ließen ihn in Ruhe. Pinit Saopeng war nicht nur Leutnant in der königlich-laotischen Armee, sondern auch ein U-Boot der Kommunisten. Irgendwie ergatterte er einen Posten als Versorgungschef im Zentralkommando in Vientiane. Thonglais Agentennetz operierte unbemerkt und flog erst 1975 auf. Als die Sozialisten an die Macht kamen, trennten sich die drei und gingen ihrer Wege. Erstklassige Arbeit.

Nachdem er jahrelang als Waffenschmuggler durch die

Weltgeschichte gegondelt war, kehrte der Russe nach Moskau zurück, wo er von der Partei für seine Verdienste um die Verbreitung des Kommunismus geehrt wurde. Genosse Thonglai verließ sein Elternhaus und baute draußen hinter dem Fährhafen ein eigenes Anwesen. Für die Revolutionäre war auch er ein Held, und so schusterten seine alten Armeekameraden ihm immer wieder lukrative Geschäfte zu. Pinit Saopeng war älter als die beiden anderen und ging in Pension. Er hatte genug Geld für ein komfortables Leben zurückgelegt. Aber die Intrigenspiele fehlten ihm. Er erledigte auch weiterhin den einen oder anderen Job für seinen alten Freund, den Genossen Thonglai. Er hatte ein feudales Haus auf dem Land mit Dienstboten und allen nur erdenklichen Schikanen, stellte zur Tarnung jedoch Antrag auf ein Zimmer in einem Veteranenheim in der Stadt. Es diente als eine Art Operationsbasis, Depot für aus Nong Kai eingeschmuggelte US-Dollars und konspirative Wohnung für die Kuriere. Und es war die Bank. Hier schlossen sie ihre Geschäfte ab und entlohnten ihre Mietkiller und -schergen.«

»Entschuldigen Sie, Dtui«, sagte Roger. »Aber woher weiß Ihr Mann all diese Dinge?«

»Von einem Informanten«, sagte Dtui.

»Einem sehr redseligen Informanten«, sagte Roger.

»Mein Mann kann ziemlich überzeugend sein«, sagte sie.

»Womit wir beim Sohn wären«, sagte Civilai.

»Genau«, sagte Dtui. »Als Genosse Thonglai den Russen kennenlernte, kamen sie überein, einen seiner Söhne nach Moskau zu schicken, wo er seinen Schulabschluss machen und ein Studium beginnen sollte. Der Russe bürgte für den

Jungen. Hätte Thonglai all seine Söhne in die Sowjetunion geschickt, hätte das Verdacht erregt, deshalb entschied er sich für den intelligentesten der drei, den Sohn, der ihm selbst am ähnlichsten war. Manoi machte ausgezeichnete Fortschritte. Schon nach einem Jahr sprach er fließend Russisch und las Texte, die für einen Asiaten gemeinhin als zu schwierig galten. Er fand schnell Anschluss. Alles lief nach Plan.

Da tat der junge Manoi einen mächtigen Tritt in die Gosse. Trotz seiner Zusammenstöße mit den Royalisten war sein Vater nach wie vor ein reicher Mann. Er hatte seinen Sohn mit einem äußerst großzügigen monatlichen Taschengeld ausgestattet. Genosse Thonglai war davon überzeugt, dass ein Gentleman Geld braucht, um sich durchs Leben zu schlagen. Der Junge – inzwischen sechzehn, auf einer ausländischen Schule, unbeaufsichtigt und reich – tat, was jeder Teenager tun würde. Erst kam der Alkohol, dann weiche Drogen und Sex. Dann einige der neuen Designerdrogen aus dem Westen. Er verlor jedes Maß und wäre ein paar Mal fast gestorben.

Im letzten Schuljahr hatten seine Klassenkameraden begonnen, ihn zu fürchten. Er war ein wilder Bursche. Er trieb sich mit älteren, gefährlicheren Jugendlichen herum. Viele von ihnen waren die – teils ehelichen, teils unehelichen – Sprösslinge von Politbüromitgliedern oder Generälen der Roten Armee. Um sie zu beeindrucken, wurde Manoi immer extremer. Langsam, aber sicher machte er sich finanziell unabhängig von seinem Vater, weil er mit den Drogen und den Frauen, mit denen er schon auf der Schule in Kontakt geraten war, gutes Geld verdiente.

In seinem ersten Studienjahr drohte ihm die Universität zwei Mal mit Exmatrikulation. Aber ein Anruf irgendeines Vaters oder Großonkels genügte, und er war wieder im Rennen.

Es ist nicht ganz klar, wann er seinen ersten Mord in Auftrag gab. Es ging das Gerücht, dass er schon zu Schulzeiten andere dafür bezahlte, seine Rivalen zu verprügeln. In seinem zweiten Studienjahr wurde er festgenommen. Ein Politologiedozent war aus den eisigen Fluten der Moskwa gezogen worden. Jemand hatte ihn erschossen. Am Tag zuvor war Manoi mit Verspätung und betrunken in seiner Vorlesung aufgekreuzt. Der Dozent hatte ihn vor versammelter Mannschaft heruntergeputzt und hochkant hinausgeworfen. Hundert Studenten hatten das unwürdige Schauspiel mit angesehen, aber nicht ein einziger von ihnen wagte es, als Zeuge auszusagen. Und Manoi hatte ein bombenfestes Alibi.

Es gab noch andere Vorfälle, von denen der Vater jedoch nichts erfuhr. Der Junge schrieb ihm brav alle vier Wochen und schilderte ihm sein langweiliges Leben als fleißiger Student in Moskau. Nachdem Laos von den Tyrannen befreit worden war und seine ersten kommunistischen Schritte übte, begann das Imperium des Genossen Thonglai erst richtig zu florieren. Er war das vertraute kapitalistische Gesicht für die Welt jenseits der Grenze. Er importierte. Er deichselte Geschäfte. Und je ärmer das Land wurde, desto stärker war es auf ihn angewiesen. Es konnte nichts schiefgehen. Er hatte seine und die Zukunft seines Sohnes vergoldet.

Aber dann kam der Brief von seinem Freund, dem Russen. Per sowjetischer Diplomatenpost, siebenundzwanzig Seiten lang. Der Russe war kurz zuvor nach Moskau zurückgekehrt und hatte Erkundigungen über den Sohn seines Freundes eingezogen, für den er sich als Bürge zur Verfügung gestellt hatte.

›Manoi ist völlig außer Kontrolle‹, schrieb er. ›Die Drogen- und Alkoholexzesse haben deutlich sichtbare Spuren hinterlassen, und er sieht viele Jahre älter aus, als er tatsächlich ist. Er ist der Anführer einer Bande verzweifelter junger Männer, die buchstäblich alles tun würden, was er ihnen befiehlt. Sie betrachten sich als die Jünger des nächsten laotischen Präsidenten. Er selbst nennt sich, in aller Bescheidenheit, den ›zukünftigen Staatsführer‹. Er hat jedes Interesse an seinem Studium verloren. Es besteht der Verdacht, dass er sich seinen Magister erkauft hat und dasselbe auch mit seinem Doktortitel zu tun gedenkt. Und dass er mit diesen ergaunerten Abschlüssen in der Tasche als Nationalheld heimkehren will.‹

Aber die Stelle, bei der dem Genossen Thonglai endgültig der kalte Schweiß ausbrach, lautete wie folgt: ›Seit zwei Jahren hofieren die Vietnamesen Deinen Sohn. Ich fürchte, er teilt Deinen Hass auf Hanoi nicht mehr.‹

Genosse Thonglai schob die meisten Missstände in seinem Land auf die ungebetene Einmischung durch die Vietnamesen. Weshalb er es unmöglich zulassen konnte, dass sie ihn zu ihrer Marionette machten.

›Ich weiß, dass er intelligent ist‹, schloss der Russe seinen Brief. ›Und er besitzt in der Tat gewisse Eigenschaften, die ihn zu einem guten Staatschef machen würden. Aber dafür ist er schon zu lange auf der schiefen Bahn.‹

Genosse Thonglai antwortete und bat seinen Freund um Hilfe. Er schrieb ihm, seine beiden anderen Söhne hätten beschlossen, nicht nach Laos zurückzukehren. Manoi sei die letzte und einzige Hoffnung seines Landes. Manoi sei sein wahrer Erbe. Er müsse sich nur ein wenig zusammenreißen. Wenn der Russe sich dazu durchringen könne, einzuschreiten und den Jungen auf einen ehrlichen Pfad zurückzulenken, der in einem weiten Bogen um Vietnam herumführe, stehe er bis in alle Ewigkeit in seiner Schuld. Widerstrebend willigte der Russe ein. Sein erstes Treffen mit dem jungen Manoi begann recht freundlich. Sie aßen in einem teuren Restaurant zu Mittag. Der Knabe bestellte eine Flasche 1954er Pinot noir, die er praktisch allein leerte. Irgendwo tief in den Augen des Jungen regten sich Erinnerungen. Reminiszenzen an eine Zeit, als er noch jung und unschuldig gewesen war. Als sie im Garten des Russen gegrillt und Fußball gespielt oder in seinem Ententeich gebadet hatten. Sie unterhielten sich über diese Zeit und lachten, und der Russe hegte die leise Hoffnung, dass es ihm mit etwas Glück vielleicht gelingen würde, den Jungen aus dem Sumpf zu ziehen. Das hatte er dem Vater auch geschrieben. Aber noch bevor das Mittagessen beendet war, machte er einen Fehler. Er erwähnte die Bedenken des Genossen Thonglai.

›Dein Vater macht sich Sorgen deinetwegen‹, sagte er.

Als der Russe aufblickte, sah er einen anderen Menschen vor sich. In der zweiten Hälfte ihres gemeinsamen Mittagessens gab es immer wieder Momente – gewisse Gesten, den einen oder anderen Gesichtsausdruck –, die den Russen vor Angst erzittern ließen. Der junge Mann war unhöflich zum Kellner, erregte unliebsames Aufsehen, als er lauthals eine zweite Flasche Wein verlangte, und wurde mit zunehmender Trunkenheit widerlich und aggressiv. Da begriff der Russe, dass Manoi gefährlich war. Unter Alkoholeinfluss zeigt der Mensch sein wahres Gesicht. Aber trotz seiner Ängste bemühte sich der Freund beharrlich, wie er es seinem alten Kameraden versprochen hatte.

Vier Monate nach ihrem gemeinsamen Mittagessen wurde der Russe von einem Auto überfahren. Es hielt an, setzte zurück und überrollte ihn ein zweites Mal. Die Nummernschilder waren abgeklebt. Er starb noch auf dem Weg ins Krankenhaus.

Vor seinem Tod hatte der Russe einen letzten Brief geschickt. Er schrieb: ›Wie Dein Sohn mir mitgeteilt hat, stehen das laotischen Zentralkomitee und Hanoi uneingeschränkt hinter ihm. Obwohl ihm bis zu seiner Promotion nur noch ein halbes Jahr bleibt, besucht er weder Vorlesungen, noch arbeitet er an einer Dissertation. Danach will er nach Vientiane zurückkehren. Er wird sich vermutlich noch eine Weile gedulden, aber langfristig hat er es eindeutig darauf abgesehen, Dich und Deine Strohmänner, wie er sie nennt, endgültig loszuwerden. Ich werde noch ein letztes Mal versuchen, ihn zur Vernunft zu bringen, aber ich glaube, Du solltest diese Drohung ernst nehmen.‹«

»Was für ein Kotzbrocken«, sagte Daeng.

»Dabei machte er einen so höflichen Eindruck«, sagte Siri.

»Du kannst von Glück sagen, dass du mit heiler Haut da rausgekommen bist«, sagte Daeng.

»Phosy hat die Briefe des Russen«, sagte Dtui.

»Wie hat er denn das angestellt?«, fragte Civilai.

»Der Informant hat ihn unter anderem mit äußerst nützlichen und ausführlichen Informationen über Thonglais Anwesen versorgt«, sagte Dtui. »Zum Beispiel, wo die Wachen postiert waren, wie das Sicherheitssystem funktionierte, wann der Chef mit seinen Leibwächtern das nächste Mal ins Ausland reisen würde und so weiter und so fort. Phosy stellte eine Gruppe von Männern zusammen, denen er vertraute, und gemeinsam stürmten sie das Haus. Sie schalteten die Alarmanlage ab und überwältigten die Wachen. Sie wussten genau, wo die belastenden Unterlagen zu finden waren. Der Genosse Thonglai war sich seiner Unangreifbarkeit etwas zu sicher gewesen. Die meisten Aktenschränke waren unverschlossen.

Der Informant hatte angedeutet, ein ranghoher Polizeibeamter habe für seine Bereitschaft zur Zusammenarbeit möglicherweise Geschenke von Thonglais Firma erhalten – die Sorte Geschenke, die eine Papierspur hinterlassen. Phosy hatte seinen Vorgesetzten schon seit einiger Zeit unter Verdacht. Und jetzt hatte er die Gelegenheit, sich Beweise für die Verfehlungen des Mannes zu beschaffen. In Thonglais Archiv hatte Oudomxai, der Polizeichef, einen eigenen Aktenordner, in dem die Zahlungen für seine Dienste akribisch verzeichnet waren.

Mit diesen Erkenntnissen ging Phosy direkt zum Minister und langer Rede, kurzer Sinn, mein Göttergatte ist seit gestern der kommissarische Polizeichef von Vientiane. Genosse Thonglai weilt derzeit noch im Ausland, wird aber auf der Stelle verhaftet werden, sobald er den Fuß auf laotischen Boden setzt.«

Sie stießen auf Phosy an.

»Hat er zufällig auch herausgefunden, wen Thonglai mit dem Mord hier in Moskau beauftragt hat?«, fragte Siri.

»Nein«, sagte Dtui. »Wie es scheint, hat Thonglai das persönlich erledigt. Das wusste nicht einmal der Informant. Er war lediglich dafür verantwortlich, der Mannschaft den Sprengstoff ins Gepäck zu schmuggeln.«

»Sie haben das Zeug aus Laos mitgebracht?«, sagte Daeng.

»Klingt plausibel«, sagte Civilai. »Die Sowjets pumpen seit Jahren Waffen und Sprengstoff ins Land, um unsere militärischen Misserfolge zu befördern. Dabei verschwindet ständig etwas.«

»Thonglais Helfershelfer hat es in der Kiste mit der Boxausrüstung versteckt, die die Sowjets uns ein halbes Jahr zuvor gestiftet hatten«, sagte er. »Da es sich um Plastiksprengstoff handelte, brauchte er nur wenig Platz. Die Beschriftung der Kiste war komplett auf Russisch. Wie es scheint, hatten die Zoll- und Einwanderungsbeamten in Scheremetjewo die Anweisung, die Athleten mehr oder minder umstandslos durchzuwinken.«

»Abgesehen natürlich vom illegalen Import einer Portion *laap*«, sagte Civilai.

»Niemand hat auch nur einen Blick auf, geschweige denn in unser Gepäck geworfen«, sagte Siri. »Wir hätten mit Granatwerfern auf der Schulter von Bord gehen können, und die Zöllner hätten uns alles Gute gewünscht und uns gefragt, ob wir Jeans zu verkaufen haben.«

»Heißt das, wir suchen jetzt nach einem Boxer?«, fragte Roger.

»Nicht unbedingt«, sagte Siri. »Das Militär hatte es ziemlich eilig, die Ausrüstung abzuladen und in die Busse zu verfrachten. Das ging so schnell, dass wir es gar nicht richtig mitbekommen haben. Es hätte sich sonst wer daran zu schaffen machen können. Aber wisst ihr, was? Eigentlich können wir die Suche hiermit beenden.«

»Was soll das heißen?«, fragte Civilai.

»Das soll heißen, dass Phosy in Vientiane den Fall gelöst hat. Wir sind zu spät gekommen, um den Mord noch zu verhindern. Dann hat Sitti sich eben davongeschlichen und Manoi aus dem Verkehr gezogen. Na und? Rückblickend hatte der Anschlag vielleicht sogar sein Gutes.«

»Du spielst schon wieder Richter Bao«, sagte Daeng.

»Ach was.«

»O doch. Du sprichst nach eigenem Gutdünken Recht. Da dir das Opfer nicht sonderlich sympathisch war, ist es im Prinzip in Ordnung, wenn jemand seine Wohnung in die Luft jagt.«

»In diesem Fall muss ich dir ausnahmsweise zustimmen«, sagte Siri. »Wer hat schon die Zeit zu warten, bis das Schicksal sich solcher Widerlinge entledigt?«

»Und wie passt der alte Soldat – der in Vientiane erschossen wurde – ins Bild und in die Geschichte?«, fragte Civilai. »Ich dachte, er war auf der Seite des Genossen Thonglai.«

»Das war er auch«, sagte Dtui. »Der Informant hatte keine Ahnung, wer ihn umgebracht hat oder warum. Er war sich ziemlich sicher, dass zwischen seiner Ermordung und den Vorgängen hier in Moskau keinerlei Zusammenhang besteht. Phosy hat sich gefragt, ob es dabei vielleicht um das Geld ging.«

»Welches Geld?«, fragte Daeng.

»Der alte Mann hatte vierzigtausend Dollar in seinem Zimmer versteckt«, fuhr Dtui fort. »Phosy hat es beschlagnahmt und damit den Etat seiner Dienststelle ein wenig aufgestockt. Es könnte der Lohn für den Attentäter gewesen sein. Wenn jemand davon Wind bekommen hat, wäre das ein ausreichendes Motiv. Aber der Informant schien nichts von dem Geld zu wissen, und der Todesschütze hat es sich nicht geholt. Und wenn Genosse Thonglai den alten Pinit hätte ermorden lassen wollen, hätte er ihm vorher wohl kaum eine so große Summe anvertraut.«

»Aber es kann doch kein Zufall sein, dass er just in dem Moment erschossen wurde, als er mit Phosy sprach«, sagte Siri. »Aus unseren Fernschreiben wusste Genosse Thonglai, dass Phosy ins Café Glückauf wollte. Also hat er seinen Freund Pinit dorthin geschickt, um herauszufinden, ob und wie viel Phosy von dem Komplott in Moskau wusste. Eigentlich hätte es sie freuen müssen, dass wir den Falschen in Verdacht hatten. Nein, der Mord muss einen anderen Grund gehabt haben. Der mit unserem Fall nichts zu schaffen hatte.«

»Das würde bedeuten, es gab eine dritte Partei«, sagte Daeng. »Jemanden, der Pinit mit Phosy gesehen hat und Angst hatte, dass der alte Soldat etwas ausplaudert.«

»Ich finde, Phosy sollte noch einmal ins Glückauf gehen und sich nach einem anderen Verdächtigen mit einem anderen Motiv umsehen«, sagte Siri.

»Ich richte es ihm aus«, sagte Dtui.

»Warum hat der Genosse Thonglai uns beziehungsweise Phosy und Sie mit der Suche nach Manois Mörder beauftragt, wenn er ihn selbst engagiert hatte?«, fragte Roger.

»Weil er wissen wollte, ob der Attentäter davongekommen war«, sagte Daeng. »Wenn wir nicht wussten, wer der Mörder war, wusste es auch sonst niemand.«

Sergej hatte eine Kassette mit fröhlichen tschetschenischen Volksliedern eingelegt. Schon wippten die Laoten mit den Füßen.

»Ach ja, meint ihr, ihr könnt noch mehr gute Nachrichten vertragen?«, fragte Dtui.

»Davon kann man nie genug haben«, sagte Civilai.

»Genosse Noo ist aus dem Koma aufgewacht«, sagte sie. »Sieht aus, als ob er durchkommen würde. Siri, Ihre Freundin Dr. Porn schaut jeden Tag vorbei, und sie sagt, sein Zustand habe sich von heute auf morgen dramatisch verbessert. Als ob der alte Mönch plötzlich einen Grund zum Weiterleben gefunden hätte.«

Siri und Daeng vollführten eins ihrer komplizierten Abklatschrituale, und unter Hoch- und Hurrarufen stießen sie auf ihren Freund in Vientiane an.

»Hatten Sie vielleicht etwas damit zu tun?«, fragte Dtui.

Siri hatte keine Ahnung, hoffte jedoch, dass seine kleine Kabinenansprache in der Business Class etwas zu Noos Genesung beigetragen hatte. Er hielt noch immer keine allzu großen Stücke auf seine schamanischen Fähigkeiten, dennoch bestand durchaus die Möglichkeit, dass er mit Noos verzagtem Geist in Kontakt getreten war und ihn sozusagen auf seine Flugbahn zurückgelotst hatte. Wenn ja, hatte Dr. Siri sich seine Flügel verdient.

Der Randbezirk, in dem die Reihe baufälliger Häuser stand, war auf dem Touristenstadtplan aus einleuchtenden Gründen nicht verzeichnet. Umso erstaunlicher war es, dass sich auf der Straße eine so große Menschenmenge versammelt hatte, bevor auch nur einer der drei Wettkampfteilnehmer aus der Tür seines Nachtasyls getreten war. Die Organisatoren vom *Sozialblatt* hatten Tische aufgebaut und Waagen heranschaffen lassen, falls der Sieg im Grammbereich entschieden würde.

Trotz der frühen Stunde waren die laotischen Fans vollzählig erschienen und konnten es immer noch nicht fassen, dass die Sonne hier schon um vier Uhr morgens aufging. Auch die Schützen waren da. Statt der gewünschten drei hatte man ihnen nur zwei Nächte im Dorf gewährt. Sie wollten ihre Landsleute zu allen noch verbleibenden Wettbewerben begleiten. Sitti war einer von ihnen, still, undurchsichtig, emotionslos. Daeng, die sich mit Mördern bestens auskannte, beobachtete ihn und fragte sich, was für Gedanken ihm wohl durch den Kopf gingen. Glaubte er wirklich, dass er ungestraft davonkommen würde? Oder plante er bereits seinen nächsten Mord?

Die Läufer waren gekommen, um den König der Kloaken zu unterstützen, und die Boxer hatten ihre Trommeln mitgebracht.

»In meinem Abschlussbericht werde ich das alles selbstredend mit keinem Wort erwähnen«, sagte Civilai.

»Und wenn wir gewinnen?«, fragte Dtui.

»Dann erst recht nicht.«

Es gab Ansagen auf Russisch, die Dtui für die Laoten nach bestem Wissen und Gewissen übersetzte, trotz der unnötig geschraubten und geschwollenen Sprache. Ein Zeitungsmitarbeiter ging zu Haus Nummer zwei und klopfte an die Tür. Sammy trat mit einem großen Jutesack über der Schulter ins Freie. Die afrikanischen Fans waren zwar nicht ganz so laut wie die Laoten, aber dennoch für niemanden zu überhören. Selbst zu dieser nachtschlafenden Zeit trugen die Frauen farbenprächtige Kostüme und schwenkten die Nationalflagge, die wie eine bunte Lakritzmischung aussah. Hätte es einen Preis für Glanz und Glamour gegeben, hätte Botswana den ersten Platz belegt. Sammy trat an den Tisch der Juroren und stülpte seinen Sack um. Ein Haufen toter Ratten, ineinander verschlungen wie die Skulpturen im Kamasutra-Tempel in Madhya Pradesh, bildete eine Pyramide auf dem Gehsteig.

Die Botsuaner kreischten vor Freude, und die anderen Fans spendeten höflichen Applaus. Die Juroren zählten die Kadaver und schrieben die Zahl 27 auf ihre Tafel. Sie baten den Englisch-Dolmetscher nach vorn, damit Sammy ihnen berichten konnte, wie es ihm gelungen war, allein mit einem Plastikrohr und einem Stück Seil eine so erstaunliche Anzahl von Ratten zu erlegen.

»Alles eine Frage des Gleichgewichts«, sagte er. »Ich habe das Seil um die Mitte des Rohrs geknotet und an die Kante des alten Tisches da drin gebunden. Das Rohr habe ich innen bis etwas oberhalb des Drehpunkts mit Erdnussbutter bestrichen und das überstehende Ende mit alten Lappen verstopft. Unsere süße kleine Ratte riecht den Köder, überschreitet den Punkt, an dem es kein Zurück mehr gibt, und das Rohr kippt in die Senkrechte. Die Ratte fällt in das verstopfte Ende und kann das glitschige Rohr nicht wieder hinaufklettern. Ich löse das Seil und kippe die Ratte in diesen Jutesack. Ratten mögen keine engen, drückenden Räume. Sie sterben an Erschöpfung und ersticken.«

Das Publikum, das von Minute zu Minute größer wurde, zeigte sich von dieser Methode höchst beeindruckt. Selbst die Laoten gaben ihre Zurückhaltung auf und ließen ein veritables Trommelgewitter über dem Mann aus Botswana niedergehen. Den Laotenjubel hoben sie sich allerdings für ihren eigenen Bewerber auf. Ein zweiter Juror ging zu Haus Nummer fünf, dessen bröckelnde Eingangsstufe mit Unkraut überwuchert war. Jusow, der Meister des Moskauer Westbezirks stürzte aus der Tür. Die sowjetischen Fans klatschten und pfiffen. Viele waren eigentlich nur gekommen, um sich über den Lärm zu beschweren, hatten sich dem seltsamen Zauber der Veranstaltung jedoch nicht entziehen können. Jusow trug kein Hemd und stellte stolz seine imposante Bauchmuskulatur zur Schau. Er ging in Richtung Straße und zog einen alten Vorhang wie einen Schlitten hinter sich her. Der enthielt eine noch erstaunlichere Anzahl toter Ratten. Er wies jede Hilfe zurück und bestand darauf, die schwere Last allein vor den Jurorentisch zu zerren. Er ließ den Vorhang sinken und posierte wie ein Bodybuilder für die Kameras. Während sie die Kadaver zählten, baten die Juroren Jusow, ihnen zu schildern, wie er in nur einer Nacht so viele Ratten habe töten können. Er lief zurück ins Haus und kehrte mit einer äußerst sonderbaren Vorrichtung zurück. Roger dolmetschte für die Laoten.

»Mit einem alten Nagel schlage ich ein Loch in den Deckel und den Boden dieser Kaffeebüchse«, sagte der Russe. »Dann biege ich den Kleiderbügel gerade und schiebe ihn durch die Löcher, und schon habe ich meine Achse. So.«

Er packte beide Enden des Bügeldrahtes und ließ die Kaffeebüchse rotieren. Fröhlich drehte sie sich um die Achse.

»Ich befestige die Drahtenden am Rand des Zwanzig-Liter-Eimers«, fuhr er fort, »den ich vorher mit Wasser gefüllt habe. Ich streiche meinen Köder, in diesem Fall die Erdnussbutter, auf die Außenseite der Kaffeebüchse. Meine Ratten riechen den Köder und springen auf die Büchse. Ihr Gewicht versetzt die Büchse in Drehung, und sie fallen ins Wasser. Natürlich können Ratten schwimmen, und vielleicht schafft es eine von ihnen, die ganze Nacht lang Wasser zu treten. Aber ist es mehr als eine, geraten sie in Panik, und am Ende ersäufen sie sich gegenseitig. Ich brauche die tote Ratte nur aus dem Wasser zu fischen, und dann geht das ganze Spiel von vorn los.«

Die mit Gummihandschuhen bewehrten Juroren hatten die Rattenkadaver gezählt. Zum Erstaunen der Menge waren es genau fünfzig. Die Juroren schrieben die Zahl an die Tafel, und der Russe nahm die Ovationen mit einer tiefen Verbeugung entgegen. Dann drehte er sich um und winkelte die Arme an, um dem Publikum zu demonstrieren, was für eine stramme Rückenmuskulatur man brauchte, um in einer einzigen Nacht fünfzig Ratten zu fangen.

Die laotischen Fans hegten bereits leise Zweifel, doch als der Juror an die Tür von Nummer sieben klopfte und ihm niemand auftat, befürchteten sie das Schlimmste. Er klopfte ein zweites Mal und wartete. Und wartete. Und schließlich öffnete sich die Tür ein Stückchen, und Chom steckte verschlafen den Kopf durch den Spalt. Er wusste ohne Zweifel nicht mehr, wo er war, und beim Anblick der vielen Menschen schoss ihm die Schamesröte ins Gesicht. Trotzdem trommelten, tröteten und jubilierten die Laoten, was das Zeug hielt. Alle, die seinen Namen kannten, riefen: »Chom, Chom, Chom.« Was ihn nur noch mehr zu verwirren schien.

Endlich ging ihm ein Licht auf, und er reckte den Zeigefinger und ging wieder hinein. Den Zuschauern fiel ein, dass der Russe mit einem Vorhang, prallgefüllt mit fünfzig toten Ratten, aus dem Haus gekommen war, und sie fragten sich, ob der Laote das würde überbieten können. Doch Chom kehrte mit einer einzigen, nicht allzu großen toten Ratte zurück, die er mit spitzen Fingern am Schwanzende hochhielt. Unter den Zuschauern herrschte betretenes Schweigen. Der Zeitungsmitarbeiter erbot sich, die eine Ratte zum Jurorentisch zu tragen, und Chom nahm dankend an.

»Alles für die Ratz«, sagte Civilai inmitten des Pulks von laotischen Fans.

»Das fürchte ich auch«, bekräftigte Siri.

Sie drängten Roger nach vorn, damit er für den laotischen Kammerjäger dolmetschen konnte. Um nicht als Rassisten dazustehen, fragten ihn die Juroren, wie es ihm gelungen sei, diese eine Ratte zu erlegen.

»Ich habe gesungen«, antwortete Chom stolz.

»Sie haben gesungen, und die Ratte ist zu Ihnen gekommen?«, fragte der Juror, nur um das noch einmal klarzustellen.

»Genau«, sagte Chom. Schon regte sich unter den sowjetischen Zuschauern verhaltenes Gekicher.

»Und dann?«, fragte der Juror.

»Dann ist sie gestorben.«

Die Juroren hatte sichtlich Mühe, sich das Lachen zu verkneifen.

»Bemerkenswert«, sagten sie.

Roger, der tapfer durch den Morast aus Hohn und Spott gewatet war, wandte sich zum Gehen, doch der ungehobelte Reporter vom *Sowjetischen Sozialblatt* ließ nicht locker. So leicht kam ihm der Laote nicht davon.

»Und was haben Sie mit der Erdnussbutter gemacht, wenn ich fragen darf?«, wollte er wissen.

»Äh, die habe ich gegessen«, sagte Chom. »Sie war viel zu köstlich, um sie an eine Ratte zu vergeuden, meinen Sie nicht auch?«

»Natürlich. Und mit was für einem Lied haben Sie Ihre Ratte angelockt?«, fragte der Journalist.

Die sowjetischen Fans lachten lauter. Chom nickte und sann über die Frage nach.

»Mit einem alten laotischen Volkslied«, sagte er, »das in der traditionellen Sprache der Nager gesungen wird. Es fährt den Ratten geradewegs ins Gehirn, und sie werden von so heftigen Gefühlen überwältigt, dass sie gar nicht anders können, als nach dem Ursprung dieser zauberhaften Melodie zu suchen. Sie sterben an gebrochenem Herzen.«

Nachdem Roger übersetzt hatte, brüllten alle außer den laotischen Zuschauern vor Lachen. Chom verzog die Lippen zu einem milden Lächeln.

»Könnten Sie uns vielleicht eine kleine Kostprobe dieses nostalgischen Nagerliedes geben?«, fragte der Journalist und blickte feixend ins Publikum.

»Aber gern«, sagte Chom.

Er sang die ersten Zeilen des wehmütigen, aber etwas fisteligen Refrains. Das Gelächter war noch eine Idee lauter als der Laotenjubel. Chom deutete eine Verbeugung an.

»Und obwohl Sie dieses wunderschöne Klagelied zum Besten gegeben haben, konnten Sie nur eine Ratte fangen? Ich bin entsetzt«, sagte der Journalist mit dem Rücken zu seinem Opfer.

»Oh, ich habe nicht nur die eine Ratte gefangen«, sagte Chom.

»Ach nein?«, sagte der Journalist. »Haben Sie etwa noch eine erwischt?«

Roger war kurz davor, dem Journalisten eins auf seine geschwollene rote Nase zu geben.

»Also«, sagte Chom, »Zählen ist nicht gerade meine Stärke, aber ich glaube, im Haus liegen noch hundertsechzig oder -siebzig andere. Ich habe mir im Training den Rücken verrenkt, deshalb wollte ich sie nicht alle tragen.«

Als sie die Übersetzung vernommen hatten, erstarrten die Juroren und freiwilligen Helfer einen Augenblick und eilten dann ins Haus. Sie fanden an die zweihundert tote Ratten, die im Kreis um ein altes Sitzkissen lagen, als ob sie tatsächlich gekommen seien, um ihr Lied zu hören. Die Helfer brachten sie nach draußen und legten sie in Schüben von je zwanzig Stück vor den Tisch der Juroren. Der Stapel reichte bis zur Tischplatte. Die laotischen Fans brachen in einen Jubel aus, der die Zuschauer des Fußballendspiels vom Tag zuvor vor Neid hätte erbleichen lassen. Sie hampelten und strampelten und trampelten und sangen. Jusow, der Russe, stürmte ohne sein Hemd davon. Sammy schloss seinen laotischen Freund in die Arme und drückte ihm einen dicken botsuanischen Schmatz auf die Wange. Die Zahl 187 wurde neben Choms Namen auf die Tafel geschrieben, und er kletterte stolz auf das aus Milchkästen improvisierte Siegerpodest und beugte sich vor, damit der Chefjuror ihm den goldfarbenen Honigbüchsendeckel um den Hals hängen konnte.

Der Lärm ließ sämtliche Straßenfeger und bewaffneten Soldaten aufmerken, als der Bus aus dem Dorf auf dem Weg zum Lenin-Stadion an ihnen vorbeifuhr. Endlich hatten die Laoten eine Medaille, und die war keine mildtätige Gabe oder ein Freilos wegen Nichtantritts des Gegners. Nein, sie war mit Verve, Geschick und Können errungen worden, wenn auch nicht, wie Siri und Civilai argwöhnten, auf durch und durch ehrliche Art und Weise. Sie saßen links und rechts von Chom und hielten jeder eine seiner Hände. Daeng und Dtui beugten sich von hinten über die Rückenlehne.

»Erstklassige Vorstellung«, sagte Siri.

»Danke, Genosse«, sagte Chom.

»Welch ein Zufall«, sagte Civilai. »Meine Großmutter hat sich exakt derselben Technik bedient, um die Schaben in ihrer Küche loszuwerden. Sie hat in fließendem Kakerlak ein altes Schabenvolkslied angestimmt, und die Viecher haben sich förmlich darum geschlagen, wer von ihnen sich als Erster in den Waschtrog stürzen durfte.«

»Nicht möglich«, sagte Chom.

»Ich schwöre bei ihrem Scheiterhaufen.«

»Wieso habe ich das dumpfe Gefühl, dass Sie mir misstrauen?«, fragte Chom.

»Kommen Sie, mein Junge«, sagte Siri. »Wie haben Sie das gemacht? Ich habe weiß Gott nichts gegen Ammenmärchen und Zauberei, aber ich rieche einen sehr viel raffinierteren Taschenspielertrick.«

Chom sah lächelnd aus dem Fenster.

»Versprechen Sie, es niemandem zu verraten?«, fragte Chom.

»Hoch und heilig«, sagten sie.

»Na, als wir die Häuser besichtigt haben«, begann er, »fiel mir auf, dass in Nummer sechs jede Menge alter Matratzen herumlagen. Sie waren feucht und halb verschimmelt, aber ideal für das, was ich vorhatte. Ich tat, als könnte ich den Gestank nicht ertragen, und öffnete das Fenster zum Hof. Also bat ich um Haus sieben und bekam es auch. Mit meiner Zigarette machte ich ein kleines Feuer und wartete, bis die freiwilligen Helfer eingeschlafen waren. Dann kletterte ich aus dem Fenster und in Nummer sechs. Mit der Füllung der Matratzen verstopfte ich sämtliche Rattenlöcher auf der Ostseite, die in das Haus des Russen führten. Ich legte je einen Stapel Matratzen in den ersten Stock und ins Parterre und zündete sie an. Moderige alte Matratzen brennen sehr langsam und qualmen wie der Teufel. Der Rauch verwirrt die Ratten, und sie kommen aus ihren Löchern getorkelt und versuchen, sich vor dem Qualm in Sicherheit zu bringen. Da ihnen der Weg in Haus Nummer fünf versperrt war, mussten sie notgedrungen in die sieben ausweichen. Wo rein zufällig ich residierte. Sie waren blind und orientierungslos. Ich zog ihnen den Hammer über den Schädel und legte sie im Kreis um ein altes Kissen. Zugegeben, Letzteres war reine …«

»Effekthascherei«, sagte Civilai.

»Genau. Gegen vier machte ich die Löcher wieder zu und riss sämtliche Fenster auf, damit der Qualm abziehen konnte. Dann aß ich die Erdnussbutter und haute mich zwei Stündchen aufs Ohr.«

Die alten Knaben schüttelten ihm die Hand und lachten, bis sie im Stadion ankamen. Ein weiteres Rätsel war gelöst. Just als der Bus auf den olympischen Busparkplatz bog, erhielt die Feuerwache in Ziablikowo den Notruf eines besorgten Bürgers. Eine Reihe alter Häuser hatte Feuer gefangen und brannte wie der Hades.

# 20

## ZUM GUTEN SCHLUSS

Es war viel zu schnell vorbei. Die Uhr des Kremls schlug sieben, und die Trompeter riefen die Prozession herein. An der Spitze die Fahnenträger, dahinter die Athleten. Ganz im Geist der Spiele scherzten die Sportler miteinander, während sie in bunt gemischten Gruppen durch das Stadionrund marschierten und ins Publikum winkten. Nationen, deren Regierungen keinerlei Beziehungen zueinander unterhielten, gingen Hand in Hand und Herz an Herz. Leider hatten die Laoten ihre Trommel nicht mitnehmen dürfen. Die Papptafelhalter auf der Tribüne, die bei beiden Feiern ihre pixellierten Kunststücke vorgeführt hatten, taten Dtui leid. Sie produzierten eine endlose Folge bemerkenswerter Bilder und Effekte, indem sie eine Tafel nach der anderen hochhielten, auf Anweisung eines unsichtbaren Dirigenten, der sie über Kopfhörer instruierte. Nur bekamen sie von dem Spektakel im Stadion natürlich nichts mit, da sie ständig einen Haufen Pappe vor der Nase hatten. Dtui machte sich Gedanken über solche Dinge.

Vor einem Wald von gut und gerne zwanzig Mikrofonen, hinter dem er praktisch nicht mehr zu sehen war, sprach der IOK-Präsident denen, die nicht hatten teilnehmen können, sein tief empfundenes Mitgefühl aus und erklärte die XXII. Olympischen Spiele der Neuzeit für beendet. Die olympische Fahne wurde eingeholt, jemand drehte das Gas ab, und die Flamme erlosch. Eine Armada von Tauben wurde in den Abendhimmel entlassen, wo sie mit dem Feuerwerk wetteiferten. Die Athleten gesellten sich zu den Zuschauern auf den Rängen und wurden von Turnern und Turnerinnen mit Hula-Hoop-Reifen, Fahnen, betoniertem Lächeln und nicht einem Gramm Fett auf den Rippen vortrefflich unterhalten.

Zum Schluss trugen enthusiastische und mutmaßlich schwergewichtige junge Männer und Frauen, die sich an die Ankerseile klammerten, als hinge ihr Leben davon ab, einen riesigen, mit Helium gefüllten Misha-Bär ins Stadion. Obwohl die Sowjetunion durchaus ihre schlechten Seiten hatte, symbolisierte der alte Bär alles, was gut war an der UdSSR. Zehn Tage lang hatte er die Bürger von fünfzehn Sowjetrepubliken, die einander nicht besonders grün waren, zusammengebracht und ihnen das Gefühl gegeben, zu ein und derselben Familie zu gehören. Es war eine perfekte Show gewesen, weshalb der Verlust umso größer war, als sie jetzt die Seile losließen und Misha sich zu den betörenden Klängen von »Doswidanja, Moskwa!« majestätisch in den Abendhimmel erhob. Die Worte des Dichters Dobronrorow begleiteten Misha himmelwärts, wo er vermutlich die Luftverkehrsstraßen unsicher machte, bevor er seine Tage auf dem Dach der Hütte eines armenischen Bauern beendete. Doch wo immer er auch hinging, er ließ im ganzen Lenin-Stadion kein Auge trocken. Die großartige XXII. Olympiade war vorbei.

Im Dorf herrschten an diesem Abend gemischte Gefühle. Die Bands und Interpreten gaben sich alle Mühe, die

Leute aufzuheitern. Sportler, die sich vier Jahre in Enthaltsamkeit geübt hatten, gönnten sich das eine oder andere Bier und begannen mit dem Abtrainieren. Frischverliebte drehten händchenhaltend ihre Runden um den Brunnen und bewunderten das nicht enden wollende Feuerwerk. Frische Freunde in Saris und Sarongs, mit Strohhut, Fes und Shemagh tanzten gemeinsam zu den allgegenwärtigen Klängen von Boney M. und würden sich noch in fünfzig Jahren, wenn sie »Ra-Ra-Rasputin« im Radio hörten, wehmütig an eine Zeit erinnern, als sich alle liebhatten, wenn auch nur vorübergehend. Civilai hatte recht. Die Olympischen Spiele waren eine Art Krieg: ein Krieg, in dem die Verlierer nicht starben und die Sieger sich nicht ihrer Heldentaten rühmten, ein Krieg, in dem die gegnerischen Heere hernach auf einen guten Schluck und eine innige Umarmung zusammenkamen.

Es war fast drei, als die laotischen Athleten in ihre Quartiere zurückkehrten, todmüde in ihre leicht unterlangen Betten fielen und einen letzten genüsslichen Seufzer ausstießen. Siri und Daeng gingen als Letzte zu Bett. Sie hatten bis eben mit Phosy telefoniert. Jetzt saßen sie mit den Füßen im Wasser und einer Flasche neben sich auf dem Brunnenrand.

»War das nicht fantastisch?«, sagte Daeng.

»So etwas werden wir in diesem Leben nicht noch einmal zu sehen bekommen«, sagte Siri.

Civilai und er hatten im Lauf der Spiele an die zwanzig Filme weggeguckt, was ihrer Begeisterung für das große Spektakel jedoch keinerlei Abbruch getan hatte.

»Was für eine Feier«, sagte Daeng.

»Ich hatte Tränen in den Augen.«

»Ich musste mich schwer beherrschen, um nicht den ganzen Abend mit dem Schwanz zu wedeln.«

»Unsere Mannschaft wird das ihr Lebtag nicht vergessen.«

»Ich habe Dtui noch nie so glücklich gesehen«, sagte Daeng.

»Phosy hat von Anruf zu Anruf bessere Neuigkeiten«, sagte Siri. »Und wie viele Frauen können sich damit rühmen, dass ihr Mann offiziell für den Posten des Polizeichefs nominiert ist?«

»In Laos etwa eine pro Jahr.«

»So genau wollte ich es nun auch wieder nicht wissen.«

»Tut mir leid.«

»Sie werden ihren Fehler noch früh genug bemerken«, sagte Siri. »Anders als seine Vorgänger wird Phosy nicht Männchen machen und den Schwanz einziehen. Er wird jede Menge Staub aufwirbeln.«

»Auf Phosy«, sagte Daeng, nahm einen tiefen Schluck aus der Flasche und reichte sie an Siri weiter.

»Auf Phosy«, sagte er.

Sie wussten nicht so recht, was sie da tranken. Das Etikett war auf Russisch, und es hätte ebenso gut Farbverdünner sein können. Welch ein Abgang.

»Auf Phosy«, knurrte eine raue Stimme hinter ihnen. Sie wandten den Kopf und sahen sich einem russischen Soldaten gegenüber, der eine AK-47 auf sie gerichtet hielt. Er trug Paradeuniform samt Helm. Die Umstände sprachen also unbedingt dafür, in Defensivstellung zu gehen und sich für die Schlacht zu rüsten. Doch dazu waren sie viel zu betrunken. Und der Soldat war noch betrunkener. Seine Stiefel waren wie festgewurzelt, aber er schwankte hin und her wie ein Löwenzahn in einer frischen Brise. Siri streckte ihm die Flasche hin. Der Soldat reichte Siri das Gewehr und trank. Dann entledigte er sich langsam (und, wie Daeng später gestand, in durchaus nicht unerotischer Manier), Stück für Stück seiner Uniform. Endlich entkleidet stieg er in den Brunnen, legte sich auf den Bauch und versuchte – in dreißig Zentimeter tiefem Wasser –, seinem Landsmann, dem großen Schwimmer Salnikow, Konkurrenz zu machen.

Siri und Daeng gingen auf ihr Zimmer und freuten sich darüber, dass jedes Land seinen eigenen Verrückten Rajid hatte, und zu Siris größtem Entzücken hatte der Anblick des nackten Soldaten Daeng in solche Erregung versetzt, dass sie noch immer wie wild mit dem Schwanz wedelte. Nachdem sie ihren eigenen olympischen Rekord aufgestellt hatten, schliefen sie selig ein. Daeng hätte geschlafen wie ein Bär, hätte ihr Mann sie zwanzig Minuten später nicht am Arm gezupft.

»Daeng, Daeng, schläfst du?«, fragte er.

»Schön wär's«, schnurrte sie.

»Daeng, ich brauche einen Stadtplan.«

Es war Frühstückszeit im Café Glückauf. Phosy kam zu spät und schüttelte sämtlichen Kaffeetrinkern die Hand, ob er sie kannte oder nicht.

»Guten Morgen, Chefinspektor«, sagte Eiermann.

»Gibt es eigentlich irgendeine Nachricht, die nicht zuerst im Glückauf ruchbar wird?«, fragte Phosy. »Ich bin doch erst gestern Nachmittag ernannt worden.«

»Es geht eben nichts über ein feingewebtes Netz inoffizieller Mitarbeiter«, sagte Leninmütze.

Phosy winkte Besitzer Mint, ihm einen Kaffee und ein Baguette zu bringen. Da das Thai-Embargo nach wie vor in Kraft war, gab es keine Butter.

»Gratuliere«, sagte Mint. »Aber mir fällt auf Anhieb ein gutes Dutzend weitaus noblerer Etablissements ein, wo Sie Ihre Beförderung gebührend feiern könnten.«

»Aber keins, das so unterhaltsam ist wie dieses«, sagte Phosy.

»Und haben Sie den Mord an Ihrem alten Soldaten aufgeklärt?«, fragte Trenchcoat.

»Genau aus dem Grund bin ich hier«, sagte der Polizist.

»Ah, der Mörder ist unter uns«, sagte Schuppe.

»Ich gestehe, ich war's«, sagte Leninmütze.

»Du schaffst es ja noch nicht mal, zielsicher gegen einen Baum zu pissen«, sagte Trenchcoat.

»Das liegt an meinen Augen«, sagte Leninmütze. »Mein Abzugsfinger ist bestens in Ordnung. Ich kann nur den Abzug nicht finden.«

Die alten Knaben lachten.

»Dann mal raus mit der Sprache, Chef«, sagte Trenchcoat. »Wer wird seinen Lebensabend hinter Gittern verbringen?«

»Haben Sie ein Motiv gefunden?«, fragte Leninmütze.

»Ich dachte, dass der alte Pinit mir etwas über das versuchte Attentat in Moskau mitteilen wollte«, sagte Phosy, »und er deshalb zum Schweigen gebracht wurde. Aber jetzt ist mir klar, dass er sich lediglich darüber freute, dass ich dem Falschen auf der Spur war. Als feststand, dass ich den

Olympia-Schützen in Verdacht hatte, war er nur allzu gern bereit, mich auf eine falsche Fährte zu locken. Er wollte mir eben die eine oder andere Lüge auftischen, als er erschossen wurde. Das hat mich durcheinandergebracht.«

»Und jetzt wissen Sie, wer ihn ermordet hat?«, fragte Besitzer Mint.

»Den ersten Kandidaten konnte ich von meiner Liste streichen«, sagte Phosy. »Womit nur noch Sie übrig waren, meine Herren. Unser Opfer – Pinit – wusste, dass ich hierherkommen würde, weil er, im Unterschied zu Ihnen, private Fernschreiben hatte einsehen können. Und da Sie alle – wie soll ich sagen? – nicht mehr ganz jung sind, habe ich mich gefragt, welche Rolle unsere Geschichte bei dem Mord gespielt haben könnte. Pinit war von den Pathet Lao in die königliche Armee eingeschleust worden. Also kannte er natürlich viele Soldaten des alten Regimes. Als wir die Macht übernommen haben, sind die meisten Royalisten über den Fluss geflohen, um nicht in ein Umerziehungslager gesteckt zu werden. Andere haben einfach ihre Identität gewechselt und sind so verschwunden.

Pinit hatte das nicht nötig, denn er war einer von uns. Er war ein Held der Revolution. Aber er war auch eine Gefahr. Er konnte alte royalistische Soldaten wiedererkennen. Er war noch nie im Café Glückauf gewesen. Er kam nur hierher, um sich anzuhören, was ich zu sagen hatte. Um herauszufinden, was ich wusste. Aber was, wenn er an jenem Sonntag einen von Ihnen wiedererkannt hatte? Sie haben sich in Ihrem neuen Leben eingerichtet, alles in Butter, neue Familie. Und plötzlich ist dieses Idyll bedroht. Sie sind sich noch nicht einmal hundertprozentig sicher, dass er sich tatsächlich an Sie erinnert, aber die Gefahr besteht. Lassen Sie ihn ziehen und gehen das Risiko ein, oder schaffen Sie die Bedrohung aus der Welt?«

»Wie aufregend«, sagte der Eiermann.

»Ich glaube, ich hole uns etwas Stärkeres als Kaffee«, sagte Besitzer Mint. »Lust auf ein Gläschen?«

Die Kundschaft frohlockte, und er verschwand in der Küche, um eine Flasche und Gläser zu holen.

»Wir waren zwanzig oder dreißig damals«, sagte Trenchcoat. »Wollen Sie uns jetzt alle verhaften?«

»Nein, das ist nicht nötig«, sagte Phosy. »Nachdem ich meine Theorie beisammenhatte – und ich muss mich bei einem alten Freund dafür bedanken, dass er mich in die richtige Richtung gelenkt hat –, lag die Lösung auf der Hand.«

»Wie viele von uns kommen schon mit einem Scharfschützengewehr im Hosenbein zum Frühstück?«, fragte Schuppe.

»Ganz recht«, sagte Phosy.

Applaus für Schuppe.

»Und die Antwort lautet: keiner«, sagte Leninmütze. »Es muss jemand sein, der zwischendurch nach Hause gehen und rechtzeitig zurücksein konnte, um den alten Knaben zu erschießen.«

»Und da wir alle nicht mehr besonders gut auf den Beinen sind, bleibt eigentlich nur einer«, sagte Trenchcoat.

Aller Augen wandten sich zur Küche. Mint und die versprochene Flasche ließen auf sich warten.

»Nicht zu fassen«, sagte Leninmütze.

»Sollten Sie nicht die Verfolgung aufnehmen?«, fragte Schuppe.

»Was wäre ich für ein Polizeichef, wenn ich das selbst erledigen müsste?«, sagte Phosy.

Das Schrillen von Polizeipfeifen zerriss die morgendliche Stille.

Die Intensität der Schlussfeier hatte ihn ebenso überwältigt wie seine Landsmänner und -frauen. Er hatte Tränen vergossen. Er hatte den letzten Abend mit seinen Mannschaftskameraden verbracht, aber im Unterschied zu ihnen so gut wie nichts getrunken. Selbstbeherrschung war sein Schutz. Er hatte die Zuneigung der anderen Mitglieder des Olympiakaders gewonnen und würde voller Stolz in die Heimat zurückkehren, wie sie alle.

Die andere Sache hatte er akribisch geplant und den Plan ebenso akribisch in die Tat umgesetzt. An ihrem ersten Abend in Moskau hatte er Manoi angerufen und sich mit seinem laotischen Namen vorgestellt, natürlich ohne seine Verbindung zur Familie auch nur mit einer Silbe zu erwähnen. Er hatte lediglich gesagt, er sei ein Mitglied des laotischen Olympiakaders und statte namhaften Laoten mit Wohnsitz in Moskau Höflichkeitsbesuche ab. Er habe ein Geschenk vom Sportminister und bitte um die Erlaubnis, es Manoi persönlich zu überreichen.

Mit zwei wunderschön verpackten Präsenten war er zu dem Haus gefahren. Die gruselige Alte am Empfangstresen sprach in ein Walkie-Talkie und deutete zum Lift. Der Leibwächter im dritten Stock bestand darauf, die Geschenke zu öffnen, bevor er ihn in die Wohnung ließ. Er sah zu, wie der Leibwächter das erste auspackte. Die Schachtel enthielt zwei Lagen Bananenreispudding, in Plastik eingewickelt.

»Tut mir leid«, sagte der Leibwächter, »aber ich muss einen davon probieren. Sagen Sie es mir lieber gleich, wenn er vergiftet ist.«

Der Leibwächter überlebte. Der Besucher erklärte, die zweite Schachtel enthalte genau das Gleiche wie die erste, und nachdem er dem Genossen Manoi seine Aufwartung gemacht habe, werde er sie dem laotischen Botschafter übergeben. Deshalb wolle er die schöne Verpackung lieber nicht ruinieren, vom Inhalt ganz zu schweigen. Ob er die Schachtel so lange vor der Tür stehen lassen dürfe? Der Mann willigte ein. Das ganze Gespräch hatte auf Russisch stattgefunden.

Manoi hieß seinen Gast, den er nicht wiedererkannte, an der Tür herzlich willkommen. Er nahm das Präsent entgegen und ließ dem Sportminister seinen Dank ausrichten. Er öffnete die Schachtel und aß einen der beiden Puddings. Er stellte die eine oder andere oberflächliche Frage nach den Chancen der Mannschaft, führte ihn durch die Wohnung und setzte ihn dann vor die Tür, angeblich weil er sich zu irgendeinem gesellschaftlichen Anlass umziehen musste. Nicht mehr und nicht weniger hatte der ungebetene Gast erwartet. Er ließ sich das zweite Geschenk vom Leibwächter zurückgeben, sagte, er habe keine Zeit, um auf den Lift zu warten, und nahm die Treppe.

Im zweiten Stock gab es zwei Wohnungen. Von der Straße aus hatte er sich vergewissert, dass in keiner von beiden Licht brannte. Er drückte die Klingel der Wohnung direkt unter der Manois und wartete. Er klingelte ein zweites Mal. Als er die Gewissheit hatte, dass niemand zu Hause war, knackte er das Schloss und ging hinein. Er machte das Licht in der kleinen Diele an. Die Wohnung war typisch für die obere Mittelschicht: überladen und mit so viel Tand und Tinnef vollgestopft, dass eine Armee von Hausmädchen Jahrzehnte gebraucht hätte, um den ganzen Krimskrams zu entstauben.

Genau wie zuvor in der Etage darüber machte er einen Rundgang durch die Wohnung auf der Suche nach dem Zimmer, das direkt unter Manois Fernsehzimmer lag. Dort packte er das Geschenk für den Botschafter aus. Die Schachtel enthielt Plastiksprengstoff. Es herrschte kein Mangel an möglichen Verstecken. Die meisten Schränke und Kommoden waren vermutlich seit Napoleons gescheitertem Russland-Feldzug vor zweihundert Jahren nicht mehr geöffnet worden. Er entschied sich für die unterste Schublade eines Sekretärs, die so hartnäckig klemmte, dass sie garantiert nie benutzt wurde. Er legte den Sprengsatz hinein, machte ihn scharf und aktivierte den Fernzünder. Dann löschte er das Licht, zog die Wohnungstür zu und verließ mit der leeren Geschenkschachtel unter dem Arm das Haus.

Das Einzige, worüber er sich jetzt noch Sorgen zu machen brauchte, war das Timing. Manoi musste vor dem Fernseher sitzen. Am Vorabend des berühmten Geher-Marathons rief er ihn an und erklärte ihm, aufgrund der gezeigten Leistungen und der derzeitigen Form der internationalen Athleten stünden die Chancen auf Metall nicht schlecht. Und wenn es einem Laoten gelänge, zum ersten Mal in der Olympiageschichte eine Medaille zu gewinnen, gebe es einen noch nie dagewesenen Medienrummel. Presse, Funk und Fernsehen würden einen bedeutenden

Laoten, der fließend Russisch sprach und ihnen erklären konnte, was dieser Ruhm für ein kleines Binnenland in Indochina bedeutete, gewiss interviewen wollen.

Als er auflegte, wusste er, dass er das Arschloch an der Angel hatte. Am nächsten Abend war er um Punkt 18 Uhr auf der Straße vor dem Haus. Das baufällige Gebäude gegenüber stand leer. Die Feuerleiter war im Erdgeschoss mit einer Gittertür versehen. Der Spalt darunter war für einen durchschnittlichen Russen eindeutig zu schmal, aber ein schlanker Laote passte problemlos hindurch. Vom Balkon im dritten Stock hatte er freien Blick in das Zimmer auf der anderen Straßenseite. Manoi saß vor dem Fernseher, der Leibwächter sah ihm über die Schulter. Das Timing war perfekt.

Eine Kleinigkeit nur störte ihn. Das alte Ehepaar im zweiten Stock war zu Hause und sah ebenfalls fern. Die beiden sahen aus wie jedermanns Großeltern, pausbackig, weiß und gut gepolstert. Aber vielleicht war es ihr Schicksal, dass sie an diesem Abend daheimgeblieben waren. Wenn ja, brauchte er auch kein schlechtes Gewissen zu haben. Er richtete den Blick wieder auf Manois Zimmer. Das Dienstmädchen brachte ein Tablett voller Getränke. Pech für sie. Er drückte den Knopf auf seiner Fernbedienung, und es war vorbei.

Seitdem waren elf Tage vergangen. Doch weder Presse noch Fernsehen hatte darüber berichtet. Er hatte die Zeitungen jeden Tag gründlich durchforstet. Er hatte es sich zur Gewohnheit gemacht, an den meisten Tagen den hirntoten alten General zu besuchen. Anfangs hatte der alte Mann Telexe in seinem Zimmer verstreut wie Konfetti.

Jeden Tag hatte er ihm angeboten, die ungelesenen Papierstapel zu entsorgen. Da der General seinen Putzer hatte zu Hause lassen müssen, freute es ihn, dass ein junger Bursche sich um ihn kümmerte. Er schien eine Schwäche für kräftige, gutaussehende Männer zu haben.

Aber jetzt war es damit vorbei, oder jedenfalls so gut wie. Am letzten Tag hatten sie sich vor dem Mittagessen mit den Administratoren getroffen. Es hatte eine kurze Nachbesprechung werden sollen, doch der General hatte eine kleine Rede vorbereitet, für die er eine volle Stunde brauchte. Alle hatten sich gegenseitig Dank und Hochachtung ausgesprochen, in jener förmlichen, formelhaften Sprache, die selbst im kleinsten Kreis jedes wahrhaftige Gefühl zunichtemachte. Man versicherte einander, in Kontakt zu bleiben, und Civilai verteilte die offiziellen Gedenkbroschüren. Der eingeklebte Umschlag enthielt Fotos des Teilnehmers, dessen Name auf der Titelseite der Broschüre stand.

Und da erst, auf dem letzten Weg zurück in ihr Quartier, gönnte er sich ein flüchtiges Gefühl der Zuversicht. Sein Vater hatte ihn stets ermahnt, nicht übermütig zu werden. Wenn du aufhörst, hinter dich zu blicken, hatte er gesagt, dann schlägt der Tiger zu. Und, wie nicht anders zu erwarten, hatte der Tiger zugeschlagen.

Er war in seinem Zimmer. Er hatte bereits gepackt und wollte die Broschüre eben in die Seitentasche seines Koffers schieben. Er blätterte sie flüchtig durch, um sich die Fotos anzusehen, als ein Blatt Papier herausfiel. Eine handschriftliche Nachricht, auf Laotisch.

*Ich weiß, was Sie getan haben, und ich habe kein Problem damit. Aber die in Vientiane wissen es auch, weshalb Sie die heutige Maschine unter keinen Umständen nehmen dürfen. Sie werden am Flughafen erwartet.*

*Wir treffen uns in der Taverne Traktir am Woltschansk-Prospekt, zwei Straßen nördlich von Manois Haus oder dem, was davon noch übrig ist. Dort bekommen Sie einen neuen Pass und Reisedokumente von mir.*

*Ein Freund.*

Da der Genosse Thonglai schon seit einer Woche nichts mehr von sich hatte hören lassen, hatte er angenommen, es sei alles in Ordnung. Sie waren übereingekommen, einander nur dann zu kontaktieren, wenn etwas schiefging. Und nun das. Ihm sank der Mut. Wäre alles nach Plan gelaufen, wäre er hocherhobenen Hauptes heimgekehrt. Er hätte sich eine Frau genommen, und sie hätten mehr Kinder in die Welt gesetzt, als sie je hätten durchfüttern können, aber sie wären wenigstens glücklich gewesen. Wie waren sie dahintergekommen? Wer in Laos verfügte über die nötigen Mittel, um herauszufinden, was er getan hatte?

Er spielte mit dem Gedanken, die Nachricht zu ignorieren, das Flugzeug zu besteigen und die Suppe auszulöffeln. Genosse Thonglai war nach wie vor ein einflussreicher Mann. Das Geld, das er ihm versprochen hatte, war irgendwo da draußen, und damit ließen sich verdammt viele Polizisten und Staatsanwälte kaufen. Andererseits wusste *»Freund«*, was er getan hatte. Er würde sein Leben lang ängstlich hinter sich blicken und darauf warten, dass ihm der Tiger an die Gurgel sprang.

Und so beschloss er, zu dem Treffen in der Kneipe zu gehen; mal sehen, wie viele Zähne dieser Tiger hatte. Danach würde er seine Entscheidung treffen. Er lud seinen Koffer in den Zubringerbus, erklärte seinen Zimmergenossen, er werde sich auf eigene Faust zum Flughafen durchschlagen und fuhr mit der Metro bis Park Kultury. Die Taverne war nicht schwer zu finden. Einmal nach dem Weg gefragt, und er war da. Der Laden war um diese Zeit fast leer und wirkte irgendwie hungrig, als warte er nur darauf, dass die Säufer von ihrer Landpartie zurückkehrten. Das war ungewöhnlich. In russischen Restaurants fand man selten einen freien Platz. Nur ein Tisch war voll besetzt, und die restliche Kundschaft beschränkte sich auf eine verwirrte Alte im karierten Bademantel, die für sich allein saß. Sie zischte, als er an ihr vorbeiging.

»Sss, Ausländer«, sagte sie, ohne von ihrem Glas aufzublicken. Es schien sich weniger um einen Vorwurf als um eine traditionelle Begrüßung zu handeln.

Der Barmann, ein blässlicher Jüngling, sagte: »Beachten Sie sie gar nicht«, wie er es vermutlich jeden Tag zu jedem Ausländer sagte, der sich in seine schäbige Kaschemme verirrte.

»Sprechen Sie Russisch?«, schob der Barmann hinterher.

»Ja«, sagte der Neuankömmling.

»Was darf's sein?«

»Ein Bier«, sagte er, obwohl er nicht die Absicht hatte, es zu trinken.

Er ging damit zu einem Tisch im hinteren Teil des Schankraums, in der Nähe der Toiletten, möglichst weit weg von der alten Frau. Er setzte sich und starrte sie an. Er fragte sich, ob sie die angeborene Fähigkeit besaß, ausländisches Blut auf Anhieb zu erkennen. Seine Frage wurde schon im nächsten Augenblick beantwortet, als ein junger Mann mit großer Aktentasche das Lokal betrat.

»Ausländer«, zischte die alte Frau.

»Beachten Sie sie gar nicht«, sagte der Barmann. »Was darf's sein?«

»Ein Tee, bitte«, sagte der Neuankömmling und setzte sich zu dem Mann an den Tisch.

»Dann sind Sie nicht nur Dolmetscher?«, fragte er.

Lächelnd nippte Roger an seinem Tee, der nicht nur nicht heiß, sondern eiskalt war.

»Ich habe auch noch ein Leben neben Olympia«, sagte er.

»Und wie passe ich in dieses Leben?«, fragte der Mann.

»Ich vergewissere mich, dass Sie keine Gefahr darstellen, und händige Ihnen Ihre neue Identität sowie die Dokumente aus, die Sie benötigen, um in Ihre neue Heimat zu gelangen«, sagte Roger.

Er tätschelte seine Aktentasche.

»Wie viele Leute wissen Bescheid?«, fragte er.

»Ich«, sagte Roger, »und Ihr Auftraggeber in Laos.«

»Und was haben Sie damit zu tun?«

»Genosse Thonglai brauchte jemanden, der Ihnen auf die Finger schaut. Und dafür sorgt, dass alles klappt. Saubere Arbeit, übrigens. Sehr professionell. Nur um die unschuldigen Opfer tut es mir leid.«

»Niemand ist unschuldig«, sagte er. »Nur weil jemand nichts tut, ist er nicht automatisch ohne Schuld. Die schweigende Mehrheit trägt die Verantwortung für den Aufstieg sämtlicher Tyrannen dieser Welt.«

»Einschließlich Manois?«

»Er wäre der nächste gewesen.«

»›Wehret den Anfängen?‹«

»Wenn Sie so wollen«, sagte er. »Die Geschichte wird sich der kleinen Leute, die sich der Macht in den Weg gestellt haben, nicht erinnern. Sie brauchen sich doch bloß mal anzuschauen, wo wir hier sind.«

»In einer Taverne«, sagte Roger.

»Wir sind an einem öffentlichen Ort«, sagte er. »Leer bis auf den Barmann, zwei alte Männer und eine fette Säuferin. Weshalb Sie es vermutlich für sicher hielten, sich hier mit mir zu treffen. Aber Sie haben nicht einen Augenblick daran gedacht, dass ich bereits vier Unbeteiligte getötet hatte, nur weil sie zur falschen Zeit am falschen Ort waren. Wie kommen Sie darauf, dass ich auch nur eine Sekunde zögern würde, die Zeugen zu beseitigen, nachdem ich Sie erschossen habe?«

»W... warum wollen Sie mich erschießen?«, fragte Roger.

»Weil Sie ein nassforsches Bürschchen sind mit einer Tasche voller Dokumente, die für mich vielleicht, vielleicht aber auch nicht von Nutzen sein könnten. Viel wichtiger ist, dass Sie in Moskau der Einzige sind, der weiß, was ich getan habe. Und hätten Sie das Ganze richtig durchdacht, dann wüssten Sie, dass es nur konsequent und logisch wäre, wenn ich Sie umlegen und Ihnen die Aktentasche abnehmen würde. Wen interessiert schon eine Bandenschießerei in einer heruntergekommenen Taverne?«

Rogers Gesichtsfarbe schwand ebenso rapide wie sein Selbstvertrauen.

»Haben Sie das wirklich vor?«, fragte er.

»Sie erschießen? Nein. Das gäbe dem Wirt genügend Zeit, sich die wahrscheinlich museumsreife Knarre aus dem Zweiten Weltkrieg zu schnappen, die er unter dem Tresen versteckt hält. Hiermit stehen die Chancen sehr viel besser.«

Er war aufgesprungen und beugte sich mit dem Springmesser in der Hand über den Tisch, bevor Roger auch nur einen Atemzug tun konnte. Er wollte dem jungen Mann eben die Kehle durchschneiden, als sich spitze Finger um sein Handgelenk schlossen. Er hatte sich völlig auf den Barmann konzentriert und gar nicht daran gedacht, dass jemand aus den Toiletten hinter ihm kommen könnte. Madame Daeng umklammerte seine Messerhand fest wie ein Schraubstock. Von der anderen Seite kam Dr. Siri und versetzte ihm erst einen rechten, dann einen linken Haken, der es dem Mann unmöglich machte, zum Gegenschlag auszuholen. Er war benommen und verwirrt. Er ließ sich das Messer widerstandslos abnehmen.

»Sie hätten ruhig etwas früher eingreifen können«, sagte Roger, immer noch aschfahl und ein wenig feucht im Schritt.

»Keine Angst, wir hätten Sie schon nicht über die Klinge springen lassen«, sagte Daeng.

»Nie im Leben«, sagte Siri.

Sie fesselten die Hände des Mörders an den Holzstuhl hinter ihm. Was in seiner Taverne passierte, schien den Barmann nicht im Mindesten zu interessieren. Da sowohl die Angreifer als auch das Opfer Asiaten waren, dachte er wohl, sie sollten das unter sich ausmachen. Asiate ist eben Asiate, wie es im Volksmund heißt.

Als der Mörder wieder zu sich kam, saß er immer noch

auf seinem Stuhl, und Daeng trank sein Bier. Krieg machte durstig. Er lächelte.

»Woher wussten Sie …?«, fragte er.

»Wir wussten gar nichts«, sagte Siri.

»Aber Sie haben mir die Nachricht in die Gedenkbroschüre gesteckt«, sagte er.

»Nicht nur Ihnen«, sagte sie. »Sondern allen, die zum Zeitpunkt des Rennens kein Alibi hatten. Mein Favorit war noch immer Oberst Fah Hai. Erstens wusste niemand, wo er steckte, und zweitens war er mir nicht sonderlich sympathisch. Aber gestern Abend kam mir ein Gedanke, der mich dazu bewogen hat, Ihren Namen auf meine Liste zu setzen.«

»Nämlich welcher?«, fragte er.

Daeng bestellte drei Wodka und drei Bier zum Nachspülen.

»Ich habe mir den Streckenverlauf des Zwanzig-Kilometer-Gehens angesehen«, sagte Siri, »und das Rennen noch einmal Revue passieren lassen. Bis zur Gabelung des Flusses waren Sie mit den Führenden gleichauf. Sie machten einen starken, selbstbewussten Eindruck. Und dann fielen Sie – bei gleichbleibendem Tempo, wohlgemerkt – zurück. So weit und so plötzlich, dass die Kameras sich nicht mehr für Sie interessierten. Die Strecke führte unter der Krymsky-Brücke hindurch, nur fünfhundert Meter von Manois Haus entfernt. Dort standen nicht allzu viele Zuschauer. Nichts für ungut, aber Gehen ist keine besonders beliebte Sportart. Sie waren die Strecke unzählige Male abgegangen. Sie wussten, dass am Rand des Parks Büsche standen. Sie trugen ein T-Shirt. Wir fanden das damals merkwürdig, dabei war es nur logisch. Sie mussten nur Ihre Nummer ausziehen und in Ihrer Hüfttasche verstauen, und schon waren Sie ein ganz gewöhnlicher Tourist, der den lauen Sommerabend genoss.«

»Brillant«, sagte Khamon.

»Aber das verriet mir lediglich, dass ich Sie als Verdächtigen nicht ausschließen konnte. Weiter nichts.«

»Also«, sagte Daeng, »haben wir Zettel in die Broschüren all unserer potenziellen Mörder gesteckt. Ein Unschuldiger hätte kein Wort verstanden, dem Täter dagegen hätte es keine Ruhe gelassen. *Et voilà*, hier sind Sie.«

»Aber ich bin immer noch etwas verwirrt«, sagte Siri. »Wozu die ganze Mühe? Es wäre doch sicher sehr viel einfacher gewesen, am Ende des Feldes mitzulaufen und unbemerkt auszusteigen. Sie hätten in Ruhe zu Manois Haus gehen, Ihr Opfer in die Luft jagen und Buddha einen guten Mann sein lassen können. Stattdessen waren Sie im Fernsehen. Die halbe Welt hat Ihnen die Daumen gedrückt. Sie hatten sogar den Mumm, ein großes Finish hinzulegen. Ich verstehe das nicht. Mir scheint, Sie haben das Schicksal an diesem Abend regelrecht herausgefordert, um nicht zu sagen verspottet.«

Khamon, der Geher, blickte lächelnd in die Runde.

»Wenn ich verspreche, brav zu sein, würden Sie mich dann losbinden, damit ich mir ein letztes Bier genehmigen kann?«, fragte er. »Wo ich hingehe, wird es wohl nicht allzu viel zu trinken geben.«

Daeng und Siri hatten keine Einwände. Kaum hatten sie ihn losgemacht, trank er das halbe Glas auf einen Zug.

»Um Ihre Frage zu beantworten«, sagte er, »muss ich weit zurückgreifen. Habe ich die Zeit dazu?«

Sie nickten.

»Ich habe Ihnen doch von meinem Vater erzählt«, sagte er, »meinem Vater, dem Geher. Er war sozusagen ein Teilzeitvater. Ich habe ihn beim Gehen eigentlich nur begleitet, weil ich wusste, dass er wieder verschwinden würde. Er brachte mir Bücher und Geschenke mit, aber ich wollte einen Vater. Wenn er weg war, trainierte ich stundenlang, damit ich bei seinem nächsten Besuch mit ihm Schritt halten konnte. Ich wollte ihn beeindrucken, weil ich dachte, dann bleibt er vielleicht bei mir. Aber er musste immer wieder fort. Dringende Geschäfte.«

Siri hatte das Rätsel gelöst.

»Er war gar kein Franzose, nicht wahr?«, sagte er. »Und er exportierte auch keine Teakholzmöbel.«

»Meine Großmutter war Französin«, sagte Khamon. »Mein Vater ist in Frankreich aufgewachsen, aber sein Vater war Russe. Ein strammer Trotzkist. Die Kommunisten wollten ihre Lehre in der Dritten Welt verbreiten, und Leute wie mein Vater, der fließend Russisch und Französisch sprach, waren sehr gesucht. Die französische Besatzung von Laos war ein willkommenes Schlachtfeld für den Kampf gegen den Kapitalismus. Er schloss sich einer Gruppe von Leuten an, die den Armen in Südostasien zu mehr Macht und Handlungsfähigkeit verhelfen wollten. Durch sie lernte er einen laotischen Kommunisten kennen, der verdeckt in der königlich-laotischen Armee Dienst tat. Der wiederum stellte meinen Vater dem Genossen Thonglai vor, dessen Familie in der gesamten Region über zahlreiche Kontakte verfügte. Die drei arbeiteten gemeinsam an mehreren Projekten, vor allem aber wollten sie die laotischen Rebellen im Nordosten bewaffnen. Sie standen sich so nahe, wie man sich unter diesen Umständen nur stehen konnte. Mein Vater baute ein Haus und gründete eine Familie, um seine Tarnung als seriöser Exportunternehmer glaubhafter erscheinen zu lassen.

Er brachte mir Russisch statt Französisch bei, weil er davon überzeugt war, dass die Franzosen in Kürze abziehen würden. Russisch sei die Sprache der Zukunft. Selbstverständlich bewunderte ich ihn und tat alles, was er sagte. Ich lernte die Freunde meines Vaters kennen und spielte mit ihren Kindern. Sie kamen uns oft besuchen. Ich mochte sie alle, bis auf Manoi. Er war schon als kleiner Junge ein Schläger und Tyrann. Je näher die Revolution rückte, desto seltener bekam ich meinen Vater zu Gesicht. Er schickte uns Geld, es fehlte uns an nichts. Das letzte Mal sah ich ihn 1975. Ich trainierte jeden Tag, zur Vorbereitung auf seine Rückkehr, aber er kam nicht zurück. Ich hatte keine Ahnung, wo er war und was er trieb.

Dann, fünf Jahre später, bekam ich einen Brief vom Genossen Thonglai, dem Geschäftsmann. Er schrieb mir in dürren Worten, dass mein Vater tot sei. Er schilderte in allen Einzelheiten, wie es geschehen war, und bezichtigte zu meiner großen Überraschung seinen eigenen Sohn des Mordes an seinem Freund. Er schrieb mir, Manoi sei zu einem Monster geworden, und wenn er je nach Laos zurückkehrte, um die Staatsführung zu übernehmen, bedeute dies das Ende der Republik. Aber all das war mir egal. Ich bin nicht der Politik wegen nach Moskau gekommen. Ich wollte Rache. Ich hatte all die Jahre darauf gehofft, dass mein Vater eines Tages heimkehren würde. Selbst nach dem

Tod meiner Mutter war ich zuversichtlich, dass ich ihn wiedersehen würde. Und dann war diese Hoffnung mit einem Schlag zunichte.

Genosse Thonglai wusste, dass ich Geher bin. Er fragte mich, ob ich an einem Testlauf für die Olympischen Spiele interessiert sei. Ich sagte Ja. Das Ganze war natürlich abgekartet. Ich beherrschte zwar die Technik, hätte die Qualifikationszeiten aber niemals erreicht. Er arrangierte alles, schmierte die richtigen Leute, und ehe ich mich's versah, saß ich im Flugzeug hierher. Den Rest kennen Sie.«

»Fehlt nur noch die Antwort auf meine Frage«, sagte Siri.

»Ach ja. Das Rennen. Zu Anfang musste ich an der Spitze mitlaufen, weil ich wollte, dass Manoi gebannt vor seinem Fernseher sitzt. Also steckte ich meine ganze Energie in die ersten fünf Kilometer. Ich habe mir alle Mühe gegeben, selbstbewusst zu wirken, aber in Wahrheit wäre ich fast draufgegangen. Als ich zurückfiel, war das nicht geschauspielert. Ich hatte schlicht und einfach keine Kraft mehr.«

»Was aber noch immer nicht erklärt, weshalb Sie meinten, das Rennen beenden zu müssen«, sagte Daeng.

»Das hatte ich ursprünglich auch gar nicht vor«, sagte er. »Der eigentliche Zweck meiner Reise war erfüllt, und jetzt musste ich nur noch zurück ins Stadion. Der kürzeste Weg war am Fluss entlang – die Rennstrecke. Um diese Zeit standen dort natürlich keine Zuschauer mehr. Ich streifte mir die Startnummer über, weil meine Kehle so trocken war wie ein Vogelnest und ich dringend etwas zu trinken brauchte. Aber die Erfrischungstische waren längst abgebaut, und Straßenfeger beseitigten die gebrauchten Becher und leeren Flaschen. Also machte ich mich auf den Weg ins Stadion. Im Geherstil, weil ich noch immer hoffte, als Rennteilnehmer irgendwo etwas zu trinken ergattern zu können. Ich kam an einem Wagen vorbei, hinter dessen Steuer ein Helfer saß. Er staunte nicht schlecht. Er griff zu seinem Klemmbrett und verglich meine Startnummer mit den Nummern auf der Teilnehmerliste. Und da stand mein Name. Ich war weder disqualifiziert noch als *ausgeschieden* registriert, also war ich den Regularien entsprechend noch im Rennen.

Ich nehme an, er hat das über Funk ins Stadion durchgegeben, denn auf einmal war die Hölle los. Der Wagen fuhr neben mir her, und plötzlich wurden überall eilig Getränketische aufgebaut. Es war ihnen anscheinend peinlich, dass sie schon Feierabend gemacht hatten. Ich zog das Tempo an. Die Leute klatschten Beifall. Und so seltsam es auch scheinen mag, aber ich hatte das Gefühl, das Richtige zu tun. Es war so eine Art, ich weiß auch nicht, eine Art Huldigung an meinen Vater. Ich dachte, er wäre stolz auf mich, wenn ich es bis ins Stadion schaffte. Wenn ich nicht aufgab.«

»Und darum haben Sie das Rennen beendet?«, fragte Daeng.

»Unglaublich«, sagte Roger.

»Was …«, begann Khamon, doch Daeng beugte sich zu ihm über den Tisch.

»Vergessen Sie's«, sagte sie.

»Was?«, fragte Khamon.

»Sie sehen das Messer in meiner Hand«, sagte Daeng, »und wägen Ihre Chancen ab. Sie fragen sich, ob Sie es mir vielleicht entreißen können.«

»Woher wussten Sie das?«, frage Khamon.

Siri lachte. »Es haben schon Männer von sehr viel größerem Format als Sie meine Frau gefährlich unterschätzt«, sagte er. »Sie könnte sternhagelvoll und mit verbundenen Augen gegen Sie antreten, und ich würde keinen blanken Kip darauf verwetten, dass Sie das Duell gewinnen, junger Freund.«

# 21

## WAS WIRKLICH GESCHAH

Wie es schien, flogen die Aeroflot-Piloten Slalom, um den Wolken auszuweichen. Die Passagiere wurden nach links und rechts geschleudert. Zwei Reihen weiter vorn machte sich Civilais Käse-Zwiebel-Sandwich selbstständig und segelte in hohem Bogen durch den Gang.

»Daeng«, sagte Siri. »Bin ich …?«

»Nein«, sagte Daeng. »Das ist die raue Wirklichkeit.«

»Meinst du, die Jungs da vorne wissen, dass es geradeaus erheblich schneller geht?«

»Der sowjetische Kundendienst war in dem Moment passé, als wir von Scheremetjewo gestartet sind«, sagte Daeng. »Jetzt sind wir wieder auf der Erde.«

»Zum Glück ist mit dieser leidigen Effizienz nun endlich Schluss. Hätte die Maschine keine zwei Stunden Verspätung gehabt, hätten wir sie glatt verpasst. Und was wäre dann aus uns geworden?«

»Ehrengäste des KGB, was sonst?«, sagte Daeng. »Mir ist noch immer nicht ganz wohl bei dem Gedanken, dass wir Khamon den Russen übergeben haben.«

»Uns blieb doch gar nichts anderes übrig«, sagte Siri. »Er hat sowjetisches Staatseigentum in die Luft gejagt und sowjetische Zivilisten getötet. Und deswegen jetzt die sowjetische Justiz am Hals.«

»Aber …«

»Ich weiß. Er ist genau dein Typ.«

»Nicht im körperlichen Sinne. Körperlich könnte ich es gar nicht besser getroffen haben als mit dir. Aber …«

»Aber du bewunderst ihn.«

»Nicht für seine mangelnde Achtung vor dem Leben unschuldiger Zivilisten.«

»Sondern für seine Verwegenheit.«

»Das muss man ihm lassen«, sagte Daeng. »Es war das wagemutigste Verbrechen, das mir je vorgekommen ist.«

»Stimmt. Wir haben so ziemlich jeden verdächtigt, nur ihn nicht.«

»Hat Civilai etwas zu den anderen Alibis gesagt?«

»Er hat seine Zeit am Flughafen klug genutzt.«

»Er hat mit den anderen Verdächtigen gesprochen?«

»Als sie die handschriftliche Nachricht in ihrer Broschüre fanden, haben alle gestanden.«

»Obwohl sie es gar nicht waren.«

»Trotzdem hatten sie sich etwas zuschulden kommen lassen«, sagte Siri. »Sompoo hatte eigentlich von Anfang an gestehen wollen, dass er unter falschem Namen reiste. Aber die Entscheidung lag nicht bei ihm. Die Sowjets hielten es für das Beste, wenn er schwieg. Sompoo alias Nokasad wurde nämlich tatsächlich in letzter Sekunde rekrutiert. Die Schützen bekamen die Resultate ihrer abschließenden ärztlichen Untersuchung erst zwei Stunden vor dem Start ihrer Maschine in Wattay. Die Untersuchungen waren vom sowjetischen Institut für Tropenkrankheiten organisiert worden. Man wollte vermutlich verhindern, dass Athleten aus Dritte-Welt-Ländern halb Russland infizieren. Major

Lien litt zum Zeitpunkt der Untersuchung an einer leichten Augenreizung und teilte das der Ärztin auch mit. Sie führte ein paar Tests durch und stellte fest, dass Lien an einer frühen Form der Flussblindheit litt – Onchozerkose. Selbst wenn sie behandelt wurde, hätte sie aller Wahrscheinlichkeit nach zur Blindheit geführt. Innerhalb von drei Wochen hätte sich sein Sehvermögen so weit verschlechtert, dass er unmöglich an einem Schießwettbewerb hätte teilnehmen können. Er hat nicht geweint, als Phosy ihn besuchte. Seine Augen tränten aufgrund der Infektion. Er war am Erblinden, und seine Angehörigen sollten davon nichts erfahren. Deshalb hat er ihnen die Wahrheit verheimlicht.«

»Der Arme.«

»Der Witz ist, dass Flussblindheit in Laos eigentlich gar nicht vorkommt. Der Major war mit einer Militärdelegation in Äthiopien, einem unserer sozialistischen Bruderstaaten, und hat sich die Krankheit wahrscheinlich bei einer Exkursion geholt. Kein Wunder, dass er glaubte, das Schicksal habe sich gegen ihn verschworen.«

»Also haben sie Sompoo zwangsrekrutiert.«

»Dummerweise stand sein Name nicht auf der langen Liste der dreißig, die das Militär zwei Monate zuvor beim Olympischen Komitee eingereicht hatte. Nur wer auf dieser Liste stand, war zur Teilnahme berechtigt. Sompoo war ein Schütze, der zufällig am Flughafen war, um die Mannschaft zu verabschieden. Als Lien so kurzfristig ausfiel, war nicht mehr genug Zeit, einen der anderen dreiundzwanzig Schützen ins Team zu holen. Also wurde beschlossen, Sompoo erst einmal mitzunehmen und sich später um seine Teilnahmeberechtigung zu kümmern. Er hatte nicht einmal Gepäck dabei. Bei der Ankunft in Moskau machte das sowjetische Militär den Vorschlag, ihn unter dem Namen eines der fehlenden Schützen auf der Liste antreten zu lassen. Er war also tatsächlich nur ein Ersatzmann.«

Über die Bordlautsprecher wurden die Fluggäste gebeten, sich anzuschnallen, da es zu Turbulenzen kommen könne.

»Und was hat uns die ganze Zeit so durchgeschüttelt?«, fragte Daeng.

»Das waren nur Trainingsturbulenzen«, sagte Siri. »Jetzt kommen die echten.«

»Wie steht mit den beiden anderen Verdächtigen?«, fragte Daeng.

»Ah, jetzt kommen wir in etwas heiklere Gefilde«, sagte Siri.

»Will sagen?«

»Will sagen, dass Civilai beim Grab seiner Kakerlak sprechenden Großmutter schwören musste, mit niemandem darüber zu sprechen.«

»Aber dir hat er es erzählt. Da hätte er es auch gleich überall herausposaunen können.«

»Ich bin getroffen und enttäuscht.«

»Du konntest noch nie etwas für dich behalten, Siri.«

»Zur Strafe erfährst du von mir kein Wort.«

»Dann werde ich dir wohl den Arm ein bisschen brechen müssen«, sagte Daeng.

»Da spricht die Dichterin. Also gut. Wie du dich vielleicht erinnerst, hat Sitti all seinen Mannschaftskameraden Armbanduhren gekauft.«

»Zwölf Marx-Lenin-Armbanduhren, die er nach dem

Geherrennen auf dem Rückweg vom Stadion erstanden haben wollte.«

»Richtig. Obwohl es, einschließlich seiner selbst, nur sieben Schützen waren«, sagte Siri. »Aber wie sich herausstellte, hatte nach dem Rennen auf dem Rückweg vom Stadion auch Oberst Fah Hai Souveniruhren gekauft, die er fünf sowjetischen Offizieren in der Kaserne schenkte.«

»Macht unterm Strich ein volles Dutzend«, sagte Daeng.

»Nur dass wir dank Dtuis scharfsinniger Detektivarbeit wissen, dass Sitti alle zwölf bereits zwei Tage zuvor erstanden hatte.«

»Und warum hat er dann gelogen und behauptet, er sei im Stadion gewesen und habe Souvenirs gekauft?«, fragte Daeng.

»Um diese Frage zu beantworten, müssen wir zum Anfang der Spiele zurückgehen. Wie du dich vielleicht entsinnst, verbrachten unsere Schützen die ersten drei Tage im Dorf, bevor sie von der Roten Armee entführt und zur Besichtigung von Kirchen und Palästen gezwungen wurden.«

»Ja.«

»Die Schützen waren in drei Suiten mit je drei Zimmern untergebracht. Sitti und Oberst Fah Hai teilten sich die dritte Suite. Die anderen Betten waren leer. Sitti und der Oberst stellten fest, dass sie ein gemeinsames Interesse hatten.«

»Oh, Siri.«

»Du sagst es.«

»Sie …?«

»Jawohl.«

»Also wurden sie nach dem Umzug in die Armeekaserne getrennt …«

»Und konnten es nicht mehr tun.«

»Also haben sie sich dieses komplizierte Alibi gebastelt, damit sie es wieder tun konnten.«

»In einem Zelt.«

»Wie entzückend.«

Die Turbulenzen legten eine etwa einstündige Pause ein. Siri nutzte die Gelegenheit und ging auf die Toilette. Daeng nickte ein und schlief gerade einmal zehn Minuten. Als sie erwachte, saß ihr Gatte nicht mehr neben ihr. Es wäre nicht das erste Mal gewesen. Sie konnte nur hoffen, dass ihn niemand hatte verschwinden sehen. Aber in einer Situation wie dieser, besonders wenn besagter Gatte sechsundsiebzig ist, spielt man im Geiste sämtliche grauenvollen Möglichkeiten durch. Was, wenn er durch das Vakuum-Spülsystem ins Freie gesogen worden war? Was, wenn jemand eine brennende Zigarette in den Behälter für benutzte Papierhandtücher geworfen hatte und im Waschraum ein Großbrand wütete?

Um sich zu beruhigen, ging sie zu der einzigen besetzten Toilette und klopfte an die Tür.

»Ist da jemand drin?«, rief sie. »Siri, bist du da drin?«

Sofort erschien die Stewardess, ein Mannequin mit wallender, tief ausgeschnittener Bluse, um nachzusehen, was da los war. Da sie nicht dieselbe Sprache sprachen, gab Daeng ihr mit Händen und Füßen zu verstehen, dass ihr Mann womöglich tot auf dem Fußboden des Waschraums lag. Die Stewardess reagierte gelassen. Sie klopfte laut, horchte, zog den Inbusschlüssel aus der Jackentasche und öffnete die Tür. Der Wasserhahn lief, aber die Kabine war leer. Die Stewardess war verwirrt, Daeng dagegen hoch erleichtert. Ihr Mann war lediglich verschwunden.

Dr. Siri trat aus dem Waschraum und in eine Schneewehe. Aber wie sagt man noch so schön? Das ist eine andere Geschichte.

## Autor

Colin Cotterill, in London geboren, begab sich nach einer Ausbildung zum Englischlehrer auf eine lange Weltreise. Mittlerweile lebt er in Chumphon, Thailand. Seine in Laos angesiedelte Krimireihe um Dr. Siri wurde bereits mehrfach ausgezeichnet.

*Colin Cotterill im Goldmann Verlag:*

Dr. Siri ermittelt

1. Dr. Siri und seine Toten
2. Dr. Siri sieht Gespenster
3. Totentanz für Dr. Siri
4. Briefe an einen Blinden
5. Der Tote im Eisfach
6. Der fröhliche Frauenhasser
7. Grabgesang für Dr. Siri
8. Dr. Siri und der explodierende Drache
9. Dr. Siri und die Geisterfrau
10. Dr. Siri und die Tränen der Madame Daeng
11. Dr. Siri und der verschwundene Mönch
12. Dr. Siri und die Spiele der Rattenfänger

*Jimm Juree*

1. Der Tote trägt Hut
2. Ein Kopf macht noch keine Leiche
3. Mit Axt, Charme und Melone

(Alle auch als E-Book erhältlich)

GOLDMANN
Lesen erleben